The Stopped Clock

止まった時計

止まった時計

The Stopped Clock

Joel Townsley Rogers

ジョエル・タウンズリー・ロジャーズ
夏来健次 訳

国書刊行会

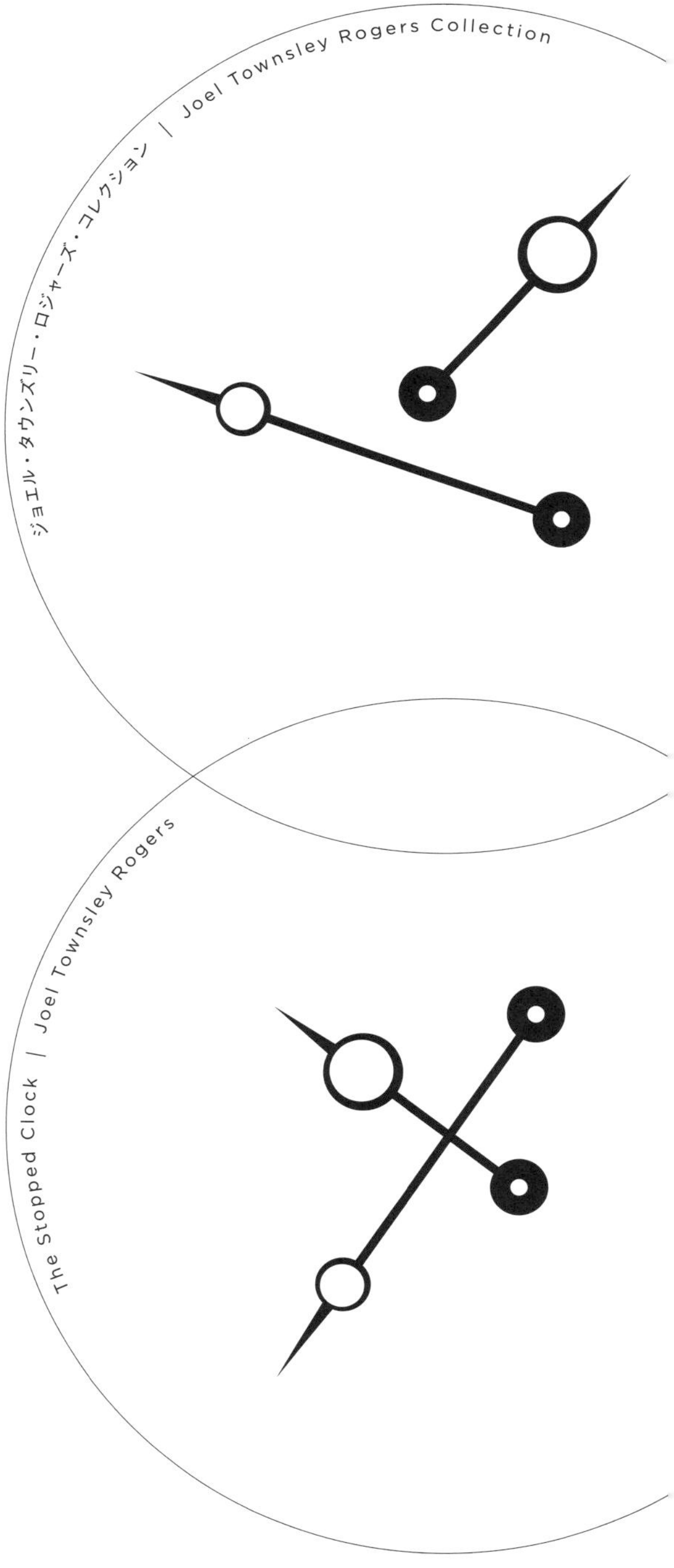

Joel Townsley Rogers

The Stopped Clock

1958

目次

止まった時計

主要登場人物

ニーナ・ワンドレイ……………………美貌の元ハリウッド女優、現在の本名ニーナ・スローク。

クロード・スローク……………………ニーナの現在の夫、ワシントンDCの公務員、脚本家志望。

キング・グローア………………………元映画監督、ニーナ出演作の製作者。

トビー・バリー…………………………ニーナの元夫、元映画俳優。

クリフォード・ウェイド三世…………ニーナの元夫、富裕な実業家。

マイク・ジュリオ・ヴァリオグリ……ニーナの元夫、イタリアの貴族。

ジョージ・ヴァナーズ…………………ニーナの元夫、ボルナック藩王国の藩王、故人。

葉加鷲枢機《はかわしすうき》…………………………日本軍の将官、故人。

ソウソウ…………………………………ソ連の秘密警察幹部、故人。

ジョー・ダラ……………………………賭博場・売春宿経営者。

ロスコー・イーヴンステラー大佐……スローク家の隣人。

ヒルデガルド・イーヴンステラー……イーヴンステラー大佐の夫人。

カーロッタ・デスーオ…………………スローク家のメイド。

デニス・コーワン………………………ポトマック・ヴィスタ・ガーデンズの警備員、元空軍飛行士。

デビー・ジャクソン……………………看護師、デニスの恋人。

彼女を殺そうとした男が逃げてから長い時間が経つ。だがまだわずかに脈があり、束の間意識さえいくらかとり戻した。とても充分ではないにせよ。

暗闇は息をひそめて微動もしない。そのなかのどこかで囁く男の声が、妙に優しくいたわるように響く。

「冷静に考えてみるといい。ここでこうして一緒にいることはだれも知らない。おまえが今結婚している、献身的なだけで莫迦《ばか》な男も知りはしない。友だちや近所の人たちも、まず気づかないだろう。知ってるのはおれたち二人だけだ。だから心配することはない。おまえが幸せでいるところを見たかっただけなんだからな。ほんとさ。おかしなまねをしようなんて、これっぽっちも思っちゃいない」

囁きはつづく。部屋の奥にある本棚の上のラジオからの声だ。メロドラマの男優の。虚構のなかの慰めの言葉は、彼女にはなんの意味もなさない。仮に全部聞きとれていたとしても。

少し経って、彼女は左手首にぬめぬめした生温《なまあたた》かいものを感じた。絨毯《じゅうたん》が途切れた先の艶《つや》やかな床板に横たわる彼女の頭のそばに犬がいて、湿った鼻の先が手に触れたのかもしれない。

その感触がある親しみの情を伴って、闇に沈む彼女の意識を一瞬つらぬいた。主《あるじ》を見つけた愛犬が、口を利けないながらも同情を表わそうとしていると、あるいは愛情と悲しみを伝えようとしているのだと、彼女は朦朧状態のなかで思った。

「いい子ね――」と、吐息混じりに言おうとした。「坊や――」

だがそれは愛犬の鼻づらではなかった。クンクン言う鳴き声も聞こえないし、犬の舌が手を舐めているわけでもない。床板に溜まる生温かくてじっとりした液体に手首が触れただけだった。彼女自身の血溜まりだ。それ以外のものではない。

呼吸する生き物は、彼女のほかにはなにもいない。暗い家のなかに独りきりでいるのだ。殺人を犯そうとした何者かは、可哀相に犬まで殺したあと、彼女を置き去りにして逃げた。

なにかしようとしていたことが、彼女にはあった。どうしてもしたかったことが。ほんの少し前に。あるいは何時間も前か。

家じゅうのドアに鍵をかけること――それだ。廊下の先の玄関ドア、遊戯室と倉庫のある地下への階段口のドア、台所のドア、書斎のドア、ダイニングルームからパティオおよび庭園へ出るためのフランスドア。

たくさんのドアがある。でもやらなければならない。ひとつひとつに這ってでもたどりついて、留め金やチェーンを見つけなければ。それらを全部閉めきって、犯人が戻ってこられないようにする。それから助けを呼ぶための電話をかけなければ。

とても全部は果たせそうにない。残念だけれどそうとわかる。でもせめて電話にだけはたどりつきたい。居間の暖炉前のソファのわきに両袖机《りょうそでづくえ》があり、電話はその上に置かれている。その電話で、ダイヤルを最後の指穴までまわさなければならない。すると交換手が出る。あちらこちらにまわされたあと、ようやくだれかにつながったら、こう告げる。

「お医者さまを呼んで！　警察もよ！　お願い、急いで！　わたし怪我してるの。ひどい怪我よ。殺されかけたの。きっとまた戻ってくるわ。いつ来るかもわからないのよ！　今すぐかも。だから急いで！　どうかお願い！　わたしの名前は――住所は――」

すぐ救助をよこしてくれるだろう。たとえ怪我人がはっきりと喋《しゃべ》れなくて、自分の名前や住所さえ忘れてしまっているとしても。真夜中にはどんなわけのわからない通報があるか知れないと承知しているはずだから。年がら年じゅういつでも。どうにかして居所をつきとめてくれるにちがいない。

しなければならないことはそれだ。今すぐに。

今から少し前に居間の机にたどりついたはず、と彼女は思いだした。そして机の上の敷き布に手をかけたはずだと。

だが敷き布を電話ごと引き寄せられる力が残っていなかった。

仮に力があっても、机の上をまさぐって敷き布を見つけるだけの気力がない。ダイヤルをまわす気力も。それに、もうそんなことはどうでもいい。今となっては。

痛みも感じられないほどひどい怪我を負ったまま、彼女は横たわっている。容赦ない打撃による苦悶もどこかへ行ってしまい、鈍《にぶ》った感覚は遠い川のゆるやかな流れに漂っていくかのようだ。

名声と歓喜に彩られた、金色に煌《きら》めく華やかな日々の記憶。彼女はつねに美貌の女で、多くの男たちに愛されていた。大きな富《とみ》、人々の歓声、輝かしい栄冠、遠い異国での冒険、戦争と空の旅、大きな力と栄光、一人の女が情熱と欲望にかけて知りうるかぎりの、そうしたすべての栄達。それらすべての時間が、すべての日々が、すべての歳月が、今こうして彼女が独り横たわる闇の夢のなかで混じりあい、そのあいだもあの虚構のいたわりの囁きがラジオから洩れくる。

ルビー、ルビー、ルビー、起きるんだ！

ルビーですって！　その名前で呼ばれたのは、子供のころ以降では初めて。だれが呼んでいるの？

だがそれは声ではない。

まわりを囲む漂うような暗闇のなかの遠いどこかで、鋭い音がかすかに響く――**カチンッ！**　尖った爪でクリスタルゴブレットの縁を弾くような音。

恐怖に泡立ち漂う悪夢を、その音が突き崩した。ガラスの砕け散る音が。なんてこと！　また戻ってきたんだわ、手の届かないところへわたしが逃げ去ってしまう前に、とどめを刺そうとして！　それで窓ガラスを割ったのよ！　今にも近づいてくるわ、豹《ひょう》みたいに忍びやかに絨毯の上を踏み歩いて！

またあの痛みが、またあの苦しみが来るのよ！　厭《いや》よ、もう厭！　わたしに近づかないで！　朦朧とする意識のなか、引きつるほどに力を振り絞って、残っている力をも超えるほどに、痛みをも超えて、両膝と両手を床について体を起こした。麻痺したまま、やみくもに這いはじめた。半円状にのろのろと進むしかない青虫みたいに。楯《たて》代わりに右手を頭の上にかざし、喉の奥からくぐもった泣き声を洩らしながら。

ああ、なんてこと！

「ただいま――」

彼女は片手をあげ、電球らしい湾曲した表面をまさぐりあてた。指先がスイッチに触れる。それを摑《つか》み、ひねった。明かりよ、点いて！　だがまだ点かない。

「――ただいまお聴きいただいているのはハピネス放送です――」

ラジオの声だ。ガタの来かけたスピーカーのせいで、一瞬わめき声のようになった。すぐまたBGMとともに静まった。

……カチンッ、カチンッ、カチンッ、カチンッ！……弾くような鋭い音がつづく。

暖炉の上の電気時計が鳴らす時報のチャイムにすぎなかった。午後十一時か午前零時を告げているのか。あるいはもっと朝方に近い時間か――チャイムの数など数えていない。数えられない。

彼女の俯《うつむ》けがちな顔の上あたりで、一インチ四方ほどの小さな光が息を吹き返した。光は束の間震えた、胴体のないひとつ目ロボットのまばたきしない眼球みたいに。

それが急に二百倍ほどにも広がり、地下室の覗き窓ぐらいの大きさの灰色の四角形になった。その中央を淡い光の筋がナイフのように裂き、それが四角形の左右の端まで広がっていく。灰色のなかで形のさだまらないぼんやりしたものの群れが蠢《うごめ》く。X線透視機で見る生まれる前の胎児を想像させる蠢きだ。あるいは仄暗《ほのぐら》い方形の月の面《おもて》を群れ飛ぶ蜂の蠢きか。

彼女が明かりを点けるつもりでひねったのは、回転台の上の二十四インチテレビのスイッチだった。音声はよく聞こえない。テレビ画面のなかのぼんやりした影の群れが、不意に形ある実体と背景をなしはじめた。笑顔で唄い踊る人々の姿だった。歌手たち踊り子たちが沈黙のまま口を動かしながらまわりつづける。

部屋の奥にある黒ガラス造りの暖炉の上では、低い台に載せられた灰色の煤けた鏡が天井近くまで広がっており、そこに覗き窓型のテレビ画面で蠢く人影の群れが映っている。暖炉上の台ではクリスタルと金メッキをあしらった置き時計がゆっくりと針をまわす。今し方鳴ったのはその時報だった。時計のわきには翳《かげ》った写真があり、左右の端にはくすんだ金色の大きな燭台がひとつずつ置かれ、それらもすべて煤けた鏡に映っている。

テレビ画面の薄明かりが鏡に映って二重になっているおかげで、室内の暗がりが形や広がりをとり戻しはじめた。家具類がぼんやりと姿を現わしてくるさまは、濁った海面の下で岩や海草が見えてくるようすに似ている。

ふくよかなクッションの置かれた椅子や足載せ台やソファのたぐい。ガラス製コーヒーテーブルには酒瓶類と氷容《い》れと、ハイボールのグラスふたつ三つと、ほかに脆《もろ》そうなワイングラスもふたつ置かれている。グランドピアノの上の低い鉢には濃い赤色の薔薇《ばら》がどっさり活《い》けてある。天井まである書架が二面の壁ぎわに立つ。張出《はりだし》型の大きな嵌め殺し窓は閉じたヴェネチアンブラインドと分厚いカーテンに覆われている。テレビから一フィートほどのところにはモダンな趣《おもむき》の白マホガニー製の両袖机があり、その上の鮮やかな色の絹地の敷き布——中国画が刺繍されたアンティークの布で、金色の塔の庇《ひさし》の下でねじくれた木のわきに立つ女性像が描かれ、木立と一匹の竜が背景をなす——は四分の三ほどが引っぱられて机上からはみだし、一部が床まで垂れている。

両袖机の端には縞瑪瑙《しまめのう》と銀で細工された重たげなランプがあり、はみだした敷き布が全部落ちるのをなんとかくい止めている。机上の端に近いところにはワシントンＤＣ〔ディストリクト・オヴ・コロンビア＝コロンビア特別区〕。

米国の首都ワシントンの異称〕の電話帳と、金属製の黒い状差しが置かれ、状差しには開封済みの封筒がふたつ挿《さ》れ、ひとつは前側へもうひとつは後ろ側へ傾きながら、それぞれの表書きを覗かせている。

　差出人は〈ニューヨーク州ニューヨーク市、七番街、トリニティ通り三番地、キャトル・ドローヴァーズ・ブロードウェイ信託銀行〉と、〈ワシントンDC、ノースウェスト地区、六番街、十五番通り五百五十九番地、証券取引所ビル、ポトマック・ヴィスタ・ガーデンズ株式会社〉で、宛先は〈メリーランド州、ポトマック・ヴィスタ・ガーデンズ、ドッグウッド通り四番地、ニーナ・W・スローク様〉と、もうひとつは同じ住所で〈ミセス・クロード・M・スローク様〉となっている。ほかに映画雑誌やニュース週刊誌が積まれており、その上に『ワシントン・イヴニング・サン』紙の四月二十七日の日曜版がローカルニュース第二面を上にして載せられ、その紙面の左上の一部が破りとられている。机の端には銀の額縁入りの写真も置いてあるが、あまりに端っこすぎて、少しでも触れたら落ちそうだ。

　床には柄《がら》入りのペルシャ絨毯が敷かれ、トランプのカードが散らばっていたり、クリスタル製の灰皿がひっくり返って、さまざまな煙草の吸い殻や灰や丸めた紙マッチなどがばら撒かれていたりする。黄金と七宝焼《しっぽうやき》で飾りつけたロシア産のインペリアルイースターエッグがひとつ落ちている。白鳥の卵ほどの大きさで、内側はクリスタルよりも濃く明るい色の石でできており、煌めく宝石が鏤《ちりば》められている。ほかには象牙の柄《え》付きの日本製切腹儀式用短刀が彫り模様入りのチーク材製の鞘に収まったまま落ちていたり、あるいはまた宇宙的原始的なシヴァ神の男根の象徴図を粗く刻みつけた黒翡翠《くろひすい》もあったりする。そういったさまざまなものに混じって、机の上の新聞の破りとられたところにぴったり合う紙片も落ちていた。

いずれも彼女が腕をのばせば届きそうな範囲に散らばっている。テレビのちょうど前あたりの床に横たわる彼女は、ブロンドの髪を後ろで結わえ、曲げたしなやかな体にまとう袖なしの黒レースのネグリジェが腿のあたりまでめくれあがり、腕や肩や脚の素肌が薄明かりのなかで艶やかな仄白《ほのじろ》さを呈している。

彼女にはどうしてもしなければならないことがあった。だが今はもう忘れてしまっている。

机の端に置かれた銀の額縁入りの写真は、人影が蠢くテレビ画面と向かいあっている。ハンサムな男性の肖像写真で、開襟シャツを着て長い首をあらわにし、明るい色の波打つ髪は豊かで、長い睫毛の下の目は蠱惑《こわく》的で、鼻筋は古風なほどのまっすぐさで、ふっくらした唇はかすかな笑みの形に湾曲している。写真の隅には記録が走り書きされている。〈永遠の愛をこめて――トビーより〉

長いソファの向こうに設《しつら》えられている黒ガラス造りの暖炉の内部では、網状の仕切りの奥で焦げた薪《まき》の燃え残りが何本か交差しているが、それが不意に火を生き返らせた。焔がいっときだけ強く高く燃えあがるようすは、瀕死の老人の心臓が若さと美しさを求めて、自滅を覚悟で命の最後の息吹《いぶき》を費やすさまを思わせる。

またたく火明かりのなかで、薪載せ台や炉辺《ろべ》の道具類が束の間金属的な煌めきを放った。黒ガラス造りの暖炉の上では、左右の端にひとつずつ置かれた燭台に立つ大きな蠟燭が、鈍いながらも深みのある黄色い焔をあげている。十インチ四方ほどの基部に脚が付いた燭台で、蠟燭を含めて三十インチほどの高さがあり、基部には森の精や半獣神や兜をかぶった騎士や祈る僧侶や横たわる裸婦などの飾り彫りが刻まれ、それらすべてが葉の茂る蔓《つる》や花の咲き誇る枝と精妙に絡みあう。ふたつの燭台のあいだにはクリスタル額縁入りの写真が三つあるが、中央の時計の片側にふたつ、別の片側にひとつという配置で、暖炉に躍《おど》る赤い焔のおかげで翳《かげ》りのなかからようやく被写体が見えてきた。

机の上の写真と同様に、三つとも名前が書かれている。ひとつめは鼻が低く口が大きく顎に髭の剃り跡が濃く残る男の肖像写真で、平板な目と顰《しか》め気味の眉が不愛想な表情をなし、〈おれの百万ドルのベイビーへ――クリフより〉と記されている。ふたつめの写真は皮肉気味の顔をした痩せた男で、尖った大きな鼻と端に皺のある老成しつつも若々しい黒い瞳を持ち、〈白く波打つ海から来たヴィーナス〔ローマ神話での美と愛の女神〕へ――きみの王子マイクより〉と書かれている。時計の反対側にある三つめの写真は、灰色の髪と彫りの深い目を持つけわしくも力強い顔をした男で、濃い口髭が虎の髭のように鋭くのび、軽騎兵を思わせる高い襟にはレース状の唐草模様があしらわれ、胸には日輪型のバッジを付け、〈わが愛らしき女王へ――ジョージより〉と署名してある。

それぞれの男たちとの愛の日々を物語る写真であり、いずれも故人だとしてもおかしくない。仮に彼女が彼らを思いだすことがあるとしても、愛のこもったそれらの署名も今の彼女にはなんの意味もなさない。あるいはもともと充分な愛情など持っていなかったのかもしれない。

ぼやけたスクリーンでビール瓶の列が揺れ動く。女の手がフライパンをとりあげる。グラスの酒のなかでペレットが泡立つ。

「**十億ドルの傑作映画！**」とキャプションが告げる。『**止まった時計**』！　**USA、グローア・プロダクション製作。脚本・監督、キング・グローア。主演、ニーナ・ワンドレイ&トビー・バリ**

――」

　そのあと俳優と配役の名前が揺らぎながらゆっくりと上へスクロールされていく。一瞬の空白。不意に振り子式置き時計がスクリーンを満たし、正午か午前零時か、二本の針が真上を指《さ》す。カット。

　ブロンドの髪をポニーテールに結わえ、大きく無垢な目をした若く美しい女の横顔が、画面いっぱいにクローズアップされる。女はカメラへ半ば顔を向けて、時計の螺旋《ねじ》を巻きながら笑顔で口を動かし、音声が出ないままなにか台詞《せりふ》を言う。カット。

　睫毛の長い蠱惑的な目をした男が窓の外に登場する。彫像のようなハンサムな顔立ちで、巻き毛のもみあげを具《そな》え、波打つブロンドの豊かな髪を襟までのばしている。男は窓枠に凭《もた》れるようにして、部屋のなかへ身を乗りだす。女は近寄っていき、窓枠越しに男と抱きあう。輝く若者と輝く若い娘。花咲く林檎《りんご》の木で鳥たちが憩《いこ》う。季節は春、時間《とき》は正午《まひる》。

　暦がつぎつぎとめくられていく画《え》がうっすらと重なる。時計の針が文字盤上を高速でまわる。俳優たちがつぎつぎに現われ、シーンがつぎつぎ替わる。自動車、大きな邸宅、飛行機、船。空を飛んでの逃走と、その追跡。女はほかの男たちとつぎつぎ抱擁しあう。丘の上で、花柄のベッドで、奥まった部屋の長椅子で。その合間にも暦がめくられていく。時計の針がまわる。

　ぼやけたスクリーンのなかで、静寂のうちに愛と情熱のパントマイムが繰り広げられる。エジプトの古代文字のようにかけがえのないシーンが連続し、カメラに撮られ、フィルムに焼きつけられ、切りとられては繋ぎあわされ、リールに巻かれていく。物語は運命付けられた結末へと、創り手によって最初から決められている終局へと流れていく……

女は寝室の姿見の前で独り椅子に座している。迫る危機を予感して恐怖の表情を浮かべ、鏡に映る背後のドアがゆっくりと開くさまを見守る。カット。

置き時計がふたたびクローズアップされ、振り子の振れがゆるやかになっていき……

カメラと向きあっている机の端でどうにかバランスを保っていた銀の額縁入り写真が、ついに限界に達する。絨毯の上に音もなく落ちる。落ちた写真に写っているハンサムな男の動かない顔は、スクリーンで動く自分の顔をこれ以上見ていられなかったかのようだ。鳥たちが愛の歌を唄うとき彼女と一緒にいる自分の顔を。

今の彼女の名前はニーナ・スロークという――ミセス・クロード・M・スロークとも称し、住居はマグノリア通りから右へ折れた先のドッグウッド通り四番地の坂の上に位置し、大窓の列と車二台を入れられるガレージが具わり、イーヴンステラー大佐邸をいちばん近い隣家としている。

スロークという姓は名声や富裕や由緒を思わせる名前ではなく、また人を惹きつけたり耳に心地よかったりする名前でもなく、それがニーナの匿名性に寄与している。

といってもその理由だけで意識的にスロークという姓を選んだわけではない。夫に選んだ男の姓がたまたまそれだったというだけだ。夫は格別に高い知性を持つ男ではなく、能力もかぎられており、畜産会計検査院という名の合衆国政府機関の人事部門でさほど重要でない地位にある公務員にすぎない。出身地は赤土の目立つ南部の片田舎だ。

この家にニーナは過去五、六ヶ月のあいだ夫クロードと一緒に住み、毛深い白毛の愛犬も同居させている。見目よい木立や芝生や岩と花の庭園に囲まれた魅力的でモダンな家ではあるが、特別に目立つわけではない。というのは、ここの一帯がポトマック・ヴィスタ・ガーデンズと呼ばれる一大造成住宅地で、百四十エーカーの土地に六十三棟ものよく似た家が並んでいるからだ。私道が張り巡らされた敷地はフェンスに囲まれ、警備室付きのエントランスゲートが具わる。賃貸式で毎月六百ドルから八百ドルの賃借料を要するが、入居者にはそれに見あうだけのプライバシーとセキュリティが確保される。住人のなかには、家伝の資産や裕福な配偶者を持つ軍人二、三人や、政府に資金を貸しだすほどの大企業の重役クラス五、六人や、高額の代価を稼ぐ医療スペシャリスト三、四人や、鉄のカーテンの向こう側に属さない南米やアジアの諸国の外交官数人が含まれ、ほかにも下院議員が一人、国際的な政治学者が二人、ワシントンDCの会員制ニュース週刊誌の発行人が一人、高給が約束されている大会社の技術員や事務員が何人か、中西部出身の引退した銀行家や工場主などが数人いて、かと思えば引退したギャングや恐喝屋など、白髪混じりながらもどんな経済基盤を持っているのかわからない年配者たち——おそらく世界一重要な首都に近いところで住むほうがセントピーターズバーグ〔フロリダ州のメキシコ湾岸に位置する観光・保養都市〕に引きこもってシャッフルボードをして遊んで暮らすよりも活気を感じられると思う人々——もいる。

ポトマック・ヴィスタ・ガーデンズはアルカトラズ島〔サンフランシスコ湾の囚人島。本作当時は刑務所閉鎖前〕の監獄やホワイトサンズ性能試験場〔ニューメキシコ州にある世界初の核実験場〕のように最高度のセキュリティに護られた場所というわけではない。たしかに高さ十フィートの鋼鉄製網状フェンスには三重の鋭い鉄条網が具わり、それが坂の上一帯を囲っているが、服が土に汚れるのを気にしなければ地下にトンネルを掘ったり、皮膚が破られるのもかまわなければフェンスを登って越えたりすることすらできなくはない。それでも年間一万八千ドルの警備費をかけて、一日八時間シフトで一週間四十時間勤務の警備員四人を雇い、ほかに代用員を一人警備室に常駐させている。

一分の隙もない完璧さとは言えないにせよ、通例程度の招かれざる侵入者から居住者を護るには充分なセキュリティだ。予告なしに訪れる新聞記者や、選挙運動員や、商品の勧誘員や、放浪者や、逃走中の暴漢なども撃退できる。フェンスを越えようとする犯罪行為に対しても、通例以上の防御力を発揮する。夜間に起こりがちな不測の事態や、住民の生命を危ぶませる凶漢に対してさえ。

今夜は通常のセキュリティが稼働中で、エントランスはゲートが閉めきられているうえに警備員が配置されている。


控えめで繊細な物腰の、脆《もろ》く弱いブロンドの女。ネイビーブルーのプレーンなアフタヌーンドレスやテイラードスーツに白手袋が似合い、小さな帽子が好きなタイプの女。唯一好きな宝飾類は三連巻きの真珠のネックレスで、ほかに好きなものといえば、社会人学校に通う若い上流主婦たちがチャリティーバザーで売る旧来ふうの装飾品ぐらいだ——そうしたものは、たとえば真珠でも小さいのはほぼ本物だが、どう見ても大きすぎるものや、あるいは今ニーナが身につけているような、完全すぎるグラデーションを帯びたものはまがい物と見ていい。もしそれが本物なら歴史的なほどの一品で、途方もない値段がつくはずだから。

女の三十代前半といえば当然のごとく、女性を鑑定する者の目にはいちばん美しい時期と見なされるだろう。薔薇が花開く季節のように、魅惑が最も際立つ年代だと。

しかし女性の美を鑑定するほどの男たちは、郊外の住宅地などに自分を閉じこめておきはしない。ポトマック・ヴィスタ・ガーデンズに住む男たちは、日中に勤めをしている者たちにせよあるいは引退した年配者たちにせよ、ニーナと顔を合わせたり会話を交わしたりするほど近づきになるような男はというと、夫クロード以外にはいないのが現実だ。夫を見るときと同等なほどの関心を持って彼女から目を向けられるような男は、この界隈には一人もいない。男の自負というものがどれだけ際限がないかを考慮したとしてもだ。だからヴェネチアングラスのように優美で愛らしい彼女ですら、控えめで目立たない女と見なされているのみなのだ。

スローク邸には料理の得意なメイドが週に六日住み込みで勤めており、ニーナはそのあいだメイドを監督してすごすことになる。食事の献立を計画したり、食品類を電話で注文してワゴン車での配送を頼んだり、洗濯物を仕分けしたり、フラワーボックスや庭園に植物を植えたりする。あるいはまた銀行口座や小切手帳を管理したり、早朝と夕方に新聞配達の少年が自転車から庭園越しに玄関口へ投げていくワシントンDCのローカル紙を読んだり、ラジオで株価の変動を追いかけたり、ときには株式仲買人に電話して株の買い付けを頼んだりすることもある。あるいはまたハイファイ蓄音機でレコードを聴いたり、テレビで番組を視《み》たり、演劇や映画の雑誌に目を通したりもする。

いちばん近い隣人であるイーヴンステラー大佐——芝生を横切る石敷きの小径《こみち》で通じる邸に住む——の夫人が週に二、三度ほど立ち寄っては雑誌や本を借りていくことがあり、そうした折にはお茶をしたり、ときにはラム酒を傾けながら一緒にレース刺繡を楽しんだりする。

イーヴンステラー夫人は背が高くまるで女性警察官みたいな体格で、年齢は五十代後半、額に白髪混じりのちぢれた前髪を垂らし、滑稽な表情で小さくクスクス笑う。ボストン出身で、おそらく昔からそれなりの資産を蓄えているだろうとは、いつも質素な身なりをしていることからもわかる。ドレスアップしたときでさえいつも同じ裾の長い紫色のハイネックのベルベット地のガウン姿で、それが普段着ともなれば、古めの赤いカーディガンと尻のところが象みたいに大きい灰色のフランネルのスラックスといういでたちになる。

　といっても、ニーナは人付き合いにそれほど熱心なわけではない。とくにほかの女性とは本能的にあまり親しくしない。彼女の学生時代のこととか、これまで経巡ってきたところでのこととか、あるいは以前の結婚や恋愛のことなども、まったく人の噂に昇らない。クールで突き放した淑女然としたところがあり、それが容貌の美しさや洗練された繊細な声と相俟《あいま》って、人につけ入られることを防いでいる。

　週に二、三度は夫クロードとワゴン車かジャガーのスポーツカーに乗り、ロックヴィルやベセスダへ映画を観に行く。土曜の夕刻にはたいていワシントンに出かけ、F通りのコパブランカ劇場で封切りされたばかりの新作映画を観て、そのあとは特別な贅沢として、十三番街の角を折れたところにある小ぢんまりとした居心地のよいバー〈ミラー〉でカクテルを楽しんだりもする。

　それがニーナの生活の大まかな外観だ。そしてそれに彼女自身満足しているように見える。まるでそれ以外のどんな種類の生活も知らないし求めてもいないかのようだ。

　かつてのニーナには、どこに行ってもサインを欲しがる人々に囲まれ、あらゆる雑誌に顔写真が載るという時代があった。ワールドプレミアではつねに熱くまばゆいスポットライトの焦点となった。絢爛たるニューヨークの社交界ではつねにひときわ高い壇上にいて、自動車レース会場でもヨットハーバーでもどこでも注目の的となった。あるときはアメリカの富豪の妻、あるときはヨーロッパの貴族の夫人、またあるときはアジアの藩王国〔英国によるアジア植民支配のための間接統治国家〕白人藩王《ホワイトラージャ》の王妃ともなった。つねにそうしたあらゆる華やかで煌びやかな世界の頂点でなにかを行ない、なにかを見、なにかを生きた。
彼女こそかつての映画女優ニーナ・ワンドレイなのであり、その愛らしく魅惑的な微笑《ほほえ》みであるいは涙で、すべての観客の心を興奮させ鷲摑《わしづか》みにしてきた。

『姫と獣』はニーナがまだ芳紀十七歳のときキング・グローアが彼女のために自ら脚本を書いた映画であり、この一作によって無名の少女から一夜にしてハリウッドのスターダムに駆けあがった。（人々に記憶されているかどうかはわからないが、この映画での〈獣〉の配役はグローア自身であり、俳優としては観客の共感を得られる人物を自ら演じる力を持ちあわせてはいなかったにもかかわらず、奇跡的にも黒い眉と鋭い瞳を持つヒーローになりきれたのはひとえに彼女のおかげであり、映画は短期間で大成功を収めて名作と呼ばれるまでになった）

十八歳になったまばゆいばかりの美少女ニーナは、そのあと『無垢の瞳』と『白い蝶』に出演した。つづく『囲われの蘭』と『魔法の月光』と『闇の涙』ではすべてトビー・バリーが相手役となり、この三作によってトビーは〈アメリカの大いなる恋人〉と呼ばれて絶頂期を迎えた。罪深くも愛らしきニーナが名のある評論家たちからさらに激賞されたのは『止まった時計』で、悲劇の予感を漂わせる雰囲気と、仄めかしの技法が活かされたシンボリックな効果と衝撃により、スクリーンに映しだされる止まった時計がニーナの映画界からの離脱あるいは死すら想像させた。

ニーナの出演作に名シーンは多いが、『時計』を観た者ならば、あの作品でグローアが時計の振り子の悠然たる弱まりとともに生みだした情感の無限の高まりは、だれにとっても忘れられないだろう。監督として神のごとく映画を操りながらも、あのシーンだけはあたかもグローア自身にも止めることができなかったかのようだった。止めたならニーナの心臓まで止めてしまうとでも言うかのように。

輝かしいニーナ・ワンドレイの発見者である――最初の恋人だったとも言われる――キング・グローアは、それらの作品すべてを監督して名声をとり戻した。その前に映画界から消えて久しかったが、天賦の才は依然として彼のなかに残っていた。

グローアのすべての監督歴のなかで、ニーナ・ワンドレイは疑いなく最大の発見物でありまた創造物であり、そして『時計』こそが最高傑作だった。だがあの映画が彼を終わらせもした。評論家たちは「重厚にして力強く忘れがたい作品である」と絶賛した。だが輝かしいニーナ・ワンドレイを愛《め》でたい観客たちは、高校生程度の若者であれ、成人した息子を持つ父親世代であれ、あるいは墓に近いほどの老齢男性であれ、大きな無垢の瞳を持つ彼女が欲望を滾《たぎ》らせた武骨な男たちにつぎつぎと抱かれていくさまを観るために五十セントなり八十セントなりの入館料を払いたいと思うわけではなかった。彼女が放埒な女を演じたあげくに殺されるのを観た彼らは、席を立って映画館を出たあと、悲しさを喉に詰まらせたままよろよろと家路につかねばならなかった。輝かしいニーナ・ワンドレイが永久に死んだ悲しみに彼らが耐えられるはずもないのだから。

『止まった時計』というタイトルが『ひっくり返った七面鳥』あるいはいっそ『終わった女優』に変わってもかまわない雰囲気となった。悲劇的すぎるエンディングの噂が広まると、上映初週から客席がガラガラになる映画館が続出し、ついには上映予定を見あわせるところまで出てきた。

グローアにとって初のインディペンデント作品だったこの映画のために、彼が必死に掻き集めた二百万ドルの製作資金は、去年の芝生みたいに無に帰してしまった。二十万ドルはニーナのギャラとなり、二万五千ドルはトビー・バリーのギャラとなり、百万ドルあまりが他の俳優たちのギャラやスタッフのサラリーやあるいは一般の製作費となり、三十万ドルあまりはプロモーション用に使われた。グローアの手もとに残った額は微々たるもので、債務者への支払いを補助するために腕時計などの私有物まで元手にしなければならなかった。おかげで擦《す》り切れたポスターと、たくさん作りすぎた立て看板と、支払い済み小切手の束と、手に触れるのも冷たいフィルム缶ひとつだけが残りの財産となった。

つぎの映画を作る余力も信用もなくなり、ストーリーを考える気にすらなれなくなった。しかもニーナはとうにグローアから去り、トビー・バリーのもとへ走っていた。

どうしてそういうことになってしまったのか？　そもそもグローアはハリウッドの華々しい空間の一部をなす人間ではなかった。プール付きの豪邸に住んでいるわけではなく、クルーザーやヨットも持たない。自作のプレミアでもカメラの放列の前をのし歩いたりせず、映画を巡って火花を散らす論争をしたりすることもない。『白い蝶』と『行路』で二度アカデミー賞監督賞を受賞したときも、授賞式には出席しなかった。それゆえに孤独であり、また不遜でもある。人に知られている居住の場にとどまっていることはそう多くない。映画の撮影期間には、たとえロケのためでなくても利便性のいいホテルやモーテルに宿泊する。噂ではカリフォルニアのラホヤかメキシコのモンテレイあたりに女を囲い、子供までいるのではないかと言われている。それで映画をひとつ撮り終えたあとは、その母子と一緒にすごすのではないかと。そうしているところを見かけた者までいて、女は相当の年配だったという。

もしそんなメキシコ人の愛人や隠し子がいるとすれば、世間の目を逃れて暮らすのも無理はないというわけだ。

『止まった時計』がニーナの最後の出演作となった。当時はだれもそうなるとは予想していなかった。

彼女はまだ二十歳にもならず、女優のキャリアがはじまったばかりと言ってもいい時期だ。その気になればすばらしい脚本と才能ある監督に出会える機会を待ち、いずれは完璧に満足できる役を獲得できるようになることも夢ではなかった。言い換えれば、グローアのために演じた役は初めての出演作である『姫と獣』を唯一の例外として、彼女に本当にふさわしいと言えるものではなかった——グローアが彼女に与える役柄には、いつも少しだけ知性の足りないところがあり、魅惑的で無垢な娘の役でさえそうだった。それにグローアが作るストーリーにはいつも幾分の昏《くら》い面があり、悲劇を予感させる陰鬱で不吉な雰囲気が底流にあった。最後の『時計』を例外とするハッピーエンドで終わる映画でも、その雰囲気は変わらなかった。

ニーナが自分にふさわしい役を得られるまで待つには、二年間に出演した七作の映画で得たギャラを浪費せず確保しておく必要があり、それは持ち前の倹約癖と金銭感覚でなんとかやれていた。初めてグローアと出会って、その大きな影響力の支配下に置かれたころでさえ、彼の生来の金使いの荒さに流されたりはせず、むしろそうした性癖に呆《あき》れ返っていたほどだった。

映画製作には才能と情熱ばかりでなく金銭も大胆につぎこまねばならないと考えるグローアの浪費癖には、ニーナはいつも疑問を感じていた。なにしろ金使いに際限がないほどなのだから。なんでもかんでも節約すべきとは言わないまでも、なにごとにも限度があるというのがニーナの考えだった。

ニーナにとって金銭とは、使うにしても注意を要し、非常に繊細にして微妙なものだった。女優である以上はもちろん美貌こそがなにものにも代えがたい財産ではあるが、しかし金銭をいい加減に費やしてしまったら、すべてを台なしにしかねない――浪費癖のせいで女性の容貌が醜く変わることさえあるし、なにより心に耐えがたい苦痛をもたらし、そのために女盛りを迎える前に顔に老いが刻まれるかもしれない……それはニーナの母親の記憶からわかっていたことだった。母はだらしない浪費家だった父に情熱を傾け、そのせいで傾いた小屋じみた家に住み、わずかなコーンミールと塩漬け豚肉で飢えをしのぎ、台所の床で赤ん坊を這いまわらせておかねばならない生活をしていた。しかも体が弱かった母はニーナが十三歳のとき火災で死んだ。

キング・グローアもまた生来感情の赴くままに生きる性格で、それが浪費癖の根幹にあり、ともに不即不離の気質になっていた。グローアはニーナと出会って間もなく『姫と獣』で〈獣〉を演じ、役になりきったかのように彼女をひどく傷つけた。あの映画一作で女優キャリアを終わりにさせるつもりかと思えるほどで、そのせいで彼女は二度と男には傷つけられまいと考えるようになった。相手がグローアであれほかのだれであれ……

トビー・バリーとの結婚によってニーナ・ワンドレイ・バリーとなってからも、美貌と魅力と物語と富に恵まれた彼女は、ハリウッドの女王となって人生の黄金期を駆け抜けた女優としての名声を語られつづけた。

のちにウェイド鉄道車輛工業の創業者にしてウォール街の若き寵児だったクリフォード・ウェイド三世の夫人となってからは、マンハッタン東七十八番街とパームビーチとサザンプトンの三ヶ所に豪邸を所有し、船舶ゴールデン・レディ号や白と金の毛並の競走馬まで持っていた。そのあとはイタリアに移り、ローマより古いトスカーナ州の貴族マイク・ヴァリオグリ公爵の美貌の夫人となった。そのつぎは大英帝国勲章を授けられた英国軍少佐にしてアジアの藩王国ボルナックの藩王となったジョージ・ヴァナーズ卿を夫とするニーナ・ヴァナーズとなり、夫に伴ってビルマでは虎を撃ち、ネパールでは犀《さい》を狩り、インドでは諸藩王の祝宴に招かれ、飛行機でヒマラヤ山脈の上空を飛び、首狩りの習俗を持つナガ族〔インド北東部ナガランド州の民族。首狩り習俗は現在は消滅〕に交じって探検した。

『止まった時計』のあと二、三年のあいだは、ニーナ・ワンドレイの銀幕への華々しい復帰を予想する記事が映画雑誌などのゴシップ欄に載りつづけた。トビー・バリーはニーナ・ワンドレイと一緒に『ロミオとジュリエット』を製作することを計画しているらしい……クリフ・ウェイドはニーナ・ワンドレイのために三千万ドルを投じて新しい映画製作会社を設立し、すでにヘミングウェイやベン・ヘクトなどの小説三作の映画化権を購入したとのこと……マイク・ヴァリオグリはニーナ・ワンドレイのために『ポンペイ最後の日』〔十九世紀英国の作家ブルワー＝リットン作の小説〕を原案とする力作脚本を書きあげ、ハリウッド以上の世界市場を狙うべく、イタリア政府からの出資を得られるよう画策中の由、しかもイタリア軍の兵士半数をエキストラに駆りだし、ヴェスヴィオス火山を再噴火させるため火口に爆弾を落とす計画……ジョージ・ヴァナーズ卿は高名なモンゴル帝国第五代皇帝クビライ汗《ハン》の栄光を描く一大叙事詩映画を撮影するためニーナ・ワンドレイを東アジアに伴い、星のなかの星にして妃のなかの妃と呼ばれる皇后を配役する予定……

引退した政治家にせよあるいはボクシングの元ヘビー級世界チャンピオンにせよ、有名人が復帰する噂はつねに駆け巡るものであり、もちろん結婚によって銀幕を去った映画スターも例外ではない。そうした噂がどのようにして生まれ、いつふっつりと途絶えるかはだれにもわからない。

キング・グローアが監督した『白い蝶』『囲われの蘭』『魔法の月光』『闇の涙』で演じた等身大の役柄によってニーナ・ワンドレイが得た栄誉と同じだけの声価をふたたび得られるかどうかも、だれにもわからない。世界じゅうの映画館の暗闇のなかでじっと座す観客たちも、白人であると黒人であるとを問わず、あるいは褐色の肌であれ黄色の肌であれ、ニーナの呼吸や仕草や優しい涙や物思わしげな微笑みや無垢な美貌や強く訴える瞳にふたたび見入ってくれるか否かはだれにも知りえない。イシス〔古代エジプトの豊饒の女神〕を信仰する人々であれアスタロト〔地中海周縁で広く崇められた豊穣の女神〕を崇拝する人々であれ、それらにも勝る多くの観客がふたたびニーナに骨の髄から魅せられるか否かは。

いずれにせよ、かつてほどの激賞は期待できないだろう。少なくとも、ニーナがまだとても若かったころの最初の映画『姫と獣』に匹敵する絶賛を得られる作品を撮ること自体むずかしいだろう。あれほどの高みにとどまりつづけることはだれにもできない。名声は焔や雪のように儚《はかな》いものだから。

だが人生には別の頂《いただき》も数多くある。すばらしい体験や、輝かしい場面や、恋愛の美しさや、経済的な富裕さや、血筋の高貴さや、あるいは単に行ないの勇敢さでもいい。ニーナの場合にも、人生の時計は多くの輝かしい経験のなかで時を刻みつづけた。

それは彼女が世間に向けて沈黙を保っていた時期でさえそうだったと言える。

ニーナは短時日ながらジョージ・ヴァナーズ卿に伴ってアメリカに帰ってきたことがあった。イベリア半島南端の英領ジブラルタルで結婚式を挙げたあと、ボルナック藩王夫人の座につく前に一時的に帰米したのだった。

故国でしなければならないことがあったためだ。前夫ヴァリオグリから受けとった宝石類や、その前のクリフ・ウェイドから分け与えられた信託基金を現金に換えたり、『白い蝶』の撮影中にトビー・バリーがニーナのために建てた南カリフォルニアの丘の上の豪邸ワンドバー館が空き家のままになって雑草が生い茂り漆喰壁が湿気のために剝げ落ちているが、敷地としては依然価値があるので、取り壊しや土地分割の必要があるにせよ、移民労働者の増大を見こんで売却処分したりといったことのためだった。

「まったく、いやまったく」とジョージ・ヴァナーズ卿は大陸間飛行の旅の途上で経巡ったニューヨークやワシントンやカンザスシティやアルバカーキやもちろんハリウッドなどで新聞や映画雑誌の記者たちに囲まれると、大きくのびた灰色の口髭を太い人差し指で撫で、高身長の顔にかけた単眼鏡《モノクル》越しにみすぼらしい風采の記者たちを哀れむように見くだしながら、そう愛想よく切りだすのだった。「ボルナックでの妻の称号は藩王妃だからね、イギリス本国での王妃陛下にも匹敵するのだよ。二百万人もの臣民が彼女を女神のごとく敬《うやま》っているからね。

とはいえ、わたしたちがボルナックに住むのは一時的という程度になるだろうね。ビルマのシャン州で豹撃ちをしなければならないし、自家用機での各地遊飛行も楽しまなければならないし、アフリカへライオン狩りにも行かなければならなくなりそうだし――インドのライオンはいささか貧弱なのでね。しかしわたしとしては、ニーナをきみたちから永久に引き離してしまおうなどと思っているわけじゃないんだ。単に世界とは狭いところだということさ。昼食はラングーンで、晩餐はカイロで、という具合だからね。彼女もいつだって近くにいるのさ。きみたちが気づかないうちに、ちょっと食事をしにアメリカに戻っていた、なんてこともあるだろうね。

映画かね？」とヴァナーズ卿は単眼鏡のレンズを拭きながら、老いて荒い肌ながらも沈着にして穏やかな顔で言う。「わたしの願望としては、シェイクスピアの戯曲のどれかか、あるいはもっと古い詩人にして劇作家、名前をなんといったかな、そうだ、クリストファー・マーロウだ、そのあたりをもとにして、ニーナのためにすばらしい脚本を創りあげたいと思っているところさ。『これぞ千の船を放ちし顔なり！』〔十六世紀のマーロウ作の戯曲『フォースタス博士』中の台詞〕という一節があるだろう。きみたちも祖国アメリカの学校でもう少し文学を勉強したほうがよさそうだね。古典文学ほどすばらしいものはないよ。熱く沸き立つ語句、偉大なストーリー、それが輝くテクニカラーの映画になるんだ。それによってニーナの美を百年後まで遺したい。

そうとも、映画を創るのは避けがたく確実だ。きみたちも期待していてくれたまえ」

かくてニーナはヴァナーズ卿とともに一九四一年六月にボルナックへ向かって飛び立った。真珠湾が奇襲攻撃される六ヶ月前になる。殺戮者と恐れられた葉加鷲《はかわし》大将率いる日本軍がボルナックに到達するのは、翌一九四二年四月のことになる。

亡きジョージ・ヴァナーズ卿が言った最後の言葉を、ニーナはいつも思いだす。日本軍の爆撃機がボルナックの首都ヴァナーズポートを攻撃しはじめるのに備えて、卿は彼女を比較的安全な避暑用宮殿に避難させていた。避暑用宮殿の専用飛行機発着場は高原に位置しながら、敵機の偵察の目から巧くカモフラージュされていた。その日の午後ジャワ島スラバヤの基地を発ったダグラス機が、ニーナをはじめ可能なかぎりの数の白人婦女を乗せて再逃避する予定だった。

ダグラス機の到着は充分間に合うと予想されていた。前日に接近しつつあるのが感知された敵艦隊は、入江を囲む浜辺から二マイルほどの距離にとどまっていると、偵察員から電話報告が入った。五十マイル先の標的への攻撃を可能とする唯一の地点だからに相違ない。燃え盛るゴム工場と石油タンクから煙があがり、ボルナック政庁の建物はすでに瓦礫のみとなるほど徹底的に破壊されていたが、敵の艦艇隊は依然上陸を決行しようとはしなかった。味方の防衛線となるアンザック軍〔オーストラリアとニュージーランドの混成軍〕とシク教徒〔ヒンドゥー教とは別のシク教を信仰するインド人〕軍と白人入植者軍と武装訓練された現地兵士軍からなる混合隊は、七十五ミリ砲を備えた砲撃隊六隊をなして、入江を三日月形に囲むジャングルに身をひそめ、敵艦隊の上陸あらばいつでも迎撃できるよう身がまえていた。いざ開戦となれば三日間は持ち堪《こた》えられる戦力があり、そのあとは砲装備を維持したまま丘の上へと退却しつつ戦闘しつづける予想だった。

だが風がなく血のように赤い熱帯の夜明けが訪れ、避暑用宮殿のまわりで鳥たちが眠りから覚めて鳴きはじめるとともに、ヴァナーズ卿は破壊された首都の偵察員からの電話で最新情報の報告を受けていた。耳を削ぎ落とし顔に石灰を塗った敵の現地人兵が避暑用宮殿背後の荒れた畑地からゆっくりと接近し、ベランダへの階段をあがると同時に、赤い血のしたたる舌のない口から動物が鳴くような声で合図を発した。

茶色い肌をした小柄な敵兵の一隊が、鮫ヶ《さめが》岩《いわ》の荒磯から崖の下へと蟻の群れが這うように上陸してきた。避暑用宮殿まで五マイルもないところだ。そこから滝を掻き登って荒れ畑まであがり、防衛線をなす入江をとり囲んだ。そのまま進んで避暑用宮殿を急襲する作戦だ。

「きみのために考えているすばらしい映画のことで頭がいっぱいで、わたしの視界は曇っていたようだよ、ニーナ」ヴァナーズ卿は銃器戸棚のわきで両脚を木の幹のようにまっすぐにして立ち、単眼鏡越しに象撃ち銃の銃身を見おろしながら、落ちついた笑みを浮かべてそう言った。「栄光に満ちた不滅の映画だ。かつてきみが出ていた、キング・グローアの昏《くら》く悲劇的な作品群に比べたら――彼は画《え》でも動きでも細かなところでいろいろ変化を出したり、とってつけたような類型的でまがいもののハッピーエンドをときどき挟んだりはしていたが――わたしの映画はそれより遥かに上質なものになるはずだった。だが映画製作という事業は見た目以上にむずかしい営為だと、ようやくわかったよ。さまざまなやり方を試して新しい道を模索してきたが、いつもグローアの創った古い映画以上のものにはなりそうになかった。

許してくれよ。どうか泣かないでくれ！　わたしの言いたいことはそれだけだ。あとはただ、美しきニーナ・ワンドレイを自分のものにできたことが大いなる誇りであり幸福であったとつけ加えるのみだ。たとえ如何《いか》に短くささやかな夫婦生活だったとしてもね。それほどきみをとても愛してきた。もっと愛せただろう、とも言っておきたい。輝かしい日々よ、そして、楽しき狩りのときよ！」

ヴァナーズ卿はそれだけ言うと、単眼鏡を帯びたまま口髭に穏やかな笑みを浮かべ、老いた虎のごとく雄々しく去っていった。

茶色い肌の敵兵の群れに囲まれたときも変わらず笑みを湛え、老いた体を攻められ血まみれになって斃《たお》れたときもなお、愛用の棍棒兼用銃をしっかりと握りしめていた……

一日じゅうヴァナーズ卿の骸《むくろ》の下敷きになっていた十二歳の現地人少年が日暮れどきにようやく息を吹き返し、夕闇がおりるとともに這いだして崖を攀き登り――日本兵の群れが這いあがっていく道筋を避けて――二十九人だけで七千人の敵を迎え討たんとした〈虐殺の谷〉の戦闘のもようをのちに語ることになる。

　少年は山岳地帯で名を馳せる古老〈人喰いニッキ〉の百人に及ぶ曽孫の一人で、割礼もまだ受けておらず、戦士としての入墨《いれずみ》も彫っておらず、女と同衾するにもいたっておらず、ヴァナーズ卿の避暑用宮殿の洗濯室でゴキブリを駆除したりアイロンを熱したりする係として雇われた。ほかの仕事としては藩王夫人の衣類を洗濯する前に仕分けするのがおもな役目で、あとは台所の戸口のそばで米や豚肉の残りにありつくだけだった。夜は藩王夫人用の絹のシーツや夜着や靴下や普段着や薄手の下着などが山積みされているわきで眠った。街に住むより上等な人々からは靴もズボンも穿いていないのをよく笑われたが、しかしその戦闘の日には自らの槍と剣を浄《きよ》め、見事敵兵の首級《なまくび》ひとつを避暑用宮殿に持ち帰った。

　ジョージ・ヴァナーズ卿その人の首級が単眼鏡をかけたまま発見されたとあとで噂されたが、あてにはならない。戦勝がつづいたころの日本軍は敵将の首級を獲ることがよくあったから。二年半後にアメリカ艦隊の最初の一隻がボルナックに到達したときには、〈虐殺の谷〉のジャングルには日本兵の錆びた銃器や白骨が蔓《つる》に絡まれておびただしく散乱していた。かの葉加鷲大将がわずかに残った手勢とともに敗走したあとのことだ。

　ヴァナーズ卿が火急に集めたひと握りの迎撃隊は、ボルナック政庁の会計係や引退した農夫や貧しい海岸のゴミ漁《あさ》りや使用人や庭師などだったが、それでも葉加鷲軍の攻撃を十二時間くい止めていた。スラバヤからのダグラス機が到着して婦女全員を救出するには充分な時間であるはずだった。だが救出用機が目的地に着くことはなかった。おそらくは二百マイル以上離れた海上で、日本軍空母から飛び立った零式《ゼロ》戦闘機に発見され撃墜されたとおぼしく、深海からふたたび浮上することはないと見なされた。

黒い闇と赤い血しぶきと絶叫の悲鳴に満ちたヴァナーズ卿避暑用宮殿とその庭園では、婦女たちの一部が血に飢えた日本兵に捕まる前に自らを撃ち、別の一部は鋭い銃剣の刃《やいば》を素手で持って自らの胸を刺した。それができずにただ泣きわめく者たちや従順に降伏した者たちはといえば、よりよい結果になったはずもない。むしろもっと過酷な命運に迎えられた。

だが藩王夫人ニーナ・ヴァナーズだけは〈人喰いニッキ〉の曽孫の少年によって逃がされていた。ブロンドの髪と青い瞳と美しく白い肌を持つ女神のごとき夫人は、花の香りを放つ煌めく絹のドレスに身を包んだまま逃走した。少年は混乱のただなかで鼻の利く黒い猟犬のように彼女を探しまわり、飛行機発着場の端でついに見つけた。ニーナは節くれだったバンヤンの巨木の下で、避難用荷物の上に呆然と坐りこんでいた。血も沸き立つほどのあまりの惨劇を目の前にして麻痺に陥り、美貌すら失われていた。そんな目に遭うのは十三歳にもならないころ生家から逃げだしたとき以来初めてのことだった。そのときも悲惨だったが、こんどばかりは死を迎える前の最後の悲劇になると思われた……

浅黒い肌の少年はものも言わずニーナの手を摑み、片手には依然として敵の首級をさげたまま、血糊のこびりついた剣を腰布につっこみ、有無を言わさず引っぱっていった。暗闇のなかで鋭い目をすばやく走らせ、悲鳴と銃声と火炎からできるかぎり遠ざかるべく、文目《あやめ》も分《わ》かぬ道筋を、茂みに覆われた川をめざして走った。川岸沿いの木陰に自分の丸木舟を隠してあるのだった。

しかも少年はニーナの無言の訴えに応え、彼女の荷物をとりに戻る余裕と賢さも見せた。そのために三往復もして、最後の荷物を持ち帰り、闇のなかで白目と白い歯でニーナに微笑みかけたとき、血に酔った日本兵どもが待ち伏せていることに気づいた。彼らはニーナの行方を追って藪を叩きまわし、すでに隠れ場所をつきとめていたのだった。

少年はニーナを丸木舟に乗せ、昼夜をかけてサンゴン川の支流を上流へと漕いだ。山岳地帯をうねくる急流の源流近くまでたどりつくと、年齢からは考えられないほどの力を出して――だが故郷に着けば成人も同然で、汗まみれの顔に光る目はいちだんと鋭さを増していた――さらなる激流を漕ぎあがり、古老〈人喰いニッキ〉が統《す》べる熱帯雨林のなかの村に漕ぎ着いた。ジャングルに慣れた葉加鷲率いる日本軍も、そこまでは追跡しきれない。かくてニーナは山奥でも依然藩王夫人であり女神でありつづけた……

元ハリウッドの名花にしてボルナック藩王妃、ニーナ・ワンドレイ、かの地で日本軍により落命す！

このような見出しが多くの言語で世界じゅうに配信された。

それを目にした多くの人々が悲嘆に浸《ひた》った。大きな無垢の瞳をした美しきニーナ・ワンドレイが、一夜とて忘れられない名声を遺して果てた。その魅惑の記憶を失ったままでいられる男は一人もいまい。

だがほかにも数多《あまた》の悲劇がすべての新聞に載りつづけた。一日で何万人もの人々が殺戮され、巨大な戦艦や空母が撃沈され、多くの大都市が火炎に呑まれ、いくつもの国が丸ごと失せた。輝かしいニーナ・ワンドレイは死んだが、しかし世界そのものもまた死につつある。

そう書かれた記事が彼女についての最後の情報となって、新聞社の資料室に仕舞いこまれた。以後彼女の名前が活字となって紙面を飾るのは、こんにちまで待たねばならない……

まさに今日の午後の版の新聞が発行されるまで。

著名な元映画女優ニーナ・ワンドレイ、メリーランド州にて――ワシントンＤＣ『イヴニング・サン』紙が一ページの四分の一を使って、十八ポイントのイタリック活字でこう見出しを打ち、その切り抜きが今ニーナのすぐそばのテレビの陰に落ちている。――**健在と判明**

かつてからニーナを知る者たちが彼女の生存を知ったのは、この記事のためだった。長年にわたる沈黙のすえに、ついに……

だがニーナ自身は沈黙しようと考えてそうしたわけではないし、沈黙の期間がこれほど長くなるとも予想してはいなかった。最初のころはせいぜいひと月かふた月、長くても一年程度だろうと思っていた。

報道によって自分があの夜死んだことになっていると知ったのは、対日戦勝日の一年後のことだった。それは彼女が北京《ペキン》にいるときで――まだ中華人民共和国になる前だった――そこからハノイかシンガポールか、あるいはついにたどりつくことのなかった例の救出用機がかつて飛び立ったジャワ島のスラバヤへでも向かおうかと考えているころのことだ。

詳しく言えば、表紙がとれてページの端がめくれ荒《すさ》んだ四年前のアメリカのニュース週刊誌――一九四二年五月十三日号――をニーナがたまたま目にしたのは、一九四六年十一月二日の朝の北京で、バーグという名前のルーマニア出身亡命ユダヤ人歯科医の治療室で待合用の籐椅子にかけ、治療室に入っている患者が出てくるのを待ちながら、その雑誌をなにげなくめくったときだった。（患者は背の低い太った男で、くたびれ汚れた茶色いダブルのスーツを着て、警察にパスポートを出せと命じられたら氏名欄にはアントン・クモリとかなんとか書いてありそうで、住所は連合軍占領下ドイツのライプツィヒあたり、職業は光学器具のセールスマンかなにかに見える男だ。左下の親知らずが虫歯で、穴を空けられ詰め物をされていた。虫歯をあまりに長く放っておきすぎたせいで耐えがたいまでに痛くなり、趙《チョウ》博士という中国人科学者と一緒に車に乗っているときだったが途中で停めて跳びおり、いちばん間近に見つけた歯科医院に駆けこんで、片手で顎を押さえながら、すぐ診てほしいと懇願したのだった。ひどい痛みに耐えている者ならだれでもあることだが、治療用の椅子に坐ってからもクモリ氏は呻《うめ》いたり唸《うな》ったり顔をしかめたり身悶えしたりをくりかえし、頭頂の禿げた小柄なバーグ医師はそのあいだずっと宥めの台詞をつぶやきつづけていた。ニーナは読み古された雑誌の端からそのようすを冷然とかいま見ていたが、バーグ医師が待合室へ顔を向けることは一度もなくて、仕方なく同じ部屋にいながら待ちつづけるしかなかった）

ニーナ・ワンドレイ、ボルナックにて死亡……

ニーナは死んだことになっていた。じつは山岳地帯まで逃げのびていたのだが、その事実は世界のどのメディアも把握していなかった。

戦争がつづいているあいだに、ニーナ・ワンドレイがボルナック藩王妃であることを知る者はほとんどいなくなっていた。彼女自身はその称号を維持していたつもりだったが、なぜ世間に忘れられたかが今わかった。サイゴンでもマニラでもソウルでも、初めて出会う人々は彼女が出演した映画を観てはいないため――古びてチラつきだらけになったフィルムで観た者がごく稀にいるだけで――ハリウッドでの彼女の過去についての話題を会話に出す者はおらず、ただ噂に聞くボルナック藩王妃が平たい鼻に鼻輪をつけた現地人女性ではなく、美貌の白人女性だと知っていささか驚くという程度だった。

ニーナは読み古された雑誌を思わず投げるようにわきへ手放した。首にかけた黒貂《くろてん》の襟巻をわれ知らず整え、今にも立ちあがりかけた。

自分を止める要素はなにもないとそのときは思えた。だがすぐに考えなおしてみると、どこか近くにいるアメリカの新聞記者を捕まえて、自分はまだ生きているという声明を告げるには、今は必ずしも絶好のタイミングではないという気がしてきた。

べつに急いで発表する必要などないのではないか。

世界は永遠につづくのだ。わたしは過去とともに死んだことにすればいいのよ――とニーナは自分に言い聞かせた。ここにいるのはわたしじゃない、わたしはどこかほかのところにいるの、と。

それに、仮にこの北京の街をよく知っていて、且《か》つまた、森を走る鹿の肢《あし》か空を飛ぶ鳥の翼を持っていたとしても、今すぐ人混みの北京の街に出ていくのは、想像しただけで心臓を摑まれるような恐怖を感じざるをえない。

というのは、なんとも不可思議なことだが、つい三十分ほど前にこのバーグ歯科医院の暗い階段を昇りはじめたとき、街を行き交う青服を着た北京市民の群衆のなかに、キング・グローアの顔を一瞬だけ目の隅で捉えた気がして驚きを覚えたからだった。

一秒にも満たないほんのわずかなあいだであるにもかかわらず、見たという感覚はたしかだった。

光が飛ぶあいだほどの瞬時のことだったが、確実にグローアだと言いきるには充分だ。

記憶から思い描いていたよりも肩のあたりがたくましく、濃い髪には灰色が混じっていたが、眉はまだ黒く、目つきは鋭かった。カメラのフラッシュほどの束の間に、茶色い千鳥格子のジャケットと灰色のフランネルのスラックスをまとっているのまで見てとれた。ライカのカメラを入れたバッグを肩にさげているさまは、北京の特色あるところを求めて古い街並みをうろつきまわる浮《うわ》ついた観光客のようでもあった。通りの向かいの薬局の店先に立ち、ニーナのほうへまっすぐ目を向けていた。

自分のところに向かってくるのではないかとさえ一瞬思った。体が固まるかのようなその瞬間、ニーナは相まみえるのを避けるためさりげなく視線をわきへ逸らしたが、その直後、薬局の店先にはもうだれもいなかった。グローアは消えていた。

震えあがるような恐怖を覚えてしまったのはじつに奇妙なことだ。不可解とはいえただの幻覚だったかもしれないのに。そのときのニーナはすでに二十六歳で、充分成熟した大人の女性だった。『姫と獣』での無垢で自立しない少女を演じてから十年ほども経っていた。当時はグローアの魔法にかかったように完全に操られているだけだったが。グローアのキャリアを潰《つい》えさせ映画界から去らせしめた『止まった時計』からは七年がすぎていた。

そのグローアが、世界を半周した先の北京にいる理由はない。ニーナ自身にしても、今さら彼を恐れる理由などないはずだった。世界のどこであれ、彼のことを考えねばならない理由すらない。

ただの幻覚にちがいない。いつかニューヨーク四十二番街の混雑する繁華街でグローアを見かけたように思ったときはまさにそうだった。夫クリフ・ウェイドとともに観劇に行くためロールスロイスのリムジンに乗っているときだ。クリフはシルクハットをかぶり白タイを締め、ニーナは青ミンクのドレスを着てダイヤモンドのブレスレットをつけていたが、彼女の手は痙攣しそうになるほどクリフの手首を強く摑んでいた——夫の拳が自分の口に血を滲ませる殴打を加えるのを本能的に止めようとでもするかのように。

夫マイク・ヴァリオグリと一緒に二人乗りのイソッタでローマ郊外を走っているときもそうだった。狭い道でマイクがロバ牽《ひ》き荷車のわきを時速百マイル近くで走り抜けようとしたとき、グローアの姿が突然目の前に現われて轢いてしまったように思え、ニーナは悲鳴をあげた。

暖炉の上にたくさんの花が活けられたジブラルタル総督邸の居間で夫ジョージ・ヴァナーズ卿とともに結婚式を挙げていたときにもそんなことがあった。戦闘服に身を包んだ総督が聖書を手にして、ニーナよあなたはこの者ジョージを法の下《もと》の夫として……と唱えているとき、彼女は式のさなかにもかかわらず不意に振り返り、同じく戦闘服姿のイギリスの同盟諸国の将校たち十数人が居並ぶところへ目を向け、その後方のアメリカ人たち——アメリカはまだ同盟に入っていなかった——をすばやく見わたした。

どこ？　どこへ行ったの？　たしかにグローアの姿を認めた気がしたのに、いつの間にか消え失せていた。

結局ニーナは立ちあがらず、歯科医院の待合室から跳びだしていくことはなく、本当にグローアがいたのか、ふたたび視界に入ってくるかどうか、たしかめずに終わってしまった。

歯科医院を出たあとは路面電車に乗り、取引銀行の近くでおりた。キャトル・ドローヴァーズ・ブロードウェイ信託銀行北京支店に入ると、アメリカ本店の信託基金係ティリングハーストに自分が生存していることを知らせてくれるよう依頼した。ほかにはすぐに知らせておかねばならない関係者はいない——すぐにではないとしても、後日にせよいつにせよ。死を悔やんでくれた人々は多くいただろうが、そうした人々にとっても悔やみの時期はとうに遠い過去のことになっているはずだ。そう考えると、死の報道は自由な気分をもたらしてくれるものだという気がした——ある意味での自由を……

今からちょうど半年前を少しすぎた十一月初旬、ニーナはウィーンを経てアメリカに帰ってきた。摩天楼が金色の霧に霞む夜明けどき、旅客機でニューヨークのラガーディア空港に着いた。藩王夫人の座につくことになるボルナックへ向かうためかつて同じ空港から飛び立ったのが、つい昨日のことのように思えたものだった。だが暦どおりに言えば、実際には十五年と四ヶ月前になる。かなり長い空白期間だから、少し怖かった。というのは、いつかジョージ・ヴァナーズ卿がニュース欲しさに色めき立つ報道陣を前にして、ひょっとしたらニーナ・ワンドレイはだれも知らないうちにふらりとアメリカに戻ってきて、どこかで食事をしているかもしれないと予告したことがあったからだ。

だがまだマスコミに帰国を知らせる気はなかった。それよりまず新しい母国に慣れるのが先だ。いずれにせよ、食事をするためだけに帰国するはずもない。当然長くとどまるつもりだった。二度と祖国を離れたくはなかった。愛と美に満ちた広大で輝かしいアメリカを。哀れな母をはじめとする一族みなが埋葬されている故郷の小さな町さえも、いずれ人知れず訪れたかった。

長い歳月でもニーナの容貌はほとんど変わらず、若いころのように見せるために鏡を見なおしたりする必要はなかった。人に訴える物思わしげな大きな目も、均整のとれた体とそれを覆う透き通るほど白くなめらかな肌も、人の心を奪う微笑みも、すべて昔と同じだ。つねに男たちを振り向かせずにはいない美貌は、彼女がだれであるかを語るに充分だった。

普通の女性ならば化粧を濃くしたり、髪を赤や黒や紫に染めたりするところだが、そうやっても永遠に美しいニーナ・ワンドレイと同じにはなれない。ドラッグストアの前で行列をなし、ビタミン剤や精神安定剤やヨーグルトや廃糖蜜など——ニーナにとってはどれも聞いたことさえないものばかりだ——を必死に買い求める女性たちとはちがうのだ。

体重は十七歳のときと変わらず、身長も同じだ。まさに映画『姫と獣』のなかの、百年の眠りから覚めた〈姫〉を地で行くようだ——そこまで長い歳月ではないにせよ。肉体は世の男たちの貪婪《どんらん》な視線から隠されてきたにもかかわらず、裸になればハイラム・パワーズ〔十九世紀米国の彫刻家〕の裸女像『ギリシャの奴隷』〔十九世紀ギリシャ独立戦争時オスマン帝国に囚われた女性の像〕のごとく、腹部はいまだに軟らかく平らかだし、胸や腿も同じくなめらかな曲線を描きつづけている——まるでずっと男たちに見られてきたかのように。

ただ内面は変化したとニーナ自身感じていた。それはもう、細かくは言い表わしきれないほど変わったと。女でも男でも大人になれば、感情や欲求は高く深い大波となって、ときとして人を呑みこみ溺れさせるものなのだと、今のニーナは理解できている。十七歳のころは、いや二十歳になってもまだ、そんなことは及びもつかなかったのに。

ハリウッドでキング・グローアに支配されていた若い娘時代は、まるで彼に振りまわされるマッチ棒のようにぎこちなく動いていただけだった。笑うのも泣くのも、愛情も歓喜も、あるいは曰《いわ》く言いがたい恐怖さえ、内面の感覚で理解することがないまま表現していたにすぎなかった――今となっては秘かに苦笑しながらそう思いだせる。不器用な娘だったとかすかに自虐しつつ。とはいえ当時の自分にまったく共感できないわけではない。

ニーナはラガーディア空港におり立ったあと、すぐワシントンDCにまっすぐやってきた。国務省でアメリカの市民権とパスポートを取得しなおすためだ。マイク・ヴァリオグリとのパリでの結婚と、つぎの夫ジョージ・ヴァナーズとのジブラルタルでの結婚を経たあとだったから。

今の夫クロード・スロークと出会ったのはまさにその日だった。赤土の山間にある地カーガー郡の出身で、畜産会計検査院に勤める下級公務員で資産に乏しく、華々しい軍歴や名声はなく、格別に名のある家系の一員というわけでもない男だが――出会って一週間後には結婚し、ワシントン郊外のこのささやかな家に落ちついて、ごく普通の家庭の主婦としての日常生活を送りはじめた。それ以前の数々の派手な結婚生活とは大きく異なる日々を。

少なくとも、それまでとはまったくちがう新たな役を演じる挑戦という意味はあった。ぞんざいに書かれた脚本による退屈な映画のなかでなら、こういう役をやる機会があってもおかしくないとは言えるだろう。遠い昔グローアに指導されるうちに無意識のうちに身についた、映画の劇的さについてのきびしい批評眼による見方かもしれないが。

ハリウッドでのニーナの女優生活は二年をわずかにうわまわる程度で、それだけでキャリアが終わってしまった。クリフ・ウェイドとは一年、つぎのマイク・ヴァリオグリとは七ヶ月の結婚生活で、ともに短く終わった。そのあとのジョージ・ヴァナーズとも一年に満たなかったが、彼とだけは死による別れであり、ニーナのほうから去ったわけではないので、場合によっては遥かに長くつづいていたかもしれない。

名にし負う東洋世界では都合六年間生活した。ヴァナーズ卿とともに華々しいところをあちらこちら経巡った体験、ヴァナーズポートの藩王宮殿や避暑用宮殿での暮らし、〈人喰いニッキ〉が統べる髑髏の積まれた神殿での隠棲、黄金の屋根を戴《いただ》くラングーンの寺院やヨーロッパふうの文化に溢れたサイゴンの街での居住、さらにはソウルや東京への旅を経て、ついには今またアメリカに戻っている。ヨーロッパでの滞在は都合九ヶ月で、そこでも十ヶ国以上を矢継ぎ早にまわり、深夜に太陽を見られる北極圏の海岸からイスタンブールの金角湾にいたるまで旅している。

あと一年、いや数ヶ月程度でも、ポトマック・ヴィスタ・ガーデンズ、ドッグウッド通り四番地のニーナ・W・スローク夫人をつづけていられたら、さらに新たなまったく異なる生き方に挑戦できたかもしれない。たとえば超音速ジェット機のテストパイロットへ夫を鞍替えするとか、あるいはまた、年商二億ドルのホテルチェーンのオーナーでポスト印象派画家の雰囲気を少し具えた男と再婚するとか、あるいはまた、『マルキ・ド・サド全集』全二十四巻を細部まで知悉している近世フランス文学専攻の大学教授でアマチュア演劇にも関心の高い男の夫人になるとか。人生という映画で最後の大役を掴みとるまで挑戦しつづけられたかもしれない。

そうできる可能性もあった。世間から忘れられた静かで昏い時の流れに漂いながら、この平凡な役をやっているさなかにでも。

一方の夫クロードはといえば、五ヶ月と少しになる楽しい結婚生活のあいだ、妻ニーナがそれ以前にはどんな暮らし方をしていたかといったことについて、一度も思い及んだことがなかった。

　そもそもクロードは妻ニーナがどんな女かさえ、本当に真剣に考えたことがない。もちろん、かつて有名な映画女優だったことと、何度も結婚をくりかえしてきたことだけは彼女から聞いているが。

　クロードが妻について持つ情報はせいぜいその程度だ。少年時代の彼はカーガー郡で山野を裸足で走りまわっていた田舎者であり、当時の映画の好みといえば、土曜日に旧作映画館で観る最盛期のロン・チェイニー〔米国二十世紀序盤の名怪奇俳優〕のホラー映画二本立てで、そのために五セント硬貨二枚をどうやって手に入れるかがいちばんの関心事だった。ニーナを有名にした出演映画は一本も観ていなかった。キング・グローアの監督作品がひとまとめにしてテレビ局に売り払われるよりも前の時代だった。ニーナの出世作『姫と獣』だけは一九五一年にワシントンの映画館でリバイバル上映されたが、そのときでさえ敢えて観たいと思うほど興味を掻き立てられはしなかった。

　クロードはニーナの男性遍歴について嫉妬することはないし、関心すらとくに持たない。自分以前の夫たちについて仮に考えることがあるとしても、あるいはニーナが名前を口に出していない男がほかにもいたかもしれないとしても、そうした者たちが彼女をかつて手中にしていたのだと捉える発想がそもそもなく、クロードにとっては謂《い》わば擦り切れ忘れられた古い映画のなかで影のように蠢く端役《はやく》俳優の群れにすぎない。そういう者たちについてなにかしら思うところがあるとしたら、どんな理由にせよ彼らが表舞台から消えてくれたおかげで彼女を自分のものにできたのだから、むしろ感謝したいほどだった。

　そういう考え方をするタイプの男は攻撃的な印象をまわりに放たないのがつねで、このクロードも丸顔に砂色の髪を蓄え、鼻は小さく顎はなだらかで、額にはかすかにそばかすが残り、穏やかで気遣わしそうな淡い青色の瞳を持ち、愛想のよい大きな口をしている男だ。右手の人差し指が欠けているのは、十四歳のころ狩りの最中に過《あやま》って猟銃で撃ってしまったためで、それが身体面での大きな特徴になっている。とはいえ格別なハンディキャップというわけではなく、却《かえ》って十年前に徴兵委員会から召集令状が届いたとき応じなくてもよい理由になった。兵役につけなかったことはまったく後悔しておらず、生きるにせよ死ぬにせよ、英雄になりたいなどとは少しも思っていなかった。またこの障碍のおかげで銃器に対して異常なほど強い恐怖心を持つようになり、故郷のカーガー郡に住むよりもワシントンで公務員になる道を選んだのもそのためだった。田舎にとどまれば、山野を歩きまわって鳥や兎を猟銃で撃つ暮らしをつづけざるをえないからだ。

ほかの特徴を挙げれば、身長は五フィート八インチ、体重は百四十三ポンド、靴と手袋のサイズはともに八インチ、帽子は七と八分の一インチだ――帽子はめったにかぶらないが。貯金はできるだけしたいほうで、銀行預金は今のところ五千ドルを少し超える程度だが、貯めるのは決してたやすくはなかった。独り暮らしのころのアパートメントの部屋代は比較的高かったし、レストランでの食事代や、給与からの源泉徴収や退職時のための毎月六パーセントの天引きなどもかなり響いた。もちろん天引きされても、あと二十年と少し勤務すればすべて報われはするが。三十年間分の退職金と、その後の終生の年金に変わるのだから。百年もつづく一族の出身であるクロードにとっては、それだけの資金があればスローク家を維持するために大いに役立ってくれるはずだ。

クロードにかかわることのほとんどは、ある意味平凡だと言えるだろう。だが自分では決して平凡な男だとは思っていない。完璧な天才がそうはいないのと同様に、完全に平凡な人間もめったにいないはずだ。クロードはユーモアも多分に持っており、目は穏やかながらじつは鋭い観察眼を持ち、一見凡庸なようでいながら知性は相当優《すぐ》れていると自分では思っている。容貌は特別にハンサムというわけではないが、それでも女性に強く訴える男としての魅力を確実にどこかに持っていると自分では考えている。また将来有望な映画脚本家の卵だと自分を見なしており、そのため興味深く劇的な人物像が視界に入ってこないかとつねに念じながら、世の中の人々の実生活のようすを常時観察し、そこから物語のプロットを創りだすべく努めている。職場の上司や同僚や、人事部門担当者として面接する畜産会計検査院への就職希望者たちや、借りていた部屋の大家夫人や、同じアパートメントの隣人たちや、あるいはまたレストランやバスのなかや街の通りなどで出会う見知らぬ多くの人々にいたるまでいつも観察している。

　ニーナと初めて出会った日のことを、クロードはよく憶えている。混雑する〈ボントン・カフェテリア〉でいつものように夕食をとったあとだった。職場から半ブロック先の、十七番街とペンシルヴェニア通りとの交差点に近い店だ。正面の大窓に近いところの、二人がけするには少し小さいテーブルで、特製スイス牛ステーキとマッシュした蕪《かぶ》とサヤインゲンとアップルパイとミルク一杯をちょうど平らげたときだった。両肘をテーブルに載せ、両手の指を組みあわせて、もげた人差し指の痕《あと》をなんとはなしにさすりながら、街の情景を黙然と眺めて考えごとに耽っていた。

　窓の外では、通りの先に国務・陸軍・海軍ビル〔アイゼンハワー行政府ビルの旧称。国務省・陸軍省・海軍省の合同庁舎〕の一部が見えていた。さまざまな行政施設が収容されているほかに、隣のホワイトハウスに入りきらない大統領府関連の事務所までが間借りしている建物だ。その向こうには財務省があり、さらに先には大きな映画館が占める一画がある。十一月初旬の夕刻の空が桃色に染まりはじめていた。映画を観に行こうかとも考えたが、すでに時間が少し晩かった。午後五時をすぎると料金があがるのだ。それにどうしても観たいものがあるわけでもなく、クロードが大ファンであるリタ・レイニーのまだ観ていない最新出演作がかかっているわけでもなかった。

クロードとテーブルを相席にしてサンドイッチとコーヒーをそそくさと腹に詰めこんだ男性客が——どこか滑稽な風采の年配者で、ワイシャツに黒タイを締めチャコールグレイのスーツを着て、髪は短く刈りこみ、口はぽんやりと開き気味にした男だ——椅子を後ろへ押して立ちあがると、数フィート先のレジカウンターへいそいそと向かっていき、勘定を済ませたあと回転ドアから外へ出ていった。ちょっと頭のぼんやりした男らしいな——とクロードは思った。茶色い帽子とコートを窓のわきの真鍮《しんちゅう》製の掛け釘にかけたまま忘れているからだ。こういうキャラクターは喜劇映画に使える——とクロードは心の抽斗《ひきだし》に仕舞った。おそらくこの界隈のどこかの事務所に勤めているのだろう。前にも〈ボントン・カフェテリア〉で見かけた気がした。

クロードは店内を見まわし、テーブルの上を片づけてもらおうと、胸の大きい黒髪のウェイトレスを探した。給仕に来るといつもちょっとだけからかいの台詞を投げてやる娘だ。だがちょうど奥のテーブルで片づけにいそしんでいるところだった。席が空くのを待っている四人のグループ客がいるためだ。

「相席させていただいてもいいかしら?」そう呼びかける声がした。

声の主《ぬし》は今空いたばかりのクロードの向かいの席のわきに立っている女性だった。

「ええ、かまいませんよ」とさりげなく答えた。

女性はさっき店を出た男が残していったサンドイッチとコーヒーのトレーを手の甲でさりげなく

どかし、持っていたティーポットとティーカップをそこに置いて、それらの下に敷いていたトレーはわきの窓の桟《さん》に置いた。両手を繊細に動かして、砂糖の塊《かたまり》を包みからとりだしてカップに入れ、レモンも汁を絞って入れた。

田舎者にありがちなよくある対応をしたばかりのクロードは、まだその女性をことさらには意識していなかった。ちらりと目を向けて、ブロンドの髪をしたプロポーションのよい女性だと見てとったが、そのあとはふたたび創作に使えそうなキャラクター探しを再開した。

あとになって、なぜあのときすぐ彼女に魅《ひ》かれなかったのだろうと不思議になった。使っている香水といい、繊細な手の動かし方といい、ただちに強く意識しなかったのは迂闊としか言いようがない。

そのときのことはよく憶えていた――カフェテリア内にいたほかの客たちのようす、ナイフやフォークが鳴らす音、トレーや皿が触れあう音、カウンターのレジスターの音、出入りする客たちが押しまわす回転ドアの音、細切《こまぎ》れに聞こえる会話や笑い声。

客のなかに看護師が一人いた。青と白の配色の制服の上に明るい色のケープを羽織った細身のブロンド女性で、店を出る前にレジカウンターに立ち寄り、小銭をとりだしながらクロードのほうへふと顔を向けると、はにかみ気味の物欲しげな笑みを見せた。クロードは気づかないふりをしていたが、看護師は一、二歩彼に近づいたと思うと、口をかすかに「こんにちは!」と言う形にした。クロードは片眉をわずかに吊りあげ、困惑と拒否を示す視線を投げ返してやった。

ところがその看護師はクロードに話しかけたいわけではなかった。彼の後ろを通る男がいて、その男が看護師のほうへ足速に近寄っていった。体格がよくて浅黒く日焼けした男で、どうやら空軍士官らしく、銀の翼の上に徽章《きしょう》の並んだ制服を着ている。左頬に白い傷痕が走り、気どって斜《はす》にかぶった制帽の鍔の下の目は妙に細い。

「こんにちは、デニス！　いつワシントンに来たの？」

「ついさっきさ。きみの家に電話したら、今日は病院の当番の日だとメイドのマリアが言ってた。ここに来れば会えるだろうと聞いたんでね。来月になったら軍を少し離れて、法律学校に行こうと思ってると伝えたくてさ。予備役になってもなにか仕事ができるようにね」

「それはいいわね！」

「今すぐここで祝いの食事ってわけにいかないのが残念だな。病院まで送ってくよ、そしてきみの勤務時間が終わるまで待とう。このあたりにはすぐ誘いをかけてくる男どもが多すぎるしね……」

クロードはいささかムッとした。男は通りすぎるとき肩を擦《こす》らせていった。組みあわせた手に思わず力が入った。日焼けした若い空軍士官がレジカウンターへ向かうのを横目で見送っていると、士官はブロンドの看護師と手を握りあって回転ドアを押し、エスコートしながら外へ出ていった。もちろん銃は持っていなかったが、銃創らしい顔の傷といい、戦闘好きらしい堂々とした歩き方といい、すぐ銃砲を撃ち鳴らして死の天使を呼びたがるタイプと見てまちがいない。だから血のついた医療器具を使ったりする病院看護師に惹かれたのかもしれない。それであの男のほうから誘いをかけたのか……

物語のキャラクターとしてはおもしろい人物かもしれない、血に飢えた男デニスとしてなら。軍服を脱がせて普通のズボンとジャンパーに着替えさせ、仮面でもかぶらせてどこかの薄暗い街角を徘徊させるなら、完璧な悪の怪人になるだろう。いつでも拳銃をぶっ放したそうなあの細い目といい。

ヒロインとしては、ちょうど今店に入ってきた、胸が大きくて瞳が黒くて頬が薔薇色で波打つ髪をしたあの女がいいだろう。どことなくリタ・レイニーに似ている。それならあの男はさしずめ将軍がいい。

「ああ、そんなこといけませんわ、将軍！」

「いけないことがあるものか……」

太った二人づれが入ってきた――男も女も太っている。二人とも大盛りのトレーを持って、クロードの隣のテーブルに坐った。ソースのなかを泳いでいるローストポーク、ホイップクリームを載せたデニッシュ、パイ、アイスクリーム。あれなら五ドルぐらいはするだろう……

「ほかの人たちをじっとご覧になるのがとてもお好きみたいね？」少し呆《あき》れ気味の声でそう言ったのは相席の女性だった。

クロードに問いかけているのだ。

「ええ、まあね」彼はいささか驚きながら、ぎこちない笑みを浮かべた。

カフェテリアのスプーンをくすねたところを見つけられたような気まずい気分だ。まったく気づかなかったが、逆にずっと観察されていたことになる。

「なんでもほんとによく見ていらっしゃるようね」女性はお茶を啜《すす》りながら言った。「視線をあちらこちらいたるところへ漂わせていらっしゃったわ。お店じゅうの会話に耳を澄ましてるみたいだったし。きっと、世の中のいろんなことについて鋭い感覚をお持ちなのね」

「たしかにそういうところはあるね」クロードは笑みを洩らしながら返した。

そのときもまだこの女性に特別な関心を感じてはいなかった。むしろ目についたほかの客たちの個性に心を捉われていた。もちろん、女性に興味を持たれて嬉しくないはずもなかったが。

「ぼくが人を見るときは」と説明をはじめた。「いつも物語の登場人物として考えるのさ。そういう目で人やものを観察するのが好きでね。みんなそれぞれタイプが異なるし、おもしろいことを言う人もいればつまらないことしか言わない人もいる。仮にいちばん目立たない人を観察したとしても、その人を巡ってなにかしらストーリーを思いつけるものだ。観察に基づいて分析できる力があるならばね。こうしてじっと見つづけていると、まるで神になったような気分になれるよ」

「それじゃ、劇作家でいらっしゃるの？」女性はティーカップの上で眉をあげながら言った。

「じつはまだちゃんとしたものを書いてはいないんだけどね」とクロードは認めた。「でもアイデアだけは頭のなかにどんどん湧いてくる。いつかそれを巧く使って、いい映画脚本を書きたいと思ってるんだ」

「ずいぶん自信をお持ちのようね」と女性は評した。

「そりゃ持ってるさ」と軽く返した。「ぼくはクロード・スローク」

ちょうどよい応答の仕方だと自分でも思えた。自信のある視線をまっすぐ向けながら、笑みを見せてやった。そのとき、女性の睫毛が人並みはずれて長いことに気づいた。青い瞳は周縁部が暗い灰色に翳っている。小ぶりな黒い帽子の下で綺麗に撫でつけられた髪は榛色《はしばみいろ》がかったブロンドだ。イヤリングにはダイヤモンドが光り、指輪のひとつにもダイヤが嵌めこまれ、それらの宝石が煌めく小さくて優雅な手でカップにお茶をつぎ足す。

（このときは指輪もイヤリングも真珠ではなかった。そのころのニーナは社会人学校でチャリティ

ーバザーをやる若い上流主婦の役割を務めているわけではなく、自分がそうなるとは考えてもいなかった)

女性が持つそれらの特徴にクロードは初めて気づいた。彼がほかの人々を観察していたあいだも、女性はずっと相席にいつづけたのだが。

イギリス人女性だと初めは思った。話し方がイギリス人ふうに聞こえたし、お茶の飲み方にもそんな趣《おもむき》があったから。さまざまな経験を積んでいそうに思えた。少なくともクロード自身よりは来歴が豊かそうだ。ひょっとしたら戦争の渦中でだれか愛する人を失ったのかもしれない。少し物思わしげな微笑み方もそう思わせるに足る。

おそらく未亡人だ。左手を飾るさまざまな宝石の具わるいくつかの指輪のなかに、結婚記念らしきプラチナの指輪があることからしても……

クロードの想像は概《おおむ》ね当たっていた――イギリス出身という予測を別にすれば。忘れがたく愛らしい微笑みを湛《たた》えて向かいの席に座す女性は、じつは美貌の元女優ニーナ・ワンドレイなのだが、クロードはまだ知らない。土埃舞う南部の町で生まれた輝かしきニーナは、彼同様にアメリカ人なのだが。鉄道駅の裏の小屋同然の家で生まれた貧しく名もない少女で、故郷の町の人々は彼女がその地に住んでいるあいだも存在すら知るはずがなく、やがて彼女が町を去ったことにも無関心で、美貌の女優が自分たちの土地で生まれ育ったことには永久に気づかないだろう。

(ニーナは自分の経歴を初めて明らかにしたとき、出身地をテネシー州メンフィスに変え、それが後年の公的な記録になった。ジョージア州ビスターよりも遥かに響きのよい地名だし、なによりも彼女にとってメンフィスは憧れの都市であり、キング・グローアに発見されたときめざしていたと

ころもまさにメンフィスなのだった)

ニーナの本当の故郷である赤土の丘陵地帯の端に位置する陽《ひ》に灼《や》けた綿畑《めんばたけ》が広がる田舎町は、偶然にもクロード・スロークが生まれ育ったカーガー郡から四、五十マイルほどしか離れていないところだった。じつのところ、父親がスローク家について話していたのをかすかに憶えていながら、このときはまだ思いだせずにいた。父親自身カーガー郡にいたことがあって、そのころにスローク家の子供たちを二人ばかり見かけたことがあり、そのうちの一人がある朝ビスターまで家畜飼料を買いにきたこともあった――父は気が向いたとき飼料店で働くことがあったから。その話をしたときの父の口調からして、スローク家というのはあの地方の名家のひとつであるらしかったことも、このときのニーナはまだ思いだせていなかった。地元では知らない者のない、歴史と栄誉のある家系だったようなのだが……

(結婚したあとにクロードが出身地についてさりげなく話すのを聞いてからも、ニーナはかつての自分がケイド郡の土埃にまみれた小さな町ビスターで生まれたルビー・ベイツという名前の少女だったことは隠しつづけた。大男ジェド・ベイツと子育てに疲れた哀れな妻とのあいだに生まれた痩せこけてみすぼらしい長女がルビーで、母親は若くして亡くなった。ニーナが人生のなかで本当に気まずくて人に知られたくないと思っている過去のひとつで、世間にはずっと隠し通した)

ともあれクロードは相席の女性を細部にいたるまで観察し、その特徴を心のなかでかなり正確に分析した。唯一イギリス出身と見積もったのが誤りではあったが。

とはいえ、このときの観察で女性のすべてを把握したわけではなかった。同じそのときにせよ後日にせよ、もしもうひとつだけあることを意識していたならば、初めて出会ってから約六ヶ月後となるまさに今夜、妻ニーナがこうして暗がりのなかで死に瀕して倒れているとき、夫クロードが家にいないという事態は避けられたかもしれない。

しかしクロードはその点を単純に意識していなかった。だからこそ、それからの約六ヶ月間の結婚生活を幸福に送れたのであり、そのあいだそれに気づくことはまったくなかった。

本当に純粋で素朴な人みたいね――と、ニーナはお茶を啜りながら秘かに思っていた。

前の夫ジョージ・ヴァナーズ卿もこの男と同じく、淡い色の純粋そうな瞳をしていたが、でもこの男よりハンサムだったし、より潑剌とした人生を送っていた。いつもにこやかながら冷静で皮肉含みの笑みを湛え、堂々とした体軀で力強く悠々と歩きまわる人だった。世の女たちをつねに振り返らせる風貌で、それは二十代の見目よい若者たちのなかに紛れているときでさえそうだった。そこへいくと、今目の前にいるのろのろと話す無名の男は、人のよさそうな笑顔はしていながらも、到底美男子《アドニス》の部類には入らない。

しかし、瞳の色合いという採るに足りない特徴以外はまったく似たところがないながら、ヴァナーズ卿と同様にこの男もイギリス系の血を引いてはいるのかもしれない。ニーナ自身、ともに三百年前からつづく父方ベイツ家と母方コールドウェル家の両方の特徴をいまだに受け継いでいるのだから。自信を持っているところもヴァナーズ卿に似ており、それは千年ものあいだ異国に征服されずに来た民族の誇りにつながるものかもしれない。そのために異国と激しく戦い殺しあい焼き払いあってきたにせよ。もうひとつ言えば、お茶でも食事でも、男性と差し向かいに坐って英語だけで会話を交わし、周囲からもほかの言語が聞こえてこないという状況にいるのは、ボルナックの避暑用宮殿でヴァナーズ卿と食事したとき以来初めてのことだ。

クロード・スロークという男はそう名乗ったときの名乗り方からしても――スロークという名前を前にも聞いたことがあるような気がするけれど、だれからだったかしら?――やはり平民だとわかる。その点ヴァナーズ卿が単眼鏡の顔に浮かべた怜悧な笑みはどう見ても高貴なものだった。スロークには文法に細かい誤りがありがちで、そんなところからも本物の高い教育を受けてはいないとわかるし、田舎者らしい世俗的な口語体を使うあたりからもそう言える――そうした話し方自体は心地よく好感が持てるものであり、またそれが個性になっているのもたしかだが、一方でハーロウ・パブリックスクールからオックスフォード大学のベリオール・カレッジへと進んだヴァナーズ卿とは比べるべくもない。

緑色のコーデュロイのスポーツジャケットを上品に着て――とニーナは思いだす――その下はネクタイなしの格子のシャツというのがヴァナーズ卿の平素のいでたちだった。畏《かしこ》まった服装が要求される場合には、手織りツイード地のモーニングコートと灰色のシルクハットで固めることもあった。虎狩り用のショートパンツにブッシュジャケットという格好をするときでもセンスがよかったし、食事の場ではネクタイを欠かさないというルールはナガ族の村での晩餐の席でも守っていた。

但しヴァナーズ卿の心理は複雑で、教育の高さと古い文化を守る意志の強さとがありすぎたためか、最後の危難の渦中での戦いの果てには、そうした束縛からの解放を人生のなかでただ一度だけ欲したかのように、咆哮するがごとくまっしぐらに死へと突き進んでいった。

一方今ニーナと向かいあっている、ある種単純で武骨だがごく普通そうなこの男は、まったく複雑ではないわかりやすい心理状態にあるはずだ。それは強くて生気に満ちた心理であり、個性と創造性もありはするが、残念ながらいずれも底が浅い。だが複雑でないだけに風通しがよく、一緒にいて苦にならないよさがあるとは言えるだろう。

自分が死ぬことに歓びなどまったく見いだせないタイプの人間でもある。つまりヴァナーズ卿のような英雄にはなれない。

ニーナはこれまでいつもかなり年長の男性を選ぶ傾向にあったが、この男は比較的若い。ひょっとしたらニーナと同年齢ぐらいか、あるいは少し若い場合さえありうる。まだ判然とはしないけれども。

少なくともトビー・バリーよりは若いだろう。トビーが泥パックと皺《しわ》とりマスクであの愛らしかった童顔をとり戻せるなら、この男の齢《とし》格好に近づけるかもしれない。いつも葉巻を咥《くわ》えていた屈強なタイプのクリフ・ウェイドより若いのもたしかだし、齢相応に皺の多かったマイク・ヴァリオグリよりは当然若い。ニーナと結婚したときすでに五十三歳だったジョージ・ヴァナーズ卿よりはもちろん遥かに若い。卿はニーナにとって最年長の男性だったのだから。

尤《もっと》も、『姫と獣』や『魔法の月光』をはじめ数々の傑作映画を監督したときのキング・グローアもまだかなり若かったから、やはり偉大な天才だったと言えるのかも……

「脚本を書く人なら、昔一人知ってたわ」とニーナは言った。「物語を創る才能にはすごい自信を持っていて、うぬぼれているとさえ言える人だったわね。自分以外は大したことないと思っているほどだったから。世の中にはまわりの人間たちを観察していれば物語が創れると思ってる人たちが無数にいると言ってたわ。みんな自分のことを脚本家みたいに思ってる、とね。そうすると神になったみたいに世間を見くだせると思ってるけど、それこそ人間が犯しがちな勘ちがいのひとつだと、よく言ってたものよ。脚本を書くというのは脆い煉瓦で塔を建てるようなもので、ひとつでも煉瓦がはずれたりあるいはバランスが悪かったりしたら、たちまち塔そのものが崩れてしまうってね。本当に才能があって、しかも優れた観察力を持ち、人間についての広い知識を持ち、且つ並はずれて想像力に富んでいる者だけが、脆い煉瓦でも崩さずに積みあげることができるんですって。そうは言っても」とニーナはニヤリとしながらつけ加えた。「まだ完成されていない、原石みたいな才能にも出てきてもらわないとね。芸術でも煉瓦積みでも」

そしてティーカップを置いた。

「あなたもほんとにひとつ脚本をお書きになったらどうかしら？　よかったら見てさしあげますから」と、さらに言った。「批評や助言ならできると思うの」

「へえ、あなたが？」クロードは驚き、信じられない気持ちで返した。

ニーナは相手が単純な敬意を持ったらしいのを見てとり、内心ほくそ笑んだ。これまではグローアをはじめとしてあらゆる男たちから、愛らしいけれどもあまり賢いとは言えない娘と思われつづけてきた。その点この男の〈あなた〉という呼び方には南部人らしい丁寧さがこもっていて、本心からの敬意が感じられる。

ニーナには相手が驚きつつ惹かれているらしいところも好ましかった。どうやらかなり高い位置にいる女と見なし、一応は男としての誇りがある自分にも手が届かなそうでいながら、女としての魅力には惹かれざるをえなくなっているのではないか。だがニーナは脚本とか創作といったものについてたしかに知識があるという証拠を、まだ示しているわけではない。相手は彼女がだれであるかをまだ知らないのだから。

自分がかつてニーナ・ワンドレイだったことには、とうにいい加減倦《う》み疲れていた。映画界のスターだったという過去には。結局この男にもそれを告げることになるだろうけれど。

「こう見えても、脚本のよし悪しを見る目は持《も》っているつもりよ」とさらにつづけた。「じつはね、昔映画に出ていたことがあるの。『白い蝶』とか『闇の涙』とか、ご覧になったことないかしら？ ほかの作品でもいいけれど。わたし、ニーナ・ワンドレイなの」

その瞬間、相手の表情が空白になった。ニーナは口を引き結んだが、すぐ笑みを浮かべた。こういう反応もおもしろい。ジョージ・ヴァナーズ卿は彼女と初めて出会う五年も前に、最初の出演作『姫と獣』を観て早くも恋に落ちたと言っていた。なのにこのクロード・スロークは、彼女の映画をひとつも観ていない。それどころか名前すら聞いたことがないようだ。

大柄で脚が太くて尻の大きいウェイトレスが、染みの目立つ白生地に飾り文字で〈ボントン〉と刺繡された制服姿で、豊かな胸を揺らしながら近づいてきた。そしてクロードが両肘をついているテーブルの上の汚れた皿やミルク用グラスを片づけはじめ、汗の光る顔から黒髪をひと筋掻きあげた。

「お食事がお済みでしたら、お席を空けていただいてもよろしいでしょうか？ お待ちのお客さまに坐っていただけますように」とウェイトレスが明るく促した。「お店が混んでまいりましたので」

「どうやらお給料があがったらしいね」とクロードが辛辣な物言いをした。「それで新しい胸パッドを買えたってわけか」

「胸パッドなんて入れていないわ！」ウェイトレスは憤慨して言い返した。「いつも馴《な》れなれしくするのはやめてください」

食器類を山積みにした盆を片手の掌《てのひら》でささえ、その手を肩に載せた。たくましい腕を砲丸投げ選手みたいに折り曲げ、勢いよく顔を背《そむ》けると、足を滑らせるようにして急いで去っていった。

元ボルナック藩王ジョージ・ヴァナーズ卿夫人ことニーナ・ワンドレイは紙ナプキンをとりあげて口を隠した。抑えがたい可笑しさが笑いとなって吹きだしそうだったからだ。

「なんて愉快な田舎娘タイプなのかしら！」と思わず評した。「ついだれかを思いだしちゃったわ。B級のイタリア映画に今でもときどき出てる女優よ。ご覧になったことあるかしら？　名前はたしか――ジーナ・なんとかと言ったような」

「ジーナ・ラパルーザだろう」クロードが真顔で言った。「そう、たしかに優雅《ラパルーザ》な娘だね」

無表情の口から放たれたその冗談に、ニーナはヒステリックに笑いだすのを堪《こら》えきれなかった。これほど完全に解放的な楽しい気分になれたのは久しぶりだった。

この人はほんとに今までにないタイプだわ、と彼女は思った。武骨とも思えるほど素朴な外見の裏に、鋭く乾いた抜け目ない機知がひそんでいる。

そのうえ、周囲の状況への観察眼も鋭い。ひょっとしたら、つぎの世代のトマス・ウルフ〔二十世紀序盤活躍し早世したアメリカの作家。『天使よ故郷を見よ』他〕級の才能を持っているのかも。まだ開発されておらず鍛えられてもいないだけで、粗野な強い力を秘めているのはたしかそうだ。ただこの男の場合は、トマス・ウルフのような小説家をめざしているわけではなく、映画脚本を書きたいのが願望ではあるけれど。

外観の朴訥《ぼくとつ》すぎる印象は忘れてもいい。そういうものはいつしか改善されていくはずだ。文法をまちがう癖もしだいに治るだろう――但し南部人気質は治らないだろうが、それとて品が悪くはなく、むしろ愛嬌になっている程度だ。肝心なのは内部で燻《くすぶ》る火種、つまりまだ粗いままの才能だ。かつてキング・グローアもよく言っていた――天分なくしてはなにも起こらないと。天与の才さえあれば、あらゆることが可能なのだ。もちろん実現までには汗と祈りと痛みと時間が必要になるとしても。

ニーナは宝石の鏤《ちりば》められた腕時計を見やった。

「わたし、夕食までのあいだ一、二時間くらい時間があるの」と誘いをかけた。「ひょっとしてあなたもそうじゃないかしら？　もしそのあいだとくに予定がなければ、どこか場所を替えてもう少し飲み物でもどうかなと思って。脚本家になりたいというあなたのご希望について、もっとお話を聞きたくなったのよ、スロークさん」

「それは嬉しいね」とクロードは快活に返した。

「ミセス・ヴァナーズと言いますの」と自己紹介しながら、青い毛皮のストールをとりあげ——椅子の背凭れにかけておいたものだが、クロードはそれまで気づいていなかった——そして立ちあがった。「どこかいいお店をご存じ？」

「もちろん、このままここにいてコーク（コカ・コーラ）を飲むという手もあるけど」とクロードが言う。「でもコークですら一杯十セントとられるからね。向かいの角のドラッグストアで買えば五セントで済むのに」

「まあ、五セントですって？」ニーナはよほど面白い情報を聞いた気分になった。「それなら五セントのところに行きましょうよ」とにこやかに言う。「わたしたち二人だけですもの、お金の無駄使いすることもないでしょう。映画の脚本を書いていた昔の知り合いで、ストーリーを完璧に仕上げるためならどれだけお金をつぎこむのも惜しまない人がいたわ。百万ドルでさえ金額の意味を知らないんじゃないかと思うぐらい。でもその人のことは、さっきお話ししたかしらね——」

二人は支払いカウンターで勘定を済ませたあと、出入口の回転ドアへと向かった。クロードがドアを押してニーナを先に外へ出させ、自分もあとにつづいた。

ニーナはすぐ外の歩道で不意に立ち止まると、わずかに体を背けながら指輪にそっと手を触れた。顔色がかすかに白くなるとともに、目も少しだけ潤んだ。

このときのクロードはニーナをまだほとんど知らない。少なくとも、初めて出会って以来観察しつづけている外見以外は知るすべもない。彼女の顔にはつねになにかしらの表情が刻まれていたが、クロードはまだその意味までは読みとれていない。

だがその瞬間のニーナのようすだけは彼の記憶に残った。顔がかすかに白《しら》んだうえに、体をぎこちなく背けたさまは、目にとめざるをえなかった。

幽霊かなにかでも見たのかと一瞬思ったほどだった。まさか倒れはしないかと心配にさえなった。クロード自身は幽霊など信じていないし、気が遠くなって倒れる女性もカーガー郡では一度も見たことがなかったにもかかわらず。でも映画や演劇ではときどき倒れる女性が描かれる。このときのニーナの姿も、そんな虚構のなかの女性のように見えた。

「なんでもないの」と彼女は口早に言い、心配げな表情を浮かべるクロードへ薄い笑みを返した――クロード自身は自分が如何に優しく素朴な男と映っているか知る由もないが。「どうしていつもその人のことを考えちゃうのかしらと、つい思っただけなの。ほんとはひどい人だったのに。いつも怖いことばかり考えている人だったの。彼が書く映画の脚本では、いつもわたしの役に怖いことばかり起こって。観客を喜ばせるために、最後はハッピーエンドになるとしてもね。あるとき言い争いをしたことがあって――彼のために出演した二作目の映画を撮りはじめて間もないころで

――わたしは相手役のトビー・バリーと週末にヨットに乗ってサンタモニカまで出かけて、そこでトビーと結婚式を挙げたの。帰ったら彼は激怒して、そんなことをしてるといつか愛する男に殺されるぞと威《おど》されたわ。

トビーに殺されるぞという意味だったのかもしれないけど」とニーナはつけ加えた。「ひょっとしたら、いつか彼自身が殺してしまうかもしれないぞ、という意味を遠まわしに言った可能性もあるわね。もちろん本気じゃないにしても。だから気にしたこともないの。あれから彼とはずっと会っていないし。かれこれ十七、八年になるかしら。どこにいるかさえ知らないわ。なのにさっきの店を出るとき、なぜか急に思いだしたの。実際ここワシントンなら、彼が今いたとしてもおかしくないわね。今の時代、この街にはだれもが来るでしょ。そういう妙な予感を覚えたことってない？――あなたはとても落ちついてるから、そんなことないかもしれないけど、でも人には厭な予感が襲ってくることがときどき――」

ニーナは青い毛皮のストールをきつく摑みながら身震いすると、歩道の右側へ顔を向けた。そちらはたまたまクロードの勤める役所がある方向だったが、彼女はもちろん人々の往来を見やっただけで、そのあとは夕暮れがおりてきた通りの向かい側へ目を移した。通りには車が行き交い……

クロードもつられるようにあたりへ目を走らせたが、ただ彼がまず顔を向けたのは左側だった。青信号が点《とも》っている十字路の斜《はす》向かい方向二百フィートほど先に、国務・陸軍・海軍ビル正面の古びた階段へといたる広い通路があり、そこに無帽のまま外套を着た肩幅の広い男がいて、路側に停まったタクシーにちょうど乗りこもうとしているところだ。豊かな髪は灰色で、ブリーフケースをかかえている。

だがクロードはニーナが盛んに不安を口にしている〈彼〉というのがだれなのかまるで知らないし、ましてその男の容貌や名前など想像がつくはずもない。だから今し方の男が目にとまったことを彼女に伝えようとも思わなかった。

肩幅が広く灰色の髪をした男が急いで乗りこむと、タクシーは発進した。ニーナのさぐり見る視線がその方角を追う。束の間ものも言わず息すら止めて、去りゆくタクシーのテールランプを見つめていた。

タクシーはホワイトハウスのわきをすぎていく。ニーナはふたたびあたりを見まわした。だがそこまでだった。

もう探しても無駄だ。もしあれがキング・グローアだったとしたら。初め左を見ずに右を見やったがために、あとで顔を向けなおしても間に合わなかったがために、グローアを見逃してしまった(本当に彼だったとすれば)。

(いつかクリフ・ウェイドとニューヨーク四十二番街でロールスロイスのリムジンに乗っているとき見かけたのがグローアだったかもしれず、マイク・ヴァリオグリとイソッタでローマ郊外の曲がりくねった隘路を走っているとき、ワインボトル入りの藁籠《わらかご》を積んだロバ牽《ひ》き荷車のわきを走り抜けようとして轢きそうになったのもグローアだったかもしれず、ボルナック藩王妃となるためにジブラルタルでジョージ・ヴァナーズ卿から金の指輪を嵌めてもらったときもグローアがいたかもしれず、北京の娼館街で半径一マイル以内にある唯一の歯科医バーグ医師の医院にいるときも見かけたかもしれないが、当然ながらいずれもたしかとは言えない。どこであれそんな気がしただけで、本当は一度も出会ってなどいないのかもしれない)

ニーナとしては二度とグローアを目にしたいとは思わない。生きている姿にせよ死んでいる姿にせよ。そう望むばかりだ。グローアはニーナを発見した人であり、彼女を創りあげた人であり、初めて愛しあった男性であり、焔と雪の高みでともにいた人だけれど。かつて魅惑的な美貌の女優だったニーナ・ワンドレイが、今こうして闇のなかで死んでいくとしても！

ああ、あの男はこの暗闇に促されてわたしを殺そうとしたのかもしれない。なぜにそれほど呪わしい心でわたしの死を望んだのか……

でもあの男がキング・グローアだとはかぎらない。

十一月初旬のあの日の夕刻、あの男がここワシントンにいたのはたしかだ。探せばどこかに記録が見つかるはずだ。この界隈にいるあいだは、国務・陸軍・海軍ビルにしじゅう出入りしていたにちがいない。但し午後六時五分前から六時ちょうどのあいだにかぎっては、外へ出るのにもビルの警備カウンターの記録簿にサインしなくてもよくなる。つまりそのあいだなら勝手に出入りできるのだ。

けれどあのとき夕暮れのなかで路側に停まったタクシーに乗りこんだ肩幅の広い灰色の髪の男、つまりクロードが見るつもりもなく反射的に見やった男が、必ずしもあの男だとはかぎらない。

あの日あのときにかぎっては、F通りの映画館で豪華な新作ハリウッド映画を観てゆったりと感傷に浸っていたかもしれず、あるいはたまたま通りがかったニュース通信社の速報室に立ち寄って、ハンガリー動乱の最新情報が速報板に掲示されるのを鋭い視線で注視していたかもしれず、あるいはまたどこか静かなバーに入ってオールドファッションド〔ウイスキーベースのカクテル〕かなにかのグラスを前にして、マッチ棒を五百本ほども煉瓦みたいに一本一本注意深く積みあげながら、決してちゃんとは解けそうにないなにかしらむずかしい問題を一生懸命考えていたかもしれない。

だが現実のキング・グローアはそのとき、ワシントンDC北西部一マイルほど先のジョージタウンにあるタウンハウスの自宅にちょうど帰り着いて、大理石製の二段の玄関ステップをあがってドアの鍵をとりだしながら、暗い居間を覗き見たところだった。ドアを開け、ブリーフケースをかかえてなかに入ると、暗い廊下の先に狭くて急な絨毯敷きの階段があり、そこへ銅鑼《どら》みたいな大声で「デビー!」と呼びかけてから耳を澄ます。

「デビー、今帰ったぞ! どうした、いないのか、デビー?」

だがデビーからの返事はない。上階の彼女の部屋からは物音ひとつせず、メイドのマリアの部屋も同じだ。そのときグローアが思いださざるをえなくなったのは、十八年以上前、ここからおよそ三千マイルも離れた住居のなかで、彼は同じように暗い廊下に立って「ニーナ!」と呼びかけたが、彼女の返事がなかったことだ。

そのときニーナのメイドをしていたマリアは隣家で料理人か執事を相手にコーヒーを飲んでいて――いや、メイドはマリアではない。マリアを雇いはじめたのはグローアがカリフォルニア州のラホヤで秘密裡に維持していた小さな家でのことだ。あのころニーナのメイドだったのは無遠慮でお喋り好きなギルダという娘だ。

まあ、グローアさん! お帰りになるころかと思っていましたわ! 奥さまならバリーさんと一緒にヨットに乗って週末をすごしてくるとおっしゃって、お出かけになりましたけれど……

そんなことを思いだしたとき、台所でマリアが鍋などを扱っているらしいガチャガチャという音がした。その音のせいでマリアはグローアの声を聞きつけていなかったのだ。グローアはコートを脱いで廊下のクローゼットのなかに吊るすと、ブリーフケースをかかえて居間へ向かいながらつぶやいた。**デビーめ、どこへ行った？**　だがもちろんデビーは病院へ出勤しているのだ。

グローアは小ぢんまりとした居間に入り、部屋の明かりを点けた。太い眉とぎらつく目は熊のようで、まさに映画の〈獣〉そのものだ。

鉄製机に付属する抽斗の右側最下段にブリーフケースを仕舞ってダイヤル錠をかけ、念を入れて錠を再確認する。それから長椅子に身を投げだし、両手を枕代わりに頭の後ろで組んだ。

横たわったまま、向かいの壁にかかる金の額縁入りの油彩画を見やった。絵のなかでは人を裏切りそうにない無垢なニーナが、愛らしい瞳に笑みを湛えている。十七歳にしてすでに美貌だったニーナ・ワンドレイが。

だが本当はその絵のモデルはニーナではない。あの華々しくも激しく緊迫した十ヶ月のあいだ、グローアはニーナの姿を一度も肖像画家に描かせようと考えたことがなかった。それほどに短い歳月で終わるとは思っていなくて、永遠につづくかのように考えていた。

トビー・バリーはニーナのミニチュア肖像画を持っていた。金とダイヤモンドとサファイアまで鏤めた額縁入りで、一万ドルもの費用がかかり、トビーにとっては大金だったが、〈アメリカの大いなる恋人〉と呼ばれる自分にふさわしい価値をつける意味もあり、そのもくろみは見事報われた。ほかの俳優がそれに見あう利益をあげるには相当の苦労が必要だっただろう。だが哀れなトビーはそんなミニチュアもとうに質草にした。毀《こわ》して宝石と金をとりはずし、酒代に換えた。

クリフ・ウェイドはニーナの全身肖像画を三つ持っており、どの絵にも上端に画家ジェイコブ・オースの〈j.oath〉というサインが入っていた。それら小文字のイニシャルが記してあるだけで、絵一枚につき二千ドルは価値があがる。芸術家は金銭や宣伝になどなんの関心もない禁欲的な種族だなどとだれに言えるだろう？

　ジェイコブ・オースの描いた肖像画のひとつでは、ニーナはピンクの上衣を着て黒ベルベットのハンチング帽をかぶり、襟もとは白のストックタイで飾って脚には白い乗馬ズボンを穿き、果物を手にしてパドックの柵に凭《もた》れ、いつもの蠱惑的な笑みを浮かべている。背後にいるのはプリークネス・ステークス〔アメリカクラシック三冠競馬のひとつ〕の優勝馬ベット・ア・ミリオンで、高価な牧草を啄《ついば》んでいる。

　ふたつめの絵はクリフの所有していた船ゴールデン・レディ号の船尾手摺りの前に立つニーナの姿で、髪を風に靡《なび》かせ、水夫服のポケットに両手をつっこみ、モンテカルロの港を背景にしている――画家オースはこの絵をニューヨークのアトリエで描いたが、背景だけはだれもがやるようにモンテカルロの彩色版画をもとにしている。三つめこそは『黄金のニーナ』と題された力作で、ニーナがオペラ観劇のために煌めく白いドレスを纏い、当時持っていたダイヤモンドのすべてで身を飾り、銀色のミンクのストールをゆるやかに肩から垂らし、ドレスの裏地の金糸織りをわずかにかいま見せて、ブロンドの髪と巧みに対照させている。

　これらの肖像画のためにクリフは大金を費やしたが、画家オースが亡くなって以降、絵の値段は当時の十倍にも撥ねあがっている。芸術家の価値を上昇させるには死が必要だという好例だ。小さなイニシャルを記しておくよりも遥かに効果的だ。おそらく死を前にしたときのオース自身、突然の華やかな脚光のなかでそう自覚したことだろう。

　それはともかくとして、『黄金のニーナ』は現在メトロポリタン美術館に所蔵され、『ピンクの女猟師』はコーコラン美術館〔ワシントンDCにある私立美術館〕に飾られている――国務・陸軍・海軍ビルに近い十七番通りにある美術館で、デビー・ジャクソンが勤務する病院の向かいに位置している。

オースが描いたもうひとつの絵『髪を靡かせる娘』については――どうなったかわからない。オークションの目録に載ったこともない。記念品としてクリフ自身が今も所持しているのかもしれない。それぐらいはする権利があるから。なにしろ大枚をはたいたのだから。ニーナがこの絵のなかの甲板に立つ姿を描かせるために、二百万ドルかけてこの船そのものを買ったのだから。

のちに改装されて軍艦USSスナッパー号と名前を変えたゴールデン・レディ号がそれだ。三インチ砲と二十ミリ機銃と対潜水艦爆雷を搭載した帆装艦となったが、一九四三年ボルナック沖での単独任務のさなかに撃沈され、海を黒い油で染めた。人の顔も体も闇と油と化しそうな星もないその暗夜に自分がどこにいたかを、グローアは考えたくもない。あの夜から十二年後に……

ヴァリオグリ公爵夫人としての肖像画もかつてはもちろんあった。一九四〇年代序盤にカタルーニャ出身の有名な画家によってローマで描かれたもので、ムッソリーニから政治的に利用され寵愛されたが、あまりに前衛的すぎる画風で、ニーナの肖像も目が三つあって耳の位置に口がある顔を描き、当然ながらマイク・ヴァリオグリは代価を支払わなかった。その画家は今精神病院に収容されている。

ジョージ・ヴァナーズ卿は美術を愛好するタイプではなかった。性格的に美術品は静的すぎると感じていたようだ。それでも妻が喜ぶならということなのか、ニーナの肖像画をひとつだけ持っていた。描かせるに足る才能ある画家がいたからでもある。だが葉加鷲大将率いる日本軍がボルナックの避暑用宮殿を襲撃したとき、おそらくは銃剣によってズタズタにされ打ち捨てられたにちがいない。仮に切り裂かれなかったとしても、熱帯雨林のなかでとうに腐り果てているだろう。

ニーナの顔を描いた絵というだけなら、ほかにもまだあるかもしれない。樹皮に描かれたり薄紙に描かれたり、あるいは中国の古典的な掛け軸のようなものに描かれたり、あるいはまた東ドイツのドレスデンにある国立絵画館の美術教授によって完璧な技術のもとに描かれ、フランドル派〔十五、十六世紀オランダ／ベルギー地方のルネサンス美術〕あるいはレンブラント〔十七世紀オランダの高名な画家〕あるいはティツィアーノ〔十六世紀イタリアのルネサンス画家〕にさえ擬せられるような細心にして最良の伝統的画法が実践されていたりするかもしれない。だがグローアにとっては、そうした絵は目にすることのできる機会のありそうにないものだ。永遠に……

壁にかかる絵も本当はニーナの肖像画ではない。ニーナに似ているとすら言えない。口もとは少しぎこちなくて堅苦しく、顎は十六分の一インチばかりもほんのわずかに大きくて、まなざしは少し落ちつきすぎているようで、物思わしげなところが足りず、頼りない趣《おもむき》に欠けている——あの頼りなさは持ち前のたいへんな美貌とともにグローアがいつもニーナのなかに目にしていた要素だった。ただ、この絵の画家がニーナによく似た新鮮な純粋さを描きだしているのはたしかだ。精妙な骨格の捉え方からしても、あらゆる意味で佳《よ》い絵であることはまちがいない。

十年前だ、とグローアは考える。北京でのことだ。茶色い毛織りのダブルのスーツを着て穏やかな顔に縁なし眼鏡をかけた背の低い小太りの男が顎を押さえながら黒い車から跳びおり、娼館街にある歯科医の看板の出ている建物に駆け入った。

あのときニーナは一瞬立ち止まると、あの大きな目で四囲を見まわし、それから……

あのときなぜ彼女を押さえつけなかったのか。押さえつけて思いきり殴りつけ、あの愛らしい首を絞めつけるか、あるいはいっそ攫《さら》っていくか、なぜそうしなかったのだろう？

ニューヨーク四十二番街でニーナを見かけたときとはちがっていたのだから。あのときオペラを観にいくためにロールスロイスに乗ったニーナはまさにジェイコブ・オースが描いた『黄金のニーナ』のとおりの華やかさ美しさを振り撒きながら、シルクハットをかぶったクリフ・ウェイドの隣の席に座し、ニューヨークでも最上級の二千人もの人々が一様に帽子の鍔に手を触れて彼女に挨拶を送っていた。ローマ郊外の陽光射す曲がりくねった隘路で彼女の乗る車がグローアのわきを走りすぎていったときもそうだ。陽に光る髪と青いスカーフを風に靡かせ、大きな目には黒のサングラスをかけて、人の皮で作ったとしてもおかしくなさそうな柔らかくて肌触りのいい白色の革ジャケットのポケットに両手をつっこみ、隣には高い鼻の上にやはりサングラスかけたマイク・ヴァリオグリがハンドルを握る猿みたいな格好で背を屈めて坐り、ムッソリーニ配下の憲兵たちが警邏する通りを縫い進んでいった。

ニーナがジブラルタル総督の下《もと》でジョージ・ヴァナーズ卿と結婚式を挙げた日曜の午後には、グローアはジブラルタルの岩と呼ばれる有名な山からそのようすを眺め、漂ってくる『ローエングリン』〔勇士ローエングリン伝説に基づくリヒャルト・ワーグナー作曲の歌劇〕の旋律に耳を澄ましていた。ジブラルタル総督はかつての東インド会社職員の曽孫にあたる人物で、石器時代の首狩り族や人喰い族まで従えているかのように権力をひけらかす尊大な人物だった。

ゲルマン民族サクソン人を祖とする花婿花嫁ならば『ローエングリン』もふさわしかろうが、『神々の黄昏』〔ワーグナーの歌劇『ニーベルングの指輪』第四部。より悲劇的〕ならなおふさわしかったのではなかったか？　戦争がつづくうちに、ヴァナーズ卿はニーナをボルナックにまで伴っていった。強壮で祖国に忠実で偉大で温和なヴァナーズ卿のオックスフォード大学仕込みの頭脳は、やがてなにが訪れるかを警告する脳細胞をひとつとして持ちあわせていなかった。あらゆる将官将校が見守るなか、脚にゲートルを巻き白手袋でライフル銃を携えたあらゆる階級の兵士や従者が立ち並ぶなか、大英帝国の偉大なる戦神たる藩王は妃を伴い、剣と楯に護られた野営のテントへと向かっていった。ああ、神よ――なんと愚かな！

おお、神よ、すべては愚かだ！

北京でのあの日にしても、仮に近くに警察官がいたとしても、グローアがニーナを誘拐するのを邪魔立てすることはなかっただろう。他人に無関心な街の群衆もそうだし。だがあのときのグローアは驚きのあまり麻痺したようになって、大胆な行動をとれなかった。カメラがフラッシュを焚くあいだほどのわずかな時間に、それだけの動きをするのは無理だった。そしてまたたく間に遅きに失してしまった。

それが最後にニーナを見かけたときになった。もしふたたび手の届くところに彼女が現われたなら、ただちに行動して攫っていくだろう。だれが邪魔立てしようとも。だが今このときばかりは、彼女がまだ生きているのかどうかをグローアは知らない。

ニーナ、おまえは今どうなっているんだ？

彼女がもし死んでいるとしても、たしかにそうだとわかるまではとてもじっとしていられない気分になるだろう。このあともずっと。

グローアはそう考えながら、ポトマック・ヴィスタ・ガーデンズから一マイル離れているだけのジョージタウンの自宅にいた……

だからニーナがクロードと一緒に〈ボントン・カフェテリア〉から出た夕暮れどきに見かけた、

タクシーに乗りこんで通りを去っていった男は、グローアではなかったのかもしれない。どこかほかのところでどんなことをしていたとしてもおかしくないのだから。仮にあの店から半径一、二マイル以内の範囲にいたのだとしても。

クロードにしてみれば、グローアのことをかつてどこかで会ったことのある男だなどと考えるはずもない。仮にこの家に駆けこんでニーナが倒れているのを見つけたとしても、そう仕向けたのがグローアだなどとは思うはずもない。

ニーナはグローアという名前を極力口にしないようにつねに気を配ってきた。よほど必要がある場合でないかぎり。最初の出演作『姫と獣』以来、ほかのグローア監督作品に出ているときでさえずっとそうしてきた。グローアにはあまりに激しく振りまわされすぎた。まだ若くて経験のない少女に、たいへんな完璧主義を強いるのが彼のやり方だった。その少女は初めは彼を喜ばせたくて、と同時に女優として成功したくて、必死に彼に従った。そのため、『姫と獣』を撮り終えたあとひどい疲弊に陥ってしまった。だからつぎの映画を撮りはじめたころ、トビー・バリーが骨身を惜しまない慈しみと慰めをくれたおかげでようやく心のバランスをとり戻せた。

それがハリウッドのゴシップコラムニストたちによって噂として振り撒かれた。ニーナはそのゆえにグローアという名前を自分の語彙から締めだしたのだと。そのとき以後ずっと。

クロードはトビーとクリフとマイクとジョージ——ジョージだけはすでにこの世にいないが——という四人の前夫たちについて機会があるごとにニーナから聞かされてきたので、もし彼女を殺そうとする男がいるとしたら、名前も知らないほかの男たちよりもとにかくその四人のうちのだれかを疑うのはごく自然なことだ。あるいはまた、ここメリーランド州ポトマック・ヴィスタ・ガーデンズの住民のだれかが——男にかぎらず、殺意に駆られた屈強な女が変装していた可能性もありうるだろう——やったことかもしれないにせよ。あるいはこの住宅地のエントランスに配置されている武装した警備員のだれかである可能性すらなくはないにせよ。

もしクロードと結婚することがニーナの映画のなかでの挑戦のひとつだとしたら、彼女にとっては平凡すぎる役柄だが、クロード自身にはそんなことは知りようもない。彼女の過去の数々の結婚に比べればほとんど隠棲的な生活と言っていいが、そんな比較はクロード自身の経験からはすべくもない。

クロードにとってニーナとの結婚ほど華やかな人生経験もない。煉瓦と糸杉材からなるこの上等な牧場主邸宅ふうの家は、二人が住みはじめた当時はまだ築一年ほどの新しさで、寝室が八つあり浴室が三つあり、さらに地下には遊戯室とメイドのカーロッタの部屋および彼女用の浴室がある。一階の正面と裏にはそれぞれに大窓が具わり、裏手にはテラスが張りだした先に一エーカーのパティオが広がる。屋根はスレート葺《ぶ》きで銅製の雨樋《あまどい》が走り、玄関には真鍮製のノッカーと電気式の呼び鈴が据えつけられている。そのほかにもあらゆる贅沢品がある。

ここポトマック・ヴィスタ・ガーデンズは最高にハイクラスな人々だけが暮らす住宅地だ。スローク邸のすぐ下方のドッグウッド通り二番地に住むイーヴンステラー大佐は痩せこけた小柄な人物だが、国務・陸軍・海軍ビル内の事務所で制服をまとっているときはとても堂々とした体軀に見える。マグノリア通りに住むオハイオ州出身のマクワッケンフォード下院議員は共和党員だが、オハイオではそれが上級の要件らしい。ガーデンズには概して大柄な住人が多い。マートル通りに住むスパロウ医師は体格のいい整形外科医だ。診察だけで千ドル請求され、鼻の形を変えると五千ドル上乗せされる。

クロードが務める畜産会計検査院のホリーベリー上司でさえ、こんなハイクラスなところには住んでいない。クロードがポトマック・ヴィスタ・ガーデンズに住んでいるとつい洩らしたときには、ホリーベリーは明らかに驚き悔しがっていた。

「なんだって？　あのマクワッケンフォード下院議員が住んでいるという、とんでもない高級住宅地にきみも家を持ってるのか、スローク？　マクワッケンフォードのことをよく知ってるわけじゃないが、わたしの住んでるオハイオ州の選挙区から出て議員になってる。デフィアンス・コンヴェックス・トランスグリップ株式会社の代表をしてる。二、三百万ドルの値打ちはある男と言っていいだろうな」

「いい人ですよ」とクロードは気安く言ったものだった。「わりと近くに住んでいます。通りをふたつぐらい隔てているだけですから」

「しかしよりによってポトマック・ヴィスタ・ガーデンズとはな！　まさかきみがあそこに住んでいようとは夢にも思わなかったよ、スローク。いや、スロークくん。故郷の農場で油田でも掘り当てたんじゃないか？　ハ、ハ、ハッ！」

「そういうわけじゃありません」クロードはまじめに返した。「住所の響きがいい、ってことも大事じゃないかと思いまして」

家じゅうの家具調度からして、大型雑誌の写真ページに載っていそうな雰囲気なのはたしかだ。グランドピアノ、大きな長椅子類、ラジオ付きハイファイ蓄音機、銀器類、マホガニーのテーブル、芝刈り機が要りそうなほど毛足の長い絨毯。ニーナは自分では節約家のつもりだと言っていたが、実際に費やす金額は膨大だった。

彼女が買い集めたという土産物も家じゅうに溢れていた。ヨーロッパから持ち帰ったものもあり、ニューヨークで保管していたものもあった。彼女がときどきとりだしては眺めるアルバムもたくさんある。映画スターだった時代の写真や、大金持ちだったクリフ・ウェイドとニューヨークで結婚したときの、あるいはまた貴族マイク・ヴァリオグリと結婚したときの記念写真なども残していた。だが女優になる前の写真は一枚もないようだった。ニーナを初めて特集した雑誌からは、写真のいくつかが切りとられていた。ある写真には山々を背景にして小さな町の古びた小さなホテルが写っていて、ホテルの前には一九三七年式キャデラックが駐《と》まっていた。その写真についてクロードは彼女にさりげなく尋ねたことがある。

「ニューメキシコ州の古い小さな町よ」ニーナはそう答えると、その写真も雑誌から破りとってしまった。

クロードとニーナの夫妻の自家用車のひとつはジャガーで、地下の遊戯室の奥に位置するガレージに駐めてある。ニーナがニューヨークのパーク街の紹介所に連絡して雇い入れたメイドのカーロッタは、台所で仕事をするときも白レース帽や白エプロンなどできちんと身仕度《みじたく》する。

ガーデンズで車を二台持つ住民はほかにもいるが、二台とも新車というのはスローク夫妻だけだ。栗色とクリーム色の配色の一九五五年式マーキュリーはアメリカじゅうでおそらく七、八台あるが、ガーデンズでそれを所有している者がほかにいるかは疑わしく、そのクラスの車が仮にあるとしても、せいぜいフォードのほかの車種かあるいは古い年式のキャデラックといったところだろう。メイドを住み込みにさせている住民もほかにはおらず、それにワシントン郊外で雇われているメイドの多くは黒人で、住み込みは好まれず、ほかのちゃんとした職種に就くまでの腰掛けにされることがほとんどだ。その点カーロッタはニューヨーク郊外のハイクラスな紳士の邸宅で訓練を積んだ本格派で、料理をはじめあらゆる家事に長《た》けているうえに教育程度も高く、自室にはさまざまな分野の書物を所持し、午後の空き時間にはオペラを聴き、夜は靴を脱いでベッドに入り、就寝前にだけ煙草を喫《す》うのを習慣としている。

(カーロッタはフランス系カナダ人で、以前はマサチューセッツ州ピッツフィールドに住んでいた。貯金を蓄えていたので、恋人が空軍を退役したあと二人でガソリンスタンドを開くことができた。十七歳から働きはじめ、四年間で九千ドル以上貯めたという。メイドの仕事は日中は約四時間で、夕食のあとは電気掃除機をかけ食器を洗う。土曜の夜から日曜にかけてが休みで、そのときはよくニーナが車に乗せてワシントンまでつれていってやるので、弁護士事務所に勤めている従妹《いとこ》との時間をすごすことができる。ワシントンの近郊に住みたいと思った理由は、モロッコから帰還した恋人がメリーランド州のアンドルーズ空軍基地〔ワシントンDCに最も近い米空軍基地〕に赴任したことがおもな理由だが、ほかにこの従妹がワシントンにいるためでもあった。またスローク夫妻が支払う給金が以前の雇い主より月額五十ドル多いことと、夫妻には世話をしなければならない子供がまだいないことも就職の動機になった。ニーナがカーロッタに支払っている給金は月三百五十ドルで、それ以外に仕事服や賄《まかな》いも出してくれるので、生活費はほとんど使わなくて済み、とてもよい貯えができた)

スローク夫妻は犬を一匹飼っており、ホワイトクァーキーウィードルとかいう珍しい種類の犬で、千ドルもかけて買ったものだ。白い毛は少し巻き毛気味で、舌は黒く目はピンク色で、勢いよくキャンキャンと鳴く。

クロード自身はことさら犬が好きというわけではないが、ニーナの好みを害しても仕方ないからと思っていた。ニーナは以前によく似た犬を飼っていたことがあったからで、トビー・バリーが買ってくれたものが一匹めだった。ところがつぎの夫クリフ・ウェイドと結婚していたころ、自分たちの車に轢かれて死んでしまい、しかも事故かどうかが不たしかというのが気がかりなところだった。ひょっとしたらクリフがわざと轢いたのではないか、あるいはそもそも車が原因ではなくて、クリフが激しく叩いたせいで死んだのをそう偽ったのではないか、などの疑いがあった。あんな小さい動物が人間の加えた危害のせいで死んだのだとしたらひどい話だ、とニーナは口に出したことがあった。実際クリフは証券業界で大きな企業合併事業に乗りだしているとき、忙しいさなかに飼い犬に咬まれ、癇癪を爆発させるという出来事があった。

二匹目はマイク・ヴァリオグリと結婚していたころ夫の計らいでローマに送り届けられてきた犬で、しかしなにかよくないものを食べたせいで死んでしまった。三匹目はボルナックへ発つ直前のころ、トビーが一匹目を買ったときと同じ飼育場でニーナ自身が買った犬だった。

いずれのクァーキーウィードルも、ニーナが住んでいたそれぞれの国で手に入れた犬ではなかった。純粋にアメリカでしか育成されない種類だ。そのためここポトマック・ヴィスタ・ガーデンズに住みはじめたときも、ペットの犬はニーナ自身が真っ先に手に入れるべく努めたもののひとつだった。

クロードにとっては犬はそれほど大切な持ち物というわけではなく、なるべく家での生活の邪魔にならないようにしたかった。とくに夕食のあと大きなソファでくつろぎはじめたときなど、犬がひどく吠えながらズボンの尻のあたりに咬みつこうとしてこないよう計らったが、それでも驚かされることがあるのはやむをえなかった。きっとニーナの以前の夫たちも妻の飼い犬をそれほど好ましく思ってはいなかったのではないか、とクロードは想像した。トビー・バリーが妻に犬を買い与えたのもひょっとしたらジョークのつもりだったかもしれず、あんな栗鼠《りす》ほどの脳しか持たないピンクの目をした毛の塊《かたまり》が人間に懐《なつ》くとはだれも考えないだろう。

だがニーナはとにかく犬好きで、どれも同じ犬であるかのようにずっと対等に可愛がってきた。要するにロマンチックな女なのだ。だからいろんな方法でつねに現実からの逃避を図り、ペットを飼うのもそのひとつというわけだ。

ポトマック・ヴィスタ・ガーデンズはワシントンから少し離れているため、通勤に関してはクロードは往復ともバスを使う。ガーデンズのゲートから四半マイルほどのところを幹線道路が走り、通勤の時間帯には急行バスがそこを運行する。急行バスでも約五十五分かかるのでジャガーの倍の時間を要するが、クロードは畜産会計検査院の上層部職員のために建物裏手に用意されている五つの駐車スペースに自家用車を駐められるほど職場での地位が高くはなく、しかも近くには公共の駐車場やガレージがない。ホワイトハウスや財務省の東に位置する映画館地区には八階建てのターミナルガレージがあって、スローク夫妻もコパブランカ劇場で映画を観るときにはそこにジャガーを入れるが、平日の朝は空きがないのがつねだ。

ワシントンでは車の駐め場所がだれにとっても頭痛の種となる。それを探すよりバスに乗るほうが簡単だというわけだ。

近所に住むイーヴンステラー大佐が週に一度は遅すぎる時間に起床することがあり、そういう場合には大佐の自家用車に同乗させてもらって通勤する。スローク邸の百ヤードほど下方にあるイーヴンステラー邸では、毎朝大佐が愛車をバックで車寄せから出し、猛スピードでドッグウッド通りからマグノリア通りを経てガーデンズのゲートへと向かっていくが、大佐がブレーキを強く踏んでタイヤを軋《きし》らせる音が聞こえるのは、クロードがようやく体を掻きながら目覚めるころだ。だがもしそのとき出かけようとする大佐を捕まえられればラッキーこのうえない。大佐は国務・陸軍・海軍ビルのすぐわきに駐車場所を確保しており、畜産会計検査院からも一ブロックしか離れていないところだから。

三月のある日のこと、クロードが午後五時に帰りのバスに乗ろうとしたとき、イーヴンステラー大佐が駐車場で自家用車に乗りこもうとしているのを見かけた。そこで声をかけ、帰路を乗せてもらった。大佐の結婚記念日だったらしく、ガーデンズの近くまで来るとすぐにおろされてしまった。年に一回のことだから許してくれと大佐は冗談を言った。妻はヒリー一人しかおらず、しかもボストン生まれの女の例に洩れずとても嫉妬深いから、ほかに何人も持とうなどとは夢にも思わないと。ヒルデガルドというのがイーヴンステラー夫人の本名らしいが、怒ると哀れな浮気相手の頭を力いっぱい殴りかねないと……大佐は平素は帰宅が晩く、早くても午後八時か九時、年の半分ほどは午前零時近くにやっと帰るというご仁だった。しかも日曜出勤が多く、そのときも晩くまで帰らないのがつねだった。

クロードは帰宅するとたいてい居間の暖炉の前でコークを飲み、ニーナはカクテルを飲み、それから夕食に移る。全部の料理を大皿に盛ったりするのではなく、〈ボントン・カフェテリア〉と同じようにひと品ずつに分けての贅沢な晩餐だ。メイドのカーロッタ特製の美味なフランスふうスープかフルーツカップ、クロードが切り分けるための大きめのビーフステーキか野鳥の丸焼き、銀の蓋つきの皿に盛った野菜、サラダとチーズ、デザートのコーヒーといった品揃えだ。テーブルは生花と燭台で飾り、カーロッタは白レース帽と白エプロン姿でひと皿ずつ運んでくる。居間のハイファイ蓄音機ではたいがい穏やかな音楽のレコードをかけておく。

イーヴンステラー大佐の帰宅が晩くなりそうなときには、大佐夫人が訪ねてきて相伴《しょうばん》に与《あずか》ることもある。夕食のあとは三人でセブンブリッジに興じる。クロードはコーク、ニーナはハイボール、大佐夫人はストレートのラム酒を飲みながら。あるいはまたスローク夫妻二人だけで車を駆り、ロックヴィルのデラックス劇場かベゼスダのパレス劇場に映画を観に行くこともある。ニーナがとくに演技を鑑賞し分析したい俳優が出演している場合にかぎられるが。

とはいえほとんどの場合は二人とも家にとどまってすごす。そうするのがクロードのいちばんの好みであり、なによりよい時間になるから。ときには二人でジンラミー〔二人用カードゲーム〕をやったり、あるいはただテレビを視《み》てすごしたりもする。クロード自身はテレビにそれほど関心があるわけではないので、途中で地下の遊戯室におりてビリヤード台で何球か打ったりすることもあるが、そのあいだもニーナはクイズ番組や感動的な大型ドラマに夢中になっている。だがそうした番組が終わらないうちにニーナが夫を気にして遊戯室におり、一緒にビリヤードを少しやったり、あるいは傍《かたわ》らのバーカウンターの革張り椅子で酒を酌み交わし華やいだ気分に浸《ひた》ることもある。外が暗くなってくると、ニーナはわずか三十分でも独りきりではすごしたがらなかった。

たとえばクロードが不在のあいだに電気のヒューズが飛んだりした場合、ヒューズボックスってどこにあるんだったかしらとあとでクロードに尋ねたりする。あるいはガス暖房機のガスはどうやって止めたらいいかとか、水道水の元栓はどこかなどと訊いたりもする。そういう些細なことがいろいろ心配になり、もしなにもかも止まってしまったらどうしようとまで案じるのだった。だがそういうことを問われたときクロードはたいがい、カーロッタに全部教えてあるからと答えるだけだ。クロードが出かけているあいだカーロッタはつねに家にいるし、その逆もつねにそうだ。どちらも同時に家にいないということはない。

夕食のあと食器洗いを済ませて台所の片づけも終えたら、カーロッタはたいてい地下の自分の部屋におりる。台所ではラジオの音量を大きくして音楽を聴くのが彼女の楽しみのようだった。気分のいいメロディが流れてくるとニーナはうなずき、これは『トリスタンとイゾルデ』〔ワーグナー作曲の十九世紀の楽劇〕ね、と声をかけ、音楽の趣味のよさを褒めてやったりする。

あるいはまたニーナとクロードが居間にいるときカーロッタが自分の部屋へおりていく途中で通りがかると、ちょうどあなたの話をしていたところよ、とニーナは明るい調子で言ってやる。するとカーロッタは片膝を少し曲げて、「恐れ入ります、奥さま」と応える。あたかも映画のなかのメイドがよくするように。

カーロッタはクロードの前では必要以上に畏《かしこ》まることがなく、クロードも気さくに接してやる。ニーナと同様クロードもいつも自然で偉ぶらない性質だと、カーロッタは承知している。クロードは地下で独りでビリヤードを打っているときカーロッタがおりていくと、「どうだい、今夜はきみもやってみないか?」などと声をかけたりする。するとカーロッタは「教えていただかないとできませんわ。全然知らないんですもの」などと返し、片手を顎の下にあてながらまた少し膝を曲げてお辞儀する。ほんのお愛想であるにせよ。そうするのがいいと恋人に教わったことであるにせよ、主従らしい演技ができるところはクロードと共通している。

　ともあれクロードにとってこの家での生活は、ニーナと出会う前に住んでいたランプルメイヤー夫人宅の奥まった狭い下宿部屋よりは遥かにましだ。

　家にときどき来る他人はイーヴンステラー大佐夫人ぐらいのものだ。ニーナは夫以外のだれかとの交流を必要とはせず、クロードも多すぎる人の息が首筋にかかるのを好まない。その点イーヴンステラー夫妻なら隣人として歓迎できる。些細な頼みごとをしても夫妻のどちらも気にしない性格で、喜んで応じてくれる。それに隣人の迷惑になるようなことが一切ない。

　よからぬ隣人はとかくどこにでもいるものだ。ところがイーヴンステラー夫人はヨシャファト〔紀元前イスラエルのユダ王国第四代の王〕並みに愚痴の多い人で、おまけにクスクスと変な笑い方をする。暖かい春の宵などに窓を開けておくと、隣家の寝室からイーヴンステラー夫妻の話し声が聞こえてくることがある。自宅の側溝や雨樋の水音が気になるといった話だったり、あるいは隣家を隔てる石垣や斜面の話だったりする。あるいはまたイーヴンステラー夫人が夜中は暑いからこんなに上掛けは要らないと不満を言ったり、すると大佐がおまえは脚をバタつかせすぎじゃないか、まるで戦死するカスター将軍〔ジョージ・アームストロング・カスター。十九世紀アメリカの軍人。南北戦争等で活躍〕の騎《の》る軍馬みたいだぞと窘《たしな》めたりする。

　とはいえ気のいい夫妻ではある、たとえクロードが手を振っているときイーヴンステラー大佐が彼のことを忘れている場合があるとしても。そんなとき大佐は車を停めてから、たとえばこんなふうに言う。

「これはどうも！　喜んでお送りしますよ。ええと、その——お隣さんでしたな。今朝はまたいいお天気でなによりです。お宅のとてもお綺麗な奥さまはいかがおすごしです？　お子さま方は？」

土砂降りの日でもそんなふうに言いそうだ。

「ああ、そうでした、スロークさんでしたな！　すぐお隣の。お子さまはまだでしたね。うちも家内とわたしだけでして。ときに奥さまはお元気で？　じつによいご婦人です、魅力的でお可愛らしくて。しばらくお目にかかっていませんが。いや、ひょっとしたらまだ一度もお会いしていませんでしたかな？　でもヒリーからいつもお噂を聞いていますものでね。それはもう花のような奥さまだと。なんでもハイクをたしなんでいらっしゃると聞きましたが——日本の短い詩を。わたしたち夫婦は一九四八年から五〇年にかけて日本にいたんですよ。いずれもろもろ片づいたら、ご一緒にパーティーなど如何《いかが》です？」

そしてマサチューセッツ通り延長線をめざして幹線道を走らせていくあいだは、運転席で背を丸めてひたすら黙想に没頭する。まるで銃から発射された弾丸にたまたまとまっていた蜘蛛が、どこへ飛んでいくのかも知らずに考えごとに耽るさまのように。

イーヴンステラー大佐はじつのところ、もろもろのことを片づけねばならず、たくさんの考えごとを脳内にかかえているのだった。やがて駐車スペースに着くが早いか車から跳びおり、キーを抜くのも忘れて走っていくが、すぐまたキーを抜きに戻ることになる。ある日クロードが昼食どきに十七番通りをぶらついているとき——たまたまイーヴンステラー大佐の車に乗せてもらっていない日だった——その日の朝大佐の家の車に挿《さ》さったままになっていたキーを抜いて持ってきたことを思いだした。それでその日の勤めを終えたあと、国務・陸軍・海軍ビルの守衛にそのキーを大佐にわたしてくれるよう預けたということがあった。

クロードは自分がだれであるかを告げはしなかった。イーヴンステラー大佐に恩を売るようで気が咎《とが》めたからだ。おそらく大佐は守衛かだれかがビルのロビーにでも落ちていたのを拾ってくれたのだと思うだろう。そういう好人物であることは顔を見ただけでわかる。

初めのころクロードがポトマック・ヴィスタ・ガーデンズであまり好印象を持たなかった要素といえば、ひとつしかない。ガーデンズのゲートの警備室に詰めている警備員の存在だ。

個人的には一般の警備員という存在が気になるというわけではない。ワシントンにある連邦政府系の建物のほとんどには警備員がいるから、すでに慣れてもいる。大人になりすぎたメッセンジャーボーイのようなもので、ごくありふれた者たちにすぎない。クロードの故郷カーガー郡でなら、警備員でも拳銃など持ってはいなかったにしても。

その拳銃もじつは弾《たま》が入っていないのかもしれないし。もちろん入っているかどうかなど尋ねたこともないが。銃を携行する者たちにそんなことを訊いたら、弾が入っているかどうか見てみろと言って彼らは銃をとりだし、用心金《トリガーガード》や安全装置について説明してくれたりするかもしれないが、しかしそのすぐあとにはドカンッと暴発して自分の脚が吹っ飛ぶかもしれないし、あるいはまたいきなり発砲して尋ねた者の頭を吹っ飛ばすかもしれない。だからそんなことは問い糺《ただ》さないにかぎる。

警備員と雖《いえど》も、知りあってみれば意外と好人物が多い。クロードにとっては脚本のなかのキャラクターとして使えそうな者もいるかもしれない。ガーデンズには一人ミンスパイ〔ドライフルーツで作る丸いクリスマス菓子〕みたいな顔をした体格のいい年配の警備員がいて、クロードが朝出勤するときいつも警備室の机の席で新聞を読んでいる。午後になると背を丸めた痩せぎすの警備員が交代して入り、クロードが帰宅するときにはその男が警備室の電話で妻と話をしていたりする――「やあ、メアリか、ミルクを六本だな？　わかった」――警備室のドアが開いていたならそんな話が聞こえるだろう。そうでないときにはただ席に坐りこんで頭を胸板までうなだれ、と思うとすぐまた頭をあげるが、瞼《まぶた》を開けたままナフタリンボールみたいな白目をあらわにして居眠りしていたりもする。

どちらも気のいい者たちだ。主任警備員バイケンダーファーはいつも警備室に宿泊し、小型ベッドで寝ていたり電気式調理板で食事を作っていたりする。当番の警備員がガーデンズ敷地内のパトロールに出かけたとき代わりに席についたり、あるいはまた当番が体調が悪くて出勤しなかったとき代員を務めたりもする。身長五フィート一インチほどの小柄な男で、いつも口髭をきちんと切り整え、ほかに手に職を持たないのと制服を着るのが好きという理由で警備員を天職にしてきた男だ。

それ以外に午前零時から朝八時までの深夜当番の警備員が一人と、バイケンダーファー主任警備員と同様にほかの者たちが休みをとったときなどの代わりを専門とする要員がもう一人いる。その男は名前をマリガンといい、潰れたトマトを煮こんだシチューみたいな顔をしている。深夜当番のほうはといえば、解雇されてはまた新入りが雇われるというくりかえしになっている。

午後と深夜の当番は警備室での職務のほかに、蜘蛛の巣状に張り巡らされたガーデンズの舗道網を勤務中に二度ずつパトロールする。ストラップで肩からさげた革製バッグに巡回時計を入れて携行し、敷地内のところどころにある定められた立ち木や杭に吊るされているキーを巡回時計の挿《さ》し孔《あな》に挿しこんでわずかだけまわすと、それぞれの場所と時間が印字された紙片が出る仕組みになっている。パトロール経路の最後に位置するキーは、ドッグウッド通りの奥に立つ枯れた胡桃《くるみ》の木に吊るされており、それはちょうどスローク夫妻宅の車路の出入口に近いところになっている。

とはいえ、どれだけ警備が行き届いていようとも、日が暮れたあとは多少の不安を感じるのを否めない。

たとえばニーナと二人でジャガーに乗りこんでヘッドライトを点け、ドッグウッド通りからマグノリア通りを経て映画を観にいくとする。マグノリア通りに入るころ、夕食前に帰宅する途中で目にとめていた新たな設置物が見えてくる。《SNEDRAG ATSIV CAMOTOP》と逆向き文字の見える金網製のアーチの下でゲートが道路をさえぎっている。

鋼鉄のゲートに激突するのではないかという恐怖に一瞬襲われる。夜中に禿山《はげやま》で虎挟《とらばさ》み〔かつて使われた発条仕掛けの狩猟具〕に挟まれる恐ろしさを思わせ、それは故郷カーガー郡の悪党一族マクウェイ一家の恐怖を思いださせもする。

恐怖を感じるのは一秒の半分もないほどのあいだのことではある。だがすべての死者がそうであるように、その程度のわずかなあいだにも心臓は止まるし、脳から血が全部退《ひ》いて一瞬で死にいたることはある。しかしそのとき、ガーデンズの住人全員の自家用車のハンドルの支柱にとりつけられているボタンを押すのだ。すると前方のゲートは魔法のようにすばやく振りあげられ、運転手は衝突を恐れて頭を屈めながら急ブレーキを踏みたい衝動からすんでのところで免れる。

なにかしら電気仕掛けの光線のようなものが車から放たれ、ゲートに具わる開閉装置を作動させるらしい。車がスピードをそのままにゲートをくぐり抜けると、明かりの点いた警備室の席で窓から見ていた警備員が、たとえば午後当番のハミルトンかあるいは小柄なバイケンダーファー主任警備員が、スローク邸のジャガーが外出したことを黒板に記録する。生け垣に挟まれた通りを車が幹線道路へと向かっていくあいだに、ゲートはふたたび振りおろされる。

「なにか気になるの、クロード?」助手席からニーナが問いかける。

「いやなに、もしだれかがゲートに細工でもしておいたら、ドシンッ、とぶつかっちまうだろうなとちょっと思ったんでね。高価な金網もぶっ壊れるだろうな。どうもぼくは、自分が潰されると想像するのが怖いらしい」

「信号で開く仕掛けのゲートよりも、もっとひどいものに潰されることだってありうるでしょ。警備員に撃たれるとか、大きな番犬に食い殺されるとか。いたるところからライトで照らされ、触れただけで感電死するフェンスに囲まれたところでね」

「そりゃまた、いったいどういう場所のことを言ってるんだい？」

「どういう場所かしらね。なにかで読んだのを思いだしただけかも……とにかく、ゲートや警備員のおかげで怪しい侵入者から護られてるってことは認めるしかないでしょ。たとえ完璧ではないとしてもね」

「きみだってそうやっていつもなにかを怖がってるじゃないか。いったいなにがそんなに心配なんだ？」

「わからないわ。いつもなにかを心配してるなんて、わたしはべつにそんなつもりはないけど？」

「まあいいさ。ぼくと一緒にこうしていればなにも心配することはないよ」

「それはわかってるわよ」とニーナが少し息せき切った調子で言い返す。「あなたといるときはいつも安心を感じてるわ。だからそばを離れないでほしいの。ほんとの気持ちよ」

後刻映画を観終わったあと、幹線道から逸れて帰宅する途中、アーチの下に記された文字が《POTOMAC VISTA GARDENS》と読める側のゲートがふたたび目前に迫ってくる。ふたたび光線を放つボタンを押すとゲートが振りあげられ、車が通過すると、午前零時より前ならば午後当番の警備員ハミルトンが、黒板にだれの車が帰ってきたか記録する。もし午前零時をすぎてからなら、バイケンダーファー主任警備員かあるいはほかのだれかが同じく記録する。

そしてふたたび罠のなかに捕《と》りこまれる。

尤《もっと》も、しばらく経ってからはもう罠でもなんでもなくなった。

実際クロードにとって、夜中にゲートが閉めきられているという事実に慣れるまでには少し日にちがかかった。だがほどなくして、そのことのよいところがわかってきた。

すべては安全のためであり、それこそがポトマック・ヴィスタ・ガーデンズの特長なのだ。そのおかげでこの住宅地は舞台劇の書割《かきわり》のような美観を保ち、住民も劇の登場人物のように上品でいられる。あるいは劇の観客のほうかもしれない。ゲートを舞台上の幕と見なすなら。

幕《ゲート》をあげよ！　そして劇がはじまる。あるいは自分で書く劇のなかにゲートを出すのもいいだろう。シェイクスピアの『マクベス』には地獄門《ヘルゲート》が出てくる。クロードはそれを中学生時代の最後の年に習った。右手の人差し指の先を猟銃で吹っ飛ばす直前のころだ。そのあと父の手配でカーガーズヴィルの高校に進学した。銃を怖がるようになった子供に田舎暮らしはむずかしいからだ。**ドン、ドン、ドン！　『いったいだれだ？』**地獄門の門番が問い糺す。

二、三週前のこと、スローク夫妻は映画館でレイトショーを観たあと午前零時すぎに帰宅する途中、警備室の当番が新顔の警備員になっているのを目にとめた。斜《はす》にかぶった制帽の下に浅黒い細《ほそ》面《おもて》の顔を具えた男で、左の頬骨のあたりに白い傷痕が走り、銃の狙いをつけるのによさそうな細い目をしていた。

その男を見て、クロードはニーナと初めて出会った十一月の夜に〈ボントン・カフェテリア〉にいた男だと思いだした。ふてぶてしい歩き方をする空軍士官らしい男で、クロードと肩が掠《かす》れあったとき、悪役のキャラクターにちょうどいいと咄嗟《とっさ》に思ったのだった。

翌日の朝出勤するとき、ミンスパイみたいな顔をした午前当番の警備員ウィギンズに新顔の名前をさりげなく尋ねた。名前はコーワンだとウィギンズは教えてくれた。ファーストネームはデニスかと訊くと、そうだという。今は法律を勉強中だが、以前はたしかに空軍でパイロットをしていたという。あの悪役男にまちがいない。

だがキャラクターとしては使えないとクロードは思った。容貌があまりに悪辣すぎる。おもしろいタイプなのはたしかだが。工夫すれば端役《はやく》に充てられなくもないだろう。

脚本を書こうとするとき、世間で出会う人々のほとんどはなんらかの脇役に充てることが可能だ。映画館から自分と一緒に出てくる群衆のなかの、初めて目にするまったく未知の他人でさえそれは言える。街の人々を観察するだけで物語を作れるというのは、すばらしいことではないか。

事実クロードはニーナと初めて出会ったあの夜以来、ある物語を脚本として書くことを構想している。

〈ボントン・カフェテリア〉にいるとき漠然と浮かんできたアイデアがもとになっている。ニーナが話しかけてきたすぐあとに思いついたことで、かつて女優だったのはおろか彼女についてのあらゆることをまだなにも知らないときだった。あのあと二人は店を出て通りを横切り、その夜はコークを飲んだのを手はじめにずっと一緒にすごしたのだった。

最初は脳裏に浮かんだ単純なアイデアだった。ニーナ自身はもちろん作中に登場させるし――物語のすべてを彼女中心に創りあげようと考えていた。彼女の昔の夫たちの何人かも登場させ、ほかに彼女が知っているおもしろいキャラクターがいればそれも使おうと考えた。

まだストーリーの細部まですべて考えているわけではない。じつのところそれほど深い構想にはいたっていない。クロードはまだ若く、これから時間はいくらでもあるのだから。

今や春になったので、ニーナは土曜や日曜の朝には庭仕事をしたいと言いだし、一方クロードに対しては、書斎にこもって脚本書きを進めたらいいと促した。

ニーナが言う書斎とは、パティオと庭に面した居間の奥にある小部屋のことだ。隣家のイーヴンステラー大佐邸では同様の部屋をテレビ室と呼び、ガーデンズのほかの住民たちはカード室や趣味室や庭園室と呼ぶ。ブリッジなどの遊びをやるとか、鉢植え植物を並べて水をやるとか、用途によって呼び方が変わる。ニーナは夫のためにその部屋を改装し、机を設《しつら》えタイプライターや辞書や参考書を置いて書斎と呼んでいる。ペンや鉛筆や罫紙や鉛筆削りや消しゴムなどもさまざまな種類を用意してくれた。

それでニーナに促されたときには、せっかくなのでその部屋に入るようにしている。

だがじつは賢明なやり方とは言えない。創作とは内面から湧いてくるものだ。ただ部屋にこもってタイプライターを打てば書けるとはかぎらない。アインシュタインだって思考を重ねるときただ漫然と机の前に坐ってばかりいたわけではなかろう。エジソンにしてもシェイクスピアにしても同じだ。実際クロードは一日八時間も畜産会計検査院の机の席に坐りつづけ、それを週に五日もくりかえしているが――休憩時間や昼食やトイレに行くときや水飲み機で水を飲むときを別にして――そのあいだに考えごとをしようとしてもなかなかできず、ただ仕事をしながら輪ゴムをいじくりまわしたりしているばかりだ。

思考は場所を替えてこそできる。だから書斎では革張りの回転椅子に坐ってただ壁紙を眺めながら首筋をボリボリ掻いたり欠伸《あくび》をしたりして十五分から三十分もすごしたあと、部屋の外へぶらりと出て台所に行き、カーロッタから水をもらって飲んだりどんな料理ができそうか覗き見たりしていると、そのうちにニーナが植木鋏や移植鏝《こて》と一緒に切りたての生花《せいか》の束を庭から運びこんで、台所の流し台で花瓶に活けはじめる。

「あら、ここにいたのね、クロード!」いつもの華やかな笑い声とともにそう言って、土に汚れた綿《めん》製の手袋を脱いで流し台に置く。「執筆のほうはどう?」

「順調だよ」とクロードは答える。「ちょうどディティールが少し浮かんできたところだ」

「それは素敵ね!」とニーナが返す。「早く第一稿を見たいものだわ。最初から完璧な仕上がりじゃなくてもいいと思うのよ。とくに脚本というものはね。ほんの少しでも書けた分だけ見せてくれるというわけにはいかないの?」

「それはべつにかまわないよ。どんなできあがりになるかを予想してもらうためにもね」

「あなたがどんなふうに感じているかはわかるわ。わたし自身は脚本なんて書いたことないけど、どういうことかは想像できるの。少なくとも想像できる気がするという意味だけど。あの人は完成するまで決して見せてくれなかったわ。見せたら失敗しそうだと言ってね」

「きみが昔知り合いだった、脚本の書き方のすべてを知っていると言ってた人のことか?」

「そうよ。自分の才能にたいへんな自信を持ってる人だったの。もちろん、あの人とあなたとではまったく似ていないけれども」

「そうであってほしいね。きみが昔知ってた男たちに似てるなんてのは、どんな意味でも厭だな。

顔かたちに関してはとくにね」

「あなたがほかのだれかと似てるわけないわよ。もし似てたら、あなたじゃなくなっちゃうもの。ああ、抱いて、クロード、キスしてちょうだい！　あなたがほんとにあなただと、わたしにわかるように！」

「いつでも喜んで」とクロードははにかみ気味に応じる。カーロッタがそばにいるのが少し気まずい。訓練の行き届いたメイドはつねに石のごとく目も耳も閉ざしてはいるが。

ニーナは〈あの人〉を話題にするとき、決まってクロードに対して多分に情緒的になる。だがクロードにとっては、彼女が〈あの人〉なる男と結婚していたかどうかはさほど気にならない。ほかの夫たちより前であるにせよ、彼らの中間であるにせよ。あるいはより自由な愛情の関係にあった特別な男であるにせよ。あるいはまた彼女が忌み嫌っていたはみだし者であるにせよ。

彼女が〈あの人〉の名前を決して言わないことからして、最後の〈忌み嫌っていたはみだし者〉なのかもしれない。だがいずれにせよ大したちがいではない。

ともあれそういう些細な気になることはあるにせよ、赤土の山間地帯出身のまだ若いクロード・スロークの人生は、今のところそれなりにいいと言えるのではないか。少なくとも世界じゅうの普通の男たち程度にはなれているだろう。そう考えるがゆえに、クロードはいつか書きあげようともくろんでいる脚本の執筆をつい先のばしにして、怠惰な日々をすごしてしまうのだった。

時間はいくらでもあると考えてしまいがちだった。だがそんなことはないのだ。人生はすばやくすぎ去る。そしてたちまち死にいたる。

仮に舞台劇の脚本だとすれば、それを書く者にとっては今この瞬間こそが劇だと考えるべきではないか。観客は今こそ席についている。前奏曲はすでに終わっている。幕があがる直前だ。俳優陣は舞台に集まるか袖で待ちかまえるかしている。新作やオリジナルの脚本がある場合以外は、昔どこかの劇作家が書いた古い劇を上演することになる。あまり出来がよくないうえに、古臭くて退屈なものが多いだろう。上演するなら出来のいい劇でなければならない。今こそがそれを書くときではないか。

なのにクロードはすでに半年ほども、怠惰で安逸な毎日を愉しんでしまった。しかも、いつの間にか思ったより多くの日々がすぎていた。これだけの月日は、男よりも女にとってのほうが長すぎるかもしれない。女はいつも待っていてはくれないものだ。

創作の神に天上から見守られているのに、武骨な男の愚鈍なエゴのためにそれに気づかずにすごすうちに、ポトマック・ヴィスタ・ガーデンズ、ドッグウッド通り四番地の煉瓦と糸杉材造りの魅惑的な家のまわりでは、世の中がすばやくすぎ去っていった。坂の上に建つ大窓の具わるこの家の外側では。

人生とは斯《か》くも恐ろしいまでに早くすぎゆくもの。あとには美しきニーナ・ワンドレイの死が残るのみ。

つい昨日、今からつい三十時間あまり前、クロードは安逸ないい気分でいた。午後三時ごろには早くも帰宅していた。これだけ陽気のいい春の平日には、午後からすぐ早引けしたいものだと思い、ホリーベリー上司も認めてくれるだろうと考えた。

幹線道のバス停でおりたあとの帰宅までの徒歩の道のりが、故郷カーガー郡の道にどことなく似ているとﾞ思えた。空は青く、林檎の木立には花々が咲き、野鳥たちが唄っていた。前方で道の真ん中に野兎が一匹坐りこみ、クロードを見ていた。さながら無害な鹿か牝牛《めうし》でも見るみたいに。と思うと急に息を吹き返したようにビクッと怯《おび》えをあらわにして、文字どおり脱兎のごとく逃げていった。投石器《パチンコ》でも持っていたら撃ってやりたいところだった。子供のころの猟銃の事故以降で唯一使ったことのある狩りの道具だ。その瞬間は脚本執筆のことなどすっかり忘れ去っていた。

『イヴニング・サン』紙を積んだ黄色い運送トラックがガーデンズのゲート前で停まり、針金で巻いた新聞の束を警備室に放りこんだところだ。少年が学校を終えたあとやってきて受けとり、ガーデンズじゅうの家々に自転車で配りまわることになっている。クロードは束からひとつ抜きとり、ドッグウッド通り四番地は飛ばしていいと少年に伝えてくれるようウィギンズ警備員に頼んだ。ウィギンズはわかりましたと応え、少年がもし午後四時までに来なかったらハミルトン警備員に伝言しておきますとつけ加えた。

クロード自身は新聞にさほど気になる記事があるわけではなく、ときどきスポーツ面に目を通す程度だが、ニーナは紙面のすべてを渉らさず読む。国際ニュースの見出しから、芸能面や女性向けコーナーや経済面にいたるまで、さまざまな雑誌を読むときと同じように余さず読み通す。クロードは新聞を腕にかかえ、マグノリア通りからドッグウッド通りへとまわっていった。

ニーナはいつものように金曜の午後の買い物に出かけているだろう。もしそうなら、早く帰宅して驚かせてやれる、とクロードは考えた。ところが妻は庭に出ていただけで、ドッグウッド通りを歩いて帰る夫を早々と見つけてしまった。クロードがコートを脱いで玄関わきのクローゼットのなかにかけたあと、台所に行って水を一杯飲み終わらないうちに、ニーナが駆けつけてきた。

「早かったのね！」

「ああ、午後から早引けしたんだ。家では変わりはなかった？」

「変わりって？」とニーナが問い返す。

クロードは妻が沈み気味なのを見てとり、少し控えめに水を啜《すす》った。女性はだれでも毎晩欠かさず巡ってくる夜空の月に倣《なら》い、しばしばそうなるものらしい。ニーナも例外ではないというわけだ。

「イーヴンステラー大佐の奥さんには、今日は会った？」

「それほどよく会うお友だちかというと、そうでもないのよ。ときどき一緒にお茶をしながら、ボストンの名門だったご実家の話を聞くぐらいで。今日はうちにはいらっしゃらなかったわ」

ニーナは庭仕事用の手袋と植木鋏を流し台に置き、かかえていたさまざまな生花をシンクのなかに入れて、そこに水を張った。

「わたし午後のお茶はけっこうよ、カーロッタ」とニーナがメイドに告げた。「あとでハイボールを自分で作るから。悪いけど、居間とダイニングから花瓶をいくつか持ってきてちょうだい。そしたら休憩していいから。花はわたしが活けるわ。クロード、手伝ってくれるわね？」

クロードは生花の仕分けを手伝いはじめ、そのあいだにカーロッタが花瓶や鉢を持ってきた。メイドは古い花をとり除いて屑籠に捨てながら、ニーナに告げた。「それじゃ奥さま、失礼します」そして台所を出ると、自分の部屋や遊戯室のある地下への階段へと向かっていった。

「白水仙よ」ニーナは白い花をひと摑みとり、蛙の形をした磁器製の浅い花器に茎を挿《さ》しこみ、しなだれそうになる茎を注意深く整えた。「わたしこの花が好きなの。あなたはどう、クロード？白い花びらと金色の花蕊《はなしべ》がとても繊細でしょ。もちろん、もっと派手な花や俗っぽい花に比べたら目立たないけれど。でもこういう控えめなところが愛らしいと思う人はたくさんいるわ」

「ぼくもいいと思うよ」とクロードは応えた。

「じきライラックが咲くわ」ニーナが言う。「ほかの花もたくさんね。五月には坂の斜面がアザレアで燃えあがるようにいっぱいになるんですって。そのあとは夏の花が、それから秋の花が、どちらも咲き誇るでしょうね。

でも長く咲いてる花は少ないのよ。そう思わない？　いつの間にか霜の季節がやってきて、最後まで残ってた花も枯れちゃうの。そしてまた冬になる。冬がひどく長い年ってあるわよね。毎日長くて暗い夜が来るようになるのかと思うと、厭になるわ。そう思わない？」

「電気代がたんまりかかるようになるしね」とクロードが言う。「でも冬のことを今から心配しても仕方ないんじゃないかな？」

「電気代を心配してるわけじゃないわよ、わかってるでしょ。わたしがお金のことを考えすぎるってよく言う人が昔いたわ。その人はそういうのが嫌いらしくて。わたしはただ、自分がやってることの価値はもう少し高いんじゃないかと言いたかっただけなのよね。なのに、わたしがもらってもいいはずのお金をその人がほかのことにつぎこんじゃう、そんな気がしてたのよ。きっとわたしが少し欲張りすぎてたんでしょうけど。ひどい貧乏がどんなものかをよく知っていたから。その人は貧乏どころじゃなかったし。でも、一生を通じても電気代を心配するほどケチにはなりたくないわ――支払えるだけの懐《ふところ》があるかぎりはね。とにかく言いたかったのは、世の中には早くすぎ去ってしまいすぎるものがあるってことなの。春と夏がとくにそうよ。近ごろ少し憂鬱になりがちだと自分でわかるわ」

「なにをそんなに憂鬱になることがある？　毎日いい日々が送れてるとぼくには思えるけどね。今この瞬間をこそ、せいぜい楽しもうと考えたらいいんじゃないかな」

「たしかにそれがいちばんシンプルな方法よね。満足して生きるにはそれしかないのかも。過去も未来も気にしないで。でも、だれもがそれをたやすくできるとはかぎらないわ」

ニーナは繊細な手つきで、白い花のついた枝を背の高い青ガラスの花瓶に活けた。そのあいだ黙りこみ、顔に翳りを戯《たわむ》れさせた。

「ねえ」不意に虚ろな声をあげた。『囲われの蘭』や『白い蝶』みたいなのじゃないでしょうね？」

「なんだって？」クロードはあっけにとられた。「きみの活けてる花のことか？　それは山法師《ドッグウッド》の花だろ。ぼくらが住んでるこの通りの名前と同じだ」

「あなたが書いてる脚本の話よ」

「それはまた！　いきなりどうしたっていうんだ？」

自分の創作については、クロードはもちろん考えている。だが今はそれを妻に話せるときではない。

「でも、ちがうに決まってるわよね」とニーナが言う。「だってあなたは、わたしの出てる昔の映画を全然観ていないんですもの。無意識にでもなぞれるはずがないわよね。でもそれは嬉しいことよ。あなた自身の個性を発揮して、あなた自身のものの見方で書けばいいのよ。あなた自身の創造的才能でね。あなたは〈彼〉とはちがうんですもの。でも、亡くなった前の夫ジョージが〈彼〉について言ったことを、最近になって考えるようになったの」

「〈彼〉って？　ああそうか、きみが昔よく知ってたという脚本家だっけ。今になってその人がどうしたって？」

「ジョージが言うには、わたしは〈彼〉から決して離れられないんじゃないか、ですって」とニーナは沈んだ調子で言った。「それはわたしのための最初の脚本を書いたのが〈彼〉だったからよ。だから最後の脚本も〈彼〉が書くようになるんじゃないかって。考えてみると、たしかにそういうことがわたしにとっての問題になってる気がするの。逃げられない力で縛られているみたいな。まるで古い脚本のなかで自分がいつまでも動かされてるみたいで、朧《おぼろ》に憶えてる台詞をずっと言っていたり、昔と同じ仕草をずっとやっていたり。昔いつも見ていた夢をまた見てるようなものね。あなたはわたしのそばにいつもいて、そんなことを感じない？」

「感じないよ、まったく。どうしてぼくが？」

「そうなの」とニーナ。「そうかもしれないわね。昔同じ役をやったほかの男優ならともかく」

クロードは一瞬動揺に襲われた。役者になりたいなどと思ったことは一度とてない。じつのところ、そのときだけニーナがどこかほかの場所にいるような気がした。

「もういいよ、ニーナ」努めて親しみをこめた笑みを浮かべながら言った。「ぼくが書こうとしてる脚本のことばかり、そんなにいつも考えてくれなくても。励まして奮い立たせようとしてるんだとは、よくわかるけどね。いずれ書けるさ。これからまだ時間はたっぷりあるんだ。そのうちきみが気づかないうちに完成させて、驚かせてやれるかもしれないぜ。そのときは、今までだれも書いたことがないような作品にしてやるさ。約束するよ」

「是非そうなってほしいわね」

「そうだ、あまり考えごとばかりしてないで」とクロードは言いだした。「ジャガーでダウンタウンへ繰りだして、豪勢な晩餐といかないか？　いつもの〈ボントン・カフェテリア〉並みのところじゃなくて、もっと飛び切り上等な店でさ。そういう食事は結婚以来してないよな。チャイニーズレストランでもいいし、どこかのホテルでもいいし。夕食のあと映画を観て、それからバー〈ミラー〉で一杯やるんだ。明日は土曜だから、寝るのが晩くなってもかまいやしない。この際思いきりやろう。コパブランカ劇場で今夜『愉しき春』が封切りだ。リタ・レイニー主演のやつさ。公開されたら観たいって、きみ言ってたよね」

「そうだったわね」とニーナ。「憶えててくれて嬉しいわ。でも今夜はそういう贅沢をしたい気分じゃないかもしれない」

そのとき裏口のドアを引っ掻くような音が聞こえた。ニーナは生花を見ていた顔をそちらへ振り向けると、やや仕方なさそうにドアを開け、愛犬をなかに入れてやった。

「わたしと一緒に庭に出ていたのよ。家のなかに独りではいたがらなかったから。でも今は喉が渇いてるみたい」彼女がかすかに眉間に皺を刻みながらそう言ううちにも、小動物は自分用の水飲み皿にこそこそと近づいていって、音を立てて水を舐め、そのあとひと声唸ってから、ダイニングルームへと去っていった。「明日獣医さんに診てもらおうかしら」

「どうかしたのか？」とクロード。

「理由はわからないんだけど」ニーナは生花の切り揃えを再開した。「なんだか加減がよくなさそうなの。昔ローマに住んでたころ飼っていた犬も、病気になる前あんなふうだったわ。とうに死んだ犬だけれどね。獣医が言うには、消化器系が悪かったらしいの。犬の罹《かか》りやすい病気だったんですって。動物って気の毒よね。どこが痛いとか自分では言えないから。今のあの子がそうなったら厭だわ。ほんとに可哀想」

「少し食欲がないだけじゃないのか」クロードが言う。「寝こんだあげく死んでしまうなんてことにはならないだろうさ。なんでもかんでも心配ばかりしてると、きりがなくなるぜ」

「そういえば、カーロッタもここ何日かあまり顔色がよくないみたいだわ」とニーナは言いながら、眉根を寄せて紫色のヒヤシンスをためつすがめつした。「ここにいるのアリマキみたいだけど、だとしたら時期が早すぎるわね」

「アリマキ？」クロードが訊き返す。「ああ、花にくっついてる虫か」

「少し青白いし、物憂《ものう》げなようすだと思わない？ わたしの思いすごしかしら？」

「だれのこと？」クロードが少し苛立ち気味に言った。「ああ、カーロッタか。きみのつぎの心配ごとは果たしてなにかな？ 思いすごしにちがいないさ。青白いだって？ 彼女の顔色なら、むしろいいと思うけどね。馬並みに健康だよ。それこそ心配のしすぎってものだ。そんなふうになってるきみは、今まで見たことないぜ。もう忘れよう。これからコパブランカに行って『愉しき春』を観るんだからね。きっと楽しめるから、そしたらすっかり忘れられるさ」

「映画は明日の夜にしましょうか」ニーナが言いだした。「今夜はなにかを楽しめる気分じゃないみたいなの」

「そうか。だったらぼくだけで行ってくるかな」

だがクロードも本当は行くつもりではない。夜中にニーナを残して家を離れたことはなく、だいいち彼自身その夜はなにをしたい気分でもなかった。但し『愉しき春』を見逃したくないと思っているのは事実だ。リタ・レイニーはどの作品でも最高の演技をするので、こんどの映画も二度観たくなるにちがいない。

そのあとのニーナの反応は、クロードの予期していないものだった。白や紫のヒヤシンスの花を不意に手放したと思うと、夫へまっすぐ顔を向けた。その顔は血の気が失せ、大きな目は怯えを湛えていた。

到底演技ではない。

「だめよ、それだけは！」体を震わせながら声をあげた。「わたしを独りにしないで、クロード！」

「おいおい」クロードは驚き、片腕をぎこちなく妻の体にまわした。「どうしたんだ？　なんだかひどく怖いことでもあるみたいじゃないか。いったいなにがあるというんだ？　強盗でも来やしないかと思ってるのか？　そういうのを防ぐために警備員がいるんじゃないか。フェンスもゲートもあるし、対策は揃ってる。それに、土曜の夜以外はカーロッタがいつもいるしね」

「わからないわ」とニーナ。「なにが怖いのか自分でもわからないの。とにかく、わたしを置いていかないで！　前にもそう頼んだと思うけど？」

そう言ってクロードにすがりつき、背中を震わせながら嗚咽しはじめた。

それがつい昨日のことだ。

ともあれ、結局夫婦一緒に車で街へ出かけ、メイン通りのシーフードレストランで夕食にした。大きな海老《えび》、ロブスター、さまざまな付け合わせ。海岸の埠頭の店で、近くの路側にジャガーを駐めた。中心街に戻ってからはターミナルガレージに駐め、『愉しき春』を観た。ひとたび没頭しはじめると、ニーナも楽しむことができた。

（コパブランカ劇場は混雑し、最終上映回のためにロビーに行列ができるさまはテレビ流行《ばや》り以前の時代のようで、いちばん高価な席さえ待たねばならなかったが、二人はその席を買った。映画は前宣伝どおりの大作で、黒髪で胸の大きいリタ・レイニーが主演し、実物の五倍もの大きさに映しだされて、古い水溜まりを全裸で泳いだり、納屋の干し草の上で農夫の男と転げまわったりするので、だれもが目を瞠らずにはいられなかった。

映画そのものはほぼミュージカルコメディだが、かなりありきたりなプロットのため、知恵の足りない観客でもつぎになにが起こるか予測できるしろものだった。リタ・レイニーはその美貌に非難すべき点は見あたらないとしても、とくに剝ぎとられたスカートとブラジャーを抱いて納屋から逃げだすシーンでは、クロードが見るかぎり彼女の演技は月並み以上のものとは言えなかった。

それほどの凡作にもかかわらず、ニーナは楽しんでいた。シリアスな台詞のシーンでさえ、華やいだ表情で何度か笑ったほどだった。映画が終わったのは午前零時五分すぎで、最後まで居残っていた大勢の観客とともに館外へと出たあと、ニーナの求めに応じ、劇場前の角にあるバー〈ミラー〉で軽くグラスを傾けた。尤も、ニーナが求めなかったとしてもクロード自身立ち寄るつもりでいたのだが。

〈ミラー〉は小ぢんまりとしていながら上品なバーで、客層もそれなりに洗練されている。コートを着ていない客は入れない規則だ。まわりの壁にはたくさんの鏡が張り巡らされ、テーブルは青色で、席には革張りの赤いクッションが置かれている。クロードはニーナのためにスコッチのハイボールを、自分用にはコークを注文した。五セント硬貨をいくつか用意して、ジュークボックスでニーナの好きな曲を探してかけてやり、一緒に席にくつろいで長らくすごした。バーのなかで動きまわる客たちや、外の通りを行き交う人々を眺めた。楽しいひとときで、二人ですごした時間のなかでもいちばんいいのではないかとすら思えた。十セントで二杯目のコークを頼み、ニーナにもハイボールをもう一杯どうかと促しかけた。

（初めて出会った夜、どこかで飲み物でも一杯どうかとニーナに誘われたが、彼女が言うのはドラッグストアでコークでも買おうという意味ではないとあとで知ることになった。二度目に会った夜にバー〈ミラー〉を見つけ、それから五晩つづけて一緒にこの店に通い、六晩目にはヴァージニア州まで足をのばした。それからは映画のあと八回から十回ほどもそういうすごし方をした。クロードはほかのだれかとはアルコールの入る時間をすごす気になれなかった。彼自身が酒を飲みたいわけではないから。ニーナもそうたくさん飲むわけではない、バーにせよ家にせよ。ただ彼女が酒のおかげでより解放的になるさまを見るのは、クロードにとって楽しいことだった）

その夜もようやく楽しい宵となった、初めこそニーナが沈みがちではあったが。バー〈ミラー〉では店を出る少し前に偶然イーヴンステラー大佐と出会った。大佐がグラスを持って近づいてきて挨拶するので、クロードは妻ニーナを紹介した。

「晩くまで仕事をした夜はいつもこの店に寄って、バーボンのダブルを一杯ひっかけるのですよ」小柄な軍人はスローク夫妻のテーブル席に自分も腰をおろした。「お邪魔して申しわけない。アラビアの砂漠で祖国を同じくする人と出会った気分ですのでね。どうかご一緒にお願いしたい。お許しいただけますな、ミセス・スローク？　それにしても奥さまはお綺麗だ！　これほどの方が近くにお住まいと、今まで知らずにいたとは！　スロークさんがなにゆえ奥さまを隠していたか、わかる気がしますぞ。ほかの男に盗《と》られてはいけないと、恐れていらっしゃるんでしょう。そのお気持ちは責められませんな。いやまったく――いやまったく。それにしてもじつにお綺麗だ！」

「今夜はもう何杯お召しあがりに、大佐？」クロードが揶揄《からか》い気味に訊いた。

「これが一杯目ですよ、ミセス・スローク。たしかですとも！　ダブルの一杯がわたしの限度でしてな。それをすごしてしまうと、干《ひ》あがるまで懐《ふところ》を絞られることになります。限度を心得ている方はじつに賢明です。ミセス・スローク、ご主人にはあなたのことを謙遜するようなふりさえさせてはいけませんぞ。あなたのおかげでご主人は王になったほどにも誇らしいはずですからな。まったく幸運なお人だ。そうとも、あなたは映画に出るべきほどの方です！　ハリウッドに行きたいとお考えになったことはありませんかな、ミセス・スローク？」

「ときには、なんとなく思ったりもしますわ」ニーナが持ち前の蠱惑的な笑みとともに、華やかに言った。

イーヴンステラー大佐は心臓が喉から飛びだしそうな顔になった。

「こ、これはまじめな話ですぞ」と、つっかえがちに言う。「かつてないほどまじめなつもりです。まったく、ここにおられるスロークさんとご一緒に暮らしているなど、時間の無駄と言っても過言ではないほどです。それどころか、ほとんど犯罪ですぞ！　ご存じですかな、ご自分がかのニーナ・ワンドレイに生き写しだということを？」

「だれです、それは？」クロードがまた揶揄った。「馬の名前ですか？　聞いたこともありませんが！」

「あなたのよくご存じないころになるかもしれません、ミセス・スローク」大佐はクロードを無視し、真剣な調子でつづけた。「じつにすばらしい女優でした。美貌にして偉大なスターでした。『白い蝶』、『囲われの蘭』、『闇の涙』。彼女の作品は映画館に通って何度でも観たものです。じつにもう、なんと言うべきか――まったくもうどう評すべきか――もう言葉になりませんな。彼女のためなら地獄の門さえたちどころに開く、それほどのすばらしさでした」

イーヴンステラー大佐はグラスを深々と呷《あお》った。

「じつにすばらしい女優でしたが、しかしあなたの瞳ならば、同じほどの演技が可能でしょう、ミセス・スローク！」と、さらにつづける。「いや、失礼ならお許しを。しかし本当に驚きです！それほどにそっくりなのですから。まるで歳月が逆戻りし、わたし自身四十五歳ごろの若さに立ち戻った気分です。じつのところ、あのころのわたしは、妻ヒリーを棄ててハリウッドに赴き、ニーナ・ワンドレイを力ずくで攫《さら》ってやろうなどと本気で考えたのです。必要ならば海賊帆船か飛行機を雇って、彼女とともに南太平洋の孤島にでも駆け落ちしよう、とね。ところがヒリーがその計画を察知して激怒し、わたしがそれを実行に移す前に先手を打ちました。共有の銀行口座からわたしの名義を削除したのです。妻の持ち金なしにはなにもできません。もし二度生きることができるなら、つぎの世でヒリーのやつを裸にひん剝いてやりたいものです。経済的に、という意味ですが。しかし残念ながら人は一度しか生きられません。死刑に処される前の人間なら、ひと晩でもいいから来世を生きたいと願わずにはいないでしょう」

大佐はグラスの残りを飲み干した。襟に手を触れ、美貌のニーナ・ワンドレイへ視線を向ける。視界が霞んできたようだ。

「じつのところ、かの女優と結婚していたことのある男を一人知っています。海兵隊のウェイド大佐です。国防総省《ペンタゴン》で何度か会ったことがありましてな。戦略委員会に属している人物です。ニーナ・ワンドレイと結婚していたのは一年ぐらいでしょうか。それだけでも一人の男が地獄と来世で自慢しつづけるには充分です。なにしろニーナ・ワンドレイを一度はわがものとしていたのですからな。しかしその一方で、彼女がこの世から失われたと知ったときの悲しみは、彼女を一度もわがものとしたことのない男たちの悲しみを遥かにうわまわるものだったでしょうがな。

ニーナ・ワンドレイは戦時中にアジアで客死したのです。なんという悲劇。当時はボルナック藩王国の藩王だったイギリス人と結婚していました。美しき楽園のごとき国でしたが、日本軍が攻め寄せ、藩王夫妻は殺されました。多くのボルナック国民とともに。その悲報を聞いたときは気も狂わんばかりだったと、ウェイドはわたしに話したことがありました。その翌日すぐ海兵隊に志願入隊し、一旅団とともにガダルカナル島へ派兵され、タラワ環礁やサイパン島や硫黄島《いおうじま》でも参戦したそうです。日本兵どもをただ殺すだけでは飽き足りず、火炎放射器を好んで使い、一海兵隊員ながらあっぱれな戦功をあげました。戦友たちからは血染めのウェイドと呼ばれたそうです、冗談ではなしにね。いやまったく、ミセス・スローク、あなたはさながら生ける生まれ変わりのごとくですぞ！　ご自分を無駄に費やしてはいけません。こちらのご主人を通じて是非お願いしたい。世界に打って出ていただきたい！」

「もう一杯召しあがらないといけないんじゃありませんか、大佐？」クロードがおもしろがって促した。

この愚かな老大佐がまくし立てているかつての映画女優が自分と同一人物であることをなぜニーナが認めようとしないのか、クロードにはわからなかった。比較的近いところに自分がいることを、そのウェイドという男に知られたくないからなのか。ずいぶんと残虐な男のようだから。ニーナが飼っていた犬をひどく殴りつけて死なせたらしいし。実際、彼女はその男の名が話題になると身を固くするようだ。

「そのとおりですとも！」と大佐が言った。「わたしはじつは二杯飲む男なんです。五年物をね。もうこうなったら世界をも飲み尽くせそうですわい。酔いも感じません。あなたはなにをお飲みです、ミセス・スローク？」

大佐は立ちあがった。

「いい考えがありますぞ、ミセス・スローク」だしぬけに言いだした。「わたしはいつも家に帰る前にヒリーに電話するんです。帰宅が何時ごろになるか家内がわかるようにね。そこでですよ、これから家内に電話して、すぐ着替えてタクシーでここに来るよう言おうと思うのです。夫婦ふた組で祝おうじゃありませんか。ポトマック・ヴィスタ・ガーデンズの隣人同士としてね。わたしはコマンチ族〔米国中西部に住む先住民〕のかけ声のリサイタルをやるんですが、その招待券をさしあげたいんです。たしか近々やることになってるはずですのでね」

「残念ですけれど、大佐、この時間では、奥さまがタクシーでガーデンズの外に出ることはできないんじゃないかと思いますわ」ニーナが穏やかな調子で諭《さと》した。「パーティーをはじめるには少し晩すぎますしね。わたしたち、もう帰ろうとしていたところですのよ。そのうちまた機会を作ることもできるでしょう」

「ああ、それもそうですな」とイーヴンステラー大佐はさも残念そうに返し、眉根を寄せて腕時計に見入った。アルコールの一部が脳から体へとくだりはじめているようだ。「午前零時四十五分ですからな。わたし自身明日は一日じゅう仕事ですし。午前零時前に終えられたら幸運なぐらいです。それにしてもあなた方とお隣同士とはね！　いやまったく、どうかお引っ越しにならないようお願いしたい！　お隣にいてくだされば、わたしどもはこのワシントンの街を揺るがす一大事を起こすことも可能でしょう。今すぐにでもね。ミセス・スローク、今夜あなたももう一杯だけ如何です？ヒリーに電話して、もう少し晩くなると告げますので」

「妻はうちの犬のことが心配になっているようなんですよ、大佐」とクロードがすまなそうに口を出した。「餌をやらないといけませんのでね。家にはカーロッタがいますが――うちのメイドのことですが――、困ったことに地下の自分の部屋でラジオを耳のすぐそばに近づけて大きな音をさせて聴いていることがあって、そうすると犬が腹を空《す》かしてキャンキャン鳴いても聞こえないらしくて。もし大佐の奥さまがまだお寝《やす》みじゃなくて、寝巻に着替えていらっしゃらないようでしたら、ちょっとわが家までおこしいただいて、犬が大丈夫かどうか見ていただけるとありがたいんですがね」

頼みごとのしすぎではないかという申しわけなさそうな目で、クロードはイーヴンステラー大佐を見やった。

「家内は喜んでお引き受けするはずです！」大佐は躊躇なく答えた。「何分もかからないでしょうからな。それに、もし愛犬が無事でいるとおわかりになれば、ミセス・スロークがもう少しここにとどまれることになりますし。じつによいお考えです、スロークさん！」

「ごめんどうをおかけしすぎなければいいんですが」クロードはまたも詫びを口にした。「玄関の右側の矮性柘植《わいせいつげ》の植木箱に鍵が入っていますので、奥さまにそうお伝えください。廊下の明かりは点けっ放しにしてあります。犬はだいたいいつも居間のソファで寝ています。居間の明かりのスイッチはドアのわきにあります」

「右側の矮性柘植の植木箱に玄関の鍵ですな。そう伝えます」とイーヴンステラー大佐は応えた。「鍵はたいてい決まったところに置くものですからな。ドアマットの下が多いですが。もしわたしが強盗なら真っ先にそこを――」

ニーナはハンカチをいらいらと指で摘んでいた。ついにはそれを握りしめ、手のなかでくしゃくしゃにした。

「奥さまにごめんどうをおかけするには及びませんわ、大佐」バーの隅にある電話ブースへ向かおうとする大佐を牽制するように、ニーナが言った。「わたしたちはここでもう一杯グラスを重ねるということはしないと思いますので。今夜は少し疲れを感じていますの。二ブロックほど先のターミナルガレージに車を駐めてきましたから、三十分もかからないで家に着けるでしょうし」

ニーナはわきの革製クッションの上に置いたハンドバッグを急いで摑みあげると、席から立ちあがった。

「おお、それはどうも気がつきませんで！　お疲れだとしたらまったく申しわけありません。それにしても、ミセス・スローク、あなたは本当に――なんと申したらいいのか――そう、驚くばかりに似ていらっしゃるのですよ！　これからもときどきこのようにしてお会いいただけると――」

「それはもう、喜んで」ニーナは少し青白い顔で悩ましく微笑んだ。「お会いできるのはとても楽しいことですもの。ハリウッドについてあんなふうにおっしゃってくださって、お世辞でもとても嬉しかったですわ。たまには考えてみたいものですわね。奥さまにもどうかよろしくお伝えください――ヒリーさんとおっしゃったかしら。あなたはもうお話はないの、クロード?」

「もうないと思うね」

そう言うとクロードは立ちあがりしなに、コークの飲み残しを無駄にすまいと最後の一滴まで呷った。

「お会いできてほんとによかったです、大佐」とクロードは愛想よくうなずいた。「よし、それじゃ帰るとしよう、ニーナ」

見送るイーヴンステラー大佐を残して、二人はバーをあとにした。

ターミナルガレージに着くと、車がおろされてくるのを待つあいだに、クロードは老大佐の滑稽なほどの好色さを遅れ馳せに思いだしてクスクスと笑った。

「大佐はずいぶんと興奮していたみたいだったね。きみへの賞賛をつぎからつぎへと繰りだしていたじゃないか。なんとも派手なおっさんだ。なにか気になることでもあるのか、ニーナ? 大佐がウェイドという名前を出してたことか? きみがひょっとして本気でもう一杯飲んでいこうと思ってるのかと、そんな気がしてたんだが、でも急に帰ろうと言いだしてくれてよかったよ」

「なにが気になったのか、自分でもよくわからないわ」ニーナは静かに吐きだすように言った。

「あの人が奥さまに電話しに行こうとしたとき、なんだかごくかすかな冷たい風みたいなものが吹きつけてきた気がしたの。奥さまが着古したセーターにズボンというい でたちで芝生を横切って、わが家にやってくるさまを思い浮かべたらね。あの痩せた顔におかしな薄笑いを浮かべて、玄関の鍵をとりだして錠を開け、居間の明かりのスイッチを入れて部屋に入り、そしてそこで見るものは――」

「おいおいニーナ、なにを見るというんだい？」

クロードは妻の想像上の恐怖を自分も吸収していく気がして、一瞬寒けを覚えた。妻の曇った目のなかで、なにかの厭な気配が蠢く。

「冗談はよせよ！」クロードは笑いながら言った。「だれかがわが家に忍びこんでいて、大佐夫人と出くわすんじゃないかっていうのか？　覆面をかぶった強盗がひそんで、暖炉の火掻き棒かなにかで夫人を殴りつけるとか、そういったことか？」

「いいえ、ちがうわ」ニーナが深い吐息とともに言う。「強盗なんかじゃないの」

「じゃ、なんだ？」

「わからない」ニーナは途切れがちに言葉を継いだ。「わたしが思ったのは――その――なんていうか――そう、大佐の奥さまがなんの疑いも持たず玄関の鍵を開けて、家のなかに入るわね。そしてなにかを見るんじゃないかと――でも、それがなにかもうわからなくなっちゃったわ」

「きっと幽霊を怖がるような心理じゃないのかな」クロードが冷静な言い方をした。「みんな幽霊を怖がるけど、ぼくは気にしないね。ああいうのは所詮煙みたいなものだろ。人に危害を加えたりはできないはずだ」

「ちがうわ」とニーナが言い返す。「幽霊なんかじゃないの。わたしも幽霊なんて恐れないわ。前の夫ジョージ・ヴァナーズは戦死したけれど、勇者の魂として永遠の眠りについたと思ってる」

「とにかく、家に帰ればすべてはっきりするさ」とクロードが宥《なだ》めるように言った。「犬もきっと元気でいるだろうし」

「そうね」とニーナが疲れ気味に返す。「でも玄関の鍵はほかの場所に置くのがいいかもしれないわね。さっきのバーでだれかが盗み聞きしてたかもしれないでしょ。そいつがいつか夜中に忍びこもうとしないともかぎらないし。いっそ鍵を玄関まわりに置かないようにするほうがいいのかも」

「どこの家もやってることじゃないか、大佐も言ってたけど」とクロード。「出かけるときもし鍵を持ちだすのを忘れたら困るだろ。呼び鈴を鳴らしたり大声を出したりして、カーロッタを呼ばなきゃならなくなる。彼女がぐっすり眠ってたら聞きつけないかもしれないし。そしたら石かなにかで正面のでかいガラス窓を割るはめになる。ときどき思うんだけど、強盗だって鍵を探すよりも前に、ほかの手で侵入しようとするかもしれない。慣れたやつならね。だから、置き場所を替えようが、あるいは置かないことにしようが、大して変わりはないのさ」

「とにかく今夜は鍵を家のなかに仕舞うことにしましょう」とニーナ。

（二人は帰宅して、車を地下のガレージに入れたあと、鍵を所定の置き場所から家のなかに持ちこむのを忘れていた。というのは、クロードがガレージのスウィングアップ式扉をおろしたあと、二人はいつものように地下の遊戯室を通って、絨毯敷きの階段をあがり、居間とダイニングルームのあいだの廊下へと出て、そのあとはもう玄関ドアを開けることなどなかったからである）

帰宅途上の車のなかでは、ニーナは映画の華やかさとバーでの最初の三十分ほどのよいひとときを思いだしていた。少なくとも楽しい気分をとり戻せた。車の往来がなくなったマサチューセッツ通り延長道の長い直線路を終点まで飛ばし、そのあと川沿いの幹線道からポトマック・ヴィスタ・ガーデンズの専用道へと移るあいだも、クロードにずっと寄り添っていた。左手を彼の肘の下に挿しこんだ格好で、夕食のシーフード料理や、海面に煌めく街明かりや、映画『愉しき春』や、バー〈ミラー〉のジュークボックスで彼が選んでくれた音楽などを思いだし、幸せな気分に浸った。彼が口にするとぼけたジョークや、平然とした顔で言う気の利いた台詞に笑った。平素ならユーモアを解するセンスに富むわけではなく、そういうものにもあまり笑うことのないニーナであるにもかかわらず。

帰宅してからは、愛犬が元気にしているのを見つけた——むしろいつも以上に元気なほどで、錦《にしき》織《お》り張りのソファに横たわって尾を振ったり、満足そうな唸り声を洩らしながら転げまわったりするので、ニーナはピンク色の腹を掻き撫でてやった——彼女自身その夜でいちばん元気に華やいでいた。

ニーナはローブを着て羽根飾り付きのスリッパを履き、珍しく地下の遊戯室におりて、二杯目の酒を自分で用意し、それを二人の寝室まで持ってあがった。外出から帰ったあと、普通ならそういうことはしないのだが。ベッドの仕度をしたあとは、『愉しき春』の劇中曲を口ずさんだりもした。

「わたし、やりたいわ」とニーナが言う。「またやりたくなったの。もしあなたの脚本がいいものに仕上がればよ、クロード。映画の世界に戻りたくなったの。今まではハリウッドのことをもう一度真剣に考えるなんて金輪際《こんりんざい》ないと思ってたんだけど。映画なんてありきたりな娯楽にすぎないってね。だからトビーやクリフやマイクやジョージにどれだけ促されても、もう完全に過去のものとして片づけていたの。でもしばらくだけ戻ってみるなら、それは楽しいものになるんじゃないかしら。あなただって、ハリウッドで脚本執筆ができるようになるかもしれないでしょ。もし今書いているのが巧く行けば、大作を手がけるのも夢じゃないわ。

リタ・レイニーをご覧なさいよ——彼女でもスターとして評価されてるのよ！」そう笑い飛ばし、姿見を見ながら髪を後ろで結わえてみせた。「農家の娘程度でしかないのに。木馬ほどの感情表現もできていないわ。彼女、『囲われの蘭』ではエキストラの一人にすぎなかったのよ。フランス人のメイド役で、レースのエプロンをつけてちっちゃい帽子をかぶり、膝丈のスカートを穿いて、店の入口で来る客来る客に膝を曲げて挨拶するのよ。台詞は一種類だけで、たしか『お茶にはクリームになさいますかレモンになさいますか？』っていうの。なぜかそのたびに観客が笑うのよ。キーストン・コップス〔サイレント映画期のドタバタ喜劇グループ〕かマルクス・ブラザーズ〔トーキー映画期のコメディアングループ〕と共演したらいいのにと思ったぐらいよ。彼女、だれかに似てると思わない？」

「さあて、そう言われてもな」クロードはジャケットを脱ぎながら、色の薄い眉のあいだに穏やかな皺を刻んだ。

「わたしカーロッタを思いだしたの！」ニーナが軽やかに笑いながら言い放った。「カーロッタが映画スターになったところを想像してごらんなさいな！」

「ああ、なるほどね、そう聞いたら、たしかになんとなくわかるよ」とクロード。「カーロッタは料理の腕はいいと思ってるけど、自分の容貌にはあまり関心を払っていなかったな」

「映画の話のついでに言えばね」とニーナがつづけた。「今まで黙っていたけど、今夜お酒を飲んでるとき、イーヴンステラー大佐がわたしたちに近づいてきたわよね。あのとき、じつはちょっと驚くことがあったのよ！」と言ってまた笑った。「ほんの一瞬だけど、前の夫の一人を見かけた気がしたの！」

「へえ！」とクロードは返しながら、クローゼットの吊るし棒からとった木製ハンガーにジャケットをかけた。

そして遅れ気味にニーナのほうへ振り向くと、妻はベッドの端に腰をおろしてハイボールを傾けていた。

「今は海兵隊に所属していて、イーヴンステラー大佐の知り合いだという、嗄《しわが》れ声を出すウェイドのことか？」とクロードは糺した。

「いいえ！」とニーナは答えた。「ちがうわよ！　クリフなら、見かけたとしてもちっともおもしろいと思わないわ。トビー・バリーよ、わたしがハリウッドにいたころ結婚してた男。もちろん、ほんとはトビーじゃなかったのかもしれないけど。でも前の歩道に、なんだかひどいなりをした灰色の髪の年寄りじみた物乞いらしい男がいて、その男がなぜかわからないけどトビーを思いださせたのはたしかなの。目がなんとなく似てるというだけなんだけどね――トビーはほんとに素敵なラベンダー色の瞳をしていて、しかも長い睫毛を持ってるのよ。その男がどっちへ行ったかたしかめようとさえ思ったわ。でもちょうどそのときイーヴンステラー大佐がやってきたというわけ」

クロードはネクタイをほどいて皺をのばし、それから丁寧に折りたたんで簞笥《たんす》の抽斗に仕舞った。

「そのトビーに、きみが今どこに住んでいるかを知ることはできるのかな？」と彼は言った。「じつはずっと考えていたんだけどね。バーでのぼくたちの会話のなかに、ポトマック・ヴィスタ・ガーデンズという地名が出てきたよね？　ドッグウッド通り四番地とまで言ったかもしれない。あのときバーのなかにそれを盗み聞きしていた男がいたとしたらどうだろう？　そしてきみの言う物乞いがトビー・バリーだとしたら、彼はバーのなかにいるのがきみだと気づいただろう。そこで、盗み聞きしていた男がバーから出てきたところで、トビーはその男に、あそこにいる女性はどこに住んでいるのかと尋ねたかもしれない。男はぼくたちの会話を聞いていたので、きみの住所をトビーに教えた。そしてぼくが仕事に出かけているとき、トビーはきみのようすを窺《うかが》うためにわが家に近づいた」

「まあ、クロードったら、なんてことを！　嫉妬深すぎる夫よね！」

「そんなつもりじゃないよ」とクロードが言いわけする。「わかってるだろ。きみの前の夫が百人いようとぼくは気にしない。そういう男たちがいたとしてもやりすごせる性質なんだと思うよ。ただ、もしそいつがカネめあてで、きみを訪ねていくらかでも施《ほどこ》しをせがもうと考えているとしたら？　あるいは昔の睦言《むつごと》を蒸し返してきみを巧く丸めこみ、五百ドルほども恵ませようとするかもしれない。場合によっては五千ドルか」

「あれはトビーじゃないと思うわ」とニーナは言いだした。「トビーはもっと男前だもの。さっきも言ったけど、あの哀れな男はひどいなりをしてるうえに年寄りじみていたのよ。ただ目がちょっと似ていたというだけ」

そう言ってニーナはハイボールを啜った。

「でもそれだけじゃないの。その男を見かける前に、わたしたちがほかの観客と一緒にコパブランカ劇場から出てきたとき、タクシーが一台通りすぎていったんだけど、その運転手がマイク・ヴァリオグリに似ていたのよ！　もちろん、どのタクシーの運転手もだれかに似たところはあるでしょうし、ほかのタクシーの運転手だってマイクに似た人はいるでしょうけれどね。でも、あの物乞いを見かけたすぐあとだったから、立てつづけで少し驚くことになったのはたしかよ。おまけに、クリフ・ウェイドがペンタゴンのオフィスにいるとイーヴンステラー大佐が言ってたでしょ。それを聞いてたものだから、ひと晩のうちにその三人をつぎつぎと見かけたように思っちゃったのかも！」

「でも、それ以外はいないんだろ?」

「それ以外ってどういうことよ!」ニーナは大きな目を瞠《みは》って夫を見やった。

「今ぼくがさりげなく言ったことが、亡くなった前の夫のことだと受けとってきみがビクッとしたんだとしたら、そういう意味で言ったんじゃないよ。ぼくは幽霊なんて信じちゃいないからね。死んだ人間はこの世にもういないってだけのことさ。ぼくの頭にあるのは、昔映画の脚本を書いてたという男のことでね。そいつはいつかきみを殺してやりたいなんて言ったんだろ? きみがトビー・バリーと結婚したものだから」

「まあ!」とニーナ。「わたしそんなことあなたに言ったかしら? いいえ、彼はわたしを殺したいなんて言ったわけじゃないのよ、クロード。誤解してるわ。彼が言ったのは、そのうちわたしがだれかに殺されるんじゃないかってことよ」

「いずれにせよ、そんな言い方のできる神経の持ち主だってことだろ。予想してもいないことを、さも予言するみたいに言うんだ。ただ相手をビクつかせたいだけ。それで自分が得するわけでもないのに。とにかく、今夜きみはだれも見かけちゃいないんだ。幽霊や人影の幻にとり憑かれているだけでね」

「そうね」とニーナは認めた。「だれも見ちゃいないわ。とくにあの男とは二度と会いたいと思わないの。これからも会うことはないという気がするし」

黒レースのネグリジェ姿でベッドの端に腰をおろしたニーナは、不意に震えだした。手が震えすぎるせいで、グラスの中身がこぼれてしまった。クロードが彼女の手からグラスをとってやり、ベッドわきの小卓に置いた。それから浴室に行き、薬品戸棚の最上段から妻用の睡眠薬を持ってきた。

青色の丸薬を一錠とりだし、指が四本しかない軟らかな掌に載せてニーナへさしだした。

「ほら」と促す。「これを服《の》んだほうがいい。その酒と一緒でもかまわないから」

「睡眠薬？」とニーナ。「服みたくないわ。もう長いあいだ使ってないもの」

「わかってるよ。でも今はいろんな事情で少し興奮しすぎてる気がするね。なにかあって眠れないときはこれを服むよう医者に勧められたと、自分で言ってたじゃないか。世界じゅうの国々を旅してたとき一緒についてまわってた、なんとかいう医者だろ？　医者なんだからちゃんと症状をわかったうえで診立ててるはずだ。今夜のきみが興奮しすぎてるのはどう見ても明らかだ。犬の体温や、花についた虫や、これから来る冬にかかる電気代や、カーロッタの具合がよくないことや、きみ自身の偏頭痛や、それからひょっとしたらぼくがなかなか脚本家になれないことや、それから前に結婚してた連中がわが家に近づいてそこらの角《かど》から覗き見るかもしれないなんてことが、気になるんじゃないか？　昔飼ってた犬が、裏口に餌用の皿がまだあるか、あるいは植木箱のわきの寝床に昔ながらの蚤《のみ》がいるか、たしかめようとするみたいにね。そんなことが心配でならないんだろう。気にしなくても明日はまた来るのにね。みんな思いすごしだよ。今は午前一時四十九分で、もう明日が今日になってる。いい子になって、それを服みなさい。そうすれば、目覚めたときにはすっかり気分がよくなってるはずだ」

　ニーナは青い丸薬を従順に手にとった。口に入れ、ハイボールの残りで服みくだす。少し身震いした。

「今まででいちばん楽しい夜にしたいと、あなたは思ってくれてるのよね」と悔いるように言い、グラスを置いた。「わたしを楽しくさせようと、あらゆる手を尽くしてくれてるのがわかるの。だから、その思いを台なしにすべきじゃなかったのね。わたしだって楽しもうとはしたんだけれど。でも、楽しむ演技すらもう巧くできなくなっちゃったの、悔しいことに。あなたにもわかってるでしょうけど」

「気にしなくていいよ」とクロードが返す。「ぼく自身はいい時間をすごせたんだから。きみも今は少し気が静まってきたみたいじゃないか。楽にして、眠るといい。明日はまたちがう日になるさ。もう今日だけどね」

「起きたら少しは気分がよくなってるといいけど」

「もちろん、そうなるさ」

クロードはニーナ側のベッドわきのランプを消し、寝室のほかの明かりも全部消して、眠りやすいようにしてやった。銅製網戸付きの——特許済みの侵入者防止錠付きでもある——窓にかかるヴェネチアンブラインドを引いて隙間を開け、そこから射しこむ沈みゆく弦月の明かりを頼りに着替えをはじめた。

ニーナはほんのわずかしか寝入っていないかもしれず、あるいはまったく眠れないままなのかもしれないが、ともあれ、結わえた薄いブロンドの髪を淡い月明かりの下で横たえ、顔と腕と胸を大理石像のように静まらせて、瞼を閉じ、穏やかで規則的な息の音をさせている。しかし本当は朦朧とした意識があるのかもしれない。クロードが昼の服装を脱ぎ終え、シューキーパーを靴のなかにつっこみ、ズボンをズボン用ハンガーにかけたころ、小石の敷かれた四百フィートほどの芝生の向こうにあるイーヴンステラー大佐邸の寝室からの会話の声が聞こえてきた。

「そうよ、奥さんの名前はニーナというの。前にあなたが訊いたとき教えてあげたはずですけど」

「そうだ、たしかご主人が奥さんのことをそう呼んでた気がしたな。なんてことだ。信じられないようだが、本物のニーナ・ワンドレイかもしれない！」

「その名前をわたしの前で口にするのはやめてちょうだい、ロスコー・イーヴンステラー！　十八年前だったか二十年前だったかに、人生がすっかり変わってしまったとあなたが言ったときのことをまた思いだすじゃないの！　午後から夜中にかけて映画館でずっと坐りっ放しで、おかげでわたしも軍の人たちも呆《あき》れ返ってしまったんですからね！」

側溝や雨樋や岩棚や地面や斜面を流れるうるさい水音を全部合わせても、これほどはっきりと聞こえたことはなかっただろう。ゆっくりと漂う夜風の案配がちょうどいいのかもしれない。たまにどちらが喋っているのか判然としなくなることもあるが、イーヴンステラー夫人の声は女性らしい高音でありながら深みがあって、如何にも軍人の忠実な妻らしく、一方大佐の声はテノールで、あとは言葉遣いで発言者を聞き分けられる。

なんとも奇妙な発想だが、クロードは自分が大佐夫妻と同じ寝室にいるような気分になった。あるいは同じベッドの上にいるようにさえ。網戸付きの窓の前に立ちつくして、パジャマの上着の下に手をつっこんで腋の下を掻きながら、さらにしばし耳を澄ました。

「おまえがこれ以上そういう脅しのために余計な息を使うようなら――」

「脅しじゃ済まないわよ！　鶏《にわとり》を絞めるみたいにあの女の首をへし折ってやるわ！　脅しじゃ済まないと知りたいのなら――」

ボカッ！　ドスンッ！

卓上の目覚まし時計が落ちたのか、あるいは人の頭を殴ったのか、そこへさらにベッドの横板でも落ちたみたいな音が加わった。吠えるような泣き声まで聞こえる。

「がなり立てるのはやめろ！」

ドスンッ！　バタンッ！

「くそっ！　こいつめっ！」

「教えてやるわ！　わたしがどれだけうんざりしてるかを！　もしあの女にまた会おうなんてしたら――」

ドスンッ！　ドスンッ！　バタンッ！

吠えるような泣き声がつづく。窓のひとつが強く閉められた。

クロードは腋の下を掻きつづける。泣き声を出しているのがどちらなのかは聞き分けられない。威しているのがどちらなのかもよくわからない。たぶん朝になればわかるだろう、もし大佐の出勤時間がいつもより早くなりすぎなければ。どちらが殴り、どちらが殴られていたのか。どちらも殴り殴られていたのかもしれないが。

窓から振り向いた。

ニーナの寝息は深くて穏やかだ。だがクロード自身はいっこうに眠気を催さなかった。バー〈ミラー〉で飲んだ二杯のコークの刺激がまだ残っているのか、それともなにかほかの原因か。脳内を血が駆け巡っているのを感じる。そのとき突然、それまでずっと忘れていた自分の脚本の場面や人物や展開のすべてが心の視界に立ち現われてきた。

裸足のまま薄暗い居間に踏み入った。正面の大窓にかかるヴェネチアンブラインドの隙間から――ブラインドは夜中も閉めきってはいなかった――暗夜をかすかに明るませる星の光が射しこむさまは、出かけたときと同じ春の黄昏《たそがれ》が依然残っているかのようだ。こちら側では弦月の光もまだ衰えていない。ニーナの横たわる長椅子のわきの机の上に縞瑪瑙《しまめのう》と銀をあしらった重い卓上灯があるのを目にとめ、スイッチを入れた。

白い模造羊皮紙製の大きなランプシェードが仄明かりを放ち、室内をいくぶん明瞭に照らしだした。間近にある黒いテレビ画面、火の消えた暖炉、その上の壁にかかるにぶい灰色の鏡、真鍮製の暖炉用具、飾り彫りのほどこされた金メッキ貼りの大きな燭台。卓上灯の光はアーチ形の戸口から廊下へと出て、その向こうの台所にまで忍び入る。居間の隣の書斎のなかをも数フィートに及んで照らし、机とタイプライターと原稿用紙の束、さらには辞典や参考書や脚本執筆の指南書などまであらわにした。

だがクロードは書斎の机の前の回転椅子に腰をおろすには及ばなかった。タイプライターで言葉に置き換えるまでもなく、構想のすべてが光そのものにも似た速やかさで、頭のなかで完璧に形をなしていた。

暖炉の上の電気時計がカチンッ、と一度だけ鋭く鳴った。長椅子のクッションに埋もれた兎を思わせる白い毛をした犬が唸るような寝息を立てているさなかに、時計の針が午前二時三十分を告げた。

卓上灯の明かりのなかで、クロードは机上の金色の電話をとってイーヴンステラー大佐宅に電話をかけようかと考えた。もし電話帳にあの家の番号が載っているなら。話し声が聞こえていますよと教えてやり、近隣の迷惑になっていることを知らしめたい。ポトマック・ヴィスタ・ガーデンズのゲートの警備員のふりをすればいいかもしれない。あとで大佐夫妻が怒って怒鳴りこんだりしてこないように。

本当に電話をかけたとしたら、そのときのあの夫婦の顔を見てみたいものだ。以後彼らがあの家で歩くときはいつも忍び足になったり、話すときは鼠が鳴くみたいな囁《ささや》き声になったりするだろう。だがそんなことをしても大した価値はない。もし大佐が夫人を本気でめちゃくちゃに叩きのめしているとしたら——その逆のほうがありそうではあるが——ただの笑い話では済まなくなる。だからここはさわらぬ神に祟りなしが最善だ。

クロードは机上に置いてある革装の電話帳をとりあげ、〈E〉のページを開いた。〈Evenhurst～Ewing〉——このあたりにあるはずだ。明かりの下でアルファベットに集中しながら紙面を中指でなぞっていく……
二、三分して、夜のしじまのなか、どこか近くから泣き声のようなものが聞こえてきた。閉じこめられた猫か、あるいは置き去りにされた赤ん坊が泣いているかのような。
芝生の向こうのイーヴンステラー邸からではなく、裏手の坂の下のウィーズ邸からでもない。後者なら幼児がいるのはたしかだが。とにかく近くだ。家のすぐ外から聞こえる。書斎のわきの窓の下あたりか。

クロードは小ぢんまりした書斎のなかの翳りの濃いあたりへ進み入った。胸板が鳥肌立つのを感じる。開いている窓にかかる施錠された網戸に耳を近づけた。真下には松材板張りのカーロッタの部屋が位置する。地上二階建てのこの家の地下室が崖のきわの岩棚のなかに穿たれているところだ。声はまさにカーロッタの部屋の窓から立ち昇ってきているのだった。

「ううっ！　ううっ！　ううっ！」

身の世もないようなその声はラジオからではなくて、カーロッタ自身の声だった。言葉はない。くぐもった呻《うめ》きだけだ。

病気に苦しんでいるわけではない。ベッドから落ちて首や脚を折ったわけでもない。独りで静かに夜酒を楽しんでいるだけだ。多くの女たちがそうするように、孤独なわが身のつらさ哀しさをそうやって慰め、おそらくは顔を枕に埋めて、頬をつたう涙を一滴も無駄にしないよう、その美味な塩味を楽しんでいるのだ。

女どもときたら！　いつもなにかをわめき立てている連中だ。ニーナは自分を訴えるためにあんなふうにわめいたりはしないが、しかし心の深いところでは泣いているのではないかと思うことがときどきある。泣き声も出さず涙も見せはしないが。そう感じたときは、クロードはただかまわずに置くことにしている。

クロードが聞き耳を立てていることに、カーロッタが気づいているはずもない。自分以外の者がまだ起きて歩きまわっているなどとは思いもしないだろう。クロードは居間へと戻っていった。正面のドッグウッド通りから、ゆっくりと小石を踏み歩く足音がするのを捉えた。

足音はガレージへとつづく車寄せを漂って聞こえてくる。クロードは微動もせず立ちつくし、頭を屈めた。心臓さえ静める思いで耳を澄ます。足音は通りの端で止まった。家まであと八歩から十歩というあたりだ。チェーンが小さく鳴ったあと、カチッという音がひとつした。そしてドッグウッド通りをまた引き返していった。

警備員が深夜の最初のパトロールを終えたところなのだ。午後は毎日四時と八時に開始し、四、五十分かけて最後の家の前までの見廻りを済ませる。一方深夜担当の警備員は、だれであれ午前零時きっかりに巡回することもあるが、ときには午前一時か二時ごろにやっとまわりはじめる。パトロール中に警備室詰めを代行するバイケンダーファー主任警備員が何時に仮眠から目覚めるかによる。

つぎのパトロールは五時十五分前ごろになるだろう、主任警備員がまた寝すぎるにちがいないから。そうだ、つぎのパトロールはあの男がやるはずだ。浅黒い顔をしたコーワンという若い男だ。左頬に白い傷痕があり、目は銃の狙いをつけるのによさそうな細さだ。いつも懐中時計を持ち、警察用の黒いサムブラウンベルトに吊るしたホルスターに拳銃を入れている。

警備員がいるのは頼もしい。彼らがいなければ住みにくくなるだろう。だがその反面、夜中にああいうふうに見えないところからパトロールの足音が聞こえたりするのは少し怖くもある。悪役デニス・コーワン、か。可笑しがってばかりもいられない。

まずい！　明かりを点けてあるうえにブラインドを閉めきっていないのだから、隙間から見られていたかもしれない。ニーナが買ってくれた赤い絹地の目立つパジャマ姿で、西部の平原で巣穴を掘るジネズミの群れに耳を澄ますインディアンの呪術師シッティング・ブル〔十九世紀アメリカ先住民族スー族の英雄〕みたいな陰気な顔をして立っている姿を。

こんな時間になにをしているのかと怪しむだろう。体の具合が悪いのか、あるいは妻の加減でもよくないのか、などと。

クロードは机の上に開いたままにしておいた電話帳を閉じた。イーヴンステラー大佐宅の番号は載っていなかった。だが電話はあるはずだ。大佐は勤務先から自宅に電話し、就寝中の夫人を起こすことがよくある。自分たちだけで使っている番号なのだろう。わがスローク家の電話もそうだ。

クロード・M・スロークの名は電話帳に載っていない。掲載申請を忘れただけなのだが。

書斎の明かりを消した。暗いなかを寝室へと戻っていった。寝室では依然として鎧戸越しに月光が射しこんでいた。

ニーナは身じろぎもせず横たわったままだが、寝息はときおり不規則に乱れる。囁き声とか呻き声とか、あるいは時計などなにかの物音のせいで、睡眠薬で落ちた眠りを妨《さまた》げられでもするかのように。頬を翳らせる湾曲した長い睫毛がときおり蠢くのがわかるような気がする。

するとニーナの重い瞼がようやく開いた。渦巻く空無の世界から意識をとり戻そうと苦闘するがごとく。小さいながらも深い久遠《くおん》の死から生き返らんとするがごとく。片肘をベッドに突き、ぎこちなく上体を起こした。薄暗いなか、すぐそばに黙然と立つクロードを見あげた。

「あなたなの？」

「そうさ。ほかにだれがいる？」

「なんだか——」と重い声でつぶやく。「——だれかが囁いてる夢を見てたみたい。どこかすぐ近くで、『ニーナ、昔映画スターだったニーナ・ワンドレイ』と言ってるの」

「イーヴンステラー大佐と奥さんが夫婦喧嘩をして、怒鳴りあっていたんだ」とクロードは教えてやった。「きみの名前も出ていた。大佐は今でもきみの大ファンみたいだからね。それで奥さんが嫉妬を爆発させたんだな」

「なんて——」とニーナが返す。「——なんて莫迦ばかしいのかしら。あんな愚かな小男。痩せ衰えた死人みたいな、哀れな年寄り。奥さんのセーターと古ズボンを穿いてうろつきまわるボリス・カーロフ〔二十世紀前半に活躍したアメリカの怪奇映画俳優。フランケンシュタインの怪物役で有名〕みたい。それでも愛すべき人なんでしょうけれどね。クロード、あなたはそう思ってるんでしょ。ごめんなさい、変なことばかり言っちゃって」

「いいさ、忘れろよ。また眠ったらいい。どうってことないから」

「明日の夜には」とニーナがつづける。「またなにか一緒にやりましょう。なにかしら華やかで素敵で、とても嬉しくなれることを。わたしもきっと明るくやるから――」

「それはいいね」とクロード。「またパーティーと洒落《しゃれ》ようじゃないか。さあ、今は眠って」

「そしてまた映画に行くのよ」

「いいね。ほかにもいろいろおもしろいことがあるだろう。さあ、眠って」

「そしてまた〈ミラー〉に行って、ジュークボックスを聴きながらグラスを傾けるの。それはもうとても素敵なひとときになるでしょうね」

「もちろんさ、素敵このうえないね。きみ睡眠薬を服んだだろ。さあ、もう眠って」

「明日の夜――というより今夜なのね。今夜よ。もう土曜になってるんですもの、わたしがベッドに入る前に。今は何時かしら、クロード?」

「午前三時になろうかってところだ。このままじゃ午後になっても眠れないなんてことになるぜ。今眠らないでいたらね。さあ、もういい加減に寝た寝た。ぼくもひどく疲れちまってるから、もう寝るよ。長椅子で毛布をかぶって寝るから、おたがいに邪魔にならないで済むだろ。おやすみ、ニーナ。朝にまた会おう。それとも午後二時にかな」

「今夜は素敵な夜にしましょうね」

「もちろんそうしよう。おやすみ」

だが素敵な夜にはならない。

つぎの夜こそ——結婚して以来初めて——ニーナを伴わずにクロードだけが出かける夜になる。ニーナをつれずに独りで街へ出て夕食をとり、独りで『愉しき春』を再観賞し、そのあと独りでバー〈ミラー〉に立ち寄り、そのあいだずっとニーナはいない。彼女は家にとどまって、かつて別れた三人の男たちとともにすごすことになる。体に血の通った男なら到底予想もできず、耐えられもしないであろう夜になる。

その夜こそ、かつてニーナを愛しながら別れねばならなかったその男たちが、ついに彼女を見つけだす夜になる。そしてフェンスがあろうとゲートがあろうと警備員がいようと、なんとかして彼女のもとを訪れる。

そしてクロードとニーナのスローク夫妻は如何なる素敵なことも華やかなことも嬉しいこともせずに終わる。

有名な元映画スター、ニーナ・ワンドレイ、メリーランド州に在住と判明

『イヴニング・サン』紙土曜午後号の四分の一ページを割いた記事の最上段に、十八ポイントおよび十四ポイントの活字でそんな見出しが躍っている。新聞は倒れ伏す彼女のすぐそばの絨毯の上の、テレビの陰になっているところに落ちている。

「ニーナ・ワンドレイは第二次世界大戦中にボルナック藩王国で、夫である英国人藩王とともに死亡したと信じられていたが、ワシントンDCの郊外に位置するメリーランド州の高級新興住宅地ポトマック・ヴィスタ・ガーデンズに居住していると判明した。新たな役柄で銀幕に復帰することが期待される」
ガーデンズの中間調写真が二段にわたって配され、石造りの警備室や、高い金網張りのゲートや、警察官めいた青色制服を着てサムブラウンベルトに拳銃を吊るした警備員の立ち姿が写っており、その下には「メリーランド州の高級郊外住宅地ポトマック・ヴィスタ・ガーデンズのゲートでは、警備室の責任者ヘンリー・P・バイケンダーファー主任警備員がニーナ・ワンドレイの居住の安全を護っている」というキャプションがある。

膝丈のシュミーズ姿でベッドに横たわるニーナの写真もある。眠りと呼ばれる小さな死から目覚めたばかりの大きな目を見開き、なにかを防ぐように片腕をあげ、顔には恐怖の表情を浮かべ、すぐそばには毛深い猿のような〈獣〉がひざまずいているが、それは人間の男にちがいなく、キャプションは「一九三七年の最初の出演映画『姫と獣』での美女役。この作品により一夜にして有名となり、ハリウッドで最も若く美しいニュースターと呼ばれた。彼女を見いだし、この映画で監督兼〈獣〉役を務めたのは、脚本家でもありプロデューサーでもあったキング・ゴーアである」

映画界から消え去り忘れられて久しいこの監督の名前には誤植がある。

残りの四段の半分を使ってこういう記事が書かれている。

「第二次大戦中に死亡したと信じられていたニーナ・ワンドレイの生存の報は、彼女の銀幕復帰を期待させずにはおらず、多くの旧作映画ファンを興奮させるだろう。これは当『イヴニング・サン』の独占レポートであり――」

この新聞は三十数万部印刷され、今日の午後一時から流通しはじめた。街角のニューススタンドやホテルのロビーで買われ、あるいは新聞配達員たちによって住宅やアパートメントに投げこまれ、玄関口や庭先の小藪のなかに落ちたのを住人たちが拾いあげる。居間のテーブルに置かれたり、ソファの上に投げだされたりする。あるいはまたタクシーやバスのなかに置き去りにされたり、レストランのテーブルに忘れられたり、通りのゴミ箱や側溝に捨てられたりもするだろう。

果たしてどれだけの読者が新聞を捨てる前に紙面の四分の一を破りとるかは、到底知る由もない。それほどに多いだろう。たとえ線数六十五のぼやけたハーフトーンの新聞写真であれ、ニーナの大きく無垢な目を手もとに残したいと思う者の数は。めったに出まわらない、物思わしげな愛らしい表情を手に入れたいと望む者は。

その切り抜き記事が、偶然にも今ニーナのすぐそばに落ちている。故意に置かれたわけではなく。依然として生存しているのを発見されたという記事と写真が。

美貌のニーナ・ワンドレイについての記事を書いた『イヴニング・サン』の女性記者は、与えられたその仕事のために最善を尽くした。

「深夜勤務係が残しておいたメモだ」地域記事担当の編集者はその女性記者にそう伝えた。「昨夜どこかの物好きな市民からタレコミがあったそうだ。三〇年代後半に活躍した有名な映画女優ニーナ・ワンドレイがまだ生きていて、クロード・M・スロークという一般人の男と結婚してメリーランド州で暮らしている、とな。

もし事実なら、土曜の午後の版には持ってこいのニュースになる。もちろん事実じゃない可能性もあるがね。匿名でガセネタをタレこんでくる物好きはつねにいるものだからな。一九四二年にニーナ・ワンドレイがボルナックで死んだという情報は、事実として広く認識されている。じつのところおれ自身、四二年の『実話フィクション』誌に自作の記事を売るためにかなり深く調べたことがあるんだ。おかげで千ドルの臨時収入になったよ。あらゆる情報を総合したところによれば、葉加鷲大将率いる日本軍の夜襲による藩王の避暑用宮殿での殺戮で生き残ったのは、ニュージーランド出身の白人女性看護師一人だけだった。翌朝、高地をなす岬の麓で、モロ族〔フィリピン南部のイスラム教徒〕の工作隊がその看護師を発見した。ひどい重傷を負っていたので、モロ族工作隊は海岸の奥地にある草葺き小屋に看護師を匿い、八ヶ月ないし十ヶ月ほどものあいだ手当てしつづけた。抗菌薬もないにもかかわらず、懸命の看護の甲斐あってなんとか生き永らえた。その女性にはアンザック軍准将の夫がリビアにいて、故郷オークランドには息子もいるので、いつか家族に会えるときまでとその地でがんばりつづけた。

一九四三年、依然日本軍が攻勢にあるときだったが、モロ族工作隊はこの女性生存の報を連合軍に伝達し、救出のための船舶が派遣された。娯楽用帆船を改装したUSSスナッパー号がそれで、医師が一人乗船し、手術台付きの船内病室が具わる船だった。近海まで来たところで、アメリカ海軍あるいは戦略情報局の上級工作員一名がゴムボートに乗り、スナッパー号がエンジン稼働を弱めると同時に、女性の身柄を受けとるため海岸へと向かって漕ぎだした。ところがその直後に日本軍がスナッパー号に総攻撃を仕掛け、撃沈してしまった。

工作員はゴムボートでどうにか海岸に着いたが、そのあとがたいへんだった。日本軍が彼を見つけだすため絶えずパトロールしていたので、一週間あるいは十日ほども沼地の木の根の陰や水田などに隠れつづけ、ときには隠れているところで日本兵に文字どおり顔を踏んづけられることさえあった。それからようやくフィリピンのホロ島〔ミンダナオ島南西部の島。太平洋戦争終盤アメリカ軍が日本軍から奪還した〕まで逃げのびた。ホロ島は今もまだつづいている日本兵掃討の渦中だった。もちろん実際に日本兵の首級狩りをやっていたのはフィリピンの憲兵たちだが。

　その上級工作員の名前と、戦後まで生きのびたかをつきとめられればよかったが、そこまではできなかった。おそらく相当優秀な工作員だったのはたしかだろう。だがアメリカ軍は彼の素性も生死も秘密にし、今も謎のままだ。それはともかく、例のニュージーランド人女性看護師はUSSスナッパー号が救出に出発してから六週間後に死亡したというのが、その工作員の最後の報告となった。残念ながら任務を果たせなかったわけだ。女性看護師はオークランドの息子に会えず終《じま》いになった。夫は同じころリビアのトブルクで戦死した。機銃掃射するドイツ軍に向かって単身突撃し、妻の名前を呼びながら果てたという。不思議な偶然だった。

　ところで、件《くだん》の上級工作員にはもうひとつ任務があった――といっても個人的な意志が過半だったが。おれが調べたところによれば、それはボルナック藩王妃――つまりかつて女優ニーナ・ワンドレイだった夫人――の墓を見つけだすことだった。もちろん、もしそうしたものが造られていればの話にはなるが。そして彼女の最期がどんなものだったかについてできるかぎり聞き取り調査すべく努めた。もし彼女が日本軍の追跡を逃れ、蜥蜴《とかげ》のはびこる熱帯森林に紛れたとすれば、仮に生き永らえなかったとしても惨死は免れたはずと願望しつつ。あわよくば葉加鷲大将を自分の手で葬りたいとも願った。

　もちろんそんなことができるはずもない。ボルナック藩王夫人ことニーナ・ワンドレイについても、死亡したに相違なしと報告せざるをえなかった。だが最良の工作員でも調べまちがいはあるものだ。自分では確実視していたからこそ、死んだという報告になったんだろう。

　それにもかかわらず、一抹の希望は依然として心の片隅に残していた。人間とは古来そうしたものであり、だからこそ宗教も生まれるのだろう。美しきニーナ・ワンドレイを求め、翌年初めて捜索隊の乗り組む船がボルナックに到着した。彼らはまず藩王ジョージ・ヴァナーズ卿の遺骨を探索したが、身元を特定できるものは一片も発見できなかった。

そして藩王夫人の捜索も行なわれた。山岳地帯にまでわずかな痕跡を求めて分け入り、サンゴン川の源流にまで遡《さかのぼ》ったが、成果は得られなかった。

だから、タレコミは頭のおかしいやつの妄想か酔っ払いの悪戯《いたずら》の可能性が高いと思われた。それでも深夜勤務係は少しでも裏がとれるかと電話帳を調べたが、クロード・M・スロークという名前は載っていなかった。そこで電話局に問いあわせたところ、その名前の電話はあるが、家族間使用にかぎられているという。つぎにタレコミの情報にあったポトマック・ヴィスタ・ガーデンズなる場所を調べたら、たしかに存在した。そこでその住宅地の警備室に連絡をとったところ、警備員の一人が電話口に出た。だがスロークという住人がいるかどうかは答えず、仮にいるとしてもこんな深夜に起こすわけにはいかないとの返事だ。そこで深夜勤務係は、記者をそちらに向かわせたいが何時になれば入れてもらえるかと尋ねた。すると警備員は、午前八時以降なら訪ねてきてもいいが、取材したい住人が起床していなければだめだし、起床していても会いたがらなければ話にならないと答えた。

そこでだ、運よく裏がとれるか、あるいはにべもなく断わられるかはわからないが、そのわずかな期待に賭けて、取材と写真撮影をやってきてもらいたいんだ。ニーナ・ワンドレイ自身と、その夫、メイド、愛犬、そのほかの関係者についてな。ワシントンDCという地域の特性からしても、土曜の午前の早いうちまでに、本人あるいは夫にじかに面会できるか否かはむずかしいところだろうがな。

取材にはマーフを同行させよう。ニーナ・ワンドレイの顔写真は資料室にあるはずだから、一応製版室におろしておこう。土曜の午前九時半までに、集められるだけの情報を集めてくれ。ニーナ・ワンドレイのためなら輪転機を止めて待ってもいいほどだ。マーガレット王女〔英国女王エリザベス二世の妹。多くの醜聞で有名〕がヒューレット・ジョンソン〔英国国教会司祭。共産主義者となり赤い司祭と呼ばれた〕と駆け落ちしたとしてもそんなことはしないがな。だがあの名花が生きていたとなれば話はちがう！　またとない特ダネになるぞ」


野心的な女性記者はすごい記事を書いてやろうと意欲に燃えていた。ところが現実には関係者からのインタビューのひとつもとれなかった。美貌の女優ニーナ・ワンドレイが依然として生存しているという一事がどうにか裏づけられただけだった。

スローク家のある住宅地を護る警備員はスローク邸内に連絡をとってから戻ってくると、かぶりを振ってこう言った。

「インターホンにはご主人が出ましたが、どんな取材でも記者の方には会いたくないという返事でした。奥さまはぐっすり眠っているので、起こしたくないそうですし。ただ、取材とはいったいなんの取材なのかとおっしゃっていまして、どうしても訊きたいことがあるなら、明日また訪ねるようにとのことです。ご主人自身もまだかなり眠たそうで、起こしたのはまずかったようです。記者を家に入れたら八つ裂きにしてやるぞと言われてしまいました。もちろん冗談だと思いますが、予想以上にお怒りだったのはたしかですので」

「それはすみませんでした」と女性記者は諦め気味に謝罪した。

翌日の再訪を期したが、ともあれまずは記事を書きはじめなければならない。

「……ハンサムな新進脚本家の夫と半年間のハネムーンを楽しんできたところだ。当『イヴニング・サン』はニーナ・ワンドレイの半生記を連載記事にするための準備段階にあり、月曜日に第一回を掲載予定……」

『イヴニング・サン』三十万部が正午から輪転機にかけられはじめた。印刷されるそばからトラックに積みこまれ、配達にまわされた。そして三十万部のうちの一部が、ニーナ・ワンドレイを亡き者にしようとしている何者かによって読まれ、彼女の現在の名前と住所がその目に触れ、やがて彼女は暗闇のなかに瀕死の状態で置き去りにされることになる……

前日の夜、トビー・バリーはニーナの愛らしい顔を夢に見た。彼女の顔はこれまでもしばしば夢に出てきた。トビーにとって唯一のいい夢かもしれない。それ以外の夢は全部悪夢で、のたうつ毒蛇の巣窟にもひとしい。

ただ昨夜夢に見たニーナは、なにかがいつもと微妙にちがっていた。『囲われの蘭』、『魔法の月光』、『闇の涙』などなど、トビー自身が恋人役になったどの映画での彼女とも、服装や髪型が異なっていた。

いちばん印象深く記憶している夢は、ハリウッドとニューヨークからありったけの客を招いた新居建築祝いのパーティーの夢で、ニーナが金色の煌めくドレスを着て、白薔薇の蕾《つぼみ》のティアラをかぶり、大きくて無垢な目に歓喜を湛《たた》え、口には幸福と誇らしさの笑みを浮かべて大階段をおりてくるのだが、今回はその夢での彼女でもなかった。

あの夢のニーナはたしかに完璧な美しさだった。トビーは試飲して味をたしかめたパンチボウルのそばを離れて大階段の下に立ち、おりてくる彼女に向かって手を振りながら、「ああ、ニーナ、これからのおれたちの夜は毎日今夜のようになるんだ！」と、感きわまって少し濁った声をあげていた。

トビーがときどき朧《おぼろ》に思いだすのは——本当はあの夢の一部ではないかもしれないが——彼自身が深く優雅にお辞儀しながら前へ進みでて、大階段の最後の一段をおりようとするニーナへエスコートの手をさしのべる場面だ。ところがその瞬間、磨かれすぎた床の上で絨毯が滑って彼は転んでしまう。あるいは、迂闊な使用人が置いたままにしていた足載せ椅子につまずいて転んだのだったか。いやひょっとすると、まだ階段をおりつづけると思われたニーナが不意に足を止めて自分のほうを見たせいで、目測を誤って転んだのかもしれない。

さらにぼんやり思いだすのは——それらのうちどれだったかを思いだしたときだが——フィリピン人執事とほかのだれか、おそらくはすでに到着していた客たちの一部が、トビーを助け起こしてくれたことだ。打ちつけた頭が痛むうえに意識がクラクラとしていたので、ベッドまで運んでもらわなければならなかった。顔が傷ついていないかとひどく心配したが、幸いそうはなっていなかった。

だがそれらはどれも本当に見た夢ではない。すべてがもやもやした断片にすぎず、混乱した幻想のように支離滅裂になっていき、やがてのたうつ斑《まだら》の蛇の群れのごときものになる。本当に見た夢のなかで階段をおりてくるニーナは芳紀十九歳、神が創り賜《たま》いし美女のなかでもこれ以上はない美女で、そんな彼女のすべてがトビーのものになろうとしているところだ。ハリウッドの王になった気分の彼は、パンチボウルの酒が血管と脳に行きわたったせいで体が揺らいでいた。
これぞ千の船を放ちし顔なり！　おおニーナ、接吻《くちづけ》にてわれを不死とせよ！　見よ、彼方を飛ぶわが魂を！〔クリストファー・マーロウ作『フォースタス博士』の台詞の変形〕
すべての酒盃《さかずき》の底に映えるニーナ・ワンドレイの美しき夢。そしてやがてはのたくる蛇の穴の底に。

だが前夜の夢でトビーが見た彼女は、どこか微妙にようすがちがっていた。そのせいで却って現実的に感じられ、心が騒いだ。

午前零時をすぎたいつごろか、トビーはどこかの通りを彷徨していた。船乗りたちがバーレスクやピンボールを愉しむ九番街をあとにして、何ブロックか西の映画館街へとさまよいこんだ。その界隈では警官の見廻りがきびしくなるが、カモに出会えるチャンスは増える。見込みのありそうな通行人を見つけると、トビーは近づいていき、タクシー代まで使い果たしてしまったが、妻と子供が待っているのでどうしても帰らなければならず、明日返すので少し貸してもらえないだろうかと、さも紳士的な口調で話しかけた。その瞬間、近くの角《かど》にいた警官が彼のほうへ顔を向けたことに気づいたが、それと同時に、ニーナ・ワンドレイの姿を見かけたように思った。

ニーナはある店の大きなガラス窓の内側で、壁ぎわの青いテーブルを前にして赤い革張りクッションのベンチ席に腰かけていた。相席にはあまりパッとしない見知らぬ男が坐っている。ニーナが着ているのはこの季節に似合ったカクテルドレスだが――女性の服装についてはトビーはいつも目ざとく、二ブロック先の〈カッシーニ〉で売っているクリスチャン・ディオールだとすぐ見分けられた――記憶のなかで彼女が着ていた衣裳のどれとも似ていない。窓ガラスの内側にいる彼女は、生きて呼吸する肉体を持つ現実の一人の女だ。そう思った瞬間、翳りの濃い大きな目が不意にトビーのほうへ向いた。

警官が近づいてきた。トビーは紳士的な威厳を保ちながらも、急いでその場を離れた。最高裁判所の判事がつぎの角でバスを捕まえるために急ぐさまのように。騙しとった札びらを握りしめ、後ろから追ってくる視線を意識しながら。ロートン〔ヴァージニア州の小都市。刑務所と矯正施設がある〕でまた九十日耐えるのはごめんだ。息をつく余裕もない蛇穴の底にふたたび放りこまれるのは。

それから間もなくして、D通りで泥酔してふらつき歩いてくる博打《ばくち》打ちらしい黒人の男をカモにして、十ドルをせしめとった。幸い通りには人けがなく、警官もいなかった。

そのあとはすべてが光の渦と化した。あの青テーブルも、赤い革張りクッションのベンチも、壁にかかる鏡も、相席に坐るパッとしない男も、もう見つけられなかった。トビーのほうがニーナに見つけてもらうしかない。もし彼女が再会したいと望んでいるならばだが。今夜の自分がとても彼女に見せたいような男ではなかったのが悔やまれる。

光の渦のいたるところに彼女がまだ見えている気がする。沈黙のうちに訴える視線を向けている彼女が。トビーは結局どこかのテーブル席に身を沈め、両腕のなかに顔を埋《うず》めて、ニーナの残像をより明瞭に思い描こうと努めた。そうやってテーブルに顔を俯《うつむ》けていると、ニーナが近づいてきて隣に坐り、あの柔らかな手で彼の頬を撫でながら、ブロンドの髪を戴《いただ》く顔をすぐわきにかしげて、煌めくような甘い声で耳もとに囁きかけてくる気がする。

「ニーナ!」とトビーは泣き声を洩らしはじめた。「きみと目が合ったここは、いったいどこなんだ? うるさい声が溢れ、飲んだくれどもがたむろし、煙草の吸殻や割れ瓶の欠けらが散らばり、汚れたグラスが並んでる。でもおれもきみもほんとはここにはいないんだよな。綺麗な鳥たちが唄い、泉が銀色の水を噴きあげ、水色の空の下でたくさんの宝石のような花々が咲いているところに二人はいるんだ。そこには愛があるからだよ、ニーナ。おれたちは愛しあい、どこへ行くにも愛とともにいるんだ。ああ、ニーナ、金色に輝くその髪の香り！　無垢な心をあらわにする、愛らしくも哀しいその瞳！」

お願いよ、トビー！　今はもうなにも言わないで！

「ああ、ニーナ、あの母なる水にはもう手を触れないと誓うよ！　あらゆる聖書にかけて誓うとも。おれの酒のせいできみが傷つくなら、きっとそうする。でも酒を飲むのはきみを思えばこそなんだってことは、理解してもらえないだろうな。あの澄んだ美しい水のなかには、きみの顔がいちばんはっきりと見える気がするんだ。ああ、愛するニーナ、それなのにどうしてもあれをやめさせないと気が済まないのか？　どこまでもきみと一緒に行こうとしてるのに。そうさ、墓のなかにだって一緒に入りたいと思ってるんだ」

今朝のトビーは氷のように冷たい部屋で鉄のように硬いベッドに横たわり、まばらに射しこむ淡く黄色い陽《ひ》の光で目覚めた。漆喰の罅割れた天井と、壁紙の剝がれかけた壁に囲まれた、自分の部屋ではないところで。

窓に近い部屋の隅に若い女が立ち、コーヒーを淹《い》れていた。翳りがちの陽射しのせいで透けて見える夜着《やぎ》の内側には、マッチ棒みたいに痩せた体が窺えた。短めの髪はブロンドだ。横顔で見るかぎり顔は小さくて尖《とが》り気味で、そばかすがやけに多い。夜着から出ている部分の背中や腕や首には染《し》みも目立つ。トビーの隣の枕はさっきまで人の頭があったらしく凹《へこ》んでいる。

目が覚めたのは、むかつくようなコーヒーの匂いのせいでもある。気づくと靴だけは脱いでいたが、それ以外は全部着たままだった。トビーは目を擦《こす》り、瞼の隅を押した。

女は彼のほうへ顔を向け、狐めいた小さな顔を赤らめた。似あわない気恥ずかしさを見せて、平たい胸を覆う夜着の前を掻きあわせる。

「起きたの、坊や?」わざとらしい悪戯っぽさで声をかけてきた。「浴室は廊下の奥よ、よければどうぞ。コーヒーはどう? 強めに美味《おい》しくできてると思うわ」

トビーは体を起こすと、靴下を履いたままの両足を擦り切れた絨毯の上へ降りおろし、まだふらついている頭の上に載る灰色の細い髪を掻き毟《むし》った。

「おれはトビー・バリーだ」と口を開いた。「ここ数百年で最も美しい女と、世界的にも不滅な愛の物語を築いた男だ。詩人たちは数百年後までおれたちの愛を詠《うた》いあげるだろう。トビー・バリーとニーナ・ワンドレイの愛を世界は涙とともに見つめつづけるだろう。『無垢の瞳』、『白い蝶』、『囲われの蘭』、『魔法の月光』、『闇の涙』。ただひとつ『止まった時計』は失敗した、あの忌々《いまいま》しい『時計』だけは。それ以外ではオリュンポス山〔ギリシャに実在する山。オリュンポス十二神の居住地とされる〕で永遠に生きるギリシャの神とその黄金の妃《きさき》にもひとしい。それらとともにおれたちは墓にも一緒に入るだろう。

わが麗しのキナラ〔ギリシャ神話の美女。ゼウスが恋する〕**よ、昨夕《ゆうべ》汝の唇とわが唇は影のうちにまみえたり。接吻《くちづけ》と酒盃のあわいに汝の吐息わが魂にかかり、わが心は熱き思いに千々《ちぢ》乱れたり。われは荒《すさ》み頭《こうべ》を垂れぬ。あれほどに汝を愛せしわれなるに。わが麗しのニーナよ!**〔十九世紀英国の詩人アーネスト・ダウスンの詩「キナラ」の変形〕

コーヒーは要らない。でも出ていく前に浴室だけは使わせてもらおうか。今は逢魔《おうま》ヶ《が》刻《とき》か? 時計は十二回打ってるな。でも午前零時じゃない、正午か。醜い獣がきみを殺そうとしたのは午前一時半だ。ゆっくりとやった、ひたすらゆっくりと。二十分も経ってようやく切りあげたときには、きみは瀕死になってた。一刻の猶予もなかった。そうだ、一瞬の余裕もなかった！　感謝してもしきれないよ、こんないいベッドに寝かせてもらえて」

あちらこちらのポケットをまさぐった。ボロのツイードジャケットの脇ポケットから潰れた紙巻き煙草の箱と一緒に出てきたのは、とりはずし可能な歯橋《しきょう》だった。自分でも気づかないうちにとりはずして仕舞っておいたらしい。歯科大学付属医院で三十七ドルかけて作ってもらったもので、そのとき請求されたのは材料費だけだったが、その後の長年のあいだにはもっと高い維持費がかかることになった。口のなかに入れて親指で押しこんでから、煙草に火を点けた。

胸ポケットからは財布が出てきたが、現金《かね》は一銭もなく、入っていたのは色塗りした磁器製のニーナのプラスチック額付きミニチュア肖像画だけで、ボタン付きポケットからは汚れて皺の寄った不動産権利証が出てきた。忘れるほど長いあいだそこに入れたきりにしていたものだ。

ミニチュア肖像画の額にはかつては宝石が鏤《ちりば》められていたが、いつの間にか全部はずしてしまった。ひとつひとつとりはずしてカネに替えるごとに、ひと月ふた月は夢を見ていられたものだ。額も本当は金メッキ貼りだったし、裏板も頑丈な作りのものだったが、どちらも安銭《やすぜに》に変わった。そのうちに肖像画自体も壊れたので、粗末にくっつけなおしてある。自分でなおしたのかだれかに修繕してもらったのか忘れてしまったが。壊れたのがいつだったかも。肖像画は質草にはならないが、むしろ幸いだ。ニーナの肖像まで売るはめになるなんて、考えたくもない。売らないせいで夢が見られなくなるとしても。

不動産権利証は経済的に豊かだった時代にサイプレス・ヴェール〔テキサス州ヒューストンの地所〕の墓苑の敷地

を買ったときのもので、二千ドルかかった。今では有名になったあの墓苑がまだ開発されて間もないころで、当時副業で不動産の委託販売をやっていたある端役俳優に便宜を図ってやる意味で買ったのだった。トビーが買ったのが宣伝効果を生み、その俳優はハリウッドだけでかなりの稼ぎをあげた。ただそれはトビーというより結婚したての人気女優ニーナ・ワンドレイの名前があってこその効果なのだとあとで気づいた。事実、離婚後に単独で多くの金融会社をまわることになったが、ニーナとの共同のサインがなければどこも信用してくれなかった。ニーナの名前なしにはアメリカ名士録に含められることもないのだと思い知らされた。別れてすべてを失ったあとも、そこに含められているだろうことが唯一の心の救いだったにもかかわらず。

「ああ、愛しいニーナ」とトビーはつい口に出した。「こんなおれにもまだ貯《たくわ》えが残っているはずだと思っていたのに、もうすっからかんになっていたよ。昨日降った雪がいつの間にか消えてたみたいに。ああ、あの美しい女たちはみんなどこへ行ってしまったんだ？　**われに教えよ、ローマの美しき金髪の女人は今いずこに？**〔十五世紀フランスの詩人フランソワ・ヴィヨンの詩の変形〕愛しのニーナよ、ただひとつ言えるのは、おれときみのあいだにはかつてたしかに愛があったということだ。かつては世界じゅうの女たちが求めてひれ伏したこのおれとの愛が。舞台劇に立てば叫びながら押しあいへしあいして舞台袖に押し寄せた女たちにシャツの背中を破られたこのおれの愛がな。ああ、だが今はそんなおれの髪も灰色に変わり、愛はその犠牲を払った」

「もうやめて！」女が言い放った。「もう言わないで！」

狐めいた細い顔と痩せた小柄な体をした女はトビーのわきにひざまずき、彼の手にすがってそこにキスをした。頬には涙がつたっている。

「もうやめるのよ！」と女はつづける。「愛情を台なしにしてはだめ。あなたの演技はすばらしかったわ。昨夜《ゆうべ》わたしのことをニーナと呼んだわね。そんな可愛らしい名前で呼ばれたことは、今までの人生で一度もなかったわ。どの男もみんなひどい名前で呼ぶのよ。豚や牛でも呼ばれないような汚い名前でね。だれにも悪いことなんてしてないのに。でもあなたはそういう連中とはちがうわ。まったくちがう。わたしをニーナと呼ぶんですもの！」

「おれは女ならみんなニーナと呼んできた」とトビーが返す。「大勢の女たちをな」

靴をとろうと手をのばしながら、淀んだ目を見られまいと努めた。靴はこの女が脱がせてくれたのにちがいない。ベッドの下に揃えられていた。女がしたことはそれだけだ。あとはトビーの隣の凹んだ枕で寝ていただけ。

女はまた立ちあがり、化粧台の抽斗のなかを手早くまさぐって、底のほうから使い古した小さなハンドバッグをとりだした。そのなかに一枚だけ入っていた札びらを抜きだし、それを痩せた両手でトビーの胸板に押しつけた。

「受けとりなさい」と女が言う。「ないんでしょ、お現金《かね》。わたしは勤め口を持ってるのよ、ウェイトレスをしてるの。ときどきチップもはずんでもらえるしね。昨夜あなたがいた店がそうよ。そこでわたしを綺麗な名で呼び、すばらしい台詞をまくし立てたの。だからあなたにはおうちまで無事に帰ってほしいのよ。だからこれを受けとってちょうだい。ずいぶん昔貯《と》っておいたお資金《かね》だけど、もう要らないの。そんなに貧乏じゃなくなったから。お願いよ、受けとって！」

「ありがたくいただくよ」とトビー。「お礼もなにもできそうにないけど」

「もう一度ニーナと呼んでくれればいいわ」女が囁き声で言った。「それと、出ていく前にもう一度だけキスしてくれる？」

「もちろんいいさ！　魅力的な、愛しいニーナ！」

トビーはコーヒーを一杯飲むあいだとどまり、そのあと女の住まいから去った。

真昼の表通りに出てからも、昨夜のニーナの奇妙なほど現実的な幻影がまだ頭のなかに残り、近くの酒場か酒店へ足を向ける気にもなれなかった。自分の堕落を恥じる気持ちが身のうち深くに巣食っていた。

もう若くはないうえに、なにもかも落ちぶれ果てた。十八年ものあいだそういう状態だ。故郷の田舎町で子役として長く無名な時期をすごしたあと、齢を食ってからハリウッドにたどりついたため、世間だけでなくニーナにも実際より若いように思わせていた。すでに四十五歳を超えていたのに、三十五歳設定のそれもどこか子供っぽい役柄を演じた。自分で打ち消し無視してきた過去の歳月が、一夜のうちにどっと降りかかってきたような気がした。あの夜もいつものように妻ニーナとフィリピン人執事の世話を受けてすごしたのち、美男俳優トビー・バリーのままでベッドについた。翌朝目覚めるとニーナの書き置きがあり、ネヴァダ州のリノに行くと告げていた。そしてトビーは突然にして昔話に出てくる皺だらけの灰色の老人になった。

魂を震わせるニーナの幻影が手に触れられないガラス板の向こう側にありながら、あの悲哀を湛えた大きな目で見つめてくるために、トビーの恥じ入る気持ちは深まるばかりだった。できるなら若返りたい。ニーナと初めて共演し、以後ずっとそうだったように、男前で愛嬌があって冴えわたったトビー・バリーに戻りたい。今日一日、いや今夜ひと晩だけでもいいから。結婚式のために綺麗に化粧する花婿みたいに。それとも葬儀のための弔問客用の化粧か。

トビーは九番街の近くのF通りにある男性服飾店に立ち寄り、白のオックスフォードシャツと質のよいネクタイと靴下と下着と、それからフランネルのスラックスを買った。ジャケットは少し汚れてはいるが、まだ大丈夫だ。灰色のラマ毛織りのヘリンボーンのツイードジャケットで、もう十五年も着ている。まだ金銭に余裕があったころに買ったもので、思い返せばずいぶん高い買い物だったが――ニーナと共同経営のバー〈ワンド〉から収入を四、五万ドルも得られたころだ――今でも騙しやすい若い兵士連中をカモにするときには役に立つ。肩パッドの入っていないジャケットは今ではアイビーリーグルックと呼ばれ、依然流行している。靴も質がよく、総裏地付き手製シェルコードバン〔光沢のある農耕馬臀部皮革製靴〕で、歳月とともに魅力が増すのでずっと履いていられそうだ。トビーは足にはつねに自信があった。

買い物をかかえて服飾店を出ると、バスターミナルの近くの床屋に入った。髪を刈り髭を剃り、鼻毛を切り眉毛を整え、水に落ちない染料で髪にかすかな金色を加え、爪にマニキュアを塗り、靴を磨き、靴紐を新品に替えた。つぎはトルコ風呂に行き、カウンターでジャケットのクリーニングとプレスを一時間でやってくれるよう頼み、それからシャワーを浴び、蒸し風呂に二時間と少しのあいだ入り、高温浴と冷温浴をくりかえし、マッサージ台で揉んだり突いたり拳や平手で叩いたりしてもらううちに、初めは無感覚だがあとで体が痛くなってきて、血管じゅうの血が歌を唄い、骨の髄まで清浄になったと感じた。

心身ともに一新した気分で、ピンク色に染まった肌の下の筋肉はさざめくようにピリピリとする。鏡に全身を映しながら、新品のボタンダウンシャツの襟に上等な面織り裏地付きネクタイを通してきっちり締めた。アルコールはすでに体内の湯沸かしで煮立てたように蒸発し去っている。長い睫毛の下のラベンダー色の瞳がまだかすかに血走っているだけだ。横顔は依然として美男俳優トビー・バリーだ。波打つ細い髪はそれほど短くは刈っていない。バリカンは使わないでと床屋に頼み、ちょうどいい髪の色が目立つままにした。今五十歳ぐらいとニーナに見せかけたいからには、灰色が目立たないようではむしろ不自然だ。本当はもう六十四歳に近いとしても。

面織りジャケットの穏やかで豊かな風合《ふうあ》いは新品よりもましに見える。着慣れた撫で肩のジャケットはセンスのいい男が常備しているもので、染みひとつないフランネルのスラックスは軽く絞って新たな皺を入れ、磨き抜いたシェルコードバン靴の鈍い光沢は比類ないほどで、すべて映画界一の美男トビー・バリーをとり戻せるものだ。十代の少女たちが嬌声をあげた大いなるアメリカの恋人。午後三時の春の陽気が溢れる街へ踏みだしながら、散歩用のステッキを今はもう持っていないことだけを悔やんだ。大不況のとき不運にも手放してしまった。その日がいつだったかまではっきり憶えている。林檎の木で作られた湾曲したステッキとともに、自称二十五歳の若者、じつは三十九歳の中年男として、一九三二年一月十一日にハリウッドに着いたのだが、二ヶ月後には失くなってしまった。

失くなってしまった――いったいどこへやったのか？　古い蝙蝠傘や擦り切れたゴム長靴などが仕舞ってあるクローゼットの、奥の壁の釘にかけておいたのだが。以前使っていたいくつものほかの古い散歩用ステッキと一緒にして。トビーは映画人としてはキング・グローアよりは長つづきしたと言える。グローアは自ら死を選んだかと思えるほど、完全に映画界から姿を消してしまった。それともだれかに消されたか、あるいは囲っていたメキシコ人の女とともに心中でもしたのか。その女が生んだと言われるグローアとの子供を道づれにして。

とにかくあの忌々しいグローアよりは長つづきした。『止まった時計』以後は第一線級の映画には出演していなかったトビーではあるが。そのクラスでのオファーはもはやなかった。

ニーナ・ワンドレイよりも長くつづいた。その後もB級映画ながら二作出演しているのだから。

ニーナは『時計』のあとは一作も出ていない。ふさわしいオファーがなかったからだ。

ニーナよりキャリアが長いのだ！　まるでそれが本当に自慢に思えるほどだ。**ああ、ぼくらはともに墓に入るんだ。彼女の髪を顔に感じながら。**この台詞を書いた作家はだれだったか？　ドン・マーキス〔米国のユーモア作家、一八七八～一九三七〕だ。『ごきぶりアーチー』のなかで。まったくいい台詞だ。

側溝に今日の『イヴニング・サン』が紙面を広げた状態で落ちていた。左上の四分の一ほどが失くなっているが、ほかの部分はほぼ無事だ。汚れてはいるが。といって拾う気にはならない。まだ二十ドル以上残っているから、その気になれば店で買える。つぎの角のニューススタンドの前で立ち止まり、さりげなく五セント貨を置いて新聞を買った。あたかも毎日買っているみたいに。

二部構成の新聞をひっくり返し、第二部になっているローカル面を表側にした。唯一たまに読むことがある部分で、芸能記事や三行広告が多い。

一面の左上に――あった！

「ニーナ・ワンドレイ……」

だがその名前を目にしてもさほど大きな驚きはなかった。おそらくニーナのために自分がこうして思いきりめかしこんだからだ。まるでまたすばらしいシーンで共演できるかのように。まるで結婚式前の花婿のように。まるで――

やめろ、今はこんなこと考えてる場合じゃない！　肝心なのはニーナが生きていたことだ。

紙面の左上だけ破りとり、残りは街角のゴミ箱に捨てた。ある大きなバス待合所の前で足を止め、破りとった部分をつぶさに読んだ。バス待合所のなかには公衆電話があるはずだ。回転ドアを押して待合所に入り、人混みのなかをさりげないふうに縫い進んで、公衆電話が並ぶところにたどりつくと、電話帳の置かれた台があった。

クロード・M・スロークという名前は電話帳には見つからなかった。ニーナ・ワンドレイもない。トビーは公衆電話ブースのひとつに入り、硬貨投入口に十セント貨を入れて、電話局の交換台にかけた。名前で問いあわせたが、家族間専用電話だそうで、番号を教えてはもらえなかった。

自分にはニーナに会う資格があるはずだ。今は何者でもないにせよ、少なくともかつての夫なのだ。是非とも会わずにはいられない。せめてサイプレス・ヴェールの墓苑について話しあうためだけでも。あれだけ条件のいい場所なら、当時支払った購入価格の五倍ぐらいの価値にはなっているはずだ。礼拝堂のすぐわきで、命の泉のごとく美しく煌めく水を吹きあげる中央噴水を正面から眺められるところなのだから。噴水のまわりには裸の天女群像が立ち並び、青空だろうと灰色の雨空だろうと変わらず天を仰いでいる。墓地の土地価格は最近ではどこも急上昇しているのだ。あれほど価値の高騰するものを買ったことはほかにない。それどころか、ほかはすべて損失ばかりだ。

墓所の土地は均等に分けあおうという話になったとき、トビーはどういう区画で分けるか決めるのを怠った。ニーナを騙そうとしたためではなく、当時はそんなことはごく些細な問題だと思えただけだ。区画を分けるなど、ハリウッド・ボウル〔ハリウッドの野外音楽堂〕でのコンサートのチケットに名前を書きこむようなものだろうと。それになにより、そんな話をニーナは聞きたがらないはずだと思えた。自分たちの死について考えるのをいつも忌み嫌っていたから。

『止まった時計』の脚本を読んだあとのニーナが、撮影前からあの映画を嫌っていたのもそのためだ。それで彼女は法外なギャラをグローアに要求した。採算に合わないからとグローアが撮影をとりやめればいい、そうもくろんだのだ。あの映画が自分のキャリアを終わりにする、そんな予感すら覚えていたのかもしれない。

ニーナはサイプレス・ヴェール墓苑の分割所有権を放棄する書類にサインすることも拒みはしないだろう。そうなればトビーは所有権を売却して全額換金できる。ひょっとしたら、ニーナが全部を買いあげてくれるかもしれない。今の彼女なら十九歳のころに比べ、人の生について同様に死についても少しは理解できるようになっただろうから。だれもがいずれは行くところなのだと。そして彼女が買いとる場合には、あがった価格相場の分も加えてくれるかもしれない。そしていずれは二人ともその墓に入れるようにしておいてくれるかも。

彼女の髪を顔に感じながら……

まだ午後の早いうちだから、ニーナが家に居合わせるときに訪問できるのではないか。トビーはそう考えながら、バスの切符売り場に立ち寄った。

カンバーランド・バスがあと数分で発つ。ポトマック・ヴィスタ・ガーデンズを通るバスだ。運転手に言えば停めてくれるだろう。片道だと一ドル十四セント、巡回だと二ドル三セントかかる。

「片道だな」とトビーはつぶやいた。「いつ戻ることになるかまだわからないし」

大型巡回バスの運転手は、幹線道から生け垣に挟まれた細い道へ逸れる地点でおろしてくれた。

エレガントなツイードジャケットとカジュアルなグレーのスラックス姿の無帽のトビー・バリーが、生け垣沿いの細道を歩きだした。

五十フィートほど後方からパン配達業者らしい白塗りのリアエンジン式トラックが近づいてきた。運転手は平板なフロントの運転台のなかで折りたたみ式座席に坐り、カーブにさしかかるため速度を落としている。トビーは立ち止まり、期待して待ち受けた……

午後に徒歩でどこかへ行こうとしている身なりのいい紳士。ポトマック・ヴィスタ・ガーデンズの富裕で上等な住民の一人だと見なされてもおかしくない。奥さんがパンを買ってくれている顧客ということもありうると。ご亭主ならクリスマスに思いだして一斤注文してくれるかもしれない、と。

「よかったら乗りませんか?」運転手はトラックを止め、声をかけてきた。「これからガーデンズのなかに入るんですがね」

「ほう、それはありがたい」

「今日は助手を乗せていませんのでね」と運転手はつづけた。「ここまで来るのにいつも予定より少し遅れちまうんですよ。ほんとは一時間前に着いていないといけないんですが。座席が折りたたんでありますから、広げてもらえば坐れます。そうそう、そうです。坐り心地はあまりよくありませんが、歩くよりはましでしょう。ガーデンズの道はところどころ勾配になっていますからね、徒歩は難儀です。お住まいのお宅はどちらです?」

「いや、訪ねるところなんだ。クロード・M・スロークさんの奥さんに会いにね。ドッグウッド通り四番地なんだが」

「ああ、そうでしたか。スロークさんね。うちのお客さんですよ。このマグノリア通りで二、三軒配達したあと、ドッグウッド通りに行きますので」運転手はトラックを停めて体をよじると、背後の金網付きの棚から紙袋をひとつとりだした。「すぐおつれしたいところですが、なにしろ遅れたものですから、まずこのあたりの配達を済ませますので。スロークさんのお宅にも届ける予定になっています。主力商品のクリスピーロールがご主人用で、ショートブレッドが奥さま用でしてね。玄関の前で停めますので、どうかお待ちを」

「ほんとに助かるよ」トビーは丁寧に言った。「配達が済むまで待つので、ゆっくりやってくれ」

座席に背中を深く預け、バックミラーを見ながらネクタイをなおした。そのあいだに運転手はトラックからおり、配達するパンをかかえて、一軒目の家の青石敷きの車寄せを歩いていく。

バックミラーを見やるトビーの目には、ガーデンズのゲートが見えている。そこには赤ら顔に怒りを湛《たた》えた警備員がいて、手にはホルスターから抜きだした拳銃を持ち、青色の車に乗った男たちとなにやら言い争いをつづけている……

おそらく大したことではないのだろうが、あの言い争いがはじまったのは、パン配達トラックが警備室わきのゲートを止まらずに通り抜けたときで、トビーは車内からたまたまそれを見かけたのだった。

パン配達運転手は通り抜けるとき挨拶のクラクションを軽く鳴らすと同時に、マリガン警備員へ手を振った。

マリガン警備員はそれを見て、いつものパン配達トラックの運転手と助手だとしか思わなかった。トラックのナンバーは暗記しているし、そのナンバーと一緒に入構時間を記し、あとから出構時間を記すのがいつもの習慣だ。入れてはならないと指示が出ているのは雑誌や新聞の記者で、とくにマリガン警備員の場合は、スローク夫人に会いたいと言って無理やり入構しようとした『ブレード』紙の記者とトラブルになったばかりだった。

そういうたぐいのことが日中には起こりがちで、なにかの配達員などのためにゲートを開けている場合にはとくに気をつけねばならない。

だがトビー・バリーはこのようにしてガーデンズに入りおおせたため、入出構の記録はまったく残らないこととなった。


ワシントンDCで自ら所有するブレナム・パーク・ホテルの一室に居住するクリフォード・ウェイド三世は、ニーナ・ワンドレイが自分のもとを去ってからこれまでの二年のあいだ、一週間ごとに必ず机上に置かれる報告書によって彼女を監視しつづけてきた。

世界各国に探偵や特派員を配して独自の情報網を形成しており、そうした世界観がクリフ・ウェイドという人格の一部をなしてすらいる。かつてエンパイア・ステート・ビルディングの七十七階で、マホガニー壁の窓から雲を透かして下界を眺めおろしながら、油を利かせたボールベアリングに載る地球儀を指先で回転させつつ黙想に耽るのが好みだったのを思いだす。地球儀は自らの手で自在に動かせる活きた地球そのもののようで、回転を速めるのも遅らせるのもあるいは完全に停止させてしまうのも、自分の胸三寸と指の力の入れ具合ひとつで決まる。

ニーナがクリフのもとを去ったのは彼女の愚かさが表われた行為だった。あまりに子供っぽくて普通の女性の感覚を持ちえず、ブロンドの髪と魅惑的な瞳の奥には脳細胞が三つしかないのではと思わせる。

滑稽にして愚昧。その度合はナポレオンを初め拒んだジョゼフィーヌ〔ナポレオン初代妃。のちに離婚〕をもうわまわる。詩人や小説家には愛の執着の好例として引き合いに出されるが、ジョゼフィーヌには損得の計算力があり、愛してもいなかったナポレオンの強すぎる執着を利用してのしあがった節がある。

たとえばもしクリフがニーナに対して、「おれからこんなことを言わねばならないのは非常に残念だが、別れてくれないか。というのは、ツヴァイク・ゾーリッヒ複合企業体の会長の娘と政略結婚をするのがこの際望ましいことだと決断したのでね。牝牛みたいな顔をした太った娘ではあるが、たまたまおれが彼女の男性の好みにぴったりらしいんだ」などと告げたのであれば、まだましだっただろう。自分から別れを切りだすのはもちろんつらいことだが、アメリカの若鷹と呼ばれたクリフ・ウェイドの面目は一応保てただろうから。

だがニーナが自らの意志で突然去ってしまうとは！　莫大な資産に恵まれ、大邸宅を所有し、ヨットや厩舎まで持っているクリフ・ウェイドから。一人の女がそれ以上のなにを望むというのか？ニーナが映画への関心を蘇らせたときには、映画スタジオを創ってやることさえ吝《やぶさ》かではなかった。もしそれで喜ばせられるのなら。なのに彼女は唐突に出奔してパリへ行ってしまい、しかもその動機といえば、彼女が可愛がっていたあの忌々しく吠える犬をクリフが死なせてしまったことと、あとは彼が根っからのギャンブル好きで且つ女好きであることにすぎなかった。

クレオパトラがアクティウムの海戦〔古代ローマ時代のオクタウィアヌス対アントニウス／クレオパトラの決戦〕から逃走した史実を見てみるがいい。その逃走のせいでアントニウスまでが戦闘を諦め、船団の帆をあげてクレオパトラのあとを追った。だがクリフはアントニウスのような愚か者ではない。クレオパトラの黄金の髪と菫色《すみれいろ》の双眸が如何に美しかろうと、そのために剣を捨てて世界の覇権を断念すべきではない。

そんなことだけは、絶対に。だがしかし、おお、ニーナはたしかに美しい！　世界一の美貌の持ち主だとは認めざるをえない。

　初めはニーナと雖も一、二ヶ月もすれば理性をとり戻すだろうと思っていた。最大に見積もって半年は猶予をやろうと考えた。そうすればいずれは自分が失ったものの大きさに気がつき、クリフのところに戻ってくるだろうと。いつもの魅惑的な微笑を湛えて許しを請うだろうと。自分はなんでも許してもらえると思いこんでいる甘やかされた子供みたいに。

　あるいはクリフ自身がつれ戻すこともできただろう。強くて大きな男なのだから、ニーナに対して強気に出ることもできたはずだから。ただ悲しいかな、彼女に対して実際に強気に出たことはかつて一度もない。彼女に手をあげたことなどないし、怒って軽く小突きながら壁ぎわまで追い詰める程度のことさえ経験がない。女というものはホイップクリームを載せたプディングを与えるだけで済まさないほうがいいとはわかっているが。当然ながら彼女は子供ではなくて一人の女なのだから。だからこそあの飲んだくれなだけの俳優トビー・バリーと結婚していたのだ。そうとも、彼女は女であり、彼女自身それを心得ておくべきだ。だとすれば、少しは思い知らせてやるほうがいい。少しは手をあげて、あの小さな両の耳を紅潮させてやるぐらいのことは。実際クリフはほかの女たちにはそうやって効果をあげてきた。彼女とは似ても似つかない、もっと頭がよくてしっかりしていて自立性のある女たちにはそれで効果があったのだ。

　とにかくいずれはニーナをつれ戻せると思っていた。ただ簡単ではないというだけで。

　ところが、ニーナが突然出した離婚請願が認められてしまい、その当日にイタリアのヴァリオグリ家の華と謳《うた》われるマイク・ジュリオ・ヴァリオグリと結婚した。そう、あの古くさい貴族名を持つ自動車レース界の花形レーサーだ。だが少なくとも五万ドルを賭ける力量はない。実際には十セントの値打ちもない男だが、しかしクリフが前妻ニーナのために築いてやった世界的信用がある以上、夫婦生活をつづけられないこともないだろう。

契約しているローマの探偵事務所が、クリフのもとに定期的に報告をもたらしてくれる。ほとんどはヨーロッパの新聞や社交界関係の雑誌からの寄せ集め情報にすぎないが、クリフは高額の報酬をはずんでいる。

「観察対象であるヴァリオグリ夫人がローマのオペラ座の桟敷席にいるのが目撃されました。ムッソリーニ総統が夫人に会釈したとのこと……」「観察対象がヴェネチアのリド島で日光浴をしているのが目撃されました。まわりでは砂浜に寝そべった若い男性たちがとり囲み、熱烈に注視している模様……」「観察対象がインターナショナル杯自動車レースの貴賓観覧席に招かれ、夫であるヴァリオグリ公爵は最終周回で巧みに集団から抜けだして優勝。写真を同封……」高級雑誌から切り抜いた写真ではニーナの愛らしい顔の背景で、毛深い猿めいた姿の夫ヴァリオグリ卿が忌々しい笑顔で隣にいる男と肩を組みあっていた。その人物はレーサー仲間のボッフィとかいう伯爵かなにかもしれず、あるいはまたヴァリオグリ卿専属の自動車整備係かもしれない。

だがそれらのことはニーナにとってはほんの幕間の出来事にすぎない。そうやって絵葉書のなかのお姫さまになって少し羽根をのばしたあとは、またきっと自分のもとに戻ってくるにちがいないとクリフは考えた。かつて住んだ豪邸と、馬たちとヨットのある暮らしに。アメリカの若鷹の美しい妻という、彼女にふさわしい居場所に。そしてあの愛らしく大きな黒い瞳をふたたび輝かせてやることができれば、彼女の魅力はかつて以上に増すというものだ。

事実、ニーナがヴァリオグリに飽きるまでにはそう長い月日はかからなかった。七ヶ月後、彼女がヴァリオグリのもとを離れたうえで離別を申しでたという情報が電報で届いた。幸いなことに彼らは教会での結婚式をしていなかった。ヴァリオグリ家は八百年間にも及んでヴァルド派〔中世ヨーロッパの異端キリスト教宗派〕でありつづけた一族であるうえに、信仰に敬虔でありながら危険視されていた教皇派〔十二―十三世紀イタリアで神聖ローマ皇帝と対立したローマ教皇を支持した一派〕とも密接な関係にあったため、異端視され迫害されながら生きのびてきた家系だ。そんな事情により、離婚といっても単に民事上の問題にすぎず、たやすく且つすばやく認められることになった。

クリフはニーナをとり返すためにすべてをつぎこんだ。ナチス・ドイツがフランスに侵攻した直後の時期で、イタリアは同じ週に連合国軍と戦闘を開始した。そのためアメリカでは船舶も飛行機も自由にならず、クリフの愛船ゴールデン・レディ号も就航させるには時間がかかりすぎると見こまれた。だがクリフがクリフォード・ウェイド三世である以上、戦時であろうがなかろうが、地獄だろうが海底だろうが、ヨーロッパへの到達を成し遂げずにはいなかった。

ウォール街では株価が暴落し、パニックの日々がつづいた。実業界もまさに古代のアクティウム沖決戦の再現の様相を呈したが、ニーナの乗った船を追わねばならないクリフは経済の戦いから脱した。もはやニーナなしにはなにごとにも耐えられなかった。クリフがニーナに対していだいた狂騒的執着こそ、愚かな詩人どもが愛と呼んだものにほかならないからには！　彼にとってニーナは美しい女以上のもの、いや、なんにせよ女以上の存在だった。彼女は運命そのものであり、まさに恒星《スター》だった。

大西洋を越えての旅のため、クリフは概算でじつに一千六百万ドルを費やした。だが遅きに失した。髭も剃らず窶《やつ》れ、財力と支配力の亡霊と化したクリフ・ウェイドが、サイレンの鳴り響くローマに到達したとき、ニーナはジブラルタルでかのジョージ・ヴァナーズ卿と結婚しようとしているところだった。

すでに五十歳を超えている初老の男とだ。リウマチ熱に悩まされる象のような男で、スコッチウイスキーのせいでつねに昂揚している。そんな男にニーナはいったいなにを見いだしたのか？　もちろん大立者にはちがいない、白人藩王なのだから。世界の一角で強い権力を担っている。だが五億ドルもの巨富を有する者もいるという南アジア現地人藩王とは異なるはずだ。そういう王たちは胸板いっぱいにダイヤモンドを飾り、金塊で作った笑う神の偶像の臍《へそ》には百カラットのルビーを嵌め、目にはダイヤを嵌めるだろう。まさにインドの大王《マハラジャ》たちと同等に。

ジョージ・ヴァナーズの資産など、クリフなら優に倍額で買える。つまりは単なる政治権力者ではないか。自分の国では法をも創っているだろうが、自らが国内に所有する土地は数千エーカーにも足りない程度だろう。年間数百万ポンドの輸出収入は農場主や企業主に属するものであり、ヴァナーズが徴取する国民の税金は学校や病院や警察のために使われるだけで、その残りも政府という名の高価なガラクタにつぎこまれるのみ。クリフはボルナック藩王国そのものの資産の四分の一程度ならすぐにでも買いとれる。彼の持つ複合大企業について調べたこともないだろうヴァナーズがそんなことを知るはずもないが。この世界には自分でも知らないうちになにかを売り買いしている者たちがいるものだ。

ヴァナーズの資産なら五百万ドル、せいぜいでも一千万ドルで買えるだろう。だがそんなものを買ってなんになる？　ウォール街には毎日それだけの額を一日で動かしている者たちが百人はいる。そんな者たちでさえ、十年前には林檎《りんご》を売っていた農家の小倅《こせがれ》どもにすぎなかった。十年後にはまた農夫に戻っているかもしれない。クリフォード・ウェイド三世の夫人だった女なら、そんな者たちをふたたび笑い飛ばす立場に立てるのだ。

あの忌々しい老いぼれ藩王め、わけのわからない東洋の悪魔的な麻薬をニーナに使っていたりするのではないか――当時のクリフはそう考えた。老いぼれヴァナーズはニーナをロンドンからつれだし、猿の国めいた野蛮な自分の王国に引きずりこんだのだから。ニューヨーク並みの映画館や劇場などあるはずもなく、それまでニーナが暮らしていた世界の文明そのものがなく、唸る鰐《わに》や吠える豹やあらゆる木に絡みつく蘭などでいっぱいのジャングルがあるだけで、ニーナはたちまちうんざりしたにちがいない。あの荒々しい老いぼれ悪魔に攫《さら》われなければ、そんなことにはならなかったものを。

クリフはボルナックの首都ヴァナーズポートにも密偵を潜入させていた――地図上ではサンゴンルーパーという都市名になっているが、現地人には今もヴァナーズポートという呼称のほうが通じる町だ。あの町にある藩王宮殿ですら寝室が七つしかなく、クリフがフロリダ州のパームビーチに所有している大理石造りのささやかな夏別荘よりもひと部屋少ない。彼らがそう呼ぶところの避暑用宮殿にいたっては、もう笑うしかない。実際は平屋建てのバンガローにすぎず、しかもほとんどをベランダが占めている。ある大学教授がコネティカット州に持っている夏別荘に似ていて、落雷があるたびに電気が切れるし、食事は網戸で仕切ってあるだけの屋外に近い調理場で作らねばならず、洗濯は別棟の小屋でしなければならない。

ちがう。地球儀をもう一度まわしてみるがいい。あの国の首都はサンゴンだ。サンゴンルーパーというのは川の名前で、一面の緑が広がるジャングルの地獄を七巡りして流れついた果ての奥地がサンゴンだ。そう、まさに奥地で、悪魔どもはそこに住んでいた。

ああ、それでもせめて、あの老いぼれ悪魔ヴァナーズが力ずくででもニーナを生かして奥地に閉じこめていてくれたなら！　だが密偵が絶えず伝えてきたところによれば、ニーナは閉じこめられてはおらず——その言葉の如何なる意味においても——拘束されているわけでもなく、それどころか藩王妃としてボルナックの社交界で華々しい役割を務めていたという。しかも決して積極的ではないにせよ、それなりに満足しているようすだったという——悲しいとも楽しいともつかない奇妙に漠然とした夢のなかで生きているかのように。

だが麻薬に侵《おか》されているようすはまったくないと密偵は伝えていた。東洋の麻薬や魔術といった想像は誇張にすぎないのではないか、というのが密偵の意見だった。

だが角《つの》を生やした老いぼれ山羊の悪魔が麻薬を使わないはずはない、とクリフはなおも執着した。そうとわからない程度の微量を用いているのにちがいないと。

そんなことを考えながら、分厚い絨毯敷きの執務室のなかを行きつ戻りつ歩きまわった。地球儀のそばを通りがかるたびに荒っぽく回転させ、雲のかかる窓越しに南マンハッタンの摩天楼群へ若鷹の視線を投げた。下界は何マイルもあるかのごとく遥か下方に広がり、船の行き来するハドソン川とイースト川とそしてナロウズ海峡が眺められ、さらに五十マイル彼方の青い靄《もや》に覆われた大西洋を水平線まで望みながら、どうやったら老いぼれ悪魔ヴァナーズを葬り去れるかを夢に見、あるいは企《たくら》みに描いた。

くりかえし幾度となく。ボルナックで殺し屋を雇うというのが最初の案だった。だがそうするには多くの周旋人を介さねばならない。それ自体が面倒であるうえに、そうしたがためにしっぺ返しをくらう惧《おそ》れがある。いっそクリフ自身がボルナックへ飛んで、自らの手でやるか。たとえば山地の道路でヴァナーズと一緒に車に乗ってわざと交通事故を起こし、自分だけ間一髪で車から跳びおりて生き残る。あるいは酒場で酔った男同士がよく起こす喧嘩をけしかけ、クリフはスパーリングパートナーを相手に毎日鍛えているボクシングの拳を活かして、大柄で強力ではあるが年齢ゆえに動きの鈍いヴァナーズにパンチを浴びせ、石段に転げ落として頭をかち割る。あるいはまた狩猟中の事故と見せかけ、ヴァナーズの持つ猟銃を暴発させる。あるいはいっそ豹に襲わせ喰わせてしまうのもいい。

だがどれも格別な妙案とは言いがたい。全部以前使ったことのある手段だし。しかもどれも巧く行かなかった。だからこそ頭に残っていたのだが。

諦めたおかげで、クリフ自身生きのびる幸運に恵まれたとも言える。これでまた投資もできるというものだ。骰子《さいころ》を転がすだけで大儲けできるし、カードで五万ドル稼ぐのもよかろう。だがもしれたら。刑期五十年をくらって牢屋に入れられたらなにもできない。あるいはボルナックで絞首刑にでもされたら。人殺しなど愚か者のやることだ。やってもしくじるに決まっているし。

あれこれ考えることは気晴らしにはなった。いつかあの老いぼれ悪魔に毒でも盛って殺してやろうかと、考えるだけで楽しくすらあった。

日本軍による真珠湾奇襲によって、ゴム市場は一日で半減まで大暴落した。そのあともひどい月日がつづき、クリフが所有していたシンガポール市場の石油株とラテックス株の三千万ドルが一夜にして焔と燃え尽き灰になった。

一九四二年四月にも忌まわしい日が来た。株式仲買人たちがクリフのもとに押し寄せ、手数料の支払いを迫ったのだ。百万ドルあればなんとか時間を稼ぎ、一週間は生きのびられるという状況になった。指をひとつパチンと鳴らすだけで使えるようになる虎の子の百万ドルに手をつけるしかなくなった。ほかの投資家たちはだれもが八方ふさがりになっているなかで幸運ではあった。つまりキャトル・ドローヴァーズ・ブロードドウェイ信託銀行に赴かねばならなかった。年とったスフィンクスみたいな無表情な信託基金係ティリングハーストを脅したり賺《すか》したり宥《なだ》めたりして、ニーナのために秘かにとっておいた信託基金を引きださせてくれるよう仕向けなければ。積み立てたときのクリフにとっては端金《はしたがね》程度だったが、いつしか一週間生きのびるために必須のものになっていた。

しかもその先はどうなるのかまるでわからない状況だ。もう一刻も無駄にせず、ただちにティリングハーストに挑まねばならない。冷笑を浮かべた無表情なあの顔に。

明るい四月の忌まわしいあの日、腹心とする秘書が今を遅しと待ちかまえていた。秘書室に押しかけた仲買人たちがクリフの決断を要求していた。株価はすべて底を打っていた。敗戦目前のナポレオンがワーテルローの戦いで古参近衛隊をすべて失い、最後の鬨《とき》の声とともに突撃した王立騎兵隊の兵も馬も窪み道で屍《しかばね》の山と化したときにもひとしい状況だった。

執務室の窓から外を眺めて黙想していたクリフは、不意に秘書へと振り向いた。

「すべて売れ！」と秘書に告げた。「売って売って売りまくれ！　なにもかもだ！　持ち株をひとつ残らず、今すぐに！　ドブに捨てちまえ！」

ナポレオンも同じことを言っただろう。決断力の男だったのだから。己《おのれ》の星が墜《お》ちたときを――運命に見放されたときを――知る男なのだから。

高額で買い集めた株式証券が、狂乱のあの日に端金に変わった。クリフの株のすべてが市場の底で売り払われた。積みあげてきたものが底のまた底で失われていった。

同じ日の夕刊が、ボルナック藩王国での惨事を伝えた。海岸の防衛線が日本軍に突破され、老ヴァナーズ卿は虎のごとく勇猛に奮戦したが、避暑用宮殿で兵士らともどもに戦死したという。

全員が死んだ、一人残らず！　輝く白き女神と謳《うた》われた、黄金の美貌を持つ藩王妃もろともに。避暑用宮殿の現地人料理人までが銃剣に突かれ、溢れでる内臓を両手で押さえながら海岸の防衛線まで逃げようとした。犯されたうえに首を刎《は》ねられた少女とおぼしい裸の死体が、燃え盛る避暑用宮殿の赤い火明かりのなかで庭園に横たわっていた。混血らしい縮れ毛の黒人少年が、初めは洗濯小屋で寝ていたがそのうちに食事の残り物にありつこうと台所の戸口にしゃがみこみ、と思うと網戸の隙間から頭を外へ出して、夜に舞い飛ぶ蛾の群れをよけるため耳のあたりを叩きながら、少女へ憧れのまなざしを向けていたが、惨劇をまのあたりにするや、少女の頭を摑みあげて逃げだしていったという。

戦禍のすべてが取材されているわけではあるまい。それでもかまわずクリフはある新聞社に駆けこみ、編集者の一人から記事になっていない情報を訊きだすことができた。その編集者も世界に何百万人となくいるニーナ・ワンドレイの熱烈なファンの一人だったから。

クリフはその夜、アメリカ海兵隊志願者訓練所の入口の前で野宿した。まだ三十一歳で、ボクシングでの鍛錬により体力には自信があった。一週間後にはガダルカナル島に派遣され、日本軍と戦うことができるようになった。日本兵を殺すことはクリフにとって大きな慰めとなり、ウォール街での戦いのあとの休暇に北部の森に入って鱒《ます》を釣ったり鹿や熊を狩ったりするのと同じような、奇妙にも自然で気持ちの安らぐ楽しみになっていた。

兵士が戦場でやるべきは敵を殺すことのみであり、もう充分となるまで殺しつづけるのが務めだ。クリフはそれをやり遂げた。

そう、やり遂げたのだ、まさか自分に合っているとは思ってもいなかった兵士という務めを。まだ小僧っ子と言っていい二十代のころには、自分を経済界のナポレオンだと思うのが秘かな好みだったのはたしかだが。なんとナイーブな若僧だったことか！

今日つまり土曜日の晩い午後のクリフはまだパジャマ姿で、テーブルの灰皿に手をのばして昨夜の葉巻の吸い残しをとりあげ、それを口に咥《くわ》えると、両手を頭の後ろにまわして枕代わりにした。

熟考のすえ、軍隊の力こそは基礎的にして最終的な唯一の力だと結論した。国家や文明が存在するための究極の手段であり、且つ人類存在のためにも同様だ。古代ギリシャの都市国家アテナイが生きのびたのは、莫大な利益をあげていた手広い交易によるのではなくて、ペルシャ戦争〔紀元前五世紀のペルシャ帝国対ギリシャ都市連合軍の戦い〕でのマラトンの役《えき》でダレイオス一世率いるペルシャ軍を敗走させた軍隊のおかげでこそあるのだ。その勝利なかりせば、今広く世に知られているギリシャ哲学やギリシャ芸術はどうなっていただろうか？　プラトン〔古代アテナイの哲学者〕もエウリピデス〔古代アテナイの悲劇詩人〕も名を馳せられず、ペイディアス〔古代アテナイの彫刻家〕も一介のペルシャ絨毯売りに落ちぶれていたかもしれない。

クロイソス〔古代トルコ西部のリディア王国最後の王。紀元前六世紀ペルシャに敗北〕が破壊された王宮の瓦礫のなかで玉座に鎖で繋がれ、薪《まき》代わりの家具や絹や錦《にしき》を体のまわりに積まれたとき、彼が所有していた莫大な黄金は命を助ける用をなさず、勝利したペルシャ兵たちは処刑の松明《たいまつ》に火を点けた。カルタゴ〔古代チュニジア北岸の国。紀元前二世紀ポエニ戦争でローマに敗北〕は古代世界で最も栄えた貿易国家で、あらゆる塔の頂《いただき》に黄金が飾られ、すべての道路に黄金が舗《し》かれていたというが、鋼鉄の国ローマによって滅ぼされた。バルサと呼ばれた巨大な城塞の奥所《おうしょ》に匿《かく》されたこんにちまで知られる莫大な財宝は残らず略奪され、女たちは必死の命乞いとともに自分の子をローマ軍に投げやって槍の犠牲としたが、許されず殺戮され、彼女らの死骸からは長い髪が剃られてローマ兵の弓の弦《つる》にされたという。如何に富に恵まれていようと、国として小さすぎたうえに戦いに後《おく》れをとったカルタゴは、真の力に欠けていたと言わざるをえない。滅亡のあとカルタゴの言語を学ぶ者はいなくなり、カルタゴの神々にちなんだ名が冠された時代が記録されることもなく、跡地には山羊の群れる砂漠が広がるばかりとなった。

軍事力こそがすべてだと、偉大なるアッティラ〔五世紀の中央アジア―東欧を支配したフン族の大王〕はわかっていた。チンギス汗《ハン》〔十三世紀のモンゴル帝国初代皇帝〕とティムール〔十四―十五世紀に中央アジア―西アジアを支配したティムール朝の建国者〕もわかっていた。それゆえに彼らは軍馬の蹄《ひづめ》の闊歩で大地を揺るがせ、蝗《いなご》の群れのごとき大軍勢でアジアから世界へと領土を広げていき、諸都市を制圧し旧《ふる》い神々を滅ぼすことができたのだ。そして彼らの子孫たちはこんにちにいたるまでその事実を承知しつづけている。彼らに攻められたとき反撃できるすべを持たなければ、ただ滅ぼされるだけだ。せいぜいカジノのルーレット程度でしかないウォール街の力など、ちぎれ飛んだパレードの紙テープや紙吹雪ほどの役にも立たないだろう。ウォール街の若鷹、か。笑わせるな！

ともあれクリフはここまでのゲームをよくやってきた。計画どおりだ。れっきとした軍人と呼ばれるのもそう遠くない。あと一、二ヶ月もすれば階級章の星が准将の数になる。そもそも初めからイェール大学になど進まずどこかの軍事訓練校に行っていたなら、今から二年前には星ふたつ程度の階級など楽に到達していただろう。

だが今からでも決して遅くはない。まだ四十六歳なのだから。あと十六年は軍人をつづけられる。

どんな軍事訓練校に通った者でも身につけられないほどの能力を、クリフはすでにわがものとしている。全地球的視野といい、冷徹な決断力といい。星ふたつで終わるつもりは毛頭ない。太りすぎ気味になった退役時に准将のままなどごめんだ。少なくとも星三つは欲しい。願わくは四つ。統合参謀本部議長にさえなれないと言いきれるか？　一介の海兵隊員がいつかその椅子に坐るのだ。もちろん万にひとつの賭けではあるだろう。それをやり遂げるものこそが力だ。

置き時計を見やると、午後四時をすぎている。そろそろ起きて着替え、〈パノラマ・ルーム〉におりてコーヒーを飲みながら、『イヴニング・サン』の午後の版に目を通すころあいだ。そしてブロンド美人たちを眺めわたす。どうしてああいう女たちはいつもみんなブロンドなんだ？

六、七年前、当時のクリフの居住地から二十マイルと離れていないあたりにある郊外の新興住宅地ポトマック・ヴィスタ・ガーデンズに、ある若い女が住んでいた。そこの出入口に警備室があって、車を止めさせられたのを憶えている。その女に会いに行くためにはゲートを通らねばならないからだ。

当時のクリフはそういう郊外の造成住宅地を想像するだけでも厭になる気質で、そこに住む女に会うためというだけで止めさせられるなど死んでもごめんだと思っていた。卑小な望みを持って生きる卑小な人々の、ありきたりきわまる生活。たとえばかつてクリフが所有していた造成住宅地サンドレアにあった門番詰所より少し大きい程度の家。あの家にはイタリア人庭師の夫婦を住まわせていたが、その夫婦には子供が十二人もいて、その子たちがいつも鼻水を垂らしているのでニーナが厭がり、母親はよく我慢できるものだ、子供たちは満足に食事できているのだろうか、といつもこぼしていたので、結局その庭師を馘《くび》にした。クリフはちょうどそのころからさまざまなところに囲っていた女たちのもとに転がりこむようになって、そういう場所にはニーナはもちろんのこと彼女の犬でさえつれていくことはなかった。

またブレナム・パーク・ホテルはクリフ所有のほかのすべての不動産を合わせたよりも規模が大きく、部屋数にして千五百以上に上《のぼ》る。クリフ自身、なんでも大きいものが好きな気質は今も変わらない。このブレナム・パークでの自身の住まいでの寝室はひとつだけだが、どこだろうと寝る場所はひとつあれば充分だから当然のことだ。所有者と雖もホテル全体のなかではちっぽけな存在にすぎない。

それでも多くの人々がそのへんにある小さな家々で幸せに暮らしているのはたしかだ。ひょっとしたらニーナもそういう居場所のほうが幸せなのではないかと思うことがときどきあった。大きい住まいを持つためにかかる経費を彼女はいつも気にしていた。たとえ夫のクリフが世界一の金持ちだとわかっていたとしても。

金銭について敏感で節約癖があるのは、ニーナの持って生まれた気質による。だから彼女のために信託基金を積んでやった。結婚してすぐ口座を用意してやり、初めは五十万ドル程度だった。それぐらいは当時のクリフにとってはなんでもない金額だったが、彼女は夫のそんな金銭感覚を気がかりにしていた。

「いいかい、よく聞けよ」あるときニーナにこう言い聞かせたのを憶えている。「これはきみがドレスを買ったり映画を観たりするための蓄《たくわ》えにすぎない。世間のどの夫もこの程度は妻のために用意してやるものさ。ひと月分に換算したら、せいぜい千五百ドルから二千ドルというところだ。キャトル・ドローヴァーズ・ブロードウェイ信託銀行の信託基金係ティリングハーストのところに行けばいつでも引きだせるから、きみが新しいストッキングを買いたくなったとき、そのたびにおれから小遣いをもらうなどという必要がなくなるわけだ。そんなことをされるのはおれにとっても煩瑣だからな。その都度小銭を出してやるより、あらかじめ全額用意してやるほうが楽じゃないか。どちらでも結果は同じなんだから。ついでに、金銭を巡っての経験をきみに積んでもらう機会として、信託基金の扱いについて相談に乗ってやってほしいと、銀行のティリングハーストに頼んでおいたよ」

「わたしだって自分の貯金ぐらい少しはあるのよ、クリフ」そのときニーナはためらいがちにそう言った。「もちろんあなたの目から見たら全然大した額じゃないでしょうけど、わたしにとってはけっこうな大金よ。そういうお金を自分で所有し管理することに意味があるとも思っているしね。子供のころのわが家はお金にひどく困っていたので、浪費とか贅沢とかいうことには今でも心が痛むのよ。貧しい人にとってはたとえ十ドルでも大きな価値があるんだと考えるとね。そういう人は大勢の子供たちに食べさせなければならなかったりするわけだから。事実、わたしの母がそういう人だったの。まだ二十三歳のころだったというのにね」

「そういうきみは二十歳《はたち》になるまでにあと一、二年あるな。子供もまだいないし。それでいてなぜ母親の人生を気にする？　おれの父親は売春宿にいるとき肝硬変で死んだ。娼婦たちに札びらを撒き散らして笑いながらあの世へ行った。だけどそんなことは気にしないようにしてる。きみが子供を持つのを怖がるのは、母親のような人生を送るのが厭だからか？　といっても、おれ自身子供という小さい生き物を格別に欲しがってるわけじゃない。子供は母親の容姿を犯罪的なほど変えてしまうからな。だが巨万の富を築いた男は、いずれそれを受けわたすべき息子を儲けねばならない。

いざとなれば娘でもいい、きみに似ているならばな。そんなことを言われたからといって、顔色を変えなくてもいいだろう。きみに似た娘を持てるなんて、悪いことであるはずはないからな。べつに明日と言ってるわけじゃないし、来年と言ってるわけでもない。例の信託基金は、いつか来るそういう場合のための用意でもあるんだ。おれは家賃を払うのにも苦労してるような銀行員とはちがうからな。結婚する前に雑貨屋の売り子をしていた妻が蓄《た》めていたなけなしの貯金を、ヘアピンを買うために崩させるような夫でもないし。ひとたび女を自分のものにしたら、その女のためにこそ金を使う主義だ。自分が損することを嫌う男には、決して運が向かないものだ」

「もしわたしがそのお金を要らないと言ったら、あなたは全額ギャンブル投資に使ってしまうんでしょうね」ニーナは冷静な調子で言った。「びた一文残さずにね。そうじゃない、クリフ?」そして引きつった笑い声をあげた。

「なにがそんなに可笑しいんだ?」とクリフ。

「わたしは世界一魂の底から詩的な男と結婚したんだな、ってことよ」とニーナは答えた。「そして、新居建築祝いの夜に夫がアル中だと知った妻だったな、ってこと。そんな夫が詠《よ》む美しい詩はすべて酒の上のたわごとにすぎず、なんの意味もないの。どこかのだれかがほんとの感情から詠んだ詩の盗作にすぎないのよ。わたしは世界一成功した、だれよりも実際的で実利的で、まったくロマンチックじゃない男と結婚したの。あなたは典型的なアメリカの実業家よね。そしてわずか二日後には兎の肢《あし》や四つ葉のクローバーに頼るいかいかばちかの投機家になって、テカテカした白の格子縞のスーツを着たり、一八八〇年代のミシシッピ川の蒸気船を舞台にした映画に出てくるみたいなダイヤモンド付きの蹄鉄型ネクタイピンを留めたりするようになるのよ」

「なにを言ってるんだ？」とクリフはわめいた。「クリフォード・ウェイド三世のことを言ってるのか？」

「昔お金を軽蔑する男を知っていたわ。その人のそういうところがわたしには怖かった。いつか無一文になってしまうんじゃないかと思えて。でもその人は少なくとも、真実と強さがあるなにかを創造するために私財を擲《なげう》っていたのよ。ただ骰子が振られるのを眺めながら、お金を増やせるか失うかに興奮するだけとはわけがちがっていたの。その人がいつかわたしに言ったのは——」

そこで言い淀んだ。

「どうしたんだ？　キング・グローアのことだろう？　その男についてならすべて知ってるぞ」

ニーナは蒼白になり、大きな目に悲痛な色を滲ませて見返した。

「知ってるのさ」クリフはかすれたあやうい声で言いつづけた。「きみは今まで、グローアの名前を一度も口に出したことがなかったな。だがおれはすべて知ってた。きみが十六、七歳のころグローアに誘惑されようが、きみがトビー・バリーと結婚したときじつは秘密裏にグローアと一緒に暮らしていようが、おれはかまわない。そんなことはどうでもいい。今のきみはおれのものだ、それだけで充分だ。そのきみが今言おうとして急にためらった、彼がいつか言ったこととはなんなんだ？　彼に脅されたってことか？」

「どうしてそういう言い方で邪魔するのよ！」

クリフは葉巻の端を嚙み切り、火を点けた。

「だが今はもうグローアとは一切関係ないはずだな」とつづけた。「ひょっとしたらもうこの世にいないかもしれない。けどもしふたたびやつが現われて、きみを威嚇したり、脅迫まがいのことをやったりしたら、きみがちょっとでもそんなことをされたそぶりを見せただけでも、やつの喉首《のどくび》を棍棒でぶっ叩いて、二度と口を利けないようにしてやる。やつは喧嘩っ早いにちがいないが、おれも腕っ節《ぶし》は強いほうだ。やつのことできみが心配する必要はないぞ、ニーナ。たとえこれまでに脅されたことがあったとしてもな」

「あなたこそ心配しないで」とニーナは返した。「彼のことはもう考えたくないの。生きていようが死んでいようがね」

「きみもおれのことは心配しなくていい。無一文になりはしないか、なんてな。おれはクリフォード・ウェイド三世なんだから」

件《くだん》の信託基金が金額的にどうなったかは、ある意味で莫迦げたことだったと言える。ニーナはあの美しく大きな目の具わる頭のなかに、活きて機能している脳細胞が三つしかないのではないかと思わせる。そういう脳細胞の困るところは、鳥類の本能に似た合理的でも理性的でもない欲求に衝《つ》き動かされることだ。鳥の群れがひたすら黄金楽土の島をめざして飛んでいくように。

本能どころかただの運任せだったかもしれない。なんであるにせよ、ニーナのそういう莫迦げた運任せの運用の才覚が、銀行の信託基金係ティリングハーストに強い印象を与えたらしかった。あの銀行員は石のように無表情でいながら感受性の強い男であるだけに。クリフは一九三九年十一月のある日、〈シザーズ・クラブ〉で偶然ティリングハーストと出会ったことがあった。クリフのもとを去ったあとのニーナが、イタリア人貴族マイク・ヴァリオグリとの再婚生活をまだつづけていたころのことだ。クリフはその日の朝投資で五百万ドルの儲けを手にしてすこぶる気分がよかったので、ティリングハーストを昼食に招待した。

「前の奥さまの件はご不運でしたな、ウェイドさん」無表情な男はナプキンを胸の前に広げながら、乾いた咳払いをした。「ご無念とお察しします」

「前の女房が、木にぶらさがった猿みたいな不格好なやつと再婚したことか？」抑えた軽蔑を含んだ調子でクリフは言った。「あれはいっときの気紛れみたいなものだろう。ニーナはいつまでも妖精のお姫さまのつもりでいられる女だからな。普通ならそういう時期は十五、六歳のころには終わるはずなんだが。たぶんその齢《とし》ごろがひどくつらかったから、人生のなかから消してしまったんじゃないかな。いつかまたおれのところに戻ってくるさ。そしたらいつでも受け入れてやれるほどには、おれもまた充分莫迦な男だ。それとも、ティリングハースト、きみが不運と言うのは、ニーナの信託基金がゼロになっちまったという意味じゃないだろうな？　彼女の指示に基づいて運用してやったためか？　まあ、それもいいさ。彼女がヴァリオグリと別れる可能性が高まったかもしれないからな。あの貴族がじつは文《もん》なしだったってこともありうるだろう」

「あの信託基金につきましては」ティリングハーストがまたひとつ咳払いしたあとで言った。「むしろ増額しています。ある程度は、というところですので、声高に言うほどではありませんが。わたしがご不運と申しあげたのは、あの方の優れた投資センスがあなたのお力添えになったかもしれないのに、もはやそうは行かなくなった、という意味でして」

力添えが助けになったか否かはともかくとして、そのときから三年後の悲惨きわまる大損失をこうむった一九四二年四月にも、クリフはこの禿鷹《はげたか》男ティリングハーストを呼びだすことまではしなかった。

今から十五年前になるその日は、クリフにとって二重の忘れがたい日になった。ボルナック藩王国でのニーナ死去の報が偶然にも入った日だったから。

だがニーナはあの避暑用宮殿で死んではいなかったことを、今のクリフは知っている。彼女がじつは死んでいないことを知っているのは、アメリカじゅうでクリフとティリングハーストだけだろう。いや、世界でも彼ら二人だけかもしれない。ただ、今この瞬間彼女がどこにいるかは二人ともまだ知らない。

ニーナがどこかに生存しているにちがいないと知ることができたのは、例の信託基金のおかげだった。且つまた、もしもこの先彼女がクリフ自身より先に死んだとしたら、それも例の信託基金を通じて知ることになるだろう。

一九四八年十一月、クリフはアメリカ占領下の日本から帰国した。日本本土に上陸したのは、フィリピンのルソン島および沖縄での血戦に参加して終戦を迎えたのち、占領軍の一員としてだった。三年の長きにわたる従軍のあいだ夢見ていたのは、葉加鷲大将が軍事裁判にかけられ絞首刑に処されるのを自分の目で見ることだった。だが終戦時に葉加鷲は朝鮮半島にいることがわかった。共産主義者どもが嵐のあとの略奪者か死骸漁《あさ》りの屍食鬼《しょくき》の群れのように半島に押し寄せてきたときで、葉加鷲はそいつらと戦って蹴散らしたあと、いちばん上等の和装を纏《まと》って先祖の霊に一礼し、それから床に置いた枕の上にひざまずいて、両袖の端を脚の下に挟みこみ――体が後ろへ倒れこんで女の寝姿のようになってしまわないようにするためだ――作法に則《のっと》って腹を左から右へ横一文字に搔《か》っ捌《さば》き、最後に刃《やいば》を捻《ひね》って上方へ短く切りあげ、浮動肋骨まで切り裂いて、確実な切腹死を遂げたという。

それが日本流の自死のやり方だ。アメリカ人がそういうことをしてもだれにも敬意を持たれないが、日本では作法どおりにそれをすることは謂《い》わば透徹した清廉な儀式であり、魂を浄化すると考えられている。つまり人生の最期に免罪されるための懺悔であり、それによって神のもとへ旅立てるのだ。

とにかく葉加鷲はいなくなった。流血も戦いもなくなった——少なくともしばらくのあいだは。ジャングルに単身でひそんだり、虎と出会って闘ったりすることもなくなった。それでもクリフが究極的な人間の力の味を憶えたのはたしかで、以後もそれに魅入られつづけた。

今から八年前の秋、アメリカに帰国したクリフはティリングハーストに連絡をとり、〈シザーズ・クラブ〉で会った。

そう、かつてと同じ腹の出た証券業界人どもがつどう〈シザーズ・クラブ〉に、クリフはふたたびやってきたのだ。腹の出た父親たちだけでなく、その息子世代の若い連中も大勢いた。そのただなかに、クリフは黄金のオークの葉の徽章のついた軍服姿で現われた。首には勲章《メダル》をさげ、手には血糊のなごりを滲ませ、戦場での苛烈な体験を窺わせた。

すでに自分とは縁遠い場所になっていた。まわりにいる者たちの会話を聞いていると、寄宿高校の二年生のころに戻ったような気分になった。証券マンはどこの会社がどうしたとか、証券分割がこうしたとか、先週は何十万ドル儲けたかといった話をしていた。

そういうことには現実感がなかった。人間の力ではないものばかりだ。ジャングルで銃剣を手にする者だけが真の力を持つ。もし今この場で喧嘩がはじまったとしても、クリフはポケットに忍ばせている棍棒ひとつで、彼ら総勢を合わせたよりも大きい力を発揮できる自信があった。

それでも自由にできる小金を稼ぐというのは、依然として悪くないことだと思えた。金儲けはよくないなんて言うのは莫迦者だけだ。品行正しい紳士が給与のほかに二万ドルの年収を稼げるなら、いや一万ドルだとしても、その紳士にとってのたくさんの扉がより速やかに開くだろう。負債を早く返せるなら、それが悪いことであるはずもない。

「いちだんと鋭く研ぎ澄まされたようですな、ウェイドさん。そんなふうに申しあげてよろしければですが」ティリングハーストがナプキンを広げながら言った。「たくましくなられた、という意味です」

「どうしておれがきみに会いたがったか、わかるか?」

「おそらくわたしの関節炎を心配してくださったんじゃないかと」

「よく聞いてくれ、ティリングハースト。彼女の死はじつに悲惨なものだった。そう、彼女はたしかに死んだのだ。神が創りたまいし最も美しい女がな。だが悲しむときはとうに終わった。日本兵どもに手榴弾を投げつけ、銃剣でやつらの喉を深く切り裂いて、死骸を山と築いてやった。仇《かたき》を討ったから、彼女のことはもう気に病まない。万一生きのびていたとしても、今さらおれのところに戻ってくるはずもなし。彼女がヴァナーズと再婚したときから、すでにそう感じていた。とにかく彼女は死んだのだ」最後にそう強調した。

そのあいだティリングハーストはロールパンをひとつとってバターを塗ったり、スープを啜ったりしながら、真剣に聞くともないようすで聞いていた。

「その件で感傷的になってもしょうがない。問題は、例の信託基金をおれが使うことができるかどうかだ。今のおれはもうウォール街の寵児じゃない。億という単位の金を動かせるような男じゃない。だが多少の金なら、まだ手をつけるための扉が開いてくれるはずだ。そうなってくれると、じつのところとても助かるんだ。ある高みにまで登るためにはな。そしてそこにたどりつくのは決して悪いことじゃないと思ってる。彼女はヴァナーズとのあいだに子供を儲けちゃいないよな。だから、おれには例の金を使う権利があるってことだ」

「例の信託基金は」ティリングハーストは無表情のまま軽く咳払いし、口を開いた。「現在は元金以上の額になっています。しかもかなりの額だと申しあげても、言いすぎであったり、銀行員としての守秘義務をはずれたりはしないと存じます。しかしその相続権をあなたがお求めになることに関しては、わたしどもとしては拒否せざるをえないと考えています。そのご要望には応じかねるわけです」

「なにを根拠にそう言うんだ？　まさか、いまだになにかの可能性があると――？」

ティリングハーストはオリーブをひとつ口に入れ、ナプキンを使って種をとりだした。

「ほんとにそんな可能性があると思ってるのか？」クリフはせっついた。

「二年前の今月、わがキャトル・ドローヴァーズ・ブロードウェイ信託銀行にある電報が届きました」ティリングハーストは弱い声で言った。「一九四六年の十一月です。発信元はハノイで、差出人の名前は暗号で記されていました。その差出人は――今のこの会話には一度も名前を出されていない人物で、わたしとしては出す気もありませんが――四年前の自身の死亡報道を巡る新情報を知らせてくれました。つまりあの方はまだ生きておられるというのです」

「そんなこと、信じられるものか！」

「当然そうおっしゃるでしょうな」ティリングハーストは冷静に返した。「わたしの経験からしても、信じがたい事実はこの世に多くあるものです。核爆発、月面反射通信、人工衛星。死後生といったものもそうかもしれません。しかし今回の場合はきわめて単純な事実なのです。現代に生きるわたしたちにとっては、如何に偽情報や誤情報を排して完璧な事実確認に努めるかが課題でしょうな」

「それじゃきみは、彼女自身から連絡を受けとったというのか？」

「それは不可能なことではありますまい」とティリングハースト。「わたしどもの銀行はスイスに情報源を持っていますが、その情報源が同じ事実を摑んでいたとしても、それもまたまったくおかしくはありません。仮にわたし自身はなにも感知していなかったとしてもね」

「世の中のあらゆることに感知しないのがきみの主義だからな」とクリフ。「ニーナがまだ生きているとは！　いったいどこに？」

「どうかそのお名前はお口になさいませんように」

「どこに生きているのかと訊いてるんだ！」

ティリングハーストはコーヒーに角砂糖をふたつ入れた。〈シザーズ・クラブ〉のコーヒーカップは一パイントサイズと大きめで、デザインも独自のものだ。それを両手で持ち、ひと息ふた息で勢いよく呷って、それから答えた。

「どこかは存じません。存じませんが、推測はできなくもないでしょう。極東方面で定住しているかあるいは転々としているか、それともヨーロッパのどこかで同様にしているか、といったところでしょうか」

「いったいなぜだ？――おれが言いたいのはつまり、なぜ彼女は自分が生きていると世界に向かって公表しないんだ、ってことだ。それに、なぜ彼女はアメリカに戻ってこない？　今やヴァナーズは確実に死んだんだからな。遺骨まで見つかったそうじゃないか――少なくとも彼のものと思われる骨がな」

「それは存じません。ただ推測はできなくも――」

「そうだろうさ、推測ぐらいはな。だがきみは確実なことしか推測しない。金塊を見せられても試金しないかぎり純金だとは推測しないだろう。彼女がいるかもしれないところとして、どうしてきみは南米とソ連とその衛星国を加えなかったんだ？　あるいは地球儀を持ってきて、どこにいそうかと指させばいいんじゃないのか？　そうすればいずれ当たるだろうさ、彼女が月にでも行っていないかぎりはな。とにかくなぜ公表しないのかが謎だ。それと、なぜアメリカに帰ってこないのか。ひょっとして過去の記憶をなくしちまったのか？　それとも、つぎなるヴァリオグリかつぎなるヴァナーズと出会ったのか、あるいはトビー・バリーとよりを戻したのか？　そのせいで人前に出づらいんじゃないのか？　きみが推測できるように、おれにだってそのぐらいはできるぞ」

「わたしの推測するところでは」ティリングハーストは落ちついてコーヒーを啜る合間に言った。「あの方はなにかを恐れておいでなんじゃないでしょうか。人と連絡をとるときの言葉数の少なさといい、連絡のとり方の迂遠さといい。わたしが思うには、あの方の過去の男性遍歴のなかのだれかをひどく怖がっていて、今でもその人物から逃げているんじゃないか、という気がするのです。もちろん、その恐れがたしかな理由によるのではなく、単に神経過敏になっているだけであるにせよ。もちろんわたしの推測にすぎず、事実がどうであるかはわかりません」

「本当に生きているなら、どうしても見つけだしたい」クリフは強い調子で言った。

「そうでしょうな。ほかの元夫たちも同じように思うでしょう。そしてそれこそが問題となるかもしれません」

「彼女から最後にきみのところに連絡が来たのはいつだ？　そしてそれはどこからだった？」

「それについては」ティリングハーストは無表情で言った。「お答えするのがいささかむずかしいところです」

　もちろん確実な情報でないかぎり口にはしないだろう。仮にニーナが死んでいる場合には、そのようにはっきり言ったはずだし。

　銀行での自分の立場を危うくするようなことを口に出せないのは当然だ。ティリングハースト自身ニーナの行方を探しつづけているのだ。

　昨夜のクリフが七杯目の酒を飲んだあとに出会った女、優美なブロンドの髪に白薔薇を挿《さ》していたあの女は、どことなくニーナに似ていた。だがニーナではなかった。その女をスタントン・ホテルにつれこんだころには、クリフの頭からはもうアルコールが抜けていた。女の顔はニーナとは似ても似つかなくなっていた。白薔薇は萎《しお》れたうえに茶色に変わっていた。

　帰りの車のなかでクリフはグラブコンパートメントからウイスキーの小瓶をとりだし、チビチビやりながら運転した。ブレナム・パーク・ホテルに着くと、うねり曲がった勾配の車路《くるまみち》をものすごい勢いで急上昇し、白い石柱列にささえられたジョージ王朝様式〔十八—十九世紀前半の英国の四人のジョージ王時代の建築様式〕の正面エントランスをめざしたが、車はエントランス右側の最初の石柱に十時五分きっかりにぶつかった。時間がわかったのはその瞬間にダッシュボードの時計の水晶が毀《こわ》れたためだ。酔いのせいで意味もなく左折手信号のように左腕をまっすぐ窓の外へ突きだした弾みのことだった。軍服めいた制服姿のドアマンとホテルのガレージ専属修理工が駆けつけ、宿泊客の出入りの邪魔にならないよう石柱の破片を急いで片づけた。そのあいだにクリフはエントランスのステップを昇り、ベッドの待つ自室へとふらふらと向かっていった……

ベッドから起きたときには、火の消えた葉巻をまだ咥《くわ》えていた。シャワーを浴びるときやっと葉巻を捨てた。丁寧に髭を剃り、青い剃り跡の残る頬に白粉《はくふん》をつけた。糊の利いたスラックスとシャツに着替えた。昨夜のバーボンの臭いがする鷹とリボンの徽章を新しいシャツに移した。脱いだ服のポケットに入れておいた小物類もとりだした。

磨き抜かれた革製の棍棒もとりだした。袖口に隠せる小型の武器で、二十年以上も持ち歩いている。財布、鍵《かぎ》容《い》れ、金製の葉巻ケース、ポケットナイフも同様だ。ほかにハンカチ二枚。かつては大枚の現金を持ち歩いた時代があり、その当時はそれが癖になっていた。小型の棍棒は素手の拳よりは強力で、近距離で扱うには銃よりも利便性がある。従軍中はほかの武器とともにつねに携行していた。ほかの武器に比べて穏便だと言える。六度の殴打で人を死にいたらしめられる。今はジャケットの脇ポケットに忍ばせた。

クリフがこの棍棒で愛犬を殺したのではないかとニーナは疑っていたが、それは誤解だ。あのワンころがクリフのふくらはぎに咬みついたので、反射的に蹴りつけてしまった結果だ。謂わばじゃれ合いの度がすぎた程度だ。学生時代にアメリカンフットボールの名クォーターバックとしてアイビーリーグで鳴らした男であることが禍《わざわい》し、親しみをこめたつもりで足を振ったのだが、犬は壁まで吹っ飛んで背骨を折ってしまった。瀕死の状態になっていたので、庭先の砂利の上に横たえて車で轢き、とどめを刺してやった。

今クリフはブレナム・パーク・ホテルの自室で野球帽をかぶると、廊下へ出て葉巻に火を点けた。下階のロビーまでおりて、ニューススタンドで『イヴニング・サン』を一部とりあげた。ロビーの受付カウンターを避けてエレベーターに戻り、上方途中階の〈パノラマ・ルーム〉に立ち寄った。ジャワコーヒーをポットで部屋まで運んでくれるようオーダーしたあと、窓際の豪勢なラウンジチェアに腰をおろし、高さ十五メートルの大ガラスを透かして、ワシントンDCの名所ロック・クリーク・パーク〔DC北西部の自然公園〕の渓谷を眺めおろした。

『イヴニング・サン』の社説へと紙面をめくろうとしたとき、第二面が手のなかから滑り落ちた。拾いあげようと屈みこむと、絨毯の上に落ちたその紙面が目に入った。写真入り記事の上に、イタリック体文字の見出しがこのように告げていた。

ニーナ・ワンドレイ、健在と判明

拾いあげた新聞に目を釘づけにしたまま、無意識に立ちあがっていた。記事を読みながら、何マイルもあるかのように長く感じられる鏡張りの廊下をホテルの玄関口へと足早に向かっていった。

ニーナは現在、ポトマック・ヴィスタ・ガーデンズのドッグウッド通り四番地に住んでいるという。九月か十月まで例の女が住んでいた、まさにあの邸宅ではないか！　坂の上に建ち、裏手にはイーヴンステラー夫妻が住む。あの邸ならどこからどこまでよく知っている。少なくとも、あの女と手をつないで忍び足で入っていった玄関口、ガレージを通って入れる地下の遊戯室、そのわきに仕切られたメイドの部屋、地下からの絨毯敷きの階段、ホールとダイニングルームと台所、などなどは憶えている。台所の冷蔵庫から冷凍のステーキ肉と鶏《とり》の肢肉《あしにく》をとりだして料理したことも。暗がりでも手さぐりで歩きまわれそうな気がする。実際あの女と一緒にそうやって歩きまわったのだ。

ニーナが現実に生きている姿を自分の目で見たい、クリフはそう思った。あの蠱惑的な微笑みにふたたび出会いたい。その笑顔が自分のためのものでないとしても。ニーナとの関係を引き裂いたのはただあの犬と、クリフが秘書にしていた忌々しい女ソーニャだけであるにすぎない。あるいはほかにも自分でそうと気づかないまま夫婦仲を邪魔した雌性《しせい》の二足歩行動物が幾足《いくた》りかいたかもしれないが。しかしニーナが本当に恐れていたのは、クリフが夢見る野望の大きさと、そして彼があらゆる意味でギャンブラーだったことだ。

ニーナはもはやクリフのために生きてはいない。あの瑕疵《かし》なき美しい造形を誇る肢体、愛らしい唇、そのほかすべての麗しき要素。すべてクリフのためにはない。今はほかの男のためにあるのだと考えるだけで、耐えがたい気持ちになる。かつてヴァリオグリとヴァナーズのせいで同じ思いにさせられたことがあるとはいえ。自分が干《ひ》からびるかと思える時期だった。二度とあんなふうにならないよう、心を強く持たなければならない。彼女が本当に生きているとわかった以上。

だが無表情なティリングハーストがしぶしぶ仄めかしていたように、今のニーナが意外にも優れた信託基金運用の才覚によって経済的に恵まれているとすれば――いまだにありそうにないことだと思えて仕方ないが――少なくともアッパーミドルクラスにそれなりにふさわしい家に住んでいるのかもしれない。つまりは年収二、三万ドルは得ているということだ。もしそうなら、あの信託基金五十万ドルをクリフに返還してもかまわないと――それどころか積極的に返したいと――考えてもおかしくないだろう。なにしろ初めはあの金を受けとること自体不承ぶしょうだったのだから。

「すみません、オーナー、少しお時間よろしいでしょうか?」

早く外へ出ようと急ぎすぎたせいで、ロビーの受付カウンターを避けるのを忘れていた。忌々しい前夫どものだれかに先を越されないうちに、ニーナの前に姿を現わしたいと逸《はや》るあまり。彼らはクリフとちがって金銭的な貸しを作ってはいなくて、とにかく彼女の優しさに早く触れたいとのみ思っている連中だ。

申しわけなさそうに揉み手しながら細い声で囁きかけてきたのは、黒服を着たホテル支配人補佐だった。白カーネーションをボタン穴に挿《さ》している。

「わかったわかった。で、葬式は何時からなんだ?」とクリフは応じた。

「いえ、少しご報告があるだけでして。例のお車の修繕の件ですが、三百四十七ドルの費用がかかる予想だと、修理工場から知らせがありました。それでよろしいでしょうか?」

「そのことか。いいも悪いもないだろう。この前の修理のときは、保険会社のやつら、補塡額が大きすぎると言って支払いを拒否しやがった。こんどはそんなことは言わせちゃおけない。ちゃんと補塡させるようにな」

「それから、ホテルのエントランスの破損修復に五十ドルかかる予想です」支配人補佐は申しわけなさそうにつづけた。「石柱のひとつと、上がり段の下のほうが、それぞれ少し欠けていまして。ほんのわずかな修復でしたもので、事前にご相談しませんでした」

「相談なしで上等だ。請求書が来たらおれにまわしてくれればいい。今はちょっと急ぐんだ」

「そうそう、請求書のお話が出ましたので、この機会にお尋ねしたいと思いますが、これまでの未払いリストをまだお見せしていなかったのではないでしょうか? もしそうでしたら、ここに複写を持っていますので」

格安葬儀業者の副業でホテル支配人補佐をしている男は、東京の高級ホテルのボーイよりも丁重に頭をさげながら、リストアップした未払い請求一覧を複写した紙片を手わたした。

「わかってる」クリフはさも無頓着そうにつぶやき、紙片をさりげなく一瞥した。「このところ支払いが一、二週間ずつ遅れちまってるからな。いや、三月十五日以降ずっと支払ってなかったのか。総額五百九十三ドル、か。かなり高額の買い物があったせいだ。おれの個人収入から仮払いしておこう、つぎの軍人恩給が入ったときにな――もし思いだしたら」

「まとめて、でしょうか？」

「なにを言ってるんだ？　遅れてるのにひとつずつ分けて支払ってどうする？　煩《わずら》わしいだけじゃないか。まとめてに決まってるだろう。なんだったら先行きの分まで前払いしてもいいぞ――わがブレナム・パーク・ホテルが破産でもしないかぎりはな」

「破産のご心配はないと存じます、オーナー」支配人補佐はオーナーという呼称をやや強調した。「では、来週の水曜日ですね？　つぎの軍人恩給をお受けとりになる日ですと、五月一日になりますので。ではよろしくお願いします」

口を引き結んで憤然と立ち去るクリフへ、支配人補佐はまたも深々とお辞儀した。忌々しい葬儀屋兼支配人補佐は彼の軍人恩給がひと月分あたり百二十五ドルにすぎないことまで知っているだろう。どこかのちょっとしたホテルに泊まればひと晩で消える額だと。仮に部屋ひとつと浴室があるだけの宿だとしても。

週給七十ドルの哀れな支配人補佐めが！　ああいうやつはきっと、もしも自分がクリフのように大学二年生のころすでにひと晩で五百万ドル稼ぐ男だったならと考えると、夜中に胃潰瘍になるほど魘《うな》されて目覚めるのにちがいない。若くして豪邸をいくつも持って使用人を大勢置き、クルーを常時乗せた帆船を持ち、競走馬の厩舎も持ってトレーナーと馬の世話係を雇い、妻が帽子を買いたいというだけで小遣いを五十万ドルくれてやる――並みの男ならせいぜい二十ドル程度のところを――仮にそんな男だったとしても、もしも数百万ドルの借りがあったら、自分なら尻尾を巻いて逃げだしているにちがいないと考えるだろう。

あの男は万にひとつもそうなれる望みはないと思い知るべきだ。クリフ自身さえ今は首根っこを押さえつけられているのだから。つぎの月曜の朝にかかってくる電話次第では、即刻お白州《しらす》に引きずりだされて、一生消えない罰をくだされることにもなりかねない。そうなったら、夢見ていた大望とは永久におさらばだ。個人的な勘定の始末もできない男が、大きな仕事を成功させられるはずもない。

そうとも、もしそうなったら一巻の終わりだ。海兵隊での勲功だけはその先も残るかもしれないが。軍人という経歴は特別なもので、何物にも妨げられないから。だが准尉という階級止まりだったのもたしかで、それはどうにもならない。ただの元海兵隊員の一人にすぎないと見なされても仕方ない。

来週には請求書の未払い分をなんとかしなければならない。都合千ドルと少しだ、例の修繕費も含めて。十五年前に百万ドルを工面しなければならなかったときのことを考えれば、あれよりも深刻ということはない。

しかしたかだか千ドルを工面するために、あちらこちらに頭をさげてまわるという苛立たしい苦痛は二度と味わいたくない。そんなことはあのときだけでたくさんだ。幸いそういうはめにはならずに済むかもしれない――もしニーナが今自宅にいて、あり余るほど金を持っているとしたら。金には人一倍がめついい女だから——脳細胞は人より少し足りないとしても。

クリフはホテルのエントランスからおり、ホテル付属公園の木立の若葉を透かして照らす晩い午後の日射しのなかに出て、砂を入れた灰皿代わりの鉢に幸運の新聞を捨てた。軍服ふうの制服を着たドアマンが会釈すると、軽いうなずきで挨拶を返した。エントランスからの上がり段をおりしなには、どこかに幸運の兆《きざ》しがないかとなにげなくあたりを見まわした。

それはすぐ見つかった。タクシー溜まりに三台のタクシーが客を待って並んでいた。クリフが指を鳴らすと、上がり段の上にいるドアマンがそれに気づいて鋭く指笛を鳴らし、いつもの指示力を発揮した。

並んでいるタクシーの先頭の一台の運転手が、読んでいた新聞を顔の前からおろした。眼鏡を顔からはずしてケースに仕舞い、革張りの運転席の坐り心地をよくするためか脚の姿勢をなおした。アクセルを踏んでエンジンを吹かし、車を前進させはじめた。

だが一台目の運転手がアクセルを踏む前に、背後にいる二台目のタクシーがすでに動きだしていた。一台目をまわりこんで追い越すと、スピードをあげて引き離し、エントランスの前に立つクリフのそばまで来て止まった。運転手は鼻が大きく浅黒い出しゃばり屋らしい男で、帽子の鍔の下の顔をニヤつかせている。片手を後部座席のほうへのばすと、そちらのドアを開けた。

「どうぞ、お乗りください!」追い越されたタクシーがリアバンパーにぶつかってきたのもものかは、運転手はそう声をかけた。

「反則は困るぞ! オーナー、どうかお待ちを!」ドアマンが怒鳴り、上がり段をおりてくる。

追い越されたほうの運転手も罵声をあげているが、クリフはかまわずニヤリとほくそ笑み、追い越したタクシーに乗りこんだ。大胆に先手を打ったほうが勝つのだ。それこそクリフ自身の願望だ。求めていた吉兆として、勝ったタクシーを選んだ。車を出す前に眼鏡をはずしたり脚の姿勢をなおしたりするのろまなやつに用はない。そういう運転手はどんな交差点でも必ず車を止めて、ご丁寧に三度は左右を確認するにちがいない――たとえ青信号のときでも。

ニーナがたまたま自宅にいるという幸運を掴むための吉兆だ。しかもほかに訪問客がいなくて、クリフが画家ジェイコブ・オースに依頼して三枚もの肖像画を描かせたあの瑕疵ひとつなき百万ドルの美貌をふたたび独占的に堪能するための。

彼女が今どんなおかしなやつと結婚していようがかまわない――これまでにかかわってきたどの女のときでも、夫がいるかどうかなどまったく気にしたことがなかった。そしてこの吉兆で叶えたい三番目の願望は、そのおかしなやつが彼女になにか悪いことをした気まずさからエクトプラズムみたいにこそこそと出ていったか、あるいは妻の浮気癖に嫉妬して怒って出ていったか、どちらにせよクリフが訪ねているあいだは帰ってこないでほしいという思いだった。

さらに四番目は、ティリングハーストが八年前に仄めかしたようにニーナが今でも――できれば過去以上に――経済的に余裕があることだ。仮に穏当な生活を送れる程度の余裕であるにせよ。さらに第五の願望は、クリフとの再会を彼女が喜んでくれることだ。仮に跳びあがらんばかりの喜びようでないとしても、少なくとも彼女が二十歳前後だったころの二人のあいだの悲しい記憶を忘れていてほしい。

さらには――もう何番目かも数えないが――できればニーナには自分のところに帰ってきてほしい。クリフも昔とは完全にちがってギャンブル投資好きの若僧ではなく、ブロンドの鬘《かつら》をつけた行きずりの女に手を出すようなことも決してしないし——少なくとも素面《しらふ》のあいだは——それにもし彼女がどこかの変な男にちょっかいを出したとしても……

「どちらまでやりましょうか?」タクシー運転手が肩越しに問いかけた。「今日のわたしは第六感がエンジン全開じゃないようでしてね。お客さまが本当は南のほうのヴァージニア州の国防総省《ペンタゴン》かどこかに向かわれるおつもりなのに、メリーランド州ばかりを二十マイルもぐるぐるまわることになっては申しわけありませんので」

タクシーはブレナム・パーク・ホテルの石甕《いしがめ》状装飾を戴く左右の門柱のあいだをくぐり抜けて、車の往来の激しいコネティカット通りに出たあと、北へと舵を切っていた。

「メリーランド州でいいんだ」とクリフは告げた。「きみの第六感はよく働いてるようじゃないか。自分を疑わないことだな。そうすればいつかトップに立てる。川沿いに進んだ先にあるポトマック・ヴィスタ・ガーデンズに行きたいんだがね。聞いたことがあるかね?」

「場所はわかりますよ、ウェイドさん。どう行けばいいかもね。実際に行ったことはないですが」

「おれの名前を知ってるのか?」クリフは葉巻を口からはずしながら訊き返した。

「先月のある晩、ワシントン・ユニオン駅でご婦人とご一緒にお乗りいただいたことがありまして。先ほどのホテルまでお乗せしました」

「なんとなく思いだしたよ。速く走るいいタクシーだった。それに、駅を出たとたんにすぐ声をかけてくれたね」

「ありがとうございます。お客さまの見つけ方が巧いとは前にも言われたことがあります。スピードのあげ方も」

「じゃ今日もその腕を見せてくれ。三十分以内に着けたら五ドル払おう」

「お安いご用です！」運転手はニヤリと笑みを見せ、アクセルを踏んづけた。

クリフは座席にゆったりと身を沈め、ふたたび葉巻を喫《す》いはじめた。タクシーはほかの車をどんどん追い越していく。バックミラーを見やり、運転手の帽子の鍔の上につけられているタクシー営業認可証を読んだ。

名前はＪ・Ｍ・グローリー、住所はノース・ウェスト・ワシントン十一番地、七十七アパートメント一一七七号室、認可番号一一七一一。運転手の名前もラッキーだ。〈Ｊ〉は〈Ｉ〉に尻尾《しっぽ》がついただけ。そう考えれば、ジェイ・エム・グローリーはアイ・アム・グローリーと読めなくもない。おれは栄光《アイ・アム・グローリアス》に満ちている。

だがラッキーな数字や兆しを並べて自分を欺いても仕方がない。ニーナが自分のところに戻ってくる可能性よりも、一万五千九百八十七人の上官たちがひと晩で全員死んで自分が統合参謀本部議長の椅子に坐れる可能性のほうが高いだろう。イスラム教の祖ムハンマドみたいに、天国までつれていってくれる白馬に騎《の》れるチャンスのほうがまだありそうだ。あるいはエリア〔旧約聖書『列王記』の預言者〕を天国へ運んだ火の戦車に乗れる可能性か。

吉兆によって訪れるかもしれない五つの幸運な出来事——ニーナに自分のところへ戻ってきてほしいという願望は除外して——について考えなおせば、そのうちのひとつはひょっとしたらむずかしいかもしれない。

ニーナが自宅にいることは大いにありうる。夫が不在なこともだ。ティリングハーストが仄めかした以上に彼女が富裕になっていることも、あらゆる直観がありうると告げている。彼女がクリフと再会して言葉を交わすのを喜んでくれることもだ――跳びあがるほど歓喜するとは言わないまでも。

しかしほかの訪問者がいる可能性だけは排除できない。だからニーナと完全に二人きりになって、その美貌を独占的に堪能するのは、そして自分には希望ある未来が待ち受けているのだと彼女にだけ懇々《こんこん》と訴えるのは、ひょっとしたら大いにむずかしいのではないか。

タクシーはタイヤが軋み煙をあげるほどの急角度で川沿いの幹線道から逸れ、ポトマック・ヴィスタ・ガーデンズのゲートへとつづく道に入った。クリフは口から葉巻をはずすと、後部座席から身を乗りだし、ダッシュボードの時計を見やった。出発してから十八分だ。

ゲートの内側にある警備室の前から、三人の男たちが乗った青い車が動きだしたところだった。その車がゲートの外の道に出てくるとき、拳銃の銃把に手をかけた赤ら顔の警備員が誇らしげに立っているのが目に入った。ほかの訪問者たちは入れてもらえなかったのだ。

クリフはゲートの前でタクシーからおりた。

彼が『イヴニング・サン』を目にしたのは、トビー・バリーがそれを読んだときよりずっとあとだった。だがバスとタクシーの速さの差により、到着の遅れはわずか数分で済んだ。そのときパン配達トラックはマグノリア通りで二軒目の配達をしているころで、ドッグウッド通りへと入ってくるのはそのあとのことだった。

マイク・ヴァリオグリは紙巻き煙草に火を点け、タクシーの運転席にゆったりと背を沈めると、乗客を待ち受けた。生まれが卑しく無教養で運任せのギャンブル好きで軍隊マニアの、屈強で粗暴な男を。そいつは今ポトマック・ヴィスタ・ガーデンズの警備室に入り、マイクにとって今でも公妃《プリンキピッサ》と呼ぶべき女に電話しているところだ。

マイクが『イヴニング・サン』紙を見かけたのは午後一時のことで、まだニューススタンドのラックに入りたてのころだった。それを買ってタクシーに乗りこみ、昼食代わりのボローニャサンドイッチにありつきながら読んだ。

マイクにとってニーナは人生でただ一人の女性だ。彼女のあとにも先にも愛した女はいない。いるはずがあるか？　彼女を美しい公妃としていた当時、マイクは華やかにして誉れ高きイタリア貴族ヴァリオグリ公爵で、人生最高の栄達の時代だった。その栄華はペイディアスの創れる像のごとく完璧だった。マイクの心中では今も完璧なまま存在し、大理石像のごとく永久の実感を伴っている。如何なる鑿《のみ》によっても欠けることはない。のみならず、付加する必要も修復する必要もない。

ヴァリオグリ家は高貴な血が薄まりゆくとともに、不運な時代を経て没落した。ルネサンス期には剣と槍で勇名を馳せた武人貴族家として最盛期にあったが。黄金の鎧を着て軍馬を駆る騎士でもあり、携える槍の柄《え》には二匹の蛇が絡んだ図のカドゥケウスの杖――神々の使者ヘルメスが持つと言われる――が白地に赤で描かれた旗を付け、兜の隙間からはヴァリオグリ家の血統と恐れられた赤い眼光を煌めかせ、チェーザレ・ボルジア〔十五―十六世紀イタリアの軍人。マキャベリ『君主論』に影響を与えた〕とともに鐙《あぶみ》を駆って数々の都市を征服しては略奪した。歴史の彼方に去ったさらに古い時代には、ヴァリオグリ家の祖先たちはエトルリア〔紀元前のイタリア中部を占めた古代都市国家群〕で伝説的な神官王となり、神々と対等に交流し婚姻さえくりかえした。のちに古代都市ローマが建設されることになる土地は、当時はヴァリオグリ一族の所有する羊や牛のための牧草地にすぎなかった。

それほどに古く偉大だったヴァリオグリの令名は、皇帝と教会をともに擁した全能のローマよりも誇り高く、皇帝と教会をともに軽蔑していた。そんなときでさえ血は徐々に薄まっていったが、それはおそらく、過度の誇り高さゆえにつづいた近親相姦にも近い婚姻によるところが大きい。マイクも少年期には体が脆弱で、また父祖代々も不健康だったため、自身そういう家系と認識していた。祖父は地方でささやかに金融業を営んでいただけだったし、父はオリーブ油の輸出業者であるにとどまった。

だがマイクは卑しい商業には手を出さない。それだけはごめんだ《ノン・グラッツェ》。彼のなかではヴァリオグリ家のかつての熱い血が焔と燃え、高速で走る自動車への偏愛と、美しいものへの情熱に向かっていった。ヴァリオグリ家はかつてベンヴェヌート・チェッリーニ〔イタリアルネサンス期の彫刻家・画家〕のパトロンだったことがあり、金製の大型燭台の制作をチェッリーニに委任していた。当時のヴァリオグリ家はあらゆる美術品の愛好家にして蒐集家であり、革袋に詰めた大金を投じて有名絵画を買い漁ったが、それらはこんにちではアメリカの富裕なコレクターたちに百万ドル単位で売り捌かれ、いたるところの画廊に飾られている。

そうした不運な絵画群は幾世代も前にヴァリオグリ家の手を離れたもので、往時の恥ずべき家長たちは緑色の布が敷かれた賭博場のテーブルを前にして、生まれの卑しい商人や船舶所有者たちと一緒になって、刺繍と宝飾付きの袖口から出した手でカードゲームに興じた。家系に引き継がれて今に遺るのは、一部の家伝の宝石と件《くだん》の燭台のたぐいのみだ。

血筋は自分とともに絶えるのだとマイクはつねに認識している。残っている家族は自分と弟のアウグストだけで、そのアウグストは哀れにもスイスの療養所で今にも影と消え入ろうとしている。

だがもう仕方がない。薄まりすぎた血は小麦粉やタピオカで練っても濃くはならない。

それでも祖先を正当化したい。一族が生みだしてきた以上の大きな不滅性を、自分の手でヴァリオグリの名に与えたい。ミケランジェロにも引けをとらない芸術を生みだしてきた祖先の名に。

実際、マイクは自ら彫刻の制作を試みた。のみならず、水彩画も油彩画もテンペラ画も。目の肥えた蒐集家としてのヴァリオグリ家の見識と能力の粋《すい》をこめて。だが限界はあった。マイクの制作には大いなる芸術性が欠けていた。神の与えたもうた手のみに可能な聖性が。結局のところ、彼の目と手を神につなぐ糸は細すぎた。

作った彫刻はつぎからつぎへと壊していった。絵も全部ズタズタに切り裂き、それから燃やした。最後のひと塗りまで乾ききったあとで。

パリでは美術用品店を開き、セーヌ川左岸の屋根裏部屋に住む画家たちに画布や絵具を商った。あるいは彼らの絵を買いあげた。そのかたわら、機会があれば――たとえば富裕な自動車製造業者の催す贅沢な夕食会に招かれたり、腹の出た武器取引の大立者の豪邸に呼ばれたりしたとき――槍も持たず鎧も着てはいない現代のヴァリオグリ家当主としての大望を喧伝した。

バスク地方の大富豪貴族スチュフェイム伯爵が爵位に叙せられた日にビアリッツの胸壁付き城館を訪問し、その折偶然にも、純粋な活ける美のなんたるやを初めて目《ま》のあたりにした。それは人生で一度でも目にする者さえ数少ないほどの美、それどころか雲雀《ひばり》やプードルや地虫や砂蚤《すなのみ》に生まれ変わったとしても見られないほどの美だった。

それほどの真実なる美。それはエドガー・ドガ〔十九―二十世紀のフランス印象派の画家〕が筆先で描きだすべく努め、ペイディアスが薄桃色の大理石で造出を試みた稀少なる美だ。古代ギリシャ人が崇め、ひいては全き美。人類があれかしと秘かに祈るほどの美。海より起《た》ちあがりし不死の女神、生けるヴィーナスのごとき美。

スチュフェイム伯爵は自分の令嬢にマイクを引きあわせることに熱心だった。モデッサというのがその令嬢の名前で、息がいつも大蒜《にんにく》臭かったのを思いだす〔大蒜料理がバスク地方の名物〕。だが女を花嫁として娶《めと》るのにそんなことを気にする必要があるか？　伯爵も令嬢もマイクがほどなくスチュフェイム家の後継者の父親になることを期待した。小柄で痩せた若きヴァリオグリ公爵の薄まった血が片栗粉《かたくりこ》で練られようとしていた。結婚式の準備が整った朝になってさえ、無理をしてそれに従う価値はないとしか思えなかった。

その日マイクは遠い砂丘まで逃げていき、完全に人跡のないところで、よい匂いのしない無骨な未来の花嫁から離れた数時間をすごした。猿みたいな茶色い毛に覆われた痩せた脚に半ズボンという姿で、節くれ立った流木のわきに横たわって、砂に片肘をついた腕を枕代わりにしていた。到底ディスコボルス〔古代ギリシャの彫刻家ミュロン作の円盤投げをする男の像〕にはなれないマイクは、化粧を充分していなかったのを悔やんだ。いくら女という種族が男のそういうところを気にしないものだとはいえ。鷗《かもめ》が鳴き騒ぎながら飛びまわったり、砂地の菅草《すげぐさ》がゆるい風にそよいだり、陽光が海面を煌めかせたり、白く逆巻く波が海岸に打ち寄せてはまた退《ひ》いたりするのを眺めながら、やはりスチュフェイム伯爵令嬢を思いきって抱きあげるべきかと考えた。伯爵令嬢——それこそがあの女の称号だ！　前夜のあの女は大きな胸もとにルビーのブローチを飾っていた。

いつ波に攫《さら》われてもおかしくなかった。広い海を眺めやると、生ける幻が見えた。神々のみが目《ま》のあたりにできるような幻影が。泡立つワインのような波間から現われたのは金髪の女神ヴィーナスで、何者にも束縛されない自由で純粋な容貌を陽光に煌めかせ、母なる海に足首を洗わせていた。

ヴィーナスは浜辺にあがってきたが、流木のわきに寝そべってじっと動かずにいるマイクにはまだ気づかない。大きく魅惑的な目が戴《いただ》く瞳の色は遠い海のような濃紺で、空よりもっと青い。湛《たた》える微笑みは自らの美しさへの喜びの表現以外のものではなく、白い水泳帽やなめらかに湾曲する腿を片手で叩いて水を払い、片手で長い金髪を後ろへ撫でやる。足は小さく繊細で、足どりさえ優雅だ。白い水着は肢体に貼りつき、胸や腕や脚の形の完璧さを強調している。

マイクまであと六フィートほどのところで立ち止まった。あたりを見まわしてから、水着を脱ぎはじめた。

「まあ、なんてこと！」不意にマイクを見つけたヴィーナスの口からぎこちないフランス語がこぼれた。「気づかなかったわ――こんなところに人がいるなんて」

マイクは立ちあがり、深く頭をさげた。

「自己紹介させてほしい。ぼくはマイク・ジュリオ・ヴァリオグリ公爵。つねにあなたの僕《しもべ》なるものだ、アフロディーテ〔ローマ神話のヴィーナスにあたるギリシャ神話の女神〕よ。ぼくら人類をあなたは知っているはず。人類は何千年もあなたの祭壇の前に額《ぬか》ずいてきた。その手をとり、敬愛の徴《しるし》に唇を触れる無礼を許してほしい。あなたはオリュンポス山〔アフロディーテはオリュンポス十二神に含まれる〕の玉座を離れたのち、今こうして海から蘇ったばかりだから、まだ少し混乱しているだろうが、ぼくは今から御身《おんみ》に地上でのひとときの仮の名を贈りたい。その名とはすなわちヴァリオグリ公爵妃《プリンキピッサ》。天界の下のこの地上では、それ以上に誉れ高き名前はないがゆえに」

ヴィーナスは可笑しそうに笑った。

「なんて素敵なご挨拶かしら。それ以上にお洒落な口上は聞いたことがないわ」

もしこのヴィーナスを一時間でも公爵妃に迎えていられるなら、やがてひと月、そして一年とすごせるなら、その経過は謂《い》わばマイクが書く一大戯曲であり、生涯を賭した完璧な傑作になるだろう。

マイクの物腰がヴィーナスを惹きつけた。それはまちがいないと彼自身すぐにわかった。海から生まれたヴィーナスは——女神の生まれ変わりでないことなど彼女も当然承知していたが——古くから高貴な血筋を持つ生まれながらの気高い男であることをひと目で見てとっていた。

ヴァリオグリ公爵は直前に失敗した見合いへの腹いせから、粗暴な実業家クリフ・ウェイドと離婚して間もなかったニーナ・ワンドレイを強引にわがものとした——アメリカのある野球選手がのちにそのように評した。マイク自身それは認識していた。だがそんなふうに言われることも、書きあげた戯曲を上演するために払う代償程度に思っていた。至高の傑作を創造するためには仕方ないことだ。

自分の財産が乏しくなっていることをニーナに洩らすのは恥辱だと考えていた。ところがフィレンツェのヴァリオグリ家の地下納骨堂に宝石などの莫大な財貨が秘匿されていることがわかった。未来のヴァリオグリ一族のために保管されてきたもので、厳密にはマイクの法的な所有物ではない。しかしもしヴァリオグリ家がマイクとともに滅びるならば、財宝を没収することになるイタリア政府がそのあとも管理人やタイピストを雇ってお宝を保管しつづけるなど、愚の骨頂ではないか？

スチュフェイム家に対しては、古来より今に遺るフィレンツェのヴァリオグリ家の急な求めに応じてかの地に赴かねばならなくなったと言いわけし、用が済んだら喜んでふたたびバスクを訪れると約束した。そしてスチュフェイム伯爵令嬢モデッサの太った手と大蒜の匂う唇に接吻した。金メッキ貼りの美麗なベッドはすばらしいものでしたと、上目使いでくだらないお世辞をつぶやいたりもした。これで捕まえたカモを完全には逃がさずに済んだかもしれないと考えた。

マイクはフィレンツェに飛び、ヴァリオグリ家の莫大なお宝を盗みだした。宝石のみならずさまざまの高価な付録にいたるまで。それからすぐ列車でヴェネチアに移動し、高名な宝飾品製造業者を訪ねて、複製制作を依頼した。

宝石類はヴェネチアングラスで偽物を作り、金製の燭台は鉛と銅の合金によって目方までぴったり正確に贋造し、薄い金メッキを貼った。そして本物はフィレンツェの納骨堂にこっそり返し——ニーナとの結婚式まで一時的に——息が切れるほど大きな胸をしたスチュフェイム令嬢の待つビアリッツには合金とガラスの偽物を五日後に持ち帰った。

スチュフェイム伯爵がもし正常な精神状態のときならば、とても騙しおおせなかっただろう。伯爵は億万長者であると同時にきわめて有能な実業家であり、そもそもは伯爵の称号を授けてくれたナポレオン二世おかかえの質屋が本業だ。質草については非常に厳格な目利きで、たとえ〈インドの星〉〔スリランカで発見された世界最大のサファイア〕であっても、半日かけて拡大鏡《ルーペ》で調べあげたうえに、酸に浸《つ》けたり歯で噛んだりしてからでなければびた一文貸さないと噂されていた。

だがその一方で伯爵は知性面でも感情面でも安易に昂《たかぶ》りやすいところがあり、普通ならとても引っかからないような——アメリカの莫迦な大学生や教授どもを除いて——落とし穴にもたやすく落ちることがあるのだった。

「では、ヴァリオグリ公爵閣下、わが娘との新婚旅行の費用として、五百万フランを今すぐ現金で用立ててほしいとおっしゃるわけですな？　ヴァリオグリ家の莫大な宝物《ほうもつ》を担保として？　それでは来たる結婚式の夜に、その額の小切手を書いて閣下におわたしすることにいたしましょう！　その貴重な宝物は、娘モデッサと彼女の未来の子供たちのために保存しておいていただくべく！」

「宝物と言っても、じつはヴェネチアングラス製のガラス玉にすぎないのですがね」マイクは上品ぶった尊大な笑みとともにそう言った。

「ガラス玉ですか、わっははははっ！　パリのアメリカ安物雑貨店から仕入れてきたものだというわけですかな？　じつに巧みなユーモアのセンスをお持ちでおられますな、公爵閣下！」

当時五百万フランといえば十万ドルに相当した――こんにちでは中古車一台も買えない額であるとはいえ。ともあれそれだけの資金によって、マイクは本当の公爵妃に迎えるべきニーナ・ワンドレイとともにこのうえなく贅沢な十日間をすごすことができた。そしてニーナとクリフ・ウェイドとの離婚が認められたその当日、恍惚状態のまま二人は再婚した。

このうえなく高価なヴァリオグリ家の本物の宝石でニーナを飾り立ててやった。ダイヤモンドやルビーやアメジストからなる文字どおり光り輝く首飾りを帯びたアフロディーテは夜ごと自らの神殿に姿を現わし、海から湧いたがごとき華やかな真珠の渦のなかに両手を浸《ひた》した。

宝石を纏わせたニーナの前にマイクはひざまずいた。

あのとき浜辺で見たとおりの、白く泡立つ波のなかから生まれたヴィーナスの、頭には金髪を戴き体には繊細な青い血管の走る大理石像そのままの姿は、まさにマイクの創りあげた傑作だった。

そんな日々が七ヶ月つづいた。予想したよりも、望んだ以上にさえ長くつづいた。だが月日の長さなどなにごとでもない。ひと月だろうと、いや一日でも、たとえいっときですら、ミケランジェロが傑作を彫りあるいは描いた時間にも匹敵する価値がある。名にし負うヴァリオグリ家の宝石と古き血にこそ値《あたい》する。

斯《か》くてニーナは美しき公爵妃として半年以上の日々をすごし、そのあいだマイクはもちろんヴァリオグリ公爵その人として、きらびやかな毎日をささえつづけた。ヴェネチアのゴンドラに乗れば愛の歌を唄ってくれる船頭に一万リラのチップをはずみ、華やかな群衆のただなかで歌劇場の前に乗りつけた二人の車のドアを開けてくれる小遣い稼ぎの浮浪少年には一千リラをくれてやり……

完璧な戯曲だった、その上演が大いなる終幕をおろすときにさえも。持ち金は最後の五リラまで減り、ついに幕をおろすしかなくなった。ニーナも夫の浪費にこれ以上出費協力できなくなった。質草もないまま無心したりはしないのがヴァリオグリ家の誇りでもあった。

最後にはボルジア家の毒杯をニーナと一緒に呷ろうかとまで考えた。華麗な放埒のきわみとして。だがそれはあまりに子供っぽい早計さだと気づいた。ニーナもその滑稽さには気づくだろう。これまでマイクがしてきたことをそばで見ている以上。悲劇にはならず、救いの終幕になってしまうかもしれない。

もしストリキニーネに浸けたサクランボをチョコレートでくるんだ菓子の箱を与えてやるなら、気づかずに食べるかもしれない。だがそんなことをすれば、若いころ不出来な彫刻を壊したり絵を切り刻んだり燃やしたりしたのと同じになってしまう。芸術家は真の傑作を自ら破壊したりはしない。真の芸術は制作者の血筋が絶えた遥かのちまで遺るものなのだから。

病的に血の薄まった哀れな弟アウグストに恢復する可能性があったなどと、だれに想像できたただろう？　赤ら顔で声が大きいドイツ人女性看護師と結婚し、あまつさえ子供まで儲ける見込みがあるなどと？　事実、アウグストの新妻は母親からの遺伝の角張った頭をした赤ん坊を産んだのち、すぐさまヴァリオグリ家の宝物の相当分を要求した。

　マイクはアウグストの妻をできるかぎり遠ざけていた。だが赤ら顔で声の大きいこの女はかつての婚姻によってヘルマン・ゲーリング〔ナチス・ドイツ最高幹部。第二次大戦後自殺〕の縁戚となっており、ゲーリングは当時のイタリア元首ムッソリーニと同盟関係にあった。二年後、イタリア陸軍元帥としてチュニジアで従軍していたマイクは、突然司令官から尋問のためローマに帰還せよとの指令を受けた。マイクは丁重に敬礼したのち、愛車フィアットを駆って近くの野営地に向かった。五つ星の旗を靡《なび》かせたフィアットが野営地に着くと、マイクはムッソリーニの義理の息子であるガレアッツォ・チアノ伯爵〔ファシスト政権下イタリアの外交官〕と見まちがえられ逮捕された――チアノ伯爵がまだムッソリーニに対する反逆罪で処刑される前だったがゆえに。

　そしてほかの囚人たちと一緒にアメリカに送致された。翌年イタリアが降伏して連合国側に寝返ると、マイクにとっては有利な状況となった。監視員の目のきびしさが減じたのに乗じて、テキサスの収監施設から脱走し、シヴォレーを駆って逃亡した。

　依然として戦争犯罪人ではありつづけたし、言うまでもなくイタリアでは窃盗犯でもあり、フランスでは詐欺罪も犯している。それでも身を以《もっ》ての悪漢的生き方を変えるつもりはなく、そうした重罪のみならず折りたたみナイフ所持などの微罪でさえ当局に目をつけられ、それがヴァリオグリ一族としての誉れの表われともなった。

　マイクには古代にサヴォワ国〔現在のイタリアとフランスの国境地帯に位置した古代国家〕の成りあがり国王に背いた神官王の子孫

としての誇りがあった。第二次世界大戦勃発の一週間前にはヴェネチアの宮殿で三万ドルの経費をかけて盛大な仮装舞踏会を催したのも誇りのためであり、世界が憧れる魅惑的このうえない金髪のヴィーナスを公爵妃としたのも誇りの為《な》せる業《わざ》にほかならない。

マイクの人生はこうして完璧に完成された。

そして今、ワシントンDCユニオン駅の近くにタクシーを駐めてボローニャサンドイッチをパクつきながら、金髪のヴィーナスことニーナ・ワンドレイ発見にまつわる記事を読んでいる。

といっても、千五百年前に北方から侵入した蛮族によって破壊されたと信じられていた伝説の大理石像が発見されたというニュースとはわけがちがう。ニーナが破壊されることはそもそもありえない。これまでそうだったように、これからも永遠にそのままでいつづける。一世紀のちにも、いや一万年後でさえ、生まれ変わりにでもなんにでもなって生き残るはずだ。傷ひとつない完璧に美しい姿で、魅惑の瞳を煌めかせ、陽に輝く髪を靡かせて、ワインのごとく白く泡立つ故郷にして母なる海よりふたたび蘇りくるのだ。

同じ生まれ変わりによって、マイク自身はヒキガエルになっているかもしれない。遥かな地下深くを這う虫に変わっているかも。それでも彼女が沸き立たせる海の泡に気づき、その出現を知るだろう。そして繊細な足どりで自分のほうへ近づいてくる彼女を見つめる。自らの美しさを認識していないその微笑みを。そして遥かな地下から今ひとたび彼女を崇拝する。

しかしふたたび顕現した彼女を急いで目のあたりにしようと努めるには及ばない。なぜならマイクの心のなかにすでにずっと存在しつづけているのだから。彼女に再会しても、ヴァリオグリ家の宝石を返してほしいなどと懇願するつもりはない。彼女がもともと身につけていた指輪やブレスレットやネックレスやブローチなどは言わずもがな、マイクが捧げた大いなる古代神殿のヴィーナス神のためのダイヤモンドやルビーやアメジストやエメラルドや陽光に煌めく真珠を今もどこかに保管しているとしても、今さら戻してほしいなどとはとても言えない。ヴィーナス神の生まれ変わりたる人こそが身に付けるべきものとして捧げたときには、あまりの豊饒さあまりのまばゆさあまりの畏れ多さに彼女は驚き呆れすらしたものだったが。

かの女神にこそ帰属すべきそれらの宝石を、返してほしいなどとは決して言えない。いちばん小さいのをひとつだけでもなどとさえ、口にはできない。それにはたしかな理由が三つある。ひとつ目は、物乞いになるくらいなら泥棒になるほうがましだと考えているから。ふたつ目は、実際のところボルナックの戦火のなかで失われてしまった可能性が大きいから。あるいはそうでなくても、これまでの十五年の旅の過程でマイク自身と同じほど巧みな泥棒に奪われた可能性もあるし。そして三つ目は、スチュフェイム伯爵から掠《かす》めとった五百万フランがマイクの浪費によってたちまち失せ去ったあと、高価な車や服や遊興の費用を支払うためにニーナが宝石を現金化して使い果たしてしまったかもしれないことだ。負債を一切残したくなかったとすれば、その可能性も大きい。

ニーナがもともと身に付けていた宝飾品類は、マイクの前の夫クリフ・ウェイドが彼女に買い与えたものかもしれないし。たしかなところはわからないとはいえ。

宝石のほかにも高価な品々はあったはずだ、チェッリーニ作の燭台とか。燭台に関するかぎりは、海から生まれたアフロディーテを飾ったものではない。そもそもニーナが所持するのにふさわしいものではない。ルネサンス式のデザインが古くさいうえに細部がひどく複雑なのは、神の子孫と称する尊大な制作依頼主ヴァリオグリ家を皮肉るためにチェッリーニがわざとそうしたのかもしれない。それを理解しえないヴィーナス信奉者たちがもし目にしていたら、いささか煽情的にすぎると見なしただろう。

それでもニーナがその制作技術の高さに感じ入って、今でも所持していることは充分考えられる。純金彫刻のすばらしさに魅入られたのは大いにありうることだ。チェッリーニ自身にも予想できなかっただろうが。

そうだ、彼女は今でもきっと持っている。ヴァナーズと結婚する直前にアメリカに送ったかもしれない。そして今こうして故国アメリカにふたたび住んで家庭まで持ったからには、平和な住み処《か》に飾って眺め楽しんでいるのかも。テレビや蓄音機や真鍮製の暖炉用火掻き棒やソファや椅子や絨毯や壁飾りなどの普通の家具類のなかでは到底馴染まないだろうが、むしろそれゆえにこそ。

ニーナが今住んでいるところを覗いてみることは、さほど危険にはならないだろう。いずれの日かの午後にでも、たいがいの郊外家庭の主婦が週に二、三度は出向くはずの買い物や美容院に行って不在の折に。あるいはなにかしらの娯楽に出かけている夜中でもいいし。そうした隙に忍びこんで、燭台のひとつを失敬してくることは充分できる。彼女も燭台をふたつは必要としないはずだし。

もし燭台が重すぎるなら、ほかのもっと小さな工芸品でもいい。ニーナはさまざまの高価な小物を所持しているにちがいなく、そういうもののどれかひとつでもあれは、毎日のパンに塗るバターをたっぷり買えるだろうし、あるいはタクシーの交換用タイヤを買うための足しにも充分なるはずだ。決して金銭ずくではないつもりのマイクではあるが。

考えるだけで興奮する冒険でもある。今結婚しているどこかの醜男《ぶおとこ》と一緒にニーナが寝ている部屋の隣に忍びこむことになるかもしれないと思うと。マイクに見られているとはまったく気づかずにいた初めての出会いのときのように、かつての夫がすぐそばにいるなどとは思いもせずにいる彼女を想像すると。水着を脱ぐさまをこっそり見ていたマイクのことなど、彼女は流木かヒキガエル程度にさえ気にしていなかっただろう。

ヴァリオグリ一族にふさわしい行ないでもある。どこかのカクテルパーティーに呼ばれてただ彼女を眺めているのとはわけがちがう。体が触れるだけでも官能をくすぐられそうな女たちが群れつどうなかで、いつも彼女に勧めていた〈キリストの涙〉の名を持つラクリマ・クリスティかなにか甘いワインを啜りながら、大勢の客の頭越しに彼女と乾杯し、カナッペや塩味のナッツを齧《かじ》っていたときとはまったく別だ。街の建物の陰に立って黒眼鏡越しに群衆を見やりながら手をさしだす物乞いには、ヴァリオグリの者は決してならない。欲しいものは奪いとる、これが家伝の誉れだ。

ニーナと醜男が寝ている部屋にも気づかれずに忍びこむ自信がある。朝飯前だ。これまでもそうだったから。それでも心の底では穏やかならぬものを感じるだろう。前の妻が醜男と愛の眠りを貪っているところに足を踏み入れるとなれば。つい涙が滲んでくるのに耐えられず、ポケットに忍ばせた折りたたみ式ナイフに手をのばすかもしれない。たとえ彼女がとうに自分の公爵妃ではなくなっていることを百も承知だとしても。

そんなさまを一瞬でも長く見ていられるものか！　母なる海から再生したばかりの無垢なるアフロディーテのそんなありさまを……

マイクはボローニャサンドイッチを平らげると、『イヴニング・サン』の紙面四分の一ほどを破りとり、細かく四角形に折りたたんで胸ポケットに仕舞った。

地図を広げ、ポトマック・ヴィスタ・ガーデンズへの道筋をたしかめた。地図をわきへやったときには、道筋はすでに頭に焼きつけられていた。

二時間ほどして、マイクは不意にクリフ・ウェイドのことを思いだした。

あれは三月の終わりごろだ、ユニオン駅でウェイドをタクシーに乗せたことがあったのだ。

海兵隊の将校らしかったが、相当に聞《きこ》し召していた。淫猥な姿態をした赤茶色い髪の女と一緒で、よろめきもつれあうシデムシの牡《おす》と牝《めす》みたいにたがいに寄りかかりあったりぶつかりあったりしていた。

ここワシントンDCで軍人を見かけるのはタクシー運転手を見かけるのと同じぐらいよくあることで、実際警官より数が多いほどだが、それでも酔った海兵隊将校の偉そうにでかい鼻と、黒ずんた髭の剃り跡の目立つ角張った顎ともなれば、芸術家肌の記憶力を自慢とするマイクの脳裏には深く刻まれていた。自分の公爵妃だったニーナがこのウェイドの妻として写っている写真が、前妻の化粧台のいちばん下の抽斗から見つかっていたのだから。美男俳優トビー・バリーの写真ともどもに。なにげなく抽斗のなかをまさぐっているときのことだった——子供のころ大人の女性たちの秘密めいた世界を覗き見たくて、奇妙に魅《ひ》かれながら怖くもある母や叔母の匂いのこもる抽斗をひそかにまさぐったときのように。

その写真から思いだした部分的な記憶は、ブレナム・パーク・ホテルへ向かう道中のタクシーのなかでの会話によってほどなく事実と裏づけられた。

街灯のつらなる通りを高速で走り抜けながら、マイクはこの二匹のけがらわしい獣どもを一刻も早くタクシーから放りだしたかったが、なかなかそうも行かない。ホテルまでの道のりの半ばまで来たそんなころに、赤茶色い髪の獣が不意にウェイドの前妻について問い糾しはじめた——その手の女たちはたいていそうするものだが、根掘り葉掘り訊きだしては自分と比べようとするのだ。すると当然のことながら、酔っ払った豚みたいな軍人ウェイドは、マイクの美しき公爵妃たる海より生まれし無垢のヴィーナスについてあることないことを喋《しゃべ》くりだしたのだ。野良犬の娘みたいなあの女を相手に……

マイクはよっぽどタクシーを止めて折りたたみ式ナイフを抜き放ち、後部座席に襲いかかって二人の客の喉首を掻き切ってやりたかったが、どうしてそうしなかったのか自分でもわからない。タクシーのなかが血だらけになるからという以外の理由は見つからない。ほかに考えられるとすれば、如何にもヴァリオグリ家の一員らしい無法者気質《かたぎ》でいながら、電気椅子に坐らせられることに関してだけはきわめて平民めいた恐怖感を持っているためぐらいだろうか。

おそらくクリフ・ウェイドもすでに新聞を読んでいるだろう。だとしたらやはりニーナ・ワンドレイの住み処に向かっているにちがいない。ああいう男はニーナのような女を決して諦めない。いくら寛大な負け犬のように口では自虐的に言ったとしても、かつて自分のものだったいい女をふたたびそうしたいと思わないはずがない。力ずくでそう試みるだけの野蛮な力を持った男だ、あのウェイドというやつは。そして首尾よく彼女をとり戻したとしても、憤怒の槍をたやすく収めるようなやつでもない。彼女に暴力を揮わずにはいないだろう。拳で殴るばかりか、いつも持ち歩いているとと彼女がいつか言っていた棍棒で叩きまわすかもしれない。それほどサディスティックな男なのだ。

あの無垢なヴィーナスを！　それほどひどい目に遭わされる彼女を見るくらいなら、いっそ死なれたほうがましだ。

角のドラッグストアの前でタクシーを停めると、マイクはその店に駆けこんで電話を借り、ブレナム・パーク・ホテルの経営者クリフォード・ウェイド三世を呼びだそうとした……だがだれにもとり継がないようにと指示されているとの返事だった。

そこで当のホテルにじかに近づき、客を待つタクシーの列の最後尾につけて待機した。先頭から二番目まで来たところで、先頭のタクシーが客を乗せるのを見守った。その客がウェイドではないのを見てとると、すぐに〈業務時間外〉の表示を出し、ホテルのあるブロックをぐるりとひとまわりして、ふたたび最後尾につけた。タクシー運転手によくあるように腎臓が弱くてトイレが近いのだろうと、ホテルのドアマンは思ったかもしれない。家政婦の膝が弱かったり文筆業者の手が痙攣しがちだったりするのと同じ職業病だろうと。

同じようにしてブロックを七回もぐるぐるまわった。クリフォード・ウェイドがホテルから出てきたところで必ず自分のタクシーに乗せなければならない。そして首尾よく乗せることができ、ポトマック・ヴィスタ・ガーデンズへと向かった……

ガーデンズに着いてウェイドが警備室に入っているあいだ、マイクはタクシーのなかで煙草を喫って待った。ほどなく赤ら顔の警備員と一緒にウェイドが外に出てくると、マイクは煙草を投げ捨てた。警備員はクリップボードを手にしている。

「まず右手の最初の通りを進んでください」ウェイドがタクシーに乗りこんだところで、警備員が説明しはじめた。「そこがドッグウッド通りですので、坂をあがって二番目の家になります。煉瓦と糸杉材造りの家で、正面に大きな窓があり――」

「知ってるよ」ウェイドがさえぎった。「前にも行ったことがあるからね。よし、発《や》ってくれ」とタクシー運転手のマイクに促した。

タクシーが発進したあとで、マリガン警備員はクロード・スローク邸の訪問者の名前をクリップボードに記した。それからタクシーのナンバーと、ガーデンズ敷地内への入構時間も。

ドッグウッド通り四番地の家の前に立つトビー・バリーは呼び鈴を鳴らす前に、石敷きの玄関道の端で摘んだ白い菫《すみれ》の花を上着のボタン穴に挿《さ》しこんだ。そこへ一台のタクシーが高速で近づいてきて、道路に駐めてあるパン配達トラックの前で停まった。海兵隊将校がタクシーからおり、肩をそびやかして玄関道を歩いてくる。つづいてタクシー運転手も車の外に出てきた。客を待つあいだ脚をのばしたりするつもりなのかもしれない。

トビーは上着の襟の埃を払い、ネクタイの結び目をなおし、きちんと刈った金髪混じりの灰色の髪に指を搔き入れてゆるやかに波立たせ、それからようやく呼び鈴のボタンを押した。邸内で五音階の呼び鈴が鳴っているのが聞こえる。ボン、ボン、チン、チン、ボン！

海兵隊将校は緑の葉が茂る矮性柘植の植木箱に左右から挟まれた玄関口に立つトビーのそばまで近づいてきた。すぐ後ろにつづくタクシー運転手は茶色い鉤鼻を持つ痩せた醜男で、頭にはキャップをかぶり、石敷きの玄関道の端に生える草の列に沿うようにやってくる。その二、三歩前を歩く海兵隊将校は鷹の徽章付きの制服に身を包み、けわしい目と髭の剃り跡が青く目立つ顎を具える。

クリフ・ウェイドだ！——とトビーは察した。静かに緊張が高まる。なぜウェイドがここにいるのか？

「どうも、ウェイドさんですね」と声をかけた。「海兵隊に入っているとは知らなかったな。会えて嬉しいですよ」

トビー・バリーじゃないか！――とクリフも気づき、たちまち怒りと侮蔑が湧いた。アル中の大根役者め！

「こんなところでなにをしているんだ？」と無愛想に訊き返した。

そのときクリフは背後からの影に気づいて、不意に振り返った。こっそり追ってくるとは、まるでジャングルにひそむ虎みたいなやつだな。

「あとを尾《つ》けてきたのか」とタクシー運転手に呼びかけた。「どういうつもりだ？　乗車料金なら五ドル支払ったし、もう戻っていいと告げたはずだぞ。おれはいつまでここに滞在することになるかわからないんだ。そこにいるトビー・バリーよりは長くとどまるだろうよ。それはまちがいない。そのあとで帰る手立てはいくらでもある。さっさと失せろ！」

あいつがトビー・バリーか！――とタクシー運転手マイク・ヴァリオグリは思った。危険な期待が湧く。たしかに美男子にはちがいないな。

「まあ落ちつきたまえ、ウェイド」とマイクは言った。

マイク・ヴァリオグリじゃないか！――とクリフは初めて気づき、驚きと怒りが急激に湧きあがった。安っぽい遊び人だ。女と見れば手にキスしたがる似非《えせ》貴族。ブレナム・パーク・ホテルで待ち伏せし、わざとおれをタクシーに乗せた。もし乗せるのにしくじったら、あとを尾《つ》けるつもりだったんだろう。ここポトマック・ヴィスタ・ガーデンズのゲートを通るときも、訪問者であるおれを客にすれば敷地内への入構に利用できると考えた。ニーナがこいつに再会したいと思うはずがない。こいつがこういう姿でここに来たのは吉兆かもしれない。過去の栄華にすがっているだけじゃなにもできまい。しょんぼり帰っていくのが落ちだ。帰らないなら帰らせてやるまでだ。

「この似非貴族め！」とクリフは吐き捨てた。

この下郎め！——とマイク・ヴァリオグリは思った——さっきこのウェイドが警備員と話していたとき、前にもここに来たことがあると言っていたが、あれはどういう意味だ？

「落ちつけと言ってるだろう、ウェイド」とマイクは言い返し、鋭く睨みつけた。「荒くれ者め、ニーナはもうおまえとは一切関係ないというのがわからないのか？ 彼女には二度と手を触れられないんだぞ」

「ふざけたことをほざくな！」とクリフが怒鳴った。「バリー、おまえもだ！ 二人ともあとで外でかたをつけてやるぞ」

「如何にも荒くれ者の考えそうなことだな」とマイクが返した。

「如何にも荒くれ者の考えそうなことだ」とトビー・バリーも弱く鸚鵡返しにした。

三人ともそれぞれを同時に認識しあった。三人が玄関前に集まり、憎悪と忌避と侮蔑を滾《たぎ》らせて睨みあった。美貌の男と富裕な男と高貴な男とが。演技者と実利主義者と審美主義者とが。物乞いと好色漢と倒錯者とが。アル中とギャンブラーと泥棒とが。

三人とも美しくグラマラスで輝かしいニーナ・ワンドレイをよく知っており、のみならず一時《いちじ》はわがものとして、それぞれの仕方で彼女を愛した。すべての男たちの心をときめかせずにはいない美貌の女優を。三人とも今日同じ情報源から——但し別々の時間に——彼女がここに住んでいることを知った。そしてそれぞれちがう目的でやってきたが、偶然にも同じ時間に集まることとなった。

クリフ・ウェイドはニーナから五十万ドルを返してもらうために来た。それだけの資金があればクリフはふたたび力をとり戻せる。どうしても必要だとわけを話せば、喜んでわたしてくれるはずだ。

マイク・ヴァリオグリはほかの二人の前夫たち——すなわちウェイドとバリー——が二度とニーナに手を触れられないことをたしかめるために来た。そしてついでに彼女がまだ持っている——捨てはしないはずだから——宝飾品類を、できればわずかなりともとり返したい。

トビー・バリーは墓苑をニーナに買いあげてもらうために来た。もし彼女が一緒にその墓に入りましょうと言ってくれれば理想的だ。

すでにトビーが一度押した呼び鈴のボタンを、マイクが太い親指で荒っぽく押した。ボン、ボン、チン、チン、ボン！　くぐもっていながらも綺麗な音色が玄関ドアの内側から響く。マイクは左手の人差し指でもう一度荒っぽく押した。ボン、ボン、チン、チン、ボン！　穏やかで楽しげな音色が邸内からふたたび響く。谷あいの小さな村で鳴り響く教会の鐘か、それとも橇《そり》の鈴か。あるいは遠い海から待望の帰港を果たす船の鐘か。

ドッグウッド通り四番地の邸の矮性柘植に挟まれた砂利敷きの玄関先で。正面にはヴェネチアンブラインドのおろされた大窓があり、壁は煉瓦と糸杉材造りで、その外に低木の茂みと花壇のある一エーカーほどの庭が広がり、邸の片側には車二台分のガレージが具わる。四、五千ドルの価値はあるだろう。

上等な、いい邸だ。とはいえ、ほかの無数のアメリカの都市に無数にある家々と同等でもある。いたって普通の家で、目を惹くものといえば、片側に並ぶ若木の梢《こずえ》を透かして、てっぺんに鉄条網をとりつけた金網のフェンスが見えることぐらいか。あとは敷地全体として警備員付きのゲートがあるのも目立つ。それらもまた多くのアメリカの住宅地で普通に見られる防犯設備が多少とも強化されていると言える程度だ。

こうしてニーナ・ワンドレイ宅の玄関先に集まった三人の男たちは、綺麗な音色の呼び鈴を代わるがわる何度も押した。それぞれが羽振りのよかった時期に短いながらもニーナをわがものとし、それぞれのやり方で彼女を愛し、三人とも彼女を忘れられず、と同時にやがていずれも羽振りが芳しくなった男たちだが、三人のうちだれが最後までこの場にとどまれるのかはまだわからない。そしてそれは最後に残った本人にしかわからないことでもある。

ニーナの三人の元夫たちが一団となって玄関先に現われたのは、クロード・スロークにとってはあまりにも大きな驚きの出来事だった。ニーナの膝の怪我さえなければ、三人の男たちがやってきたときスローク夫妻は自宅を不在にしていた可能性が高い。メイドのカーロッタも乗せて三人でジャガーを駆って街へ出かけ、カーロッタを従姉の家でおろしたあと、夫婦二人でシーフードの店で夕食にしていたかもしれない。あるいは珍しく中華料理店に行ったかも——いつかニーナが話して聞かせた、かつて遠国で彼女が食べた中華料理とはまるで別物だろうが。そして食事のあとは映画をひとつ観て、最後は例によってバー〈ミラー〉に立ち寄り、青テーブルを前にして赤い革張りクッションのベンチに坐り、午前一時か二時ごろまで家に帰らずにいたかもしれない。

だが今日のニーナは膝に青黒い痣《あざ》ができていたのだ。午後三時ごろまだいくらか二日酔い気味のままようやく目覚めたときには、少し腫れにもなっていた。

「昨夜《ゆうべ》膝を強くぶつけたみたいだな?」クロードは心配して尋ねた。「そうでなければ今夜もまた一緒に出かけたいと思っていたんだけどね。かなり痛むのかい? 独りで立てそうか?」

クロードがそう問い糺したのは、ニーナが目覚めてすぐ膝に手を触れたときのことだ。昼から十数回も寝室のニーナのようすを覗き見、睡眠薬が効きすぎて、一日じゅう眠ったままになりはしないかと案じたりもした。

だがそのうちにようやく目を開け、上体を起こした。乱れたネグリジェ姿のままベッドに坐りこみ、素肌の両腕を後ろへやって大きくのびをした。肘を曲げた腕は女性によくあるようにとても柔軟に見えた。夜中から午前にかけて眠りつづけているあいだに、低く呻きを洩らしながら輾転反側《てんてんはんそく》したせいでシーツが皺だらけになっている。

毛布と上掛けはすでにわきへ投げやっていた。ネグリジェの裾は腿の上までたくしあげられている。左脚をのばし、青黒く腫れた膝をあらわにしていた。

「ええ」重そうな瞼をしてニーナは答えた。「痛いのよ。でもどうしてこうなったのか憶えていないの」

「酔っていてよろけたせいで、鏡台の前の椅子の角にでもぶつけたんじゃないか? きっとそれだ。肌が軟らかいから傷つきやすいんだろう」

クロードは医者がよくするように中指を突きだし、ニーナの膝の腫れに触れようとした。だが触れたかどうかわからないうちに彼女は尻込みした。クロードは仕方なく手を拳にして自分の腰にあて、妻の腫れを目視するにとどめた。

「骨に響いたりはしていないだろう。ちょっと打っただけみたいだからね。そのぐらいの傷なら医者に診せるにも及ぶまい。ぼくが包帯を巻いてやってもいいよ、もしそうしてほしければ」

「ほんとになにかにぶつかったという憶えがないのよ」ニーナはかすかに酩酊の残る口調で言った。

「だれでも酔いが進めば記憶が曖昧になるものさ」クロードはわけ知りふうに言った。「きみはちょっと背が高いからな。ガツンとぶつけたというよりも、よろけて椅子の端にあたった、という程度だろう。そのときは大したことがなかったから、気づかなかったんだな。気分よく笑ったりしているときだったかもしれないし。でも塗り薬ぐらいは塗ってあげたほうがいいかもしれないな。どうだい、まだベッドにいるほうがよさそうか？」

「いいえ、もう起きるわ」

ニーナは右足をベッドの端からおろし、爪先を絨毯に触れさせた。彼女の足の人差し指が親指と同じほど長いのが、クロードにはいつも少し可笑しく思える。手とちがって足の指には今はもうマニキュアを塗っていなくて、爪は自然なピンク色をしている。

「いつこうなったのか全然憶えていないの」ニーナはぼんやりした調子で同じようなことをまた言った。

「そりゃまあ、何時何分とメモしてもおけないからね」クロードは辛抱強くもやや呆れ気味にそう返した。「きみがそうなったところを見ていたわけでもないし。でもたぶん、ぼくが睡眠薬を持ってきてあげた直前ごろじゃないかな。あるいはひょっとすると、一度ベッドに横になったあとまた起きあがったりしたのかもしれない。隣のイーヴンステラー大佐夫婦が大声で怒鳴りあっていたから、あれで目が覚めて、聞き耳を立てたのかもしれない。何時ごろだったかぼくも憶えていないけど。それとも、椅子の端にぶつけたとかいうんじゃなくて、二人で帰宅してから間もなく、きみはローブにスリッパという格好で地下の遊戯室におりていったけど、あのときかもしれないな。遊戯室のバーで密造酒をグラスに注いで、それを持ってまたあがってきたよね。覚えていないかい？　とにかく、どこかにぶつかる可能性はたくさんあったってことさ」

「イーヴンステラーさんたちが怒鳴りあってたの？　憶えていないわ。聞いたけど忘れちゃっただけかしら。なにをそんなに言いあっていたの？」

「きみのことだよ。きっと聞いてるはずだ。そう思ったからこそ今言ったのさ。大佐はきみのことをずいぶん気に入ってるようだからね。そのせいで大佐の奥さんはあるとき夜中にうちにやってきて、火搔き棒できみを殴り殺してやりたいとかなんとか、脅しみたいなことをわめいていったぐらいだ。きみに大佐を誘惑されないように、ってね。夫婦で摑みあいの大喧嘩までやったらしいし。怒鳴りあうのが聞こえたと、たしかきみも言っていたはずだよ」

「思いだしたわ」ニーナが両目をこすりながら言った。「たしかにわたしのことを言ってたわね。昔映画スターだったニーナ・ワンドレイだって。ボルナックで死んではいなかったんだ、とも言ってたわ。でもほんのかすかに聞こえただけよ。ずいぶん遠くからみたいに」

「そうだ、たしかにボルナックのことも言っていたよ。話の流れからその件も出たんだろうな」

「ああ、あのたくさんの恐ろしい顔！」ニーナが声をあげた。「ひと晩じゅう悪夢を見ていたわ。あのときのことが夢に出てくるのよ。そしてもっと恐ろしいことが――」

「もしほんとに起きだせるなら、朝食はぼくが作って、ダイニングに持っていってやろう」クロードが平静に言った。「もしまだベッドにいるほうがいいなら、トレーに載せてここに持ってきてもいいし。カーロッタは体調がよくないみたいだったから、犬はぼくが外へつれだして、マグノリア通りを散歩させてまた戻ってきたよ。朝食はソーセージと卵でどうだい？　クリームと砂糖を混ぜた麦粥《グリッツ》も加えようか？　作るのはむずかしくはないから。昔実家にいたころは父や叔父たちのためによく作ってやったものさ。この手の人差し指を猟銃で吹き飛ばしたあとのころにね」

「ああ、クロード、可哀想に！」ニーナはそう言うとともに宙を仰ぎ見た。「あなたもつらい目に遭ってるわね。そういえば、今夜もまた楽しいところに行きたいと言ってたのよね？　昨夜あんなに楽しかったから。今夜は出かける代わりにホームパーティーにしましょうか。そうすればわたしの気分も上向くでしょうし。カーロッタがいなくなったあとで、わたしたちだけでね」

「いなくなったあと？」

「今夜彼女はお休みなのよ。忘れてた？」

「そうなのか？　ぼくはてっきり、カーロッタの体調が悪いから、この機会に暇を出そうというのが、きみの考えなんだと思ってたよ」

「まあ、とんでもないわ！　わたしがそんなひどいことすると思う？　彼女もたいへんなのに」ニーナは興奮してきたようだ。「わたしも女だからわかるのよ。そういうことはこれまでもずっと──そうよ、よくわかってるの」

「ただ、メイドがどうしても必要かとなると、ぼくにはよくわからないんだ」クロードは話のついでにそう言いだした。「カーロッタにはかなりの給金を払ってるけど、彼女はそのほとんどを貯金してる。銀行残高はぼくよりあるほどだよ。余裕のある持ち金はつねに口座に寝かせておくだけだ。もしほんとに彼女に暇を出せたなら、家計はかなり助かると思うね。でもきみにはとてもそんなことできそうにないな。とにかく朝食はぼくが作るよ。そのあいだにきみは風呂に入ったり着替えたりするといい」

ニーナは左脚も注意深くベッドの端からおろし、両足を絨毯に触れさせたと思うと、不意に顔をしかめた。膝頭《ひざがしら》に手をやり、また顔をしかめる。

「なにを作ってくれるんですって？　グリッツ？　懐かしいわ！　子供のころは毎日食べたものよ。当時は朝ご飯のグリッツと缶入りミルクをお代わりするのがとても贅沢なことに思えたわね。もちろんほかのいろんなものも美味しかったけれど」

少し隈《くま》のできた大きな黒い目が、クロードの背後の虚空を見やった。またか！――と彼は思った。よくある発作がまたはじまったのだ。近ごろはクロードの言うことをきっかけにして、しょっちゅうそれが起こるようになった。今回のきっかけはグリッツの話だったというわけだ。あるいは天候の加減によるものかもしれないが。

「お酒が好きすぎた父さん！」とニーナがつづける。「父さんは暖炉に灯油を入れちゃったの、焔を早く燃え立たせようとして。わたしは裏庭に出て薪《まき》を集めてたの。驚いて家のなかに駆けこもうとしたけど、入れなかった。十三歳でもう大きかったから、両親の力になると母に約束してたのに。でもやっぱりだめだった、両親を助けられなかったわ、どちらか一人でも。家じゅうがごうごうと燃えているんだもの。どこもかしこも焔で。父さんが叫んでるのが聞こえたわ。デイヴィー・クロケット〔十九世紀米国の軍人。テキサス独立戦争の英雄〕みたいな叫び声がただ一度だけ。それが最期だった」

俯《うつむ》けた顔をまた両手に埋めた。

「消防車が着いたときはもう灰しか残っていなかった。なにもできなかったと、消防士の人たちは残念そうにわたしに言った。松材造りの小屋だからあんなによく燃えたんだろうって、だれかが話してるのが聞こえた。子供たちも焼け死んだらしいけど、腹を空《す》かした子供が大勢いすぎたせいじゃないかと、別のだれかが言ってるのも聞こえた。

いくら大勢いようが、生まれたからには生きなきゃならないのに！　わたしは森のなかに入って一日じゅう横たわってた。わたしも死んでしまいたかった。もうなにも感じなくて、どこかの暗い川を流れていくような気分だった。母さんが埋められたところからそう遠くない場所に横たわってるだけなのに。つぎの日には母さんのそばにみんな埋められることになってた。

でもそのとき、母さんがわたしを呼ぶ声が聞こえた。『ルビー！』その名前で呼ばれていたときだから。『ルビー、起きなさい！』わたしは目覚めた。まわりは真っ暗だった。真夜中らしかった。灰はもう何時間も前に冷たくなってた。わたしはつぎの日の朝までじっとしてはいられなかった。それでその場を離れていった」

「それはきみが出てる映画かなにかか？」クロードが言った。

「そうよ、映画の話」

「朝食はソーセージと卵にしようか？　もしグリッツが欲しくなければ」と気遣う口調で問う。「なんなら冷凍のステーキ肉をバターで焼いてもいいし」

「厭よ！　それは要らない」

ニーナはそう答えて、誘うような笑みを向けた。

「ごめんなさいね、クロード」とつづける。「いつもこんなふうになにかにとり憑かれたみたいになるのが、なぜだかわからないの。そんなわたしを心配してくれるのが嬉しいわ。でも今はコーヒー一杯だけで充分な気持ちよ。それだけなら自分で淹れられるし。お風呂に入ったあとでね」

「いいよ、自分でやらなくても。シャワーを浴びたり着替えたりしているあいだに、ぼくがコーヒーを淹れてやるから。だからすぐ風呂に入る仕度をしたらいい。きみのためになにもしてやれなかったなんてことにはなりたくないからね」

「なにもしてほしくないなんて言ってないわ」とニーナは笑った。「あなたは自分で思ってる以上にたくさんのことをやってくれてるわよ。わたしがこれまで言ったことのない話を口に出したのも、あなたがきっかけなのよ。そう、グリッツについてなにか言ったときがね。ときどきそういう家庭的な懐かしいことを言うから、つい昔を思いだして――」

「そうなのか？　家庭的なことを言うやつだなんて、今までだれにも言われたことなかったな。自分でもそういうのが好きなのかどうかわからないし」

「家庭的なのよ」とニーナが微笑む。「そう言えばよかったのね。家庭的って、ほんとはごく普通だとか平均的だとかいう意味になるんでしょうけど。でももちろんそれはあなたの見た目のことじゃなくて、あなたがよく使う言葉がそうだってこと。『好きなのかどうかわからない』とか『すぐ仕度したらいい』とかいう言い方もそうかもしれないわ」

「平均的なアメリカ人の言い方をしてるってことだろ。どうかわからないけど」

「どういう言い方にせよ、とにかくあなたの言うことがきっかけで、わたしはなにかを話したくなってしまうってこと。ずっと前にほかのだれかに話していればよかったのかもしれないわね、わたしがこれまでの人生で経験してきたことについては。とてもいい話とは言えないけれども、わかってくれる人はいただろうし、わかってもらえればわたし自身が理解する助けにもなっただろうし。

可哀想な母さん！　母さんの人生にはたいへんなことがたくさんあって、いつもひどい目に遭ってきたのよ。最期のときもそうだけれども。例外といえば、最初の子供だったわたしが生き残ったことぐらい。母のことを考えると今でもほんとにつらくなるわ。とても向きあえないほど」

「ニーナ、悪いけど」とクロードが苛立ち気味に言った。「なにを言ってるのかよくわからないな。きみはある意味でとても知的で、そうじゃないなんて決して思わないけど、でも頭のなかでいろんなところをぐるぐる巡りつづけていて、そのせいで話があちらこちらへ飛蝗《ばった》みたいに跳びまわるんだ。だからときどきどうかしちまったんじゃないかと思うことがあるよ。今のも昔出た映画の話のつづきなのか？　ルビーという名前で呼ばれていたころの？」

「この世で起こることはすべて映画みたいなものでしょ？」とニーナが言い返す。「初めて出会ったとき、あなたがそんなことを言ったんじゃなかったかしら。街の人たちを脚本の登場人物として見るのが好きだと、たしか言ってたわ。だれもが台詞を言ったり演技をしたりしていて、そしてあなたは神のようにそれを上から見おろしているんだと。そういうことができるってとても素敵だと思うわ。女には少しむずかしいことかもしれないけど。わたしが知るかぎりでも、女より男のほうがそういう本能を強く持っているような気がする」

「そろそろ着替えたらどう？」とクロード。「ぼくはコーヒーを淹れてくるから」

「わたしがネグリジェのままでいるのは見たくないの？」

「べつにいいけどさ」と少し気まずく返す。「でもそれじゃ裸に近いだろ。こうしてるうちにも昼に近くなるし」

ニーナは注意深く立ちあがり、化粧台に向かってよろけるように三歩足を運んだ。椅子に腰をおろすと、裏に金箔を貼った手鏡をとりあげた。

「睡眠薬のせいで、まだ少しくらくらするわ。また真夜中まで寝られそうな気分よ。もし眠っても、もう夢は見たくないわね」

クロードは部屋の戸口まで戻ったところだが、ニーナがまだ話しかけてくるのでそこにとどまったままでいた。またあの妙な発作に陥ってほしくはない。あんなおかしな話をくりかえされても、聞き入る気にはなれない。なんとか元気をとり戻してほしいものだ。

「それはそうよね！」ニーナは口の両端を吊りあげて無理に微笑みながら、華やいだ声を出した。「畜産会計検査院の重要な役職にある人と結婚して郊外の住宅地に住む上品な主婦が、昼近くまでこんな格好してるなんてみっともないですものね。隣にはボストンの名門出身だというイーヴンステラー大佐夫人が住んでいるし。昼じゃなくてもこんな格好を見たら、あの夫人はさぞ驚くでしょうね。わかったわ、今からお風呂に入ってくるから。お湯は熱いほうがよさそうね、膝の傷を癒すためにも」

「新聞が欲しければ持っていってやるよ」とクロード。「新聞配達の自転車が玄関前の砂利を踏む音が聞こえてたから。風呂に入りながら読むのもいいだろう」

「そうね、お願いするわ」とニーナは返す。「もしお風呂に入ってるわたしを見るのが気にならないなら」

「気にならないさ。むしろ見たいね」

だが結局新聞を浴室までは持ちこまないことになる。クロードは玄関から外に出ると、左側の植木箱のそばの新聞受けから、配達の少年が放りこんでおいた新聞をとりあげた。玄関の鍵はこの植木箱に隠してあり、クロードはいつも鍵のある位置に半ば無意識に手をやって、たしかにそこにあることをたしかめた。新聞を持ってニーナの寝室へと戻った。

湯が勢いよく迸《ほとばし》る音のする浴室のドアをノックした。

「入っていいわよ！」

その返事に応じてドアを開けた。ニーナはガラス戸が湯気に曇るシャワー室のなかに立ち、白い浴用帽をかぶって大量の湯を浴びていた。濡れた全身が薔薇色に染まっているが、湯の激しさと熱とで膝の痣だけはさらに色が変わっている。

ニーナが湯の勢いを弱めてからシャワー室のドアを開けると、湯気がどっと溢れでた。

「結局シャワーだけにしたの」言いながら、頭を俯けて浴用帽を脱ぐ。「新聞を持ってきてくれたの？　悪いけど居間のソファに置いてくれないかしら。火のそばでコーヒーを飲みたいから。もしあなたがほんとに淹れてくれるのなら」

「淹れるとも。なんでもきみの望むままに」

クロードは浴室から顔を引っこめ、ドアを閉めた。

なんでもニーナが気に入るようにしてやりたい。午後から夜にかけても気分よくすごせるなら、もうあんな妙な発作を起こしたりはしないだろう。

新聞を居間のソファの上に置いたあと、クロードは台所に入った。何度も見てきたカーロッタのやり方を真似てコーヒーを淹れはじめた。湯沸かしを火にかけ、フレンチプレスを使う。このやり方で淹れたコーヒーがニーナの好みだし、クロード自身も好きだ。といっても彼は毎日は飲まず、むしろミルクを飲むほうが多い。とにかくカーロッタと同じようには淹れられた。今日はニーナに付きあって一杯飲むことにしよう。

ドリップが進んでいるあいだに、磁器製のコーヒーポットと、それに合ったカップとソーサーとシュガーボウルとクリームピッチャーを用意した。ニーナのお気に入りの茶器セットだ。どれも黄色がかった白地に赤みを帯びた青色の花柄模様がついている。チェルシー〔ロンドン、チェルシー地区の著名な磁器工房〕の古物だとニーナが言っていた。彼女のほかの持ち物同様に相当高価なものらしい。シュガーボウルに固形砂糖を入れ、クリームピッチャーには冷蔵庫からとりだしたクリームを注いだ。ニーナはブラックコーヒーを好むが、クロードは自分で飲む分にはクリームをたくさん使う。ミルクにもクリームを加えるし、ときにはクリームだけ飲むこともあるほどだ。ロールパンとジャムとクリームだけの朝食でもいい。

全部をトレーに載せ、まず食堂に運んだ。食堂の大型戸棚の銀細工付き抽斗を開け、シュガートングとニーナの気に入りのスプーンをふたつとりだした。ほかに小さなナプキンも二枚用意した——わざわざナプキンを使うのも大袈裟な気もするが。それからまたトレーを持って廊下を進み、居間に入ると、暖炉の前の小卓に置いた。

暖炉の真鍮製網蓋を開けてその前にしゃがみこむと、マッチで火口《ほくち》に火を点け、カーロッタが入れておいた薪に燃え移らせた。それほど暖房が必要なわけではないが、暖炉に火があるのはいいものだ。

ニーナは酒も飲みたがるかもしれない。酒はいつも彼女をいちだんと華やがせる。地下におりていくらか持ってきてやろう。彼女は自分ではおりられないから。

クロードは遊戯室のある地下への階段の降り口で立ち止まった。体調のよくないカーロッタを目覚めさせるのはためらわれる、たぶんまだ眠っているはずだから。静まり返っているからまちがいない。絨毯敷きの階段を用心深くおりはじめた。他人の家に入る泥棒のように。玉乗りの訓練をされたサーカスの猫のような爪先立ちでビリヤード台をまわりこみ、バーカウンターへと近づく。

カウンターの内側の棚に置かれた酒瓶のなかには、マイルズ・スタンディッシュとラベルに書かれたラム酒が一本ある。イーヴンステラー大佐夫人が好きだとよく言っているから、上等な酒だろう。窪み付きのボトルに入っているスコッチはマクレヴァー・リカー、角張った黒っぽいボトルのバーボンはケンタッキー・スプレンダーで、どちらもニーナが好む。背の高い濃緑色のワインボトルも一本あり、以前ニーナが一杯だけ飲んでいた気がする。銘柄はラクリマ・クリスティで、「ナポリにて謹製」と書かれている。

それらの酒瓶ひと揃いと、ソーダ二、三本をトレーに載せた。水で割るだけのことが多いが、ニーナがときどきソーダも使うから。食器棚にはさまざまな色のグラスが並んでいる。どれがニーナのいちばんの気に入りかわからないので、ハイボールグラス三つ四つとワイングラスふたつをトレーに載せた。それから氷容れも。氷は一階の台所の大型冷蔵庫からとりだせばいい。このバーカウンターにも小型冷蔵庫があるが、物音をさせてカーロッタを起こしてもいけない。

多くのものを載せたトレーをようやく運びだした。グラスをカチカチ鳴らさないよう注意しながら、階段の上がり口へと戻っていく。左側のカーロッタの部屋の閉めきられたドアの内側から、呻き声か泣き声めいたものが洩れている。

カーロッタは眠っていなくて、悶々としているのか。今朝の早い時間にもそんな声が聞こえていたが。家のなかにそういう若い女がいるというのは、ちょっと困りものだ。それでも給与は払わねばならないし。

具合がよくないなら医者にかかればいいのに――階段をあがりながらクロードは思った。紹介してやれる医者を知っているわけではないが。

居間に入り、小卓の上の茶器類のわきに酒瓶類を並べ終えたところで、ちょうどニーナが寝室から出てきた。

金襴《きんらん》のローブを着ている。金色の地に金の花々や金の極楽鳥があしらわれた柄《がら》で、襟は耳を囲むほど高く、裾は絨毯に擦《こす》れるほど長い。金髪を細かなカールにして、耳には青いイヤリングを付け、手には指輪がふたつ三つ煌めく。やっと元気をとり戻したようだ。

ただ足はまだ少しよろけ気味で、ソファに行くまでの最後の二、三歩にはクロードが手を貸してやった。ソファの端に身を沈めると、両脚もソファの上にあげ、片腕を肘掛に載せた。反対側の端には深々とした長いクッションがあり、その上に乗っている愛犬が枕の下からピンク色の目で覗きながらかすかに唸ったと思うと、すぐまた枕の下に顔を引っこめた。

「まあっ、クロードったら！」とニーナが笑った。「そんなにたくさんお酒やグラスを並べて、いったいどんなすごいパーティーをはじめるつもり？」

「少しアルコールを入れるほうがきみの気分がよくなると思ってね」クロードはやや決まり悪そうに応えた。「酒もグラスもどれがいいかよくわからないから、とにかくひと揃い持ってきたわけさ」

「それは気が利くわね！　でも悪いけど、昼間からお酒はあまり飲みたくないの。まだ起きて間もないしね。ラムもスコッチもバーボンもあって、ほんとにひと揃いね！　ラクリマ・クリスティまであるじゃないの、こんな時間なのに！　コーヒーはとてもいい香りがしているし、暖炉も赤々と燃えてるわね。さっそくコーヒーを一緒に飲みましょうか。わたしがカップに注いであげるわ」

「ありがとう」とクロードは言って、梯子状背凭《はしご》れの椅子を小卓の前に引き寄せて、ニーナの真向かいに腰をおろした。「こうやって家で一緒にやるのもわくわくするものだね」

「こんなに豪勢なパーティーですもの！　お砂糖はひとつ？　三つ？　クリームはたくさん入れるんだって知ってるけど」

ニーナはコーヒーを注いだカップをクロードにわたし、自分のカップにも注いだ。砂糖の塊を崩し、半分を自分の分に入れた。

「本当はお砂糖は入れないほうがいいと思うんだけど」と軽やかに言う。「いつかきっと太っちゃうから」

「あと二十ポンドは増えて大丈夫だ。そのぐらいならどうってことない」とクロードが平静な調子で言う。「今日の夕刊がローブの下になってるよ。もし読みたければ」

「ニュースはいつも厭な話ばかり」そういうニーナの顔から笑みが失せていく。「見出しを見るだけでときどき耐えられなくなるの。あなたみたいに新聞なんてまるで読まないようにするほうがいいかも。とにかく今は新聞は読みたくないわ、あなたとこんなに楽しいパーティーをやってる最中ですもの。どう、ジンラミーでもやらない？」

「いいとも。きみがやりたいものならなんでもやるよ」

クロードはすばやく立ちあがり、ブリッジテーブルを持ってくるために書斎へ向かっていった。新聞がどこにあるか教えてやるといったささやかな言葉によって、またも沈鬱な雰囲気に陥りそうだったニーナをなんとか引き戻せたのはよかった。

いずれにせよニーナはカードゲームが好きだ。愛好と言ってもいいくらいに。一方のクロード自身はそれほどでもない。だがどうであれ二、三ゲームも一緒にやってやれば、彼女が憂《う》さを忘れる役には立つだろう。

茶器や酒瓶を載せた小卓を少しわきへどかして、折りたたみ式のブリッジテーブルを置き、カードひと揃えの束と点数表用紙と鉛筆を準備した。点数表と鉛筆をニーナのほうへ押しやってから、椅子に腰をおろした。カーガーズヴィル高校時代のクロードは計算の成績がおよそいつもBで、ニーナはといえばさほど高い教育を受けていないが計算にかぎってはいつも速い。カードをシャッフルし、それもニーナのほうへ押しやった。

「分けてくれるか?」クロードは促した。

「悪いけど」ニーナは静かに溜め息をつき、片手をカードの束の上に置いた。「このカードは、裏を見ただけで表がわかるわ」

「どういうことだ?」

「賭けてもいいけど、いちばん上のはスペードのエースよ」

「ちょっと見せてみろ」

クロードはカードの束をテーブルの上に広げ、それぞれの裏面を眺めまわした。「なにも印なんてついてないようだけどね。父と叔父たちはよく八時間もぶっつづけでカードをやってたものだった。ぼくはルールもよく知らないうちから、いかさまの手口をいろいろと教えられたよ。おかげで、裏に印のついてるカードは今でもちょっと見ただけでわかるほどだ。ぼくはギャンブラーじゃないけど、きみの賭けには負けない自信があるね」

もう一度丹念にシャッフルした。指の欠損はその際のさしつかえにはならない。もう一度ニーナへわたした。

彼女はすばやい手つきでカードの束の一部をとり分けると、その一部のいちばん下のカードの表を見せた。

「スペードのエースでしょ？」目を大きく見開いた瞳が黒さを増していくようだ。

「当たりだ」とクロードは認めた。「きみの勝ちだ。どうしてわかったのか知りたいね」

「近ごろよくやる手なのよ。やるところをもう一度見てみたい？」

「いかさまを見るのは好きじゃないけどね。でも、よければやってみせてくれ。賭けはなしで」

「いいわよ」とニーナは薄く微笑む。「もう一度シャッフルしてちょうだい」

クロードはさらに徹底的にカードを混ぜあわせた。さらにもう一度混ぜたうえで、テーブル上を滑らせてやった。

「やってくれ」

ニーナはこのたびも一部をとり分け、いちばん下になったカードを見せた。クロードの呆然とした表情を注視する。

「どういうことだ？　全部スペードのエースだなんてことはないよな？」

「二度も巧く行ったわね！　こういうのは初めてよ。二度目はしくじると思ってたの」

クロードは全部のカードを表向きにして広げた。ごく普通のカードデッキで、異状はない。

「降参だ。種《たね》を教えてくれ」

「見てのとおりよ。種なんてないの」

「そんなはずないだろ！　種がなくてただ運がいいだけで、ほんとに適当に開いたカードを当てられるっていうのか？」

「運がいいですって？　クロード、あなたスペードのエースの意味わかってる？　カーガー郡でも意味は同じはずだけど、スペードのエースといったら人の死を意味するでしょう」

カードゲームをやることに同意したのは失敗だったかもしれない。ニーナはまたも現実の縁から跳躍しそうになっている。こういうときはいっそだれかが訪ねてきたり、なにかが起こったりすればいいのに、とクロードは思った。イーヴンステラー大佐夫人でもいいから、だれかが来てくれればこの状況を変えられる。

「こういうのはもういいよ。意味がない」そう口に出した。

「どうして？」ニーナはさらに目を大きくしてクロードを見すえた。

「どうして意味がないかって？　考えてもみろよ。ただカードをちょっとひねくっただけで、だれかが死ぬのがわかるとでもいうのか？　それに、きみは二度当てたよね。でも人は二度は死ねないんだぜ。だからそんなことに意味はないんだ」

「二度死ぬですって？　わたしはひとつの予兆がくりかえされただけだと思うわ。人が二度死ぬなんて考えるのがそもそもおかしいんじゃないかしら」

「そうさ、だれにとっても死は一度だけで充分だ。とにかく賭けはきみの勝ちだ。その分を支払うよ」

クロードはポケットに手を突っこんで小銭をとりだした。十セント貨が三枚と五セント貨が一枚。五セント貨だけテーブルに置き、あとはポケットに戻した。

「莫迦なことしないでよ！」とニーナ。

「いいさ。とっておけ。賭けは賭けだ。ぼくは迷信じみたことはみんなくだらないと思ってる。子供のころはおもしろがって、梯子の下を歩いたり、塩を撒き散らしたり、鏡を割ったりという悪戯〔いずれも不吉なことが起こるとされる迷信による〕をよくしたものさ。年寄りたちが怒鳴るのを聞きたいばかりにね。友だち同士たがいに呼び集めて、真夜中に大勢で墓場へ行き、お化け出てこいとみんなで大声で呼ぶなんていう遊びも、二、三度やったことがあるね。パーソン・マクウェイの黒くてでかい大理石の墓の上に白っぽいものがヌッと現われると、兎の群れみたいに一斉に逃げだすんだ。その悲鳴やわめき声は一マイル先の道まで届くほどだった。一人の子供がひきつけを起こしたきり、いっこうに恢復しなかった。

白っぽいものというのはぼくがあらかじめ用意しておいた破れた古いシーツで、紐を引くと出てくるように仕掛けをしておいたんだ。そうやっていつも腹がよじれるほど笑ったものさ。けど賭け金をちゃんと支払うってのは、迷信を信じる信じないとは関係ない。だから、びた一文も出さないやつだなんて思わないでくれよ」

「そんなこと思わないわよ。わたしが初めて飲んだコークは、あなたが奢《おご》ってくれたんだったもの」

「またその話か。あのときはきみが飲み物でもどうかと言ったので、てっきりコークかなにかだと思ってそれにしただけだ。そうだろ?」

「あのときのあなたは——とてもナイーブな人に思えたわ、クロード。可愛い男の人という感じ」

「そんなことより、今はアルコールを飲んだらいいさ。グラスいっぱいに注いでグッと飲めば、気分がよくなるよ。楽しくなれる。こうやってせっかく一緒にカードを楽しみはじめたのに、また変なことばかり考えるようになっても仕方ないからね。とにかく楽しくやらなきゃ！」

「あなたがこんなにたくさんお酒を持ってきたから、これを見てるだけで酔ってきそうだわ。この数をご覧なさいな」と言ってニーナは顔に笑みを貼りつけた。「これの四分の一も飲んだら、ほんとにフラフラに酔っ払っちゃいそう。そんなだらしない妻でもいいの、クロード？　でもだらしないほうが楽しいかもしれないわね。わたしもあなたもずっと罪を背負ってるだらしない夫婦かもしれないし」

「なんてことを言いだすんだ、ニーナ！　きみはあのヴァナーズという夫と死に別れたあと、ぼくに出会うまでずっと結婚せずに来たんじゃないか。それにヴァナーズの死からこれだけ経っている以上、罪なんてありはしないさ」

「そうよ、彼が死んでからもう久しいわ」とニーナは物静かに言った。「よくわかってるつもりよ」

そして金襴のローブに包んだ体を震わせた。

「そんな心配そうな、怯えた顔をしないでよ、クロード」と、また無理に笑みを浮かべる。「ほんとに顔色が悪くなってるわよ。安心なさい。わたしが知るかぎり、わたしが信じるかぎり、あなたがヴァージニア州の州法に背いてるなんてことは決してないわ」

「きみはまったく、どうしてときどきそんな変なことを言いだすのかね。いつもよくあることだけど、今日はまた格別だ。ジンラミーはもうやらないのか？」

「そうね、今はもういいわ。困らせちゃってごめんなさい、クロード」

クロードは立ちあがり、ブリッジテーブルを折りたたんだ。「そうだ、きみの体の下に新聞があるよ。もし読みたければ」そう言ったあと、テーブルを書斎へ運ぼうとした。

ソファのわきの机の上にある金色の電話が不意に鳴りだした。

クロードは足を止め、肩越しにそちらを見やった。いったいだれが電話を？　ニーナが体をよじり、鳴りつづける電話へ手をのばそうとする。

「上司のホリーベリーさんだったら、ぼくはすぐ行くからと言ってくれないか」とクロードは頼んだ。「もしあの人なら、土曜にわが家に電話をかけてくるってのは珍しいことだけど」

だがホリーベリーである可能性はきわめて低い。あの上司は先週末に大胆にも夫人を伴ってスロークウ邸を訪ねてきたばかりだ。おそらくマクワッケンフォード下院議員に面会しに来たついでだったのだろう。クロードは仕方なく笑顔で迎え入れたが、そんなわけだったから、クロードのような部下の自宅をわざわざ訪ねるには及ばないとホリーベリーにもよくわかったはずだ。あれ以来職場での関係は形式的なものにとどまるようになった。

クロードは電話のようすに聞き耳を立てながら、ブリッジテーブルを書斎のなかに仕舞い、居間へと戻っていった。

「クリフ！」とニーナが相手の名前を呼んでいるのが聞こえた。かん高く華やいだ声だ。「いったいどこにいるの？……ゲートのところ？　今のあなたはペンタゴンで海兵隊の将校になっていると、たまたま昨夜聞いたばかりだったわ。わたしがここに住んでるとどうしてわかったの？……今日の『イヴニング・サン』で？　そういえばまだ読んでいなかったわ。なにが書いてあるのかしら……とにかく、あなたはその記事を見てわたしに会いたくなったというのね？　ちょっと警備員の人と代わってくれる？……警備員さん、ウェイドという人を入れてくださっていいわよ。そこにいるウェイド大佐のことですけど」

ニーナは受話器を架台に戻してから、自分の体の下から新聞をすばやく摑みだした。目が焦りに曇っている。

「だれかがきみに会いにくるのか？」クロードは訊かずもがなを訊いた。

「そうよ、なんてことかしら、クリフ・ウェイドよ！　ガーデンズのゲートから電話してきたの！」

「イーヴンステラー大佐が昨夜言っていた、きみと結婚していた男というのがそれか。血染めのウェイドと呼ばれていたとか。きみがここにいるとどうやって知ったんだって？」

「今日の新聞に出ているんですって。第二版の一面に」

「きみに会ってどうするつもりなんだ？　ぼくがなんとか止めたほうがいいんじゃないか？」

「そんなことだめよ！　とにかくこれを見てちょうだい」

クロードはソファをまわりこんで、ニーナの背後から彼女の肩越しに新聞を覗き見た。

「『ニーナ・ワンドレイ、健在と判明』だと！「どういうことだ？　写真まで撮られてるじゃないか！　ゲートのところに立ってる主任警備員のバイケンダーファーを見てみろ、小柄すぎて滑稽なほどじゃないか」

だがニーナは聞いていなかった。新聞の熟読に完全に没頭していた。

「ほかの情報はありきたりなことばかりだわ」とようやく言った。「わたしが生きていたということ以外とり立てたニュースはないのよ。夫であるあなたの名前と、どこに住んでいるかってことぐらい。だれがなぜこんな情報を提供したのかしら？　イーヴンステラー大佐？　でもあの人はわたしの正体を知らないはずよね——ただ似てると思ってるだけで。大佐の奥さんかしら？　でもわたし奥さんにもなにも言っていないわ。それにあの人って自分のことにしか興味がないのよね。あとはボストンの実家がどれだけ名家かなんてことぐらい。まさかカーロッタが？」束の間考えを巡らせた。「カーロッタがわたしの正体に気づいてる可能性はありうるわ。彼女、何週か前に従姉とコーコラン美術館で午後をすごしたと言っていたけれど、そのとき『ピンクの女猟師』という絵を見たという話を延々としたのよ。その絵の題材はクリフォード・ウェイド三世夫人のニーナ・ワンドレイで、生き写しに描かれているんだと言ってたの。わたしは笑ってやりすごしたけれど、彼女はわたしこそその絵に描かれてる女だと確信したかもしれないわ。メイドというのはとかくゴシップ話が好きなものだけど、でも新聞社に売りこむなんてことまでするかしら？　雇い主が想像してる以上に使用人がいろんなことを知ってるなんてのは、どの家でもごくあたりまえですもの。

とにかく、『イヴニング・サン』に持ちこまれた情報というのは、わたしの現在の名前と、どこに住んでいるかと、あとはかつて映画に出ていたということぐらいで、ほかはなにもないのよ。ほんとにいったいだれの仕業かしら？」憤りがつのったのか、ニーナは顔をしかめると同時に声を高めた。「どうしてこんなことを？　もしそのだれかがこのワシントンにいるとしたら、いつかどこかでわたしを見たんでしょうよね。そして頭のなかが複雑きわまりなくなっているはずよ！　だって、そのだれかはわたしについて世界じゅうのだれよりもよく知っているわけですもの。その気になれば本だって書けるぐらいに。実際、ニーナ・ワンドレイを主役にした脚本を書いてるんだわ。骨の髄まで見抜いてるのよ。わたしが知らないことまで知ってるほどに。だからずっと〈彼〉のことを恐れてきた――十七歳のときから。

〈彼〉はあまりにも多くを知りすぎているの」ニーナはそこで目を閉じた。「あらゆることを知っているのよ。すべてを。〈彼〉こそが十三年前に鮫ヶ岩の東岸にゴムボートで上陸したアメリカ軍の上級工作員だったのかもしれないわ。日本軍は数千人もの兵を動員して何週間もその工作員を探したの。ああ、わたし自身、工作員が無事なようにと祈ったわ。幸い日本軍には見つからずに済み、なんとか逃げおおせたようなの。

ボルナックに来たあの工作員がもし本当に〈彼〉だったとしたら！　あまりに多くのことを知ってしまったにちがいないわ。でも新聞に情報を提供したのがもし〈彼〉だとしたら、なぜすべてを伝えなかったのかしら？　ほんの手はじめのつもりだったのかもしれない。ナイフの最初の薄いひと切りのつもりだったのかも。そしてこう言っているのよ──『おまえがどこにいるかはよく知っているぞ！　おれのことはあとで少しずつ知らせてやろう──やがてはすべてをわからせてやる！』──でも〈彼〉ならそこまではしないはず。それほど非情な人ではないから。わたしに対してずっと怒りを燻《くす》ぶらせてきたことはわかっているけど、そこまで無慈悲になれる人ではないわ！」

ニーナはまたも鬱屈に陥っている。両手に顔を埋め、苦悶とも見えるほど静かに泣きつづけている。

「元気を出せ！」クロードが叱咤した。「クリフ・ウェイドがやってきたら、そんな状態じゃ困るぞ。ぼくが妻に手をあげるやつと思われかねない──まさにウェイド自身みたいにな。ちょうど今、彼の車が前の道に停まったところのようだ」

クロードは正面の大窓へと近づいた。

「いや、あれはパン配達トラックか。それなら入れてやらないと」

声も出さず泣きつづけるニーナのそばから離れられるのを幸いとばかりに、台所へ向かった。立てつづけの発作には困ったものだ。まるで世界の屋根が彼女の上に落ちてきたみたいじゃないか。これほど元気をとり戻させようと努めたのにもかかわらず。

台所から裏口の錠を解いた。流し台の上の電気式時計が午後六時を指している。あと三時間でコパブランカ劇場での最終上映がはじまる。またリタ・レイニーの映画を観たいものだ、とくにあの終盤を。序盤にもいいシーンはいくつかあるが。

パン配達業者は紙包みをかかえて、正面から裏口へまわってきた。縞柄《しまがら》のツナギ服には赤色で〈グランマ・ホームメイド・ブレッド〉の文字が刺繍されている。

「いつもどうも」配達業者はクロードに挨拶した。「ご主人でいらっしゃいますよね？　ご贔屓《ひいき》いただいているクリスピーロールです。遅れてしまってすみません。今日は助手がいないもので。じつは、お宅のお客さまをおつれしました。正面玄関にいらっしゃいます」

「自家用車で来た人じゃないかと思っていたけどね」とクロードが言った。

「いいえ、道を歩いていらっしゃいましたので、お乗せしたんです。ところで、カーロッタさんは？」

「今日は体調が悪いそうだ」

「それはお可哀想に。あんなに健康そうで綺麗な人がお加減が悪くなるとは、わからないものです。お早いご恢復を祈ります。ジミーがそう言っていたと、くれぐれもお伝えください。パン屋のジミーと。たぶん憶えてくださってると思いますので」

「なんだって？　これはまた！」クロードはあっけにとられた。「きみ、彼女を好きなのか？」

「ええ、好きかと言われればたしかに。とてもいい方ですので。一度顔を叩かれはしましたけれども。これは叩かれるな、と思いましたがもう手遅れで。でもあのお姿を見ては、言い寄らずにいられませんでした。あの黒い瞳といい、あのしなやかな歩き方といい。でも本気で結婚する気でなければ言い寄れないんだとわかりました。カーロッタさんはいい人がヨーロッパから帰ってくるのを待っているんですからね」

「そんなに好きなら、求婚してしまえばいいじゃないか。彼女なら男友だちぐらい大勢いるだろうさ。十七歳のころからもてていたらしいからな。若い男性ならだれが求婚してもおかしくないと思うよ」

「じつは、ぼくはもう結婚してるんですよ」パン配達業者が言った。「法律では妻は一人しか認められていませんからね。とにかく、お会いできて幸いでした、スロークさん。お客さまをおつれできたのもよかったです。こんどのクリスマスごろにはまたお会いできますように」

「そうだな」クロードは気乗りしない声で返した。

受けとった紙包みを台所のテーブルの上に置いた。裏口には鍵をかけず留め金も留めずにおいた。夫婦でこの邸に越してきたばかりのころは泥棒に入られる惧《おそ》れも考えたが、厳重に警備されているポトマック・ヴィスタ・ガーデンズではそういうことはほとんどないと思うようになった。

ボン、ボン、チン、チン、ボン！

ウェイドというやつは今ごろ玄関先に突っ立って、呼び鈴を鳴らす前にズボンの裾で靴でも磨いているのだろう。パン配達業者と話しているあいだ、クロードはそんなことを考えていたのだった。

紳士らしくネクタイをなおしてから、ニーナの元夫に挨拶するために玄関へ向かっていった。

ボン、ボン、チン、チン、ボン！——また呼び鈴が鳴った——ボン、ボン、チン、チン、ボン！

「わかったわかった、一度目で聞こえてるよ」とこっそりつぶやく。「噂に聞く自動車狂さんだな」

クロードは玄関ドアを開けた。

玄関先には三人の男たちが一緒くたに寄り集まっていた。初めはだれがだれなのか面食らうばかりだった。が、海兵隊の制服を着た屈強そうな男がクリフ・ウェイドにちがいないことだけはすぐわかった。ニーナがときどき見せた昔の写真に比べるとかなり齢《とし》をとってはいるが。タクシー運転手がかつての公爵だとは、すぐには到底思いも及ばなかった。腫れぼったい目をした男がかつての銀幕の美男子トビー・バリーだというのも同様に。

これほどの奇っ怪な状況をだれが予想できるだろう。クロードが知るかぎりのニーナの存命する元夫全員が、地獄の釜の蓋が開いたかのようにいちどきに出現するなどとは。

「呼び鈴を鳴らしてくださった方は——？」

クロードはそう問いかけようとしたが、男たちは彼を押しのけるように玄関に入ってくる。

「ニーナはどこだ？」三人が同時に呼んだ。「ニーナ、ニーナ！　どこにいるんだ？」

三人ともたがいへの敬意を示すこともなく、ただもつれあい道をふさぎあっている。クロードは壁ぎわまで押しやられ、三人はそのわきを通り抜けて居間の戸口へと向かっていく。ひとつだけ空《あ》いた席を争うバスの乗客のように。クロードは彼らと入れちがいにバスからおりる客さながらだ。

「ニーナ、愛しい人よ！」

「ニーナ、おれのベイビー！」

「ニーナ、美しきわが公妃《プリンキピッサ》！」

するとと華やかに煌めく声がソファから返った。

「クリフ、なんて懐かしい！　マイク、あなたが来てくれるなんて！　トビー、わたしのダーリン！　こんなことって、まるで夢のようだわ！」

この三人が今夜ニーナのもとで一堂に会するとは、あたかも彼女の死を巡る劇を書いた脚本家による創作であるかのようだ。

少なくとも彼ら三人が幸運なのはまちがいない。その劇を生きて目《ま》のあたりにできたのだから。ソファの上で半ば横たわるようにしてくつろぐニーナは、襟の高い金襴のローブを纏い、髪は彫像のそれのように巻き毛にして、昔と変わらない瑕疵ひとつない顔で永遠の微笑みを三人に投げかけている。

「膝を少し怪我してるだけなのよ、トビー……いいえ、クリフ、ほんとにどうってことない傷なの……ああ、マイク、なにかしら痕《あと》になって残るんじゃないかというの？　そんなけわしい目で見ないでちょうだい……

ほんとに心配要らないつもりなんだから。広間でくつろぐフランスの淑女みたいに、こうしてソファでポーズをとっていられるんだから大丈夫よ。ほんとはローブがもっと高貴じゃないといけないだろうし、髪をリボンでまとめてもいないけれどもね。でもいくらフランスの淑女だって、こんなにハンサムで知的で芸術的でウィットに富んで、名誉も名声もある三人の男性といちどに会話はできないでしょう。

トビー、あなたは昔と変わらずほんとに美男子で魅力的なままね！　クリフ、あなたのその立派な制服と徽章はほんとに堂々としてすばらしいわ！　まるで『タイム』誌の表紙に描かれた参謀本部議長の肖像画みたいよ！　マイク、あなたの着てる紫の孔雀と椰子の木の柄《がら》の開襟シャツと、膝のあたりに持ってるタクシー運転手帽は、まるで本物の下層階級の庶民みたいに見えるわ――それでも紛れもないあなたなのに！

三人ともどうか遠慮しないで、自分でグラスにお酒を注いでちょうだいね。トビー、あなたはスコッチがいいでしょ。クリフ、あなたはバーボンがいいんじゃないかしら。マイク、あなたはラクリマ・クリスティがお似合いよ。昔いろんなものを買い溜めたときそのワインも買って、想い出のためにひと口だけ飲んだことがあるわ。ラム酒はあなた方三人のなかでだれが好きかわからないけれど。ボストンのラム酒よ。イーヴンステラー大佐の奥さんのために買ったの。でもあの奥さんは今夜は訪ねてこないはずよ。三人ともよくわかってるでしょうけど、わたしはあなた方のことをなにひとつ忘れてはいないわ。

ソファのわきに立ってるクロードとは、みんなもちろんもう会ったのよね？　彼はアメリカ政府のお役所でとても重要な仕事をしているのよ。彼なしではなにも成り立たないくらいに。政府の大事な仕事とかいうものは、むずかしくてわたしにはよくわからないけれど。クロード、あらためて紹介するわ。こちらはトビー・バリーよ。それからこちらはクリフ・ウェイド――今はウェイド大佐ね。それからこちらは公爵ジュリオ・ヴァリオグリ――というよりマイク・ヴァリオグリのほうがよく知られてる呼び方ね。といっても、みんな玄関先でおたがいにもう自己紹介しあったんでしょうけれど」

三人はニーナを半円状に囲むようにして、それぞれ梯子状背凭れ椅子とウィンザー椅子とヘップルホワイト椅子に座している。ソファのわきに立って指の欠けた薄茶色い染《し》みの目立つ手をニーナの肩にわがもの顔で置いている彼女の今の結婚相手である田舎者については、三人とも無視を決めこんでいる。のみならず三人自身もたがいに憎悪し軽蔑しあっているが、どうにか耐えているというありさまだ。

ニーナがあまりにも美しいがゆえに！　愛らしく麗しいその艶姿《あですがた》！　華やかに煌めく声、一人から また一人へと移りゆく魅惑的なまなざし。その移ろいはすばやいが、三人それぞれが自分をいちばん長く見つめていると思ってしまう。繊細でなめらかな顔と完璧な形の姿態、耐えがたいまでに愛《いと》おしい表情と仕草、それらのすべてが男たちの心臓を喉までせりあがらせるほどに興奮させる。

三人とも彼女に伝えたいことを焼けるほどの思いで懐《いだ》いているが、わずか三十分でもいいから彼女と話したいと念じているが、頭のなかでは言いたいことをあれこれと考えつづけているが、だれもがたがいのいる前ではそれを口には出せずにいる。

ほかの二人がいる以上はだれもがスコッチやバーボンやワインを飲みながらただニーナを見つめ、このささやかな住まいのすばらしさや、四月の気候についての話題や、テレビのクイズ番組やニュース映画や政治や税金や政府予算やそのほかあらゆるどうでもいい話で場を繕《つくろ》うしかない。

「それからわたしたちはコンガ山地に分け入ったの。そしてヴァナーズ藩王はそこでほんとに虎狩りをやったのよ。わかってくれるでしょうけれど、わたしはときどきジョージのことをヴァナーズ藩王と呼んだのね。まるで父親のようにすばらしい人で……」

生きている三人の元夫たちはたがいに憎みあっているが、亡きヴァナーズに関してだけは三人とももはや嫉妬心がなく、それでニーナは彼についてはこのように想い出話を語れるのだった。人の世には結婚をしているとかしていないといったこととはもはやかかわりのない世界があって、この世界を隔てる帳《とばり》の向こう側では深く暗い悠久の川が流れており、ニーナを愛したすべての男たちのなかで偉大なる藩王ジョージ・ヴァナーズだけがその世界へ旅立ったのだ。もはやなにを知ることも望まず旅立った。ニーナからなにを得てなにを遺したかもよくわかっていたがゆえに……

いいや、ヴァナーズだけとも言えないかもしれない。ほかの男たちもだれもが彼女を深く愛していたのだから。彼女自身そうとよくわかっていた。たとえそう認識できるのが最期のときまで待たねばならなかったとしても。そしてほかの男たちも彼女のもとから去った――悠久の川が流れる世界へ旅立ったわけではないというだけで。

ニーナが今夜本当に自分が死と向きあうことになるとわずかでも考えていたとしても――なにかしら苦悩に満ちた予感を覚えていたとしても――今自分を囲んでいるかつて愛してくれた男たちのだれかとふたたび出会うことになると気づいていたとしても――彼女の声にも抑揚にもそんな響きはまったくなく、彼女の顔にもそんな気配はまったく見られなかった。

クロード・スロークはこの邸の主人として、少なくとも客たちを丁重に歓待すべく努めた。それで紳士として三人の男たちを迎え入れたのに、客たちは尻で彼を押しやるように無視した。主人への礼節などまるで示さず、飼い葉桶へと向かう豚の群れよろしくただやみくもに闖入してきただけだった。

クロードはウェイドとヴァリオグリが脱いだ帽子を受けとってやろうともしてみた。銀製の大型紙巻き煙草容《い》れを客たちに勧めてもみた。紙巻き煙草には六種類あり、キングサイズもレギュラーサイズもあり、フィルター付きもフィルターなしもあり、フィルターにも通常仕様とコルク製とがある。それらを客たちは勝手にとっていっただけで、クロードには礼のひとつも言わない。顎鬚の剃り跡が青い荒くれ男ウェイドは煙草をとる際に、飲食店で邪魔なウェイターを追い払うときのような仕草さえ見せた。クロードは客たちのために台所から酒用の氷を持ってきてやり、今はニーナと自分のために用意したコーヒー用茶器類を片づけているところだ。

客たちは現在のニーナが自分たちより遥かに質のいい男と結婚していることを見てとったはずだ。にもかかわらず彼らはクロードを無視し、ただニーナばかりをじろじろと見すえている。彼女の笑いと語りばかりにただ耳を傾けている。彼女がうなずいたりかぶりを振ったり、結婚指輪を含む三つ四つの指輪を左手に煌めかせたり、サファイアのイヤリングを耳に躍らせたりするさまを、ただ食い入るように見つめるばかりだ。まさに視線で彼女を裸にしようとするがごとくに。

それはどんな男でも耐えがたいと感じるにちがいない屈辱だった。クロードがコーヒー用のクリームピッチャーや砂糖容れを小卓の上から片づけるときも、三人の客たちは彼へ目を向けもしなかった。自分の葬式に参列しているみたいな陰気な男ヴァリオグリも、アルカトラズ島から逃げてきたばかりみたいな無法者ウェイドも、マフィアの殺し屋みたいな美男子バリーも、だれも彼を見ようともしなかった。彼は邸の主人としての務めをただ黙々とやるしかなかった。こんなことなら独りで街へ出かけて『愉しき春』を観てくるほうがました。そして客たちがだれもいなくなるまで帰ってこなければいい。

外出してくるとニーナに告げる前に、クロードはまず地下へとおりていった。カーロッタにもしその気があるなら、従姉の家へつれていってやろうと思ったからだ。カーロッタはここ数日体調の悪さを訴えてはいるが、いつもなら土曜の夜はよほど事情がないかぎり姉の家ですごすのが通例になっている。ひょっとしたら体調が悪いふりをしているだけなのかもしれない。明日も一日じゅうメイドにそんな演技をされつづけるのはごめんだし、クロードのみならずニーナもそんな演技に騙されることはないはずだ。

カーロッタの部屋のドアを拳で叩いた。

「ぼくはあと三分ほどしたら車で街へ出かけるつもりだ！　きみも行きたいならすぐ着替えろ、乗せてってやるから！」

ドアはすぐに開けられた。カーロッタはすでに着替えを済ませていた。冬に屋外へ出るときいつも着る灰色の厚手のコート姿だ。櫛もかけていない茶色の髪に赤いベレー帽を斜《はす》に載せ、手にはハンドバッグを持っている。

「もう仕度はできていますわ」カーロッタは如何にも体調悪そうに言った。「奥さまはご一緒には行かれませんの？」

カーロッタが進みでると、クロードは遊戯室へと通じる狭い廊下へ一歩退《さ》がって通り道を空けてやった。今日の彼女のなりはひどく見苦しい。いつもなら台所で仕事をしているときでさえ小綺麗な風采なのだが。フリルのついた帽子やエプロンや、なめらかな生地のストッキングなどを身につけ、髪をカールして唇には赤い口紅を塗り、ときには黒い付け睫毛すら使い、週末に街へ出かけるときなどはリタ・レイニーと見紛《みまが》うほどの美女に変身する。だが今夜にかぎっては、顔はぼんやりしているし、口紅も塗っておらず、ガードルさえつけていなくて、よれよれの靴を履き、しかもストッキングまでよじれていて、さながら怒れるヨナ〔旧約聖書『ヨナ書』の主人公。神の理不尽さに怒る〕のごとくだ。

「ニーナには客がいるんだ」とクロードは説明した。「彼女が以前結婚していた男たちだ。映画の登場人物にしたらおもしろいと思える連中だが、どいつも巧い演技はとてもできそうにないな。ぼくはそいつらに追いだされた格好さ。出かけるなら、ラジオをちゃんと消したかたしかめたほうがいいぞ。前に消したつもりでいながら点けっ放しにしてたときがあったじゃないか。電気の無駄使いだからな。ぼくはジャケットをとってくる。乗るなら荷物をジャガーに積んでおけ。従姉の家に泊まるために要るものをな」

「それはさぞすばらしくていらっしゃるんでしょうね」カーロッタはそう言いながら、如何にも加減が悪そうに壁に凭れかかった。

「ジャガーはいつもと同じさ。時速百マイルで走るやつもいるそうだが、ぼくはせいぜい七十マイルで充分だ」

「わたしは奥さまのことを申したんですわ」カーロッタが具合悪そうに返した。「いつもすばらしくお綺麗ですもの、今日はきっと特別に。従姉のジェリーと一緒に『ピンクの女猟師』という絵をコーコラン美術館で見たんですけど、奥さまにほんとによく似た美女が描れていました。〈クリフォード・ウェイド三世夫人ニーナ・ワンドレイの肖像〉と書かれていたので、ひょっとしてご本人じゃありませんかと以前奥さまにお尋ねしたことがあるんですが、なにを莫迦なことを言っているのというような微笑みを返されただけでしたわ。でも今日ラジオで六時のニュースを聴いていたら、本当に奥さまこそがニーナ・ワンドレイだと言っていたんですのよ！」

「なんだって？」クロードは地上階への階段をあがりかけたところで足を止め、思わず振り返った。「ラジオまでそんなことを報じていたのか！」

「ええ、ニューヨークの放送局でした。ワシントンの『イヴニング・サン』の今日の午後の版に載っていたと言っていました。ニーナ・ワンドレイは一世を風靡した美貌のスター女優で、映画界のプリンセスと呼ばれていたとか。もうじきアメリカじゅうに知られるでしょうね。明日にはこのお邸ばかりか、ポトマック・ヴィスタ・ガーデンズじゅうがテレビやラジオの記者たちで溢れ返りますわ。ゲートの警備員たちだけでは対処しきれなくなるんじゃないかしら。きっと警察を呼ばないと。州警察ばかりか連邦警察まで」

「じつのところ、ニーナがそこまでとんでもない大スターだとは、ぼくは思っていなかった。あの三人はワシントンに住んでいるわけじゃないだろうし、全員が新聞を読んだともかぎらないが、とにかくニーナを探してここにやってきた。だがその三人がひと塊になってわが家を訪ねてくるとは、まったく信じがたいほどの偶然だ！」

「このままだとお邸じゅうを荒らされるんじゃないでしょうか？」カーロッタが具合悪そうに言った。「もちろん、わたしの心配することじゃないかもしれませんけど。でももし体調が恢復したら、休暇をいただくのは返上してお邸にとどまって、奥さまのお力になれるよう努めます」

「すぐ戻るから、ちょっと待っててくれ」

クロードはそう言い残すと、絨毯敷きの階段を少年のように三段いちどに駆けあがっていった。狂っているとしか思えないあの男たちが邸にいつづけるかぎりは、一刻も早く外へ逃げだしたい。一階の廊下のクローゼットからスポーツジャケットをとりだして着こむと、居間へ聞き耳を立て、ニーナが依然として軽やかで華やかな声で喋っているのをたしかめた。

財布はジャケットの胸ポケットに入っていた。昨夜そこに仕舞ったままで、二十二ドルの残額もそのままだった。ほかに十セント貨が三枚ポケットにあるし、独りでひと晩街ですごすには充分以上だ。夕食はどこかのカフェテリアで七十五セントぐらいでありつけるだろう。昨夜のように高価なシーフードレストランに行くには及ばない。一匹三十五セントの育ちすぎの海老《えび》二匹ひと皿を注文しても、残りでウェイターがアイスクリームを買えるだけのチップを払えるというものだ。コパブランカ劇場の今夜の上映は一ドル二十五セントだったはずだ。残った十セント貨の一枚目でニーナに電話をかけ、三人の元夫たちがようやく去ったかどうかをたしかめる。二枚目はバー〈ミラー〉でコークを買うのに使い、三枚目は五セント貨ふたつに両替してジュークボックスをかける。少なくとも二十ドルは使わなくても済む算段だ。

そうだ、忘れていたことがある。ターミナルガレージからジャガーを出すとき駐車料金を支払わねばならない。ガレージの係員はクロードをよく知っているが、それで料金を安くはしてくれない。それに月曜の朝にはバスに乗るのに二十セント要る。イーヴンステラー大佐の車に便乗させてもらえるかどうかまだわからないから。

クロードは居間の戸口から顔を突っこんで室内を覗き見ながらも、財布のありかを再確認するのを忘れなかった。

「ニーナ、これからちょっとカーロッタを彼女の従姉のところまで車でつれていこうと思うんだ」と妻に告げた。「夕食は街で軽く済ませるよ。それから映画を観ようと思ってる。家に帰るとき電話するから」

三人の野郎どもはまぬけづらを一斉に戸口へ向け、ニーナの語りを邪魔したクロードを白い目で睨みつけた。三人ともおたがいを殺しかねない勢いなのに、こんどはクロードまで殺しそうなありさまだ。

そうだ、たしかに殺しかねない。全員にその可能性がある。三人ともやはり招かれざる客なのだ。映画界ではすでに死んだにひとしいトビー・バリーでさえ、あのパーソン・マクウェイにどこか似ていなくもない。柔和な顔をした男が最悪の犯罪者になることは往々にしてあるものだ。

だがニーナその人まで殺したいと思っている者が彼らのなかにいるかどうかは、まだ見きわめられない。全員が血走った目で彼女を見すえ、舌舐めずりさえしているように見えるがゆえに。

「それじゃみなさん、失礼します」クロードは客たちにも声をかけた。「いずれまたお会いできますように」

ソファに半ば横たわってくつろぐ姿勢でいるニーナは、彼女に体を摺《す》り寄せているピンク色の目をした小さな愛犬の耳を愛撫しながら、華やかな笑顔とともに軽くうなずいただけだった。部屋の戸口にいる武骨な男にはもう目を向けようともしない。自分が今結婚している男であるにもかかわらず。

今このときにかぎって、ニーナはクロードが現在の夫であることを恥と思っているかのようだ。イタリアのトスカーナ地方の古い家柄を出自とする公爵マイク・ジュリオ・ヴァリオグリがいる前であれば。なにしろ来歴三千年にも及ぶ決して消しえない高貴な血筋の持ち主だ。ウォール街のナポレオンと呼ばれたクリフ・ウェイドはといえば、かつては指のひと触れで地球をも回転させた男で、現在はペンタゴンで国防のための重要な職務に就いている。また今は生ける屍《しかばね》のごときトビー・バリーもかつては美男映画スターだった。彼ら三人とも各界で重きをなす、あるいはかつてそうだった男たちなのだから。

当初は見すごしていたとしても、クロードが魅力に乏しい男であることを今のニーナは認識しているだろう。単に見た目についてだけではなくて。初めは彼が脚本家志望だと聞いて、機会と努力によっては隠れた才能が開花することも充分ありうると思っていたかもしれないが。しかしニーナにとっての彼はそもそもからして、オーストリアから帰国したばかりの夜に混雑して騒々しい安カフェテリアで偶然出会った男であるにすぎない。あのころはまだ疲れと恐れに麻痺してなにも見きわめられず、ようやく新たな人生の時計の針が動きだしたばかりで、それで慰めに安い飲み物にありつくため、通りをわたってたまたまあの店に入っただけだった。

あのときニーナはクロードが書きたがっている脚本について励ましはしたが、本心ではどうせ貧弱な模倣作品になるだけだろうと思っていたかもしれない。

それでニーナは夫クロードの存在を自分の恥と思っているのだ。こうして三人の元夫たちを目の前にしてはなおさらに。彼らは今夜ニーナの前に理不尽にもふたたび姿を現わしたが、いずれもかつては重要人物だった男たちであり、しかも現在の彼女がクロードとともに演じている劇より遥かに華やかで偉大な舞台でそれぞれの役をやっていた想い出がいまだに残っているのだから。

こうしてこの夜のクロードは結婚以来初めて、ニーナを邸に残して自分だけで街へ出かけていった。彼女に止められることもないまま。

カーロッタはジャガーのなかで待っていた。クロードはスウィングアップ式のガレージの扉を開け、運転席に乗りこんだ。

「遊戯室のドアをきっちり閉めきっていらっしゃらなかったのでは?」クロードがアクセルを踏み

こんだとき、カーロッタが具合のよくない声でそう言いだした。「なんでしたら、わたしがお邸に戻って閉めてきましょうか？　それからついでに、車がガレージの外に出たあとで、スウィングアップ式の扉も閉めますので」

「気にするな、放っておけ」クロードは苛立って言い返した。「ガレージの扉を閉めてしまったら、帰ってきたときいちいち車からおりて開けなきゃならなくなるじゃないか」

ジャガーは高速でガレージを飛びだし、ドッグウッド通りからマグノリア通りへと移り、前方のエントランスゲートへ向けてヘッドライトを点灯した。ゲートを抜けて幹線道に入る。

「出かける前に奥さまにひと言ご挨拶すべきでしたわ」カーロッタが難儀そうに言う。

「ぼくが言っておいた」クロードは短く告げた。

「そうでしたの？　奥さまはどうお思いでしょうか？」

「どうってこともないさ。なんでそんなこと気にするんだ？」

「奥さまはなんとも思っていらっしゃらないと？」

「あたりまえだ！　きみがなんでそんなことをいちいち気にするのか知らないが、メイドとしての仕事をちゃんとこなしている以上、ニーナがどう思おうが関係ないことだ。話題を変えたいわけじゃないが、ジミーがきみのことを好きだと言っていたな」

「ジミー？　ミルク配達の人のことでしょうか？」

「いや、パン屋だ。ジミーという知り合いがそんなに大勢いるのか？　パン屋のジミーはきみといい仲になりたいと思っているようだな――こう言う意味がわかるかどうか知らないが」

「その男なら、一度思いきり顔をぶっ飛ばしてやりました！――こう言う意味はおわかりと思いますけど。調子のいい男です！　わたしがメイドだからと軽く見ているんですわ。前にも配達業の男と付きあったことがありますから、ああいう男たちはどう扱えばいいか知ってるつもりです。あの男は今まで名前も知りませんでしたわ。ただパン屋だというだけで。ミルク配達のジミーのほうは、いつもとても丁寧で親切ですけれど。あのジミーは黒人で、わたしのことをいつもミス・デスーオと呼んでくれるんです。学校は高校を卒業しただけで、他人《ひと》さまのお邸の台所で仕事をしている程度の女は——いつかボーイフレンドと結婚したら夫にガレージを買ってやるために細々と貯金しているような女は——ミス・デスーオなんてめったに呼ばれないと思うんですけど。でもあのパン屋ときたら、わたしについてなにか言ったとしても、ほんとのことなんてなにもないんですから！　あの男が自分のほんとの気持ちを言うことがあるなんてとても信じられません。そう考えるだけで、虫酸《むしず》が走るほど腹が立ちます！　耐えられないほど！　わたしがメイドだと思って莫迦にしているんですもの！　ああいう男の言うこともすることも大っ嫌い！」

「わかったわかった、もういい！」クロードは苛立って制した。「ぼくはただ彼からの伝言を預かっただけだ。それを伝えればきみの気分が少しは上向くんじゃないかと思ってな。それほど厭なやつには見えないけどね。で、きみのほんとのボーイフレンドは来月帰ってくるのか？」

「いいえ」カーロッタは悲しげに答えた。「ピートからは一昨日《おととい》手紙が届きました。わたしの気分が優《すぐ》れない原因のひとつはそれだと思います。帰ってくるのは八月になるそうです。つまりあと三ヶ月は会えないことになります」

「ボーイフレンドの名前はピエールだと思っていたけどね」

「それが彼の洗礼名なんですの。わたしはいつもピートと呼んでいますけれど。彼が十年生〔日本の高校一年生に相当〕でわたしが八年生〔日本の中学二年生に相当〕のときからずっと。だからピエールという呼び方は馴染まないんです。今週末はジェリーが家にいるといいんですけれど」

「きみの従姉のことか？」クロードはさも関心がありそうに問いかけた――本当はまったくないが。

「いつもずっと家にいるのか？」

「はい、だいたいは」

カーロッタは相変わらず気分の悪さを訴えるような声を出すので、それがクロードを苛立たせる。まるで世界の悪いことのすべてが話相手のせいだと訴えているような声だ。彼が知る世の中の女たちの多くがそうだ。相手が男だというだけで女はそういう気分にさせる。

「ジェリーはさぞいい従姉なんだろうな」クロードは愛想よさを演じて言った。「いつかきみがそう言っていたようだったからさ」

「ええ、とてもいい従姉ですわ。悪いところが見つからないくらいに。髪を赤く染めていたり、ときどきお酒を飲んだりしますけど、そういうことも気にならないくらいに。でもひと月ほど前、二週つづけて週末に家を空けたことがあるんです。海軍所属の女性将校の友だちに会いに行ったんだそうで。ブレナム・パーク・ホテルに住んでいる女性で、そこに滞在していたんだそうです。わたしが訪ねていく予定だったことなんてまるで忘れて。二度の週末に立てつづけに贅沢を楽しんでいたんです。ひどく心配していたというのに。

といっても、そんなにひどく心配していたとも言えないのかも」とカーロッタは言いなおした。

「人がほんとにひどく心配するのって、自分の身に起こったことだけのはずですものね。でもとにかく心配していたのはたしか。今はもうそれほどじゃありませんけど」

「だれでもそんなものさ」クロードは平素の気安い調子を装い、さも理解ありそうに言った。関心などまるでないが、従姉の不在についての心配にまつわるカーロッタのくだらない話もいよいよ終わりに近づいたと思えばこそだ。「どんなことでも結局はなんとかなるものだ。それほど心配して頭を悩ませなきゃならないことなんて、世の中にそうあるもんじゃない。それでも明日になればまた悪いことが起こるかもしれないがな」

「それはそうでしょう。そのぐらいはわたしだって忌々しいほどよくわかってます！」

「よせ、カーロッタ！」クロードは彼女の言い方に驚いて窘《たしな》めた。「きみがそんな汚い言葉遣いをするのは今まで聞いたことがなかったぞ！　ぼくがそういうのを嫌うってことは知ってるよね。そういうのは昔から好きになれないんだ」

「スロークさんがどんなことをお好みかどうかなんて存じません！」カーロッタは加減悪そうに言い返す。「なんでもお好きなものをお好みになればよろしいわ！　わたしはとやかく申しませんので！」

　ますます手がつけられなくなってきた。

「まくし立ててばかりいるのはいい加減にやめろ！」クロードはできるかぎりきびしい声で言った。「男が女性を窘めようとするときは、この程度のことはだれでも言うものだ。どんなに天気のいい日でも女性は気が立ちやすくて、ガミガミまくし立てがちなものだからな。車を運転するには集中力が要るんだ。こうやって一緒に乗せてってやるのも難儀になってしまうじゃないか。きみのボーイフレンドが八月まで帰ってこないのがぼくのせいか？　一緒に事故死するなんてはめになりたくなかったら、ガミガミまくし立てるのはやめることだな。そうじゃないと、従姉のジェリーのところに着く前に頭がどうかしちまうぞ」

「申しわけありません」カーロッタは泣きじゃくるように弱々しく言った。「こんなにまくし立てるつもりじゃなかったんですけど。ただそんな気分だというだけで。でもわかっていただけないでしょうね」

泣きじゃくる声を何度か喉の奥に飲みこんだあとようやくおとなしくなり、拳で目もとをぬぐった。めそめそしてばかりいる魅力的でもない愚かな女。クロードはアクセルを踏みこみ、時速七十マイル近くまでスピードをあげた。カーロッタを従姉のところに送ってやるのはこれが最後にしたい。

「昨日の朝言ってた従姉への手紙というのは、もう書いてあるのか?」カーロッタが顔をあげて道路を見つめているようすからして、少しだけ落ちつきをとり戻したらしいとわかると、もっと気持ちを逸らしてやるためにそう話しかけた。

「ええ、書きました」

「もし今持ってるなら、見てやってもいいぞ」高速で走る石油輸送車を追い越しながら促した。

「どうしてですの?」カーロッタはいつもの険のある調子で訊き返した。「なんと書くつもりかは申しあげたと思いますけど」

「単語の綴りまちがえとかがないかたしかめてほしいんじゃないかと思って言っただけさ。文法のまちがいとかな」とクロードは説明してやった。「ぼくは畜産会計検査院で、個人的な手紙類の言葉や文章のまちがいをなおしてやる名人だと見なされているんだ。きみだってまちがってる手紙を書きたくはないだろ。もし目上の者にまちがった手紙を送ったりしたら、恥ずかしいことになるからな」

「だめですわ！」とカーロッタは言って笑った。「手紙はもう持っていないんですもの。昨夜警備室のわきの郵便ポストで、ジェリー宛てに送ってしまいましたから。スロークさんご夫婦がお出かけになっているあいだに。いただいたお給金の小切手はいつもジェリーに送るんです。そうすると彼女がわたしのために銀行に行って貯金にまわしておいてくれますから。ユニオン・フィディリティ銀行で」

「なるほど！　それはきみにとって安全でいいね」

「そう思ってますの」カーロッタは自慢げに返した。「わたしのことより、もっとスピードをあげてもかまいませんわよ」

クロードは逆にアクセルから足を離した。すでに時速九十マイルも出していたので、慣性のせいでスピードは落ちない。時速七十マイルは出しているキャデラックを追い越していった。四分の一マイルほど前方の道路沿いに、ルーフの上の点滅灯のせいでひと目でそれとわかるパトカーがいる。クロードはジャガーのブレーキを少しだけ踏み、穏当な時速五十五マイルまで速度を落とした。

「もっとスピードをあげたらいいいんじゃありませんか？　いつものように！」カーロッタは憂鬱からすっかり恢復したように笑った。

クロードはカーロッタとこれ以上気安くなりたいとは、ましてやもっと親しくなりたいなどとは夢にも思っていない。とかく白人女の使用人というのは、自分の立場も忘れて男より優位に立とうとしがちだ。

それ以後一切話相手にならずにいるうちに、カーロッタの従姉の住み処が近づいてきた。街の中心ほどに位置する、エレベーターのない三階建てのアパートメントだ。クロードは黙りこんだままカーロッタをおろし、すぐにジャガーでその場をあとにした。

数ブロック分の勾配を昇りくだりしたのちターミナルガレージに着き、ジャガーをそこに駐めた。ガレージの前の通りをわたったところに大きなカフェテリアがある。だがコパブランカ劇場で最終上映がはじまるまでには時間があるので、二、三ブロック先の〈ボントン・カフェテリア〉へと足を進めた。あの店のほうがメニューも値段も馴染みがあるし、夕食をとるにも少しばかり華やいだ気分になれるから。

というのは、半年ほどの楽しかりし月日を遡《さかのぼ》ったころ、そこでニーナと初めて出会ったからにほかならない。彼女が何者かもまったく知らず、それどころか彼女が目の前の席にいることにすら気づかずにいたが、ひと目見た瞬間から男としての夢と願望の的とならずにはいなかったのだから。

今夜の七十五セントのスペシャルメニューは仔羊の胸肉と二種の野菜添えで、食後用のデザートかコーヒーを選べる。野菜は蕪《かぶ》とフライドポテトを選び、あとはアップルパイのデザートとミルクにした。全部をトレーに載せ、窓辺のテーブルへ運ぶ。

家でとる夕食よりましということは決してないが、毎週土曜日はカーロッタが不在になるのだから仕方がない。だから仮にあの三人の男たちが訪ねてこなくて、クロードが邸にとどまっていたとしても、とれる夕食は冷蔵庫からとりだした冷えたハムと七面鳥の肢肉《あしにく》ぐらいで、デザートといえばカーロッタが作り置きした苺のショートケーキとクリーム程度だ。クリームはこの店で飲むただのミルクよりはましだが、もとをたどればどちらも同種の牝牛《めうし》から採取したものにすぎない。

とはいえ、クロードはここ〈ボントン・カフェテリア〉で十年以上も飲み食いをしてきたからこそ生きのびることができた身だ。コパブランカ劇場で映画を観たあとバー〈ミラー〉に立ち寄ってコークを飲み、それから帰宅して冷蔵庫を開けるのがつねだった。もしあの三人が冷蔵庫を空《から》にしていなければ今夜もそうできるだろうが、タクシー運転手ヴァリオグリとめかしこんだバリーは死にそうなほど腹が減っているように見えたし、軍人ウェイドは如何にも昔からの肉食漢らしく見えたから先行きはわからない。

しかし彼らが高価な食料をどれだけがっつくかは、心配してもしょうがないことだ。むしろボトル四本分の酒のほうが、冷蔵庫のなかの食い物を全部合わせたよりも遥かに高くつくだろう。スコッチ一本だけでも十八ドルはくだらない。やつらは帰る前に全部飲み干すにちがいない。しかもそれだけでは飽き足りず地階のバーにおりて、ある酒すべて飲んでしまうかもしれない。そしてめちゃくちゃに酔っ払って、たがいの頭にボトルを投げつける。そのあいだニーナはソファの陰にうずくまって、決してうるさくはならない愛らしくかん高い声をあげ、恐ろしい場面が見えないようにと両手を顔の前にかざしながら、お願いもうやめてと嘆願するのだ。

昔スロークス家とマクウェイ家の飲み騒ぎでよくあった乱闘を思いださせる。故郷カーガー郡での毎週土曜の夜の恒例行事だった。いっそ邸に戻ってあの三人の乱闘を見たいほどだ。自分がその渦中に巻きこまれないかぎりにおいて。さぞおもしろい眺めだろう。

だが邸には戻れない。今はまだ。あの場から逃げたくて仕方なかったのだから。それがすべてだ。戻れるとしたらまずニーナに電話をかけ、三人とも残らず去ったことをたしかめてからしかない……

クロードは腕時計を見た。午後九時六分前。なんてことだ！〈ボントン・カフェテリア〉の席にこうして坐ったきり、ずっと考えこんでいたようだ。店の客たちが滑稽な姿で食事にありつくところさえ目に入っていなかったから、時計などまるで見ていなかった。あと六分でコパブランカ劇場の最終上映がはじまる。

テーブルを前へ押し、椅子を後ろへ退《さ》げながらすばやく立ちあがった。蟻の巣の上と知らずに眠っていた犬が驚いて撥《は》ね起きるさまのように。財布から一ドル札を出しながら支払いカウンターへと向かい、皺の多い顔をした禿頭の勘定係に伝票と現金をわたした。お釣りの二十五セントをポケットに仕舞うと、回転ドアを抜けて夜の街へ飛びだした。十一月にニーナのあとを追ったときよりも遥かに速い足どりで。あのときニーナは店の外の歩道で不意に立ち止まって、わずかに体を背けながら指輪にそっと手を触れたと思うと、顔色が急に青褪めて今にも倒れそうに思えた。まるで映画のなかの女優を見ているような気がしたものだった。

あのとき彼女はだれかを探すように通りをあちらからこちらまで見わたし、昔知っていたという脚本家についてなにかつぶやいていた。彼女が出た映画のすべての脚本を書いた男だという。そんなことをしているといつか殺されるぞとその男に威されたそうだが、だれに殺されるという意味なのか彼女にはわからないようだった。

そういうことを言った男の名前をいつかニーナにたしかめたいものだ。どんな男なのかも知りたい。そいつが脚本を書いて彼女が出たという映画についても。

思いだしてみると、ニーナはときどき自分でもそうと気づかずに昔の話をしていることがある。

だからそういうことを問い糺してたしかめる機会はたくさんあったはずだ。ときにはその男について尋ねてほしいと彼女自身思っているようなそぶりを見せることさえあったのだから。ただ今までのクロードは彼女の過去にあまり関心を持っていなかったから訊かずにいたというだけで。

だからもしこちらから積極的に働きかけていれば、ニーナはきっと詳しく打ち明けたはずだ。もし自分が彼女と結婚していなかったら、そのことが気になってこの半年ろくに眠れない夜がつづいたかもしれない。だが奇跡的にも結婚できたので、もう過去のことはどうでもよくなってしまった。

そのうちに殺されるぞとまでニーナに言った男については、やはりもっと知っておくべきだった。だが今その男について尋ねてももう無駄なのかもしれない。その男とはもう十七、八年も音信が途絶えていると彼女は言っていたようだったから。ひょっとすると今ごろはもう死んでいるのかも。

とにかく今はこんなことばかり考えてはいられない。コパブランカ劇場の最終上映に間に合わなくなる。料金を払う以上わずかな時間も観逃《みのが》したくない。

映画館に着いたときは九時を二分すぎていた。ポスターがたくさん貼られた長いロビーに入ると、チケットのもぎりの前に並ぶ行列はまだ途絶えていなかった。おそらく数分前にはロビーがいっぱいで、行列が外の歩道にまで溢れていただろう。土曜の夜に名画『愉しき春』を観賞するため、貨車に積まれた畜牛の群れのように押しあいへしあいしていたはずだ。だから仮に十五分前に着いていたとしても、どの道間に合わなかっただろう。

財布にもう一枚残っていた一ドル札をとりだし、チケット売り場の窓口に挿し入れた。

「普通席一枚」と告げた。

「あと二十五セントお願いします」とチケットの売り子が言う。

薄い赤毛の髪と尖った顎をした娘で、鼻の頭にそばかすが散らばる。自分の顔面痛はチケットを買う客たち全員のせいだとでも言いたげな表情をしている。

今夜も安い映画との二本立てだと思っていたのだが。〈ボントン・カフェテリア〉で受けとったお釣りの二十五セントをポケットからとりだし、それも窓口に挿し入れた。

「贋金《にせがね》だぜ」ニヤリと笑みながら言ってやった。「本物みたいによくできてるだろ？　ところでできの鼻になにかくっついているみたいだな。テントウムシか？　それともただのそばかすか？」

「そばかすよ！」睨みつけながら言い返す売り子の言葉は怒りのせいか呂律《ろれつ》が怪しい。「ところでお客さんは鏡で自分の鼻の地図を見たことあるのかしら？　蝿がとまれるほどのちゃんとした空き地もないみたいじゃないの。あたし気に入ったわ！」

「なにが気に入ったって？　ぼくの顔か、それとも蝿か？」

売り子は受けとった二十五セント貨をカウンターにぴしゃりと置いた。

「それってきっとおもしろい冗談なんでしょうね」売り子は憤慨と猜疑の目で睨んだ。

クロードは笑いながらチケットをとりあげた。

「もし二十五セントの贋金を今夜のうちに通報するんなら、どんな形の耳をした男だったかも警察によく知らせといたほうがいいぞ。それじゃな」

クロードが行列の最後尾について上映室に入っていこうとするとき、ロビーを真ん中でふたつに分け隔てている真鍮製の手摺りの向こう側の上映室出口から数人の常連客が出てきた。おそらく前の上映時間から居残っていた者たちで、上映開始時間に一、二分遅れたため、つぎの上映時間ではじまりの部分だけ見なおしたのだろう。つまりはつぎの上映がもう始まっているということだ。

「何分ぐらい見逃したかな?」もぎり係に訊いた。

「ひとつめの漫画《カートゥーン》の最初のほうだけですよ。メインの映画は九時三十五分まではじまりませんから」

「そうか。じつは漫画も好きなんでね」とクロード。「全部に料金を払ったわけだし。もし十時とか十時半とかに来たとしても、やっぱり全部の分の料金をとるんだろう? そうするためには、そうしなきゃならないという法律があるべきだと思うね。たまたま政府の仕事をしているものでね」

「最高裁判所長官閣下かと思っていましたよ」もぎり係はニヤリと笑った。「それとも財政局長閣下でしたかね? ご心配なく。もし十時にいらっしゃったら、料金は一切かかりません。というより、上映室に入れません。チケット売り場が九時四十分に閉まりますのでね。つまりメイン作品がはじまってから五分後に。それ以後は観客をお入れしていないんです。お客さまが見逃されたのは、ひとつめの漫画のはじまりの二、三分だけです。鼠に金槌で頭を殴られたせいで猫が悲鳴をあげるあたりですね。もしそれをご覧にならずには生きていけないとおっしゃるんでしたら、土曜の朝やっているお子さま向け漫画特集のときもう一度いらっしゃることをお勧めします。座席で声をあげて跳んだり撥ねたりしながら、前の席の子供の首筋にポップコーンをぶつけるのを二時間たっぷり楽しめますよ。料金は四十セントしかいただきませんし」

「本気で文句を言ったわけじゃないんだ」クロードは言いわけがましく返した。「さぞ文句を言われることが多いだろうね。うちの仕事でもそうだけど。それじゃ入らせてもらうから。もぎったあとのチケットの切れ端は要らないよ。もらってもどうせどこかで落としちまうからね」

「了解しました」もぎり係はさっきより愛想よく応えた。「チケットをもぎった残りの部分をお返しするのは、一応の礼儀のためというだけですので。返さないもぎり係もいますがね。残りを返さなくていいなら、チケットの売り子同様楽して儲けられるでしょうから、それで家が建つほどでしょうな。わたしの場合は、朝鮮半島で従軍したとき、血の稜線《りょうせん》の戦い〔朝鮮戦争での一九五一年の激戦〕で片脚の膝から下を吹き飛ばされたので、アルミニウムの義足を付けてもらったんですが、立ちつづけていると疲れてきて、そのせいでときどき苛立ちやすくなりましてね。といっても、頭を吹き飛ばされたほうがよかったというわけじゃありませんが」

「それはたいへんだったね」クロードも愛想よく返した。「ぼくは朝鮮半島には行ったことがないが、子供のころ手の指を吹き飛ばしちまってね。でもきみに比べたらどうってことはないな」

暗くて混みあう上映室に入り、空いている席を見つけて坐った。観客は漫画と短篇が終わるまで少しざわついている。豊かな胸をした悩ましいリタ・レイニーが生みだす総天然色の美と官能の世界がはじまるのをみんな待っているのだ。そこでは恋人や誘惑者たちがリタを覗き見リタを襲いリタを抱きしめ、すべての男たちの夢想と願望が実体化される。

だがリタ・レイニーはニーナ・ワンドレイではない。決して。

ニーナ！

暗く静かな忘却の波が彼女に覆いかぶさる。

その波が体の外側を穏やかに漂っていくのを遠くかすかに聴きながら、計りがたく長い時間、手が届く距離よりも少しだけ遠い絨毯の上に落ちた受話器からの呼び声に耳を澄ます。だがそれは遥か遠い空の星からの音よりも受けとりづらいざわめきとしか聞こえない。

それらのわずかな音声が群れるただなかで、玄関の呼び鈴の音が遠く響く。ボン、ボン、チン、チン、ボン！　お伽話《とぎばなし》に出てくる鈴のように軽やかな音色だ。どこか遠い霧のなかで船団が海へと漕ぎだす。呼び鈴がやんだ。船団は何千海哩《かいり》も彼方の外洋へと去ったようだ。

その一方でラジオからの囁き声も洩れ聞こえる。愛と情熱の言葉だ。彼女の墓の上の草むらで囁きあう恋人たちの声か。

忘却の波……暗い川に沿う灯火の列、山岳地帯の少年たちの歌声、豹の咆哮……いつかそれらを思いだすがいい、ニーナ、わたしはもうおまえと一緒にそれらを見ることができないから……

ああ、ジョージ、わたしは何度も何度も思いだしたわ。あなたが優しくて強くて、大胆にして偉大な人だったことを。わたしの父はといえば貧しくて酒癖が悪かったけれど、かつては大胆で偉大だと思いこんでいたの。わたしが幼い子供だったころのこと。今のわたしは大人の女だけれど、あなたにとっては可愛い子供も同然でしょうね。あなたは失望させることがなかった。最期を迎えるときとうとうわたしを落胆させてしまったと思ったかもしれないけれど、決してそんなことはないの。この世のすべての父親が世を去る前に自分の娘を落胆させるとしても……

忘却の波……若く美しきヴァリオグリ公爵妃《プリンキピッサ》としてあらゆる宝石で身を飾り、ローマの大いなる宮殿で幾百人もの晩餐客を迎えるために、永遠なるローマの都それ自体よりも古く高貴な名を持つ夫君公爵に伴って大階段をくだりゆくと、客たちはみな頭《こうべ》を垂れて彼女の手に接吻をせんと……あらゆる女神よりも魅惑的な、瑕疵ひとつなきヴィーナスに……

ああ、愛しのマイク！　あなたを深く理解しているつもりよ。美というものをあなたほど明確に認識するのはそれはもう困難なことで、しかも美をわがものとし、あまつさえその美を再生するなど、あなたほどの力なくしては叶わないこと。わたしこそそんなあなたにとっての美だったのね。でも結局は一人の人間の女にすぎず、大理石の女神像ではなかった。きっとあなたを失望させてしまったのね……

忘却の波……競馬場は大歓声に呑まれている。コーナーにさしかかった！　先頭は白と金を飾る大外《おおそと》のベット・ア・ミリオン。頭ひとつの差ながら勝利まちがいなし！　馬主はニーナ・ウェイド！　最終直線に入り、一気に二馬身の差！　オッズは二十二の四十。クリフ・ウェイドは結婚記念の妻への贈り物とした黒毛馬ベット・ア・ミリオンに自ら百万ドルを賭けた。なんという幸運の星か……

何百万ドルだろうと、賭けでカネを手にするのはすべておまえのためだ、ベイビー。指のひと触れで地球をもまわす男、そのおれにしてだ。街にいくらでもいる女たちとなにがちがうかって？　欲しいのはおまえだけだ！　世界でいちばん美しい女の前でなら、すべてを賭して額《ぬか》ずきもしよう……

ああ、クリフ、あなたはいつも人類がかつて望んだことのないほどの大きな望みを持っているのよね。神の力のすべてすらも。でもわたし自身の夢はいつもそれほど充分大きなものではなかった。怖くて用心深すぎて、それで小さな夢になってしまうの。それにわたしは一人の女以上のものにはなれなかった。気弱で無力で乱されやすい女以上の存在には。ただささやかでも心のこもった保護が欲しかっただけ。とり囲む危機から守ってくれる人が。そんなわたしでも、あなたにとっては力と成功の徴《しるし》だったのでしょうね。なのに一人の女にすぎなかったことをどうか許して……

忘却の波……美貌でグラマラスなニーナ・ワンドレイと美男でロマンチックなトビー・バリーと

が、舞踏会場の中央でスポットライトを浴びながら踊っている。煌めく女と輝く男とが。ニーナはわずか十八歳で、トビーはその倍以上の齢《とし》だと知ったら人はどう思う？　それでも彼はとてもロマンチックに接した。二人の愛はともに創りあげた音楽のようだ！……

きみへの愛は千年も万年もつづくほどだよ、愛しいニーナ。この世界が滅びるとき、最も遠い星の詩人たちさえ二人の愛を詠《うた》うだろう。おれが神に懇願することといえば、天に昇るにせよ墓に埋められるにせよ、最期まできみとともにいたいという思いだけだ。薔薇の香りのように甘いきみの死の息を、この鼻孔と顔に受けとめていたい……

ああ、トビー、あなたが口にする言葉はいつも愛の詩集から盗んだものではないのかしら？　それが今わかったわ。それほどにあなたはいつも必死に生きてきたのよね。人生の海のなかで溺れそうになりながら、いつもひと筋の藁に必死にすがってきたのね。あなたにとって若いわたしは生きる価値そのものだったのでしょう。その若さを与えてやれなかったとしたら、謝るしかないわ。でもわたしは早く女になりすぎた小娘にすぎず、結局若さを分けてはやれなかったのね。どれだけ懸命に分けてやろうと努めたとしても……

ニーナ！

忘却の波……

ニーナ！

その古い呼び声をニーナは記憶から締めだそうとする。呻きが洩れるほどの痛みとともに。

忘却の波……漂いくる波は荒く黒く変わっていく。波の深みに恐ろしいものが混じりだす。空には稲妻が光って嵐が逆巻き……

ああ、可哀想な母さん！　雨が降るなかでも母さんは赤土の庭で仕事をしていたわね。わたしはせめて大反魂草《オオハンゴンソウ》〔黄色い花を付けるキク科の野草〕をひと摑み摘んで母さんに届けようとしていた……火事よ、火事よ！　たいへんだわ！　みんなを助けに家のなかに飛びこまなければ！　ああ、間に合わない、父さんも母さんも死んでしまう……わたしは新しい赤ちゃんには生まれてほしくなかった、だってすでに子供が多すぎたから！　そのせいで若い母さんが女盛りになる前に痩せ衰えてしまうから。母さんを助けて！　母さんにもう会えなくなる……

ニーナは呻き、悪夢を追い払おうとする。ほかの悪夢も同様に恐ろしすぎるとわかっているから。ああ、避暑用宮殿が燃えているわ！　女たちは悲鳴をあげ、日本兵は銃剣を振りまわしている！　火事よ！　わたしはもう大人で、十三歳になろうとしていた――いいえ、わたしはもっと大人の、すでに一人前の女で、逃げださなければならなかった。ここから逃げなければ！　ひと晩じゅう、一日じゅう、つぎの夜もそのつぎの日も、丸木舟の底で泥水をかぶりながら逃げつづけた。助けてくれた少年は丸木舟を果てしなく漕ぎつづけた、いつも笑みを浮かべながら。やがて恐ろしい入れ墨をした黒い悪魔の僧たちのもとにたどりつき、そこでひと晩をすごした。わたしは彼らの女王となり女神となった。彼らの知るかぎりの唯一の方法でわたしは崇拝された……

ニーナ！……

ああ、なんと恐ろしい！　葉加鷲《はかわし》大将はぎらつく目をして裃《かみしも》を着て、刀《かたな》の柄《つか》を両手で持って腹に突き立てた。

藩王妃よ、吾《やつがれ》は罪を懺悔し、切腹で果てたり。吾のため神に祈れかし。藩王妃よ……

乗馬ズボンに長靴《ちょうか》といういでたちのソウソウが着衣を腰まで脱いだ姿で、中庭の泥地で拷問用鞭をわきに置き、血に汚れた手を金盥《かなだらい》で丹念に洗っている。彼の父親は僧侶だという……

……この悠久の時にわたしはいないの。わたしはここにはいない……

ニーナ!

自分を呼ぶその古い声の木魂《こだま》からは決して逃げられない。まだ若かったキング・グローアは痩せたいかつい顔に黒い蓬髪を戴き、ディレクターズチェアに座しながら両手で口を囲んで指示を飛ばした……

大袈裟にやるな、ニーナ! 過剰な演技はだめだ。死ぬときはただ静かに死ねばいい。そんなに派手に演技するおまえを観客に見せたくはない。時はただ悠然と流れていくものだ。やがてついに時計が止まるときまで……

ルビー、起きろ、ルビー!

彼女の頭上のテレビ画面にはなにも映っていない。ただ無数の黒い点の群れが灰色の背景のなかでたがいに追いかけあっているだけだ。狂乱したように飛びまわる蚊の大群にも似て。夕暮れにいつ果てるともなく吹きすさぶ黒く汚れた雪のごとく。

わずかに燃え残っていた暖炉の火もいつしかふっつりと消えた。金網の内側にはただ黒い灰が残るばかり。暖炉の上の黒いガラス製の台の上には煤《すす》けた鏡とフィレンツェ製の燭台と静かに針のまわる時計が置かれ、その上の壁からは絵画が前方を見すえている。家具類のすべてが室内の奥の暗がりと混じりあい、彼女をいっそう圧迫するようにとり囲む。触知できるほどの暗闇の塊《かたまり》となって迫りくる。

聞こえるのはラジオからの囁きのみ。そしてどこかからのごくかすかな羽虫の歌声。

「キング！」彼女は小声で呼んだ。

絨毯の端の先に広がるなめらかな床板を手でまさぐる。指先がねばつくものを感じとるが、それがなにか思いだせない。子供のようなのろのろした仕草でそれをぬぐいとる。そして無意識でありながら注意深くなにかを書こうとする。湿ったもので跡をつけることを憶えたばかりの子供のように、いくつかの文字を不規則に床に描いていく。

K I N G

だがもう息も絶えだえだ。闇のなかで独りきりで。何者かにひどくやられた。彼女が可愛がっている犬まで殺したあと、賊は逃げていった。今はただ暖炉の上の時計が静かにまわりつづけるだけ。あとは頭上の灰色のテレビ画面に黒い点が飛び交い、ラジオから羽虫の翅音《はおと》のような意味不明の囁きが洩れるだけ。

そし宙に揺らぐ夢の向こう側から忘却の波が漂い……

ルビー、起きろ、ルビー！

彼女を囲む暗闇では、今はもう物音ひとつしなくなっているのかもしれない。だが消えゆこうとする意識の火花がふたたび燃えあがらないかぎり、それすらもわからない。電話からも羽虫の翅音めくざわめきが洩れるが、はずれたままの受話器には手が届かず、すでに諦めて久しい。ラジオからの囁きもいつしかやんでいる。テレビ画面は黒一色に変わっている。暖炉の上で飽かずまわりつづけていた時計の針も同様に止まっていた。

時間そのものが止まったかのようだ——だが彼女自身がそうと認識できているのかどうか。天国でも地獄でもなく、もはやどちらでも同じことだ。床を覆う絨毯の端のほうに横たわったきりだが、脈拍はまだかすかにあり、命の火は依然として燃え残っている。

時間そのものが止まった暗闇のなかで、何者かがまた戻ってくるのを聞きつけている——あるいは感じとっている。意識があるかないかもさだかでないにもかかわらず。

「ニーナ、どこにいる、ニーナ？」

あの忌まわしい声！　音もなく足早に忍び入り、彼女を探しまわる。分厚い絨毯の上を迫ってくる！

おお、神よ、彼女が暗く静かな忘却の波から漂い離れないうちに、賊は戻ってきた！　ふたたび手の届くところまで！　ふたたびあの苦痛が襲うのか！

ああ、神さまお願い、わたしに近づけないで！　あの手で二度とはわたしを襲わせないで！

賊が戻ってきたと察したとき、彼女は体を起こして悲鳴をあげようと努めたのかもしれない。麻痺して声を出せない野兎が虚しく叫び声をあげようとするように。だが声はあまりに弱く、しかも朦朧とした意識ではとても叶わない。依然として身動きもまったくできないまま、ただ静かに横たわっているしかない。にもかかわらず、虎のようにすばやく忍びやかに迫るあの男の声だけははっきりと聞こえている。

「ニーナ、そこにいるのか、ニーナ？」

しかしあるいはまた、賊が戻ってきたことに彼女はまったく気づいていないのかもしれない。いずれにせよ、人に聞きつけてもらえるような悲鳴を声に出すことは叶わない。

彼女にとっては静寂と暗闇とがむしろ幸福な夢と言えるかもしれない。美しく魅惑的なニーナ・ワンドレイが普通の主婦としての最後のひとときを、安全で心地よい自宅の居間の床にこうしてただ横たわってすごせるのは。

幸福な夢のなかでお伽話の鈴の音が鳴る。船団が外洋からふたたび漕ぎ戻ってきたようだ。

午前零時十五分前、新人警備員デニス・コーワンはコンバーチブルの自家用車を警備室の後方のフェンスに寄せていき、先輩警備員マリガンの旧式な黒いクーペの隣に駐《と》めた。空軍式時間でなら二三四五《ふたさんよんごー》と呼ぶ。いや、警備員式時間か。それはどちらでもいいが。デニスはヘッドライトを消してから、助手席に置いた手帳と教本『基本的犯罪対処手引書・第一部』と、それから道中で買った漫画入り『ブレード』紙日曜版をとりあげた。それらを全部持って車からおり、閉めきられたゲートのわきの警備室の出入口へとまわりこみ、室内に入った。

机の席に座す赤ら顔のマリガン警備員は窓ぎわの壁に背中を凭せかけ、机の左側の大きな抽斗を引き開けて両脚を載せ、銀色の楯型徽章付きの制帽をあみだにかぶって、充血した片目だけを覗かせている。わきの床には『イヴニング・サン』紙が落ちている。

隅の簡易ベッドで仮眠をとっているのは、首振り人形みたいに小柄なバイケンダーファー主任警備員だ。仰向けに横たわり、開いた漫画本を顔にかぶせて、頭上の電球のまぶしさを防いでいる。脱いだ制帽を懐中電灯と一緒にわきの椅子の上に置いているのを別にすれば、全身を制服できっちり固めている。ホルスターの拳銃も含め、いつもその格好で仮眠をとる。ようすからして入浴もちゃんと済ませているだろう。

「今夜はどこも静かでしょうか、マリガンさん?」とデニスは問いかけた。

彼が知った慣習のひとつに、警備員同士の会話ではこんにちはさよならといった無用な挨拶を交わさないというのがある。無駄話の連続や、その逆の長すぎる沈黙も敬遠されるが、どんな訪問者や車が出入りしたかといった情報を当番交代のときに伝えることは大いに重視される。

「ガーデンズじゅうがまったく静かだね」とマリガンが答えた。「莫迦騒ぎもないし、人が殺されるといったこともない」

机の抽斗から両脚をおろして立ちあがった。

「六時半ごろチューリップ通りのガンベイさんがカクテルパーティーの客を車に乗せて二度に分けて運び入れた」とマリガンはつづける。「そして八時二分にゲートから出ていった。こんどは全員いちどに乗せてな。よほどでかいパーティーをやったんだろう。今現在ガーデンズの外に出ている自家用車は六台だけだ。マクワッケンフォードさんとイーヴンステラーさんとハズルブライトさんがそれぞれ朝から一家で車で出かけている。ほかはスロークさんとJ・E・スミスさんが午後六時半と七時にそれぞれ出ていった。六台目がガンベイさんだ。J・E・スミスさんは毎晩一家で出かけていくな。何時ごろ戻ってくるかは、おれよりきみのほうがよく知ってるだろう」

「もう一台出かけているんじゃありませんかね」デニスが記録簿を見ながら口を挟んだ。「医師のスパロウさんが二二五〇《ふたふたごーまる》に。まだ一時間も経っていませんが」

「ああ、スパロウさんなら十分か十五分前に帰ってきた。ころあいを見計らって記録しようと思ってたところだったんだ。栗色とクリーム色のツートンカラーの五五年式マーキュリーだったな。スパロウさんが出かけたのは昼食どきのすぐあとだった。主任が一三〇五《ひとさんまるごー》出構と記録してる。二二四〇《ふたふたよんまる》にようやく戻ってきたと思ったら、十分後にはすぐまた出ていった。あれもスパロウさんだったと思う」

「〈思う〉、というのはどういう意味です？」とデニス。

「いやなに、初めはイーヴンステラーさんかマクワッケンフォードさんかハズルブライトさんじゃないかと思ったんでね」とマリガンは言いわけする。「近ごろどの車もよく似てるからね。E・B・ジョンソンさんのもシンドハットラさんのも似てるし。でも今言った人たちのどれかだとすれば、そんなに長くは外出していないはずだ。その点スパロウさんは外科医だそうだから、土曜の夜ともなると、緊急手術しなきゃならないほどの重傷患者をどれだけかかえるかわからないだろう。電話線の支柱に激突して頭からフロントガラスを突き破っちまった怪我人とかな――もしまだ生きていたらの話だが。とはいえ、最後に出ていったときのも怪我人だったとしたら、それは手術に間に合ったはずだ。というのは、最後に出ていったあとはきみが言うとおり一時間近くも時間をかけているんだからな。入構は二三四五《ふたさんよんごー》だな。あるいはもっと正確に二三四二《ふたさんよんふた》とするほうがいいか。

とはいえもちろん――」とマリガンは念を入れるようにつけ加えた。「――戻ってきたのはイーヴンステラーさんかマクワッケンフォードさんかハズルブライトさんで、スパロウ医師は出かけたままだったということもまったくありえないわけじゃない。十時四十分にはまだ出先にいたのであって、十分後に出ていったのはシンドハットラさんだったってこともありえる。外交官用ナンバープレートをつけた車だった可能性もあるからな、注意しているべきだったが。あるいはE・B・ジヨンソンさんかも。もしそうなら、いつも一緒に車に乗せてるあの大きなグレートデーン〔体高が最も高いとされる大型犬〕が窓から首を突きだしていたはずだが、それも注意しているべきだったな。ゲートを通り抜けるときいつも警備室の前に涎《よだれ》を垂らすから困るんだ。あるいはまた――」

ホワイトサンズ性能試験場やアンドルーズ空軍基地ほどの厳重な警備がされていないのは当然だが――とデニスはマリガンの入出構記録を見ながら考えた――栗色とクリーム色の五五年式マーキュリーによく似た車が六台も頻繁に出入りしているなら、可能性のあるいろんな組み合わせの数は六の六乗にものぼることになってしまうだろう。

「とにかく、六台が今もまだ出かけたままのわけですね」そう言うデニスの頬に走る白い傷が痛んだ。「それだけはたしかでしょう。そして、入構している訪問者は現在はゼロ、と」

「そうだ」とマリガン。「そもそも今日は訪問者が少なかった。ガンベイさんが二度に分けて運び入れたパーティー客を別にすればな。あとはといえば、スロークさんのところに海兵隊将校が午後六時五分に訪ねてきて、八時二十分に帰っていった。記録によればクリフォード・ウェイド海兵隊大佐だ。正確には一七五五《ひとななごーごー》から二〇二〇《ふたまるふたまる》にかけて、だな。あの大佐が帰っていった一時間後ごろもしここにいたら、きみもおもしろいものを見られたんだがな」

マリガンはそう言って笑った。

「なにがあったんです？」デニスは記録簿のクリップボードを机上に置きながら問い返した。

「大佐はタクシーに乗ってここに来たんだが、そのタクシーがスローク邸の前にずっと駐まっていた」とマリガンは説明しはじめた。「タクシーのナンバーはＴＡ１５２９３だった。で、大佐は八時二十分にスローク邸からそのタクシーを自分で運転して帰っていった。顔にハンカチを巻きつけてた。どうやら鼻血か切り傷の応急手当てだったようだ。そのときはまだとくに気にしていなかったが、一時間近く経ってから、つまり九時十五分ごろ、こんどはタクシー運転手がスローク邸からよろけるような危なっかしい足どりでゲートまでやってきた。

タクシー運転手の顎には、こっぴどく殴られたらしい瘤ができていたのさ」マリガンはまた笑った。「紫色に腫れあがって、喋るのもままならなかった。J・M・グローリーだと名乗った。問い糺したところ、先に帰った大佐に棍棒で殴られて、スローク邸の前に倒れたまま置き去りにされたそうなんだな。で、気絶から目覚めてみると、自分のタクシーがなくなってたというわけだ。それでおれたちは郡警察に通報して、そのタクシーにはただちに追っ手が差し向けられた。軍の将校がタクシーの運ちゃんを殴って車を盗んだなんて話は、かつて聞いたことがないね。世の中なにが起こるかわからんものだ。この騒動は特筆ものだったね」

「でも、スロークさんは六時三十分に車で出かけていったんですよね」とデニス。「なのに客が八時二十分まで邸のなかにとどまっていたというのは、どういうことなんでしょう？」

「スロークさんは夫婦一緒に出かけたわけじゃなくて、ご主人だけなんだ。助手席に女性が乗ってるのは見えたが、奥さんじゃないのはわかった——まださほど暗くなかったからな。考えてみると、たぶんメイドだろうな。メイドは土曜の夜によくワシントンのほうへ出かけていく習慣みたいだからな。スローク家のジャガーは今流行《はや》りの車高の低い車だから、すぐわきで屈んで覗けば、だれが乗ってるかよく見えるのさ。つまりあのときスローク夫人は独りで邸のなかにいて、ウェイド大佐をもてなしてたってことになるな。夫人の友だちなんだろう、ご主人のじゃなくて。大佐は前にもここに来たことがあると言ってた。おそらく奥さんが以前結婚してた相手の一人だ。まずまちがいないね。つまり奥さんは昔ラストネームがウェイドだったことがあるというわけだ。今日の『イヴニング・サン』を見たか？」

「午後以降の新聞はまだ見ていませんね」デニスはマリガンが空けた机の席に腰をおろしながら、教本へ手をのばした。「でも明日付けの『ブレード』は持ってきました。読む時間があるかどうかはわかりませんが」

マリガンは警備室の戸口へと向かっていってドアを開け、そこで立ち止まった。

「あのニュースは『ブレード』には載ってないだろうよ」と言って笑った。「あの新聞の記者がゲートに来たのは午後一時だと主任が言ってたからな。その後も大勢の記者が別々の時間に五月雨《さみだれ》式にやってきては、無理やりにでも敷地内に入ろうとするんだ。主任とおれとで押しとどめるのにさほど苦労はなかったがね。おれたちがなぜ警備員として雇われてるかってことを、連中はわかっていないんだな」

「それはぼくも自信がありますよ」とデニスは返した。「腕力にかけては」

「スローク夫人というのはどうやら、第二次大戦の前にはニーナ・ワンドレイという映画スターだったらしいぞ」とマリガンが言う。「おれは一九三六年から真珠湾奇襲までのあいだ海軍アジア艦隊に所属して、おもに駆逐艦に乗っていたんだが、ニーナ・ワンドレイのピンナップ写真を持ってる同僚が大勢いたよ。でもおれ自身は残念ながら彼女の映画を観たことはなかったね」

デニスは犯罪対処の教本を閉じた。頬の傷が焼けるように痛む。

「つまり、ドッグウッド通り四番地のスロークさんの奥さんは、かつてニーナ・ワンドレイだったというわけですね？」

「『イヴニング・サン』によればな」マリガンはやや気を悪くしたように返した。「さっきそうつけ加えようとしたんだが」

マリガンは外に出てドアを閉めた。ほどなくして彼の乗りこんだ旧式クーペが警備室の裏手でエンジン音をあげた。それからヘッドライトであたりを照らしながら幹線道へと向かっていった。

デニスは分厚い『ブレード』日曜版へ手をのばした。マリガンがいつの間にか漫画のページだけ破りとっていったために、なかほどのニュースの紙面があらわになっていた。下段半分が三行見出しの記事で占められている。

元有名映画女優にして、ボルナック藩王国の白人王妃、生存して発見さる

『ブレード』も三面記事は扱っている。内容はおおむね『イヴニング・サン』と同じだ。五年に及ぶ映画界での成功をはじめとする半生を振り返り、一夜にしてスターになった十七歳から、一九四二年にボルナックで悲劇的な戦死を遂げたと見なされたときまでの経緯が紹介されている。十七歳以前の過去については、南部のテネシー州メンフィスの古い家柄に生まれたという記述のみにとどまる。死の報道後はまったく音沙汰がなかったにもかかわらず、現在クロード・スローク氏の夫人となっていることが突然判明したという。

五ページめには写真が掲載されていた。

デニスは新聞を開き、大きく広げた。

五ページ目はスローク夫人の数々の顔写真で占められていた。熱心に収集したようだ。

それらに混じって何人かの男たちの写真もあり、そのなかに豊かな黒髪と奥深い瞳を持つ一人の男がいた。顔はいかつく、まだ若そうな口を固く引き結んでいる。写真の下には、「キング・グローア、元ハリウッド映画監督兼脚本家兼製作者。ニーナ・ワンドレイの才能を見いだし、出演映画全作の脚本を執筆」と紹介されている。

デニスはひとつひとつの写真をじっくりと見たあと、そのページを注意深く破りとった。折りたたまず、ニーナ・ワンドレイの写真全部がいちどに目に入るようにしておいた。

壁の時計を見やる。午前零時三十八分。恋人のデビーは病院の午後勤務に行っている。木曜日からはじまった午後三時から十一時までの当直だ。今はちょうど帰宅したころだ。午前一時までは就寝しないはずだが。デニスは主任警備員へちらと目をやってから、机上の電話に手をのばした。小柄なバイケンダーファー主任はまだ死んだように眠っている。ダイヤルをまわした。

もし男が出たらすぐに切る。

「はい、ジャクソンですけど」愛らしい声が応じた。

ああ、この声が男の心臓を引き絞るんだ！　そう言いたいのを喉の奥に呑みこんだ。

「デニスだよ、デビー。今日の新聞を見たかい？」

「今帰ってきたばかりなのよ。今日は忙しくてたいへんだったの。白血病の幼い女の子が――あの子のことは前に話したわよね――今夜とうとう……とても悲しかったわ。だから新聞を読むどころじゃなかったの。なにかあった？」

「ニーナ・ワンドレイのことだ」

「ニーナ・ワンドレイですって？　生きているんじゃなかったの？」

「そう先を急ぐな」デニスは小声で窘めた。「秘かに生きのびているのはたしかで、ここポトマック・ヴィスタ・ガーデンズに住んでいるとわかったんだ。ひと月ほど前、警邏のためその家の前をひと晩に二度は通ったことがある。坂の上のいちばん奥の邸だ。今日の『イヴニング・サン』に生存の記事が出ていたらしいが、ぼくが見たのは『ブレード』の日曜版の記事だ。一ページ全部にニーナ・ワンドレイの写真がたくさん載っていた。たしかにその家の奥さんにそっくりだ。きみのお父さんはもう知ってるのかな？」

「わたしにわかるわけないでしょ！　父さんはまだ帰ってきていないし」

「ニーナ・ワンドレイがどこに住んでるか、お父さんが前に言ってたことはあるかい？」

「聞いたことないわ。そんなこと知ってるかどうかもわからないし。知ってるとしても、わたしに話さない、わたしだけじゃなくて他人に話さないことはたくさんあるでしょうし。ただ、ニーナ・ワンドレイが去年の十一月にヨーロッパから秘かに帰国していたらしいとは、前に言ってたわね。去年のクリスマスの前に、ニーナ・ワンドレイをモデルにした肖像画を見にコーコラン美術館につれてってくれたときに。あの人がモデルになった絵を見たのって、わたしあれが初めてよ。どんな顔をしている人か初めて知ったわ。ほんとに綺麗な人だったのね——今でもずっとそうかもしれないけど」

「きみと同じほど綺麗といえるかどうかはわからないけどね」デニスは電話線越しに気持ちをこめて言った。「でも美貌なのはたしかだ。どこか頼りなさそうなところが普通の女性以上で、そういうのも大きな魅力になってる」

「うちには『サン』も『ブレード』も両方あるわ」とデビーが言う。「是非読んでおきたいわね。今夜は眠れないかもしれない。なんだか興奮してきちゃった！　いつか実物のニーナ・ワンドレイを見たいわ。もちろん気づかれないようにして」

「あの人がこの住宅地に住んでいて、しかもぼくがそこで警備員をしている以上、きっとなんとかできると思うよ」とデニスが応える。「今電話したのは、きみたち親子が知ってるかどうかたしかめたかったからなんだ。そろそろ切らないと。主任がもうじき起きるからね」

「あまり寝てばかりいちゃだめと主任さんに言っといてよ」とデビー。「ああ、ほんとに興奮してきたわ！　明日にはニーナ・ワンドレイをこの目で見られるかしら？　明日というより、もう今日ね。わたしが出勤する前にでも？」

「それはどうかな」とデニス。「あの人には会いたがってる人が大勢いすぎるんだ。きみのお父さんも、すぐにでも会いたいと思っているんじゃないかな。あの人のことを話題にしはじめたり、モデルになった絵をきみに見せたりしているからにはね。それまではずっと死んだものと思わせてきたのに」

「父さんの帰りは晩いでしょうけど、帰ったらきっと問い糺すわ。もう知ってるかどうかを」

「それがいい」

そう言い残すと、デニスは受話器を置いた。

幹線道から高速で近づいてくるヘッドライトがある。ゲートが開け放たれた。栗色とクリーム色のツートンカラーの五五年式マーキュリーだ。ナンバーはＪＥ５――

おそらくマクワッケンフォード下院議員だ。ホワイトハウスでの夜間の会議かなにかからの帰りだろう――敷地内へと走りすぎていくのを警備員室の窓から覗き見ながらデニスはそう思った。開いたゲートがふたたび閉じられるとき、ふたつの大きな赤いテールランプのあいだの小さな白いナンバーライトの光のなかで、リアバンパーのナンバープレートが見え、ナンバーの残りの文字が読めた。マクワッケンフォードではなくハズルブライトの車だった。デニスは記録簿に入構時間を○《まる》○四一《まるよんひと》と記した。

つづいてもう一台やってくる。窓ガラスに顔を近づけてまた外を見やった。ふたたび開いたゲートへと車が近づいてくるとき、前側のプレートでナンバーの半分を読めた。残りの半分は敷地内に入ったあと、マグノリア通りへと向かっていくときの後方のプレートで読んだ。こちらがマクワッケンフォードだ。記録簿に○○四三《まるまるよんさん》と記す。

出かけている車はこれで残り四台となった。スロークのジャガーと、ガンベイのキャデラックと、J・A・スミスのアンバサダーと、イーヴンステラーの栗色とクリーム色のマーキュリーだ。

顔の傷が痛む。デニスの心はいつの間にかミグ・アレー〔朝鮮戦争での朝鮮半島最北部空域〕に戻っていた。僚機との通信も途絶え、視界ゼロの空を単身で飛んでいる。上方の雲のなかになにかがいる。デニスの機に向かって急降下してくる。大天使ガブリエルではなく、天から落とされた星たるソ連製の堕天使ルシファーだった。デニスはすばやく回避すべく、急旋回しようとした。ルシファーの進路を避《よ》けると同時に、機銃の全掃射により地獄へ送り返すべく……

ここポトマック・ヴィスタ・ガーデンズの警備など杜撰《ずさん》なものだ！　バイケンダーファーのような杜撰な主任が仕切っている程度なのだから無理もない。だがどんなところの警備であれ、当事者全員が杜撰でいいはずはない。どんなときでもつねに完璧な警備をしてこそプロというものだ。

どの車が入出構したかをナンバーですべてちゃんと確認できなかったとしても、推測で記録さえしておけばなんとか格好はつく。たとえばなにかの配達車が入構したなら、乗っているのは配達係と助手だろうと推測する。タクシーが入構したならタクシー運転手と乗客だろうと推測する。午後に二回夜間に二回ずつまわる警邏にしても、とくに警戒して記録するポイントが決まっているので、そこさえちゃんとやっておけばなんとかなる。

　一週間ほど前、おもに午後を担当する警備員ハミルトンが、警邏中に最後のポイントをすぎてから少し先まで散歩していった。ドッグウッド通りの奥のスローク邸からほんの少し先のあたりを。天気がよくて小鳥が唄ったり花々が蕾をつけていたりするのに誘われてのことだったという。若木のあいだをゆったり歩いていくのはたしかにいいものだろう。スローク邸の植木箱から二百フィートほど離れたあたりで、木立を抜ける坂沿いの高い鉄条網付き金網フェンスの下に、ハミルトンは奇妙な溝を見つけた。並みの体格の人間が底におりて通り抜けられるほどの大きな溝で、かなり前にだれかが無断で掘ったもののようだという。デニスは午前零時に出勤したときハミルトンからその話を聞いたので、すぐ自分の目で見て溝が本当にあることをたしかめた。そこで木立の下の地面から相当量の岩くれを掘りだして、それを溝に入れてふさぎ、もとに戻した。そのあとの夜間警邏のときもう一度見てみると、埋めた岩くれはそのままになっていた。

　このフェンスの下の溝というのは、大型の犬が骨を探して地面を掘りでもしたものか、あるいは坂の上に昔から点在する農家の子供たちが悪戯で掘ったものか、などとデニスは推測を巡らした。フェンスに囲まれた敷地で金持ちの人々がどんなふうに暮らしているかをこっそり覗き見るためだとしたら、たしかに子供の冒険心をそそることかもしれない。

　だがもしこのポトマック・ヴィスタ・ガーデンズでこれまでに泥棒の被害があり、且つまたフェンスの下の溝が今まで見つけられていなかったとしたら、秘かに出入りするためのルートとして泥棒が掘ったものかもしれない。あるいはもっと穿《うが》った見方をすれば、ここの住民にかつて泥棒だった者がまぎれこんでいる可能性もまったくなくはない。さらに言えば、入出構の記録が残っている訪問者のなかにもその種の輩《やから》がいるかもしれないし、記録されずに出入りする配達員やタクシー運転手の可能性もあるし、ほかならぬ警備員であるという場合もありえなくはないだろう。

いずれにせよ完璧な警戒というのは困難なのだ。場所がどこであれ、まただれにとっても。戦争ではそれが第一の法則となる。とくに空中戦においては。有翼のルシファーと戦うときには。

バイケンダーファー主任警備員の子供っぽい目がパッと開いた。眠らずにいたかと思えるほど瞬時に覚醒していた。デニスは弾かれたように机の席から立ちあがり、壁の掛け釘から巡回時計をとった。

「主任がお目覚めになりましたので、これから深夜一回目の警邏に行ってきます」とバイケンダーファーに告げた。「現在出かけている自家用車は四台です」

小柄な主任警備員は青い制服を着た妖精のように身軽に立ちあがった。

「わたしは眠ってはいなかった」制帽をかぶりながら言う。「ただ黙って考えごとをしていただけだ。そうだ、コーワン、今し方見た夢について話しておきたいと――」

デニスはかまわず警備室をあとにし、静かな足どりでマグノリア通りに入っていった。巡回時計の短くしたストラップを左手に持ち、右手は拳銃の銃把を押さえている。頬の傷が痛む。なぜ今かはわからないが。

左へ折れるとチューリップ通りに入るあたりまで来たが、そちらへは向かわず、いつもの時計まわりでガーデンズを巡回していく。右手のドッグウッド通りに入って十数歩進んだ。例の埋め戻したフェンスの下の溝をまずたしかめねばならない。そしてそこからは逆時計まわりでの巡回に切り替える。

先ほど警備室を出るとき、敢《あ》えて懐中電灯を持ってこなかった。雲のない夜空から射す上弦の月の光で充分明るい。左手ではドッグウッド通りとマグノリア通りに挟まれた三角形の木立がくだり勾配をなす。そちら側の道の片側には雨水溝が走る。木立には山法師が混じり、暗がりに仄白《ほのじろ》い花々を浮かべている。

左手の小藪が散らばる盛りあがった芝生の奥にはイーヴンステラー邸が建ち、そこからさらに三、四百フィート先がスローク邸だ。

イーヴンステラー邸の羽根板付きの大窓の内側から明かりが洩れている。車寄せの奥のガレージは扉があげられたままで、なかに車はない。つまり、二二四〇《ふたふたよんまる》あるいは二三四二《ふたさんよんふた》にガーデンズに戻ってきた車は、マリガン警備員が記録したとおりマートル通りのスパロウ医師の自家用車だった可能性があるわけだ。但し二三四二に戻ってきた車に関しては、シンドハットラかE・B・ジョンソンである可能性も残る――もし彼らがともに二二四〇にはまだ戻っていなかったとすれば、だが。

昨夜デニスが深夜一回目の警邏にまわったのは今夜の今現在の警邏より一時間半ほど晩く、午前三時十五分前ごろにはじめた。そのときはイーヴンステラー邸ではガレージに車があり、スローク邸に面する側の寝室から明かりが洩れていた。だがデニスがそちらへ近づいていくと、明かりがふっと消えたのだった。

芝生を前にして立つスローク邸は明かりが見えず、どこも真っ暗だ。車二台分のガレージの右側の扉があげられたままで、所有車ジャガーは出払っている。昨夜は車が二台ともあり、居間の大窓はヴェネチアンブラインドがあげられていたので明るい室内がよく見えた。白い笠付きの大きな室内灯があり、そのわきに立つ赤いパジャマ姿のスローク氏の顔と上半身が見えた。

細かいところまではっきり見たわけではないが、あまり賢そうな人物でないことは見てとれた――口をだらしなく半開きにしていたし、目は磁器製の人形の目みたいにきょとんとしていた。スローク夫人はといえば、『ブレード』の写真でもわかるとおりの美人なのだが。写真の夫人はどこかデビーに似ていた――デビーのキリッとした小さな口と顎を別にすれば。あの夫人はデビーをもっと頼りなくしたような感じだ。デビーにあれとそっくりの美貌になってほしいとは、デニスは思わない。二人は別の人間であり、それぞれの人生を歩んできたのだから。

ともあれ、スローク氏にも恵まれたところはある。少なくとも美しいニーナ・ワンドレイをわがものとしている点に関するかぎり。

少し奇妙なのは、夫の帰りを待っているはずの夫人が邸じゅうの明かりを消していることだ。普通の主婦は帰宅する夫のために少しは明かりを残しておくものだろう。

ドッグウッド通りの奥に立つ枯れた胡桃《くるみ》の木に、巡回時計記録用のキーが雨ざらしのせいで錆びた鎖でさげられているが、デニスは足を止めてキーを巡回時計に挿しこむことをしなかった。そのまま木立のなかを静かに進み、ガーデンズ外縁を囲むフェンスのほうへと向かっていった。

木立の茂みが月明かりをさえぎり、一画が暗がりになっている。それでも、埋め戻した溝はなんとかさぐりあてられた。暗いなかでしゃがみこみ、その姿勢のまま前へ進みながら地面を手でまさぐって溝の跡があるとわかった。

立ちあがって両手から土を払うと、枯れた胡桃の木のほうへと斜面を戻っていった。

巡回時計に挿しこむためキーへ手をのばした。そのとき、スローク邸の正面玄関のドアがバタンと閉じられたらしい音が聞こえた。二百フィートほど先だ。矮性柘植のわきの敷石の端をひとつの人影が走っていく。

人影は芝生のなかの敷石の小径《こみち》を音もなくくだり、イーヴンステラー邸のほうへ向かっていく。上着かシャツかわからないが黒っぽい上半身で、ズボンも同様だ。髪は灰色かあるいは白髪か。家々のわきの月明かりに照らされにくいところを駆け抜けていく。

デニスは誰何《すいか》の声をあげようと口を開きかけた。だがガーデンズの住民のだれかである可能性もあるので、深夜に大声で呼んだりして、無用に怯えさせるだけになってはまずい。

そこで、足音を殺して跳ぶように走りだすと、道から小藪の散らばる芝生へと入ってそこを突っ切り、駆けていった人影をただ黙って追いかけた。イーヴンステラー邸の玄関ドアが開け放たれた。明かりの点《とも》る玄関口に人影が駆けこんでいくのが見えた。そのあとドアが閉じられた。

五十フィートほどの距離まで近づいたところで、別の人影が見えた。やはり黒っぽくて見きわめがたいが、小股で駆けていくようすからして女性を思わせる。腰のあたりのふくよかさもそうだ。玄関口の明かりのなかまで来ると、すぐに邸内へ跳びこんでいった。黄色い縮れ毛の髪がわずかにかいま見えた。灰色でも白髪でもない。

バイケンダーファー主任とハミルトン警備員がイーヴンステラー夫人の容貌や服装について言っていたことを、デニスは思いだした。彼自身はこれまで夫人を実際に見たことはないが、今の人影がそうであるのはほぼまちがいない。

イーヴンステラー邸の正面大窓へと忍び足で近づいた。窓枠は胸あたりの高さだ。ヴェネチアンブラインドは閉められているが完全にではなく、細い光線が洩れている。邸のまわりの柘植木立のなかに立ち、ブラインドの細い隙間から窓の内側の室内を覗き見た。

年配の女性が片手を胸にあてて立っているのが見えた。比較的背が高く、顔には染《し》みが散らばり、垂らした前髪は漂白され、両肘の変色した赤いカーディガンと、濃い灰色のフランネルの下穿《したば》きを着ている。女性は窓辺に置かれた電話の架台から受話器をとりあげ、小首をかしげながらダイヤルをすばやくまわしていく。

推し量るところ、イーヴンステラー夫人は隣家すなわち美貌の人妻ニーナ・ワンドレイの住む邸に、主人スローク氏が不在のあいだに入っていたと見てまちがいあるまい。スローク邸は真っ暗になっているが、それはさておいても。ひょっとすると両家の夫人同士が暗くした居間で一緒にテレビを視《み》ていたのかもしれない。女性はそうするのを好むことがあるものだろう。深夜のテレビ映画の時間も今はとうにすぎているが。

ダイヤルをまわすイーヴンステラー夫人のゾッとするような顔が、半ば窓のほうへ向けられた。夫人の細い目がデニスを見ているかのようだ。だがブラインドの細い隙間越しでは、見きわめられているはずもない。覗き魔のような真似をしている男がすぐそこにいるとしても。デニスは身をかがめ、その姿勢のまま邸の外の木立から抜けだした。

スローク邸へと通じる芝生のなかの敷石の小径まで戻ると、矮性柘植の植木箱に挟まれたスローク邸の玄関へと近づいていった。玄関ドアのノブをそっとまわそうと試みた。ドアは施錠されていた。バタンという音が聞こえたとき鍵がかけられたのにちがいない。走っていくイーヴンステラー夫人を見かけたのはその直後だった。

スローク邸のなかからは物音ひとつしない。呼び鈴を鳴らしてみたい誘惑に駆られるが、それはこらえた。正面の大窓に近寄ると、窓枠はイーヴンステラー邸より高くて顎ぐらいの位置だ。窓枠を摑み、その上まで顔をぐいとあげた。

だが今夜はヴェネチアンブラインドが閉めきられていた。邸内の照明はどこも消されているようだが、居間のテレビだけ点けっ放しで、番組がすべて終わったあとの映像のない画面がごく淡い光を浮かべている。どうやら画面の前に掛け布が垂らされているらしく、そのせいでなおさら光が淡くなり、ブラインド越しに外まで洩れるにはとても充分ではない。

光はないにひとしい。物音もしない。スローク家には犬がいたはずだ、とデニスは思いだした。ハミルトン警備員が前に言っていた。だが犬の吠え声も聞こえない。番犬タイプではないのかもしれない。とはいえ小型のペキニーズだろうとあるいは大型のグレートデーンだろうと、窓から覗きこむ見知らぬ他人の臭いを嗅ぎつけていながら吠えも唸りもまったくしない犬はいなかろう。

デニスは窓枠から地面におりた。傷痕が痛む。堕天使ルシファーは近い。翼のはためきが聞こえる。

だが視界には入ってこない。

玄関前の石敷きの小径へと戻り、さらに枯れた胡桃の木まで戻った。キーを巡回時計に挿しこみ、当該地点の警邏を済ませた時間を記録した。ドッグウッド通りを引き返して右手のマグノリア通りへ折れ、逆順路でのキーによる記録をくりかえしていく。

拳銃を抜くことはまったくなかった（もちろん撃つため以外で銃を抜くことはつねにないし、人を殺傷するため以外で銃を撃つこともつねにないが）。声を出すことも足音を立てることもない。イーヴンステラー夫人は自分が音もなくあとを尾《つ》けられたことを知るはずがないし、電話しているとき窓から覗き見られていたことも知るはずがない。スローク夫人ことニーナ・ワンドレイとその愛犬もまた、自宅の玄関と窓に警備員が接近したことを知る由はない……

警邏をはじめて十五分以上経ったころ、半ばにあたるマートル通りの終点で六番目ないし七番目のキーを巡回時計に挿しこんだ。警備室のちょうど反対側となるそのあたりで、遅れて気がついたことがあった。

スローク邸とイーヴンステラー邸に意識を集中していたため、目の端で無意識に視界に入れていたのに忘れてしまっていた。ドッグウッド通りに沿う雨水溝が右側に走り、スローク邸の正面が左側に位置するあたりに来たとき、雨水溝のなかに人影がひそんでいたことを不意に思いだした。その影が冷たい目を向けていたことを。

午前一時を二十分すぎていた。デニスは拳銃を抜き放ち、急いでドッグウッド通りへと引き返していった。

『愉しき春』が終わり、クロード・スロークはほかの大勢の観客とともに長いロビーを経て、外の通りに出るべくコパブランカ劇場の正面扉口へと向かっているところだ。

腕時計を見ると、午前零時八分。昨夜はニーナと一緒に同じ映画館から出たのが零時五分だった。腕時計が三分進んでいるのかもしれない。あまりありそうにないことだが。いや、むしろありえないことだ——『愉しき春』の上映開始時間は昨夜も今夜も同じだったのだから。上映時間が長引いていないかぎりありえないだろう。考えられる可能性としては、昨夜は映画を観終えて興奮した観客の行列の先頭に近い位置にいたという場合だ。いずれにせよ、三分という差がことさら重要なわけではない。

ロビーの壁に並ぶガラスケース入りのポスターを見やった。『愉しき春』の上映期間が終わったあとに予定されている作品群のポスターで、上映室を出た観客がときおり足を止めて眺めていく。ロビーから歩道へと出る扉口のいちばん近くに客寄せ用として貼られている現在上映中の『愉しき春』のポスターには、主演のリタ・レイニーが納屋から逃げだす場面が描かれている。

ガラスケースのなかで『愉しき春』のポスターの背後にボール紙が斜めに貼られており、黒と銀の文字でこのように書かれていた――「日曜昼特別上映、ニーナ・ワンドレイ往年の名作『姫と獣』！」

商才に長《た》けたコパブランカ劇場の支配人はきっと『イヴニング・サン』を読み、ニーナ・ワンドレイが生存してしかもワシントン近郊に住んでいると知り、すぐに往年の出演作の上映権を入手したのにちがいない。幸いほとんどの旧作が今でも上映可能だった――唯一『止まった時計』を除いて。その映画だけは短期間存在した製作会社キング・グローア・プロダクションの所有だったが、会社が消滅したあとテレビ局に永続的に売却されたのだった。

たまたま今夜六チャンネルの深夜映画で放映されたので、もし在宅していればクロードにも視る機会があったのだが、それは叶わず終わった。というよりも、そもそも彼は知らずにいた。

ガラスケース内の告知を見たクロードは、もし明日またこの映画館に来れば『姫と獣』を観られるわけか、と漠然と考えた。妻の出演作をまだひとつも観たことがないのだから。『姫と獣』という映画は『イヴニング・サン』の写真からすると、有名な子供向け物語『美女と野獣』とは別物のようだった。映画のヒロインは毛深い〈獣〉を恐れる反面惹かれもするという役どころらしい。

だがあまりふさわしい時期とは言えない。今夜の『愉しき春』にしても、昨夜観たばかりなのにもう一度全篇観るというのが、本当にやりたかったことかというとわれながら疑問だった。おそらくニーナのほかの出演作も遠からず上映されるだろう。そして世界じゅうでいつでもどこででも観られるようになるのかも。

「腕時計がちょっと進んでいるようでしてね」観客たちがぞろぞろと扉口へ向かっていくただなかで、隣に立って同じようにポスターを見ているだれかにそう話しかけた。「今の正確な時間は、何時何分でしょう？」

隣にいるのは豊かな灰色の髪をした無帽の男だった。濃紺にわずかな赤い糸を織りこんだスーツを着て、堂々とした肩幅をしている。深みのある眼窩に具わる瞳は黒く、横長の口を引き結び、いかつい鷲鼻を持つ。男はクロードへ顔を向けると、彼の頭から爪先まですばやく見まわした。

「時間、ね」考えながら発した男の声には船鐘《せんしょう》のような豊かな響きがある。「正確に言えば〇〇〇《まるまるまる》九《きゅう》、つまり午前零時九分だね、腕時計によれば。通りの向かい側の飾り照明付きの大時計も同じだし、オールド・ポストオフィス・パヴィリオン〔ワシントンDCペンシルヴェニア通りの旧郵便局の建物〕の塔に具わる四つの時計も同じだし、夜空の星が示す時間も同じだ」

「どうもありがとう」クロードは笑いながら礼を言った。「まさに正確ですね。ぼくもそうじゃないかと思っていたんです。それにしても、いい映画でしたね。少し長かったですが。三時間以上坐りっ放しでしたから。背中がちょっと疲れましたよ」

いかつい顔の男はパイプを口に咥《くわ》えた。ポケットからマッチ箱をとりだして煙草に火を点けると、親指と薬指でマッチ棒をピンと弾《はじ》いて捨てた。マッチ棒は張りきった弓の弦から放たれた矢のような音をさせて、映画館の外の歩道へと出た人々の頭上を越えていった。男はクロードに対してはなにも反応を返さない。

「でもほんとにいい映画でした」クロードはかまわずつづける。「とにかくリタ・レイニーは非の打ちどころがありませんね。終始完璧でした。なかでもいちばん好きなシーンは、彼女が小川に跳びこんだところです。ステンシル文字入りの小麦粉袋製の下着〔一九四〇—五〇年代のアメリカで流行した〕だけの姿で小川を泳ぎ、使用人の男に助けられましたね」

いかつい顔の男は横目で見返しながら、マッチ箱をポケットに戻した。

「おれは九時一分きっかりに上映室に入った」男が口を開いた。「前から九列目の、右手通路から左側三番目の席に坐った。まず『クラック・キャット』の漫画があり、つぎにニュース映画、それから白黒のジャズエイジ短篇コメディが十五分つづき、そのあとようやくリタ・レイニー主演の本篇『愉しき春』がはじまった。終わったのは午前零時三分で、外の歩道に出たのは零時九分ちょうどだ。おれの名前はゴドフリー・J・ボドキンズ。今言えるのはそれだけだな」

クロードはぎこちなく笑った。

「細部にこだわりをお持ちのようですね、ボドキンズさん」と彼は返した。「ぼくはクロード・スロークといいます。どうぞよろしく。上映室に入ったのが九時八分だったので、『クラック・キャット』は観逃しました。じつのところ、夕食の時間を必要以上に長引かせてしまいまして。メイドを車に乗せてやったのと、車をターミナルガレージに駐めなければならなかったのも時間のロスになりました。いつもなら食事も映画も家内と一緒に楽しむんですが、今夜は彼女の旧友が大勢訪ねてきましてね。でもとにかく『愉しき春』は独りで最初から最後まで観られたわけですが。最後近くで、リタ・レイニーが古びた納屋から逃げだすシーンでは――」
「あれはありえないだろう！」いかつい顔の男がいきなり口を挟んだ。
「まったくです、あれはありえませんね」クロードは笑いながら返した。「そもそもあの映画では
ありえないことがたくさん起こっています。シーンをひとつひとつ細かく見ていくと。でもただ漫
然と観ている分にはある意味でおもしろくはあるんですが。あのプロットの流れでは、全篇を通じ
てつぎになにが起こるかが、知恵の足りない観客でも読めてしまいます。じつはぼく自身脚本家の
卵なんですが――」
「『無垢の瞳』では」いかつい顔の男が口を出した。「脚本家が台詞を言うシーンがある」
「いえ、ぼくが言っているのは、乗せてやったメイドをおろしたあと、車をターミナルガレージに
入れて――」
「『白い蝶』では」いかつい顔の男がまた割りこんだ。「主人公がメイドをおろしたあと車をガレー
ジに入れる」
「いえ、ぼくが言っているのは、〈ボントン・カフェテリア〉で夕食をとれるだけの時間があると
わかったので、ささやかな贅沢のつもりで――」
「『囚われの蘭』では」いかつい顔の男がまた言った。「主人公が夕食をとるシーンがある」
「いえ、ボドキンズさん、ぼくが言っているのは――」
「すぐ家に帰ったほうがいい！」いかつい顔の男がいきなり言った。
「なんですって？」クロードは驚いて目を瞠った。「家でなにかあったと言うんですか？　いった
いなにが――ちょっと待ってください、ボドキンズさん！」背を向けて去ろうとするいかつい男を

呼び止めようとした。「あなたはいったい何者なんです？　どうしてぼくの家のことがわかるんですか？　すぐに帰れといっても、あなたはわが家がどこにあるかも知らないはずで――」

「知っているとも！」いかつい顔の男が言い返す。「よく知ってる。だから帰れと言ってるんだ！」

当惑に呆然と口を開けて見送るクロードを残し、男はすたすたと去っていった。


コパブランカ劇場の外の通りを進んだ先の角を折れたところに一軒のバーがある。正面に大窓があり、壁にはたくさんの鏡が貼られ、青色のバーカウンターに赤い止まり木椅子が並ぶ。青いテーブルには赤い革張りクッションの席が具わる。窓辺の看板はバー〈ミラー〉と謳《うた》っている。

いかつい顔の男ことキング・グローアはその店に入っていった。いちばん奥の止まり木椅子に腰をおろし、バーカウンターに両肘をついて、広い肩をそびやかした。

「なんにします、大佐？」頭の禿げた薄桃色の顔のバーテンダーが声をかけた。

「ゾンビ〔ラム酒ベースのカクテル。本作より後年の映画『ティファニーで朝食を』で知られる〕を頼む」とグローアは答えた。「急いでくれ、イグナッツ。とんでもない話を聞いたばかりなんだ」

「どうしてわたしの名前がイグナッツだとわかったんです？」バーテンが野太い声で笑いながら訊き返した。

「きみはどうしておれが大佐だとわかった？」

「お客さん、ときどきうちにお越しになりますよね」バーテンが鋭く言った。「そのときいつも大佐だとおっしゃっていましたので。わたしの名前のほうはといえば、すみません、冗談です。イグナッツという名前じゃありません。フレッドです、フレッド・ジャクソンといいます」

「そうかい。ここに立ち寄るといつもきみがイグナッツだと言ってたような気がしたんでね」とグローアは返した。「でもおれのほうも冗談だよ。自分のことをナポレオンかマールバラ公爵かアメリカ軍統合参謀本部議長だと思っているような、いつも肩で風を切って歩く忌々しい大佐なんていう種族じゃないんだ。名前はジャクソンという」

「お客さんもジャクソンさん?」バーテンはカウンターに両方の掌《てのひら》をつき、驚きの声をあげた。「ほんとだったらすごい偶然ですね！　ひょっとして、ウェストヴァージニア州ピスカタチョグ郡のご出身で?」

「生まれたのはノースカロライナ州だ、ずいぶん昔の話だがね」とグローアは答えた。「故郷にはもう二十年も帰っていない」

「では、どこかでつながりがあるというわけじゃなさそうですね」バーテンはさも残念そうに言う。「わたしとつながりのあるジャクソンはみんなピスカタチョグ郡の出身なんです。両親は結婚する前からどちらもジャクソンでした。つまり二人とも生まれてからずっとジャクソンでしたが、二十年前のある晩に一緒に溺れ死んでしまいました。ビッグロードでワイルドウーマン川に架かる橋が落ちたためにね。同じ墓に埋葬されていますよ。ひょっとしてお客さんは、わたしの伯母のメアリの息子の一人じゃないかなんて思ったんですが。なにしろメアリ伯母には息子が十四人もいるもので。しかも全員が海へ出たんです。そのうち七人が海軍に入って、三人と四人がそれぞれいちどに船の撃沈で死んだという知らせがあったそうです。でも伯母は信じなくて、みんないつか帰ってくると思いつづけています。でもお客さんが伯母をご存じないなら、息子じゃなさそうですが」

「子供というものはみんながみんな自分の母親がだれか知っているとはかぎらないだろうがね」と

グローアは返した。「ただ、おれの場合は母親がだれか知ってる」

目の前のバーカウンターに置かれた真鍮の大きな灰皿の上からマッチ箱をどかした。

「おれの父母もきみのご両親と同じく、二十年前に死んだよ」グローアはなめらかなカウンターに置いたマッチ箱の角を指でつつきながら言った。「うちの両親もいつも一緒でね、死んだときもそうだった。ある意味で幸せな死に方かもしれないな。ジャクソンという名前の夫婦はみんな最期までつれ添うんだろうかね、フレッド？ それがおれたちジャクソンの運命なのかな」

「そうかもしれませんね」とバーテン。「ジャクソンという夫婦は、離婚裁判を起こすなんてことがないんじゃありませんか？ わたし自身、離婚するぐらいなら女房を殺したほうがいいと思っていますよ！ あいつがなにをやらかしたとしてもね。ところで、ゾンビにはどんな種類のラム酒を使いましょうか、ジャクソンさん？」

「悪いが、オールドファッションドに替えてくれないか」グローアが言った。「きみもおれも古きを尊ぶ男同士《オールドファッションド》だからね、フレッド。死人も生き返るほどの古風さを、ほかの客に見せつけてやろうじゃないか」

「ケンタッキー・スプレンダーにしましょうか？ バーボンのね」

「客の心を読む名人らしいね」とグローア。

「コパブランカ劇場でかかってるリタ・レイニー主演の『愉しき春』はもうご覧になりましたか、ジャクソンさん？」バーテンはウイスキーをボトルからグラスに注ぎながら言った。

「いや。昔舞台劇でやったのは観たがね。あの映画、きみは観たのか？」

「ええ、昨夜非番でしたので」とバーテンは答えた。「とてもよかったんですよ！ とにかくリタ・レイニーが魅力的でしたね。是非ご覧になるようお勧めします」

「おれの好みじゃなさそうだ」とグローア。

「わたしも今になってみると、昨夜はやめとけばよかったかなと思ってるんですよ」

「どうして？」

「明日の昼上映で二本立てにするらしいんです。もう一本ニーナ・ワンドレイの『姫と獣』を加えて、しかも料金は今日と同じで。あの映画はご覧になってますか？」

「観てるよ。ずいぶん前だが、封切りのときにね」

「わたしはまだなんです」とバーテン。「ニーナ・ワンドレイのほかの出演作は全部観てるんですがね。いや、最後の『止まった時計』もまだだな。ワンドレイが殺される役どころらしいので。犯人役が憎くなると困るんでね。たしか、明日やる『姫と獣』でも悪役をやってる俳優ですよね。名前はゴーアだったかな。カクテルお待たせしました、ジャクソンさん」

「ありがとう、フレッド」

グローアは一ドル札をカウンターに置いて、お釣りの二十五セントを受けとり、バーテンがレジスターに七十五セントを打ちこむ音を聞いた。

出されたカクテルはそのままカウンターに置いて、どかしておいたマッチ箱からマッチ棒をたくさんとりだし、二本ずつ十字型に注意深く積みあげて小さな塔を作りはじめた。

そのとき店の戸口から男性客が一人入ってきた。薄い砂色の髪と淡い青色の目をした男で、耳はいくぶん尖り、鼻にはかなりのそばかすが散り、絹と綿を合わせた暗灰色のイタリア製スポーツジャケットを着て、綾目織《ギャバジン》のスラックスを穿き、灰色のシャツの襟もとに青い捺染地《フラール》のボウタイを締め、青い鞣裏革《スエード》の靴を履いている。グローアはマッチ棒を積みながらそちらを斜《はす》に見やった。

「コークをひとつ」と男はバーテンに告げ、バーカウンターをひとわたり奥まで眺めやった。

ポケットに手を入れると、十セント貨を二枚とりだしてカウンターに置いた。バーテンがグラスにコークを注ぎ、指の背で客の前へ押してやった。

「十セントでけっこうです」とバーテン。

「わかってる」と客の男。「よく知ってるよ。コーク一本を五セントで買えるドラッグストアも知ってる。でもせっかく家から出かけて、ひととき憂さを忘れてくつろげる時間を手に入れるのに、十セントを惜しいとは思わないからね。十セントをもう一枚置いたのは、ジュークボックスをかけたいので、五セント二枚に両替してほしいからだ」

「二枚で足りるので？」とバーテン。

「ほかの持ち金は二十ドル札一枚だけなんだ。五セント硬貨一枚のためにそれを出して割ってもらうのも悪いからね。これを一杯飲んだらもう一杯飲みたくなるかもしれないから、割ってもらうのはそのときでもいいだろうと思って」

「ご面倒をおっしゃる方はちょっと」とバーテンが言いだした。「うちも品のある店のつもりですのでね。ご遠慮いただくこともあります」

「わかってる」客の男は少し傷ついたようすで言い返し、砂色の毛の生えた右手でコインをとりあげた。人差し指が欠けている。「今までにぼくが面倒を言ったのを見たことがあるかい？　ここにはちょくちょく来てるんだ、十回前後はね。常連と言ってもいいかもしれない。昨夜も家内と一緒に来たばかりだ」

「昨夜は非番でしたので」とバーテン。『愉しき春』を観に行ってきました」

「どうりで昨夜とちがうような気がしていたよ。顔を憶えるぐらいの頭は持ってるからね」

「だれしも自分の顔がついた頭を持っていますからね」とバーテン。「頭が胴体にくっついてるというのはいいものです」

「ぼくたち夫婦は昨夜、あそこの窓辺のテーブルに席をとってた。きみも非番じゃなかったら見てたにちがいないがね。楽しくすごさせてもらったよ。近所のイーヴンステラー大佐がたまたまやってきて、一緒に飲んだんだ。ぼくはコーク二杯だった。大佐はもう少し一緒に長居してはと言ってくれたんだが、運悪く家内が頭痛気味だったんでね、それで早めに退《ひ》きあげた」

「主婦の方というのは頭痛持ちが多いですからね」とバーテン。「コークも二杯飲めば充分でしょうし。ときどきこのカウンター席でコークばかり何杯も飲んでいくお客さんがいますよ、わたしを相手にいろいろ愚痴をこぼしながらね。そのうち腹いっぱいになって飽きてしまうようですが。そういうのはお客さんの表情でわかりますから」

「そうだろうね。あんたたちも客の愚痴を色々聞かされるだろうな」

「まあ、そのためにここにいるようなものですから」とバーテンは愛想いいことを言った。「お客さんの愚痴を聞いてあげるのもいいものです。そのおかげで、コーク一杯にも五セントじゃなく十セントいただけるわけですから」

「今までそんなふうに考えたことはなかったな。ぼく自身はといえば、愚痴といってもブーブーうるさく言ってきたつもりはないね。うるさい輩《やから》は嫌いだからね。なによりこの店が好きだし、家内もそうなんだ。ほんとは今夜も二人で来るつもりだったんだが、彼女が膝を痛めちまってね。そのうえよりによって、彼女が以前結婚してた男たちが偶然にも同時に訪ねてきた。まるで地獄の釜の蓋が開いたみたいなものさ。これはもう、ぼくはその場にいないほうがいいと思ったよ。連中がまだわが家にいるかどうかはわからないがね。ここを出る前に電話してたしかめたほうがいいかもしれないな。イーヴンステラー大佐は今夜はまだ来てないかい?」

「大柄の太った方ですね」バーテンが返した。「銀の翼の徽章が付いた、空軍の制服を着ている方だと」

「ちがうね。割と小柄な人で、白シャツに濃い灰色のスーツを着て、黒ネクタイを締めてる。葬儀屋みたいな恰好をしてるんだ。仕事で晩くなったときはいつもここに寄ると言っていたんだがね、寝る前の気つけを飲みにくると」

「おそらく知ってる方だと思います」とバーテン。「ウィッフェンプーフ〔伝説上の巨大魚の怪物〕はどこに行けば見つかるかといつも訊く人ですね。わたしのことを〈ジグズくん〉と呼ぶし。とにかく、その人は今夜は来てませんね」

客の男はカウンターに置いたコークを飲んだ。それから後方の奥の壁ぎわできらきら光っているジュークボックスへと向かっていった。グローアは依然としてその男を控えめな視線で注視しつづけている。

男はジュークボックスに五セント貨を入れた。物悲しい南部ふうのバラードの旋律が店内を満たす。男はコークのグラスを手にしたままその場に立ちつくしている。

グローアはバーカウンターの上へ手をのばして、もうひとつある真鍮の大きな灰皿の上から新たなマッチ箱をとりあげた。マッチ棒を全部カウンターに出して、すでに八十本積みあげた塔を建て増しはじめた。鏡へこっそり目をやると、例の男がテーブルのほうへ向かっていくのが見えた。途中でためらうようなそぶりを見せたと思うと、不意に別の方角へ顔を向けた。そこでまたためらいを見せたあと、ゆっくりと半円を描くようにして、グローアの坐る止まり木椅子に近づき、隣の席に腰をおろした。

「すみません、ボドキンズさんですよね?」さも申しわけなさそうに問いかけてきた。「ちょっと隣に坐らせてもらってもいいですか? 今夜は家内をつれてくるわけにはいきませんでした。彼女の昔の友だちが大勢押しかけてきたもので。おかげでぼくはまたも独りきりで――」

「なんだって? ああ、またきみか!」とグローアは返し、顔もあげずにマッチを注意深く積みつづける。

「ええ、またぼくですよ、ボドキンズさん。憶えていてくれたんですね。クロード・スロークです、コパブランカ劇場で『愉しき春』を観たあと、たまたま一緒に外に出てきた――」

「どうしておれのあとを尾《つ》けてくるんだ?」グローアは少しつっけんどんに言った。

「あとを尾けるですって? とんでもない! ぼくがどこに住んでいるかをどうしてご存じなのか知りたいだけですよ」

グローアはマッチをさらに一本注意深く塔に積み重ねたが、返事はしない。

「じつのところ、人を観察するのも好きでして」クロードは控えめな調子で言った。「それなのに、どうしたことか、あなたのお顔を以前にもどこかでお見かけした気がしながら、それがどこだったか思いだせないんです。こんなことを言うのはなんとも失礼な話ですが。まさか、ぼくの職場の畜産会計院にお越しになったことはありませんよね、ボドキンズさん? それはたしかだと思っています。公務員の仕事柄か、会った人の顔はほとんど記憶していますので。結婚前にぼくが住んでいた下宿屋に、あなたも住んでいたとも思えないし。〈ボントン・カフェテリア〉やこのバー〈ミラー〉で前にお会いしているわけでもないでしょう。ターミナルガレージで働いていらっしゃるなんてこともなさそうだし、もちろんどこかで会った警察官の方でも、どこかで乗ったバスの運転手さんでもないですよね。理髪店の方でもないでしょうし」

グローアは自前のマッチ箱をポケットからとりだした。ほかにもまだふた箱あるのがわかった。どこかから失敬してきたものだろう。とりだしたひと箱からマッチ棒を全部カウンターにぶちまけ、塔をさらに高めていった。依然として返事はしない。

「きっとあなたもポトマック・ヴィスタ・ガーデンズに住んでいらっしゃるんでしょう、それで記憶にあるのかも」と客の男クロード・スロークはつづける。「ぼくたち夫婦はあそこに住みはじめてからまだ半年にもなりません。家内の前の結婚相手については、最後の一人は顔も見たことがありません。夫婦で出かけることもそう多くはなく、まだハネムーンのつづきみたいな気分でいます。ガーデンズの家に住みはじめた最初の夜は、家内がいなくてぼく独りですごしたし。それなのに彼女の前の亭主たちがあんなにいちどきに押しかけてくるとは、まったく想像もできないことで――」

「なんだって？」グローアがいきなり口を開いた。「まさかそんなことが！」

「ええ、ぼくもまさかと思いましたよ、ボドキンズさん。もしあなたが映画の脚本家で、なにか話を書きたいと思っていらっしゃるとしたら、題材にさしあげたいくらいです」とクロードは言って笑った。「一人の女の前夫たちが同時に押し寄せてきたんですからね。まるで地獄の釜の蓋が開いたみたいに。玄関を開けて彼らを目にしたときのぼくときたら、鳥の尾羽根《おばね》で煽ったただけでも倒れそうに見えたでしょう。連中はぼくが家内とのうのうと暮らしてるのが気に入らなかったにちがいありません。もう逃げださずにはいられませんでしたよ、まるで自分の家から追いだされるみたいにね。全員がいまだにわが家に居残ってるかどうかはわかりませんが――」

「もういい加減にしてくれ！」グローアが怒鳴った。「早く家に帰れと言ったはずだ！」

クロードは喋りつづけたせいで口に唾《つば》が湧いたまま、驚きに目を瞠《みは》った。

「どうしてそればかり言うんです、ボドキンズさん？」と問い返す。「あなたはまったくわけのわからない人だ！　うちに押しかけてるあの三人の男どもよりも、よほど理解できない！　ほんとはぼくと会ったことなんてないんでしょう。すぐ家に帰れとか言ってるけど、ぼくの家がどこにあるかも知りもしないで――」

「もうたくさんだ！」

「なんですって、ボドキンズさん？」とクロード。「ぼくに向かって地獄《ヘル》とは？」

グローアはいかつい眉間の下から昏いまなざしで見返した。

「きみの住み処は地獄だ。だからそこに帰れと言ってるんだ」

脆いマッチ棒の塔へ目を戻し、握りしめていた一本を加えた。隣へ視線をやることもないまま、そこにいるクロード・スロークが息を呑むさまがわかった。唾の大きな塊が喉をくだっていき、喉仏のあたりにつっかえるさままで見えるようだ。

クロードはグラスを持ちあげ、コークを啜った。しばらくして止まり木椅子からおり、グラスを持ったままふたたびジュークボックスへと向かっていった。もう一枚の五セント貨を入れながら肩越しに振り返り、淡い青色の瞳でグローアを見やった。

別の南部ふうの歌が物悲しく流れはじめた。クロードは重い足どりでバーカウンターに戻り、こんどはずっと離れた店の前側の席に腰をおろした。如何にも誇りを傷つけられたようすでコークを啜った。

グローアは自分のオールドファッションドをまだひと口も飲んでいない。ポケットにまた手を入れ、残りのふたつのマッチ箱も出した。ひとつはスウェーデン製のマッチだが、パリのホテル・サン・ドニのラベルが貼られている。もうひとつはソ連製だが、ラベルのマジャール語はブダペスト産と記している。ふたつとも中身を全部カウンターにぶちまけ、さらに入念に塔を高めていった。

バナナみたいな莫迦づらをさげたあの男は、もし自分の肘で少しでもバーカウンターを揺らしたりしたなら、注意深く積みあげたこの美しい塔が瞬時に崩れ去ることすら理解できないだろう！あいつにはわからない芸術なのだ。すべてのマッチ棒が正確に所定の位置に積まれている。どんなに才能や閃きがあっても、一日でできるようになる技ではない。あんな莫迦者には一生できっこない。

小柄な年配の客が入ってくるのを、グローアは目の隅で捉えた。国務・陸軍・海軍ビルでよく見かける男だ。いつも廊下やロビーをちょこまかとせわしなく動きまわっている姿は、あっちの草からこっちの草へと忙しく走りまわる蟻を思わせる。そうやってすばやく立ち働かないと今にも蟻の巣が雨で流れてしまうとでも言うかのように。

イーヴンステラーだ――グローアは塔を積みながら名前を思いだした。国務・陸軍・海軍ビルで彼自身のいる階のちょうど下の階で勤務している男で、たしか陸軍の機密情報関係の仕事をしているはずだ。顔を見かけたことがあるから知っているという程度で、イーヴンステラー自身は彼のことをまったく知らない。だがそのほうがいい。知る者が少ないほど。

「これはどうも、大佐！」薄桃色の顔をしたバーテンダーことフレッド・ジャクソンが客に声をかけた。

「やあ、ジグズくん。その後ウィッフェンプーフの居場所についてはなにかわかったかね？」イーヴンステラーは華やかなりし九〇年代《ゲイナインティーズ》〔アメリカ大衆文化が活発化した一八九〇年代〕そのままに挨拶を返した。

そのころクロードはコークの残りを飲み干していた。

「こんばんは、イーヴンステラー大佐」と彼も声をかけた。

「どうもこんばんは、スロークさん！　ここに来れば奥さんともお会いできると思ったんですがね！」と大佐。「今夜もご一緒していただけますかな。奥さんがいらっしゃらないのは残念だが」

グローアは十フィートほど離れたカウンター席からそのようすを眺め、また一本マッチをつけ足した。

「家内はちょっと膝を傷《いた》めましてね」とクロードは言いわけした。「おまけに彼女の昔の友だちが大勢押しかけてきまして。そのなかにはあなたがご存じの海兵隊の大佐も含まれています。ぼくは事情があってメイドを街まで車に乗せてきてやるついでに家を出てきましたが。今夜は客がみんないなくなるまで帰らないほうがよさそうなんです。帰れるようになったかどうか、あとで電話してみないと」

「それじゃ、お客さんたちが帰ってからでも、奥さんをここに呼んだらいいじゃありませんか！」イーヴンステラーは喜び勇んで言った。「まだ宵の口ですぞ。夕方から百時間も経ったわけじゃなし。お宅にはもう一台ワゴン車があるから、奥さんに運転してきてもらえばいいでしょう。タクシーを呼ぶまでもなく。そうしたらここの屋根が落ちるほどみんなで騒いで楽しめるというものです！　どうです、今すぐ電話なさっては？」

グローアはまた一本積んだ。

「もし客が帰ったあとだとしても、彼女が出かけてきたいと思うかどうか」とクロード。「さっき言ったように膝を傷めていますから。しかもかなり痛むらしいのでね。とにかく訊いてはみましょう。もし出かけられそうだったら、大佐の奥さまもおつれするように言いましょうか」

「その必要はまったくありませんぞ！」とイーヴンステラーは言いきった。「どうかスローク夫人お独りで来てくださるように。もちろん、お客さま方が帰っていたらの話ですが」

「とにかく説得はしてみましょう」とクロードは応えた。「大丈夫と約束はできませんが、そのように努めてみます」

空《から》のグラスをカウンターに置くと、椅子から滑るようにおり、こわばった筋肉をほぐすように両腕を左右へ大きくのばした。身長は人並み程度のクロードだが、のばした両腕は異様に長く見える。ゆっくりとも速いともつかないほどほどの歩調で、ジュークボックスよりさらに奥にある電話ボックスへ向かっていった。〈男性用／女性用〉と記されたトイレにちかい青色のテーブルの前をすぎて電話ボックスに入り、後ろ手にドアを閉めた。

バーカウンターの内側の鏡に映るそのようすを、グローアはいかつい眉の下から覗き見ていた。だらしない口もとをした愚昧な男が受話器をフックからとりあげるのを、電話ボックスのドアのガラス越しに眺めた。男は受話器を耳にあて、ダイヤルをまわしはじめた。

グローアはじっと持ったままでいたマッチ棒をカウンターに落とすと、積みあげた塔を片手で薙ぎ払った。マッチ棒はカウンターの上に散らばり、あるいは下の床へと落ちていく。オールドファッションドをすばやく呷《あお》って飲み干すと、グラスを置き、クロード同様滑るように椅子からおりて、店の外へ出ていった。これ以上ここにはいられないとばかりに。

一分ほどして、クロードは受話器をフックに戻した。

ドアを開けて電話ボックスから出てきた彼の顔は、眉間の皺で怪訝さを示している。しぶしぶというようすでバーカウンターへと戻っていくが、途中で足を止めて電話ボックスのほうへ振り返ったりする。止まり木椅子でグラスの酒を半ばまで飲んだイーヴンステラー大佐が期待しつつ待っているところへ、クロードはようやくたどりついた。

「奥さんを説得できましたかな、スロークさん?」疑わしげに大佐が訊く。「だめでしたか? 少し時間が晩すぎるのはたしかですからな」

「それが、電話に出ないんです」とクロードは答えた。「なぜなのか、わけがわかりません」

「ウェイド大佐をはじめとするお友だちはもう帰ったんでしょうな?」

「たぶんそうだと思いますが」とクロードは怪訝そうに言う。「電話が鳴っているのに聞きつけていないとしたら、おかしなことです。ベッドで寝ているとしても、電話の音は聞こえるはずですから。ひょっとしたら、友だちのだれかに外で一杯やろうと誘われて、家を出たのかもしれない。だとしたらちょっと困ったものですが」

「わが家にいらっしゃっているのかもしれませんぞ」イーヴンステラーが期待をこめるように言った。「奥さんがお独りでいることにもしヒリーが気づいたとしたら、電話してわが家に呼び、一緒にお茶でも飲んでいるのかもしれません」

「それなら幸いですが」とクロード。「もし旧友たちのだれか一人と一緒に家にとどまっているんだとしたら、困ったものです。そのせいで、電話が鳴っているのに関心を払わないとしたらね」といってぎこちなく笑った。「ぼくたちはあなた方ご夫妻ほど結婚生活が長くありませんのでね。初めて骨にありついた仔犬みたいな気分です。イーヴンステラー大佐、すみませんが、奥さまにちょっとわが家を覗いていただいて、家内が無事でいるかどうか——もちろん無事だとは思いますが——見ていただいてもよろしいでしょうか？」

「いいですとも！」イーヴンステラーは即答した。「ヒリーは喜んでようすを見に行くでしょう」

「ではお願いします」とクロード。「奥さまはご在宅でしょうから」

「ええ、ヒリーはいつだって家にいますとも！」

「ぼくもこれまではつねにそう言ってきたんですがね、妻は家にいると。奥さまに呼び鈴を鳴らしてもらって、もし返事がないようだったら、前にお話ししたところにある玄関の鍵を使って——」

「憶えていますとも！」とイーヴンステラー。「右側の植木箱に隠してあるんでしたな。昨夜ヒリーにも教えてありますから。わたしたちも同じところに入れておくんですよ。もし奥さんがわが家に来ていなくて、呼び鈴にも返事しないときは、お宅のなかに入って居間か寝室を覗いてみるようにと、ヒリーに言いつけましょう。喜んでやると思いますのでね」

　イーヴンステラーはいそいそと電話ボックスへ向かっていった。クロードは財布をとりだし、二十ドル札を抜きだした。

「コークをもう一杯頼む」とバーテンに告げた。「大佐にはさっきと同じのを作ってやってくれないか。これでまとめて払うから」

「気前がよろしいことで。そういう方だと思っていました」

バーテンはそう言うと、グラスにコークを注いでカウンターに置き、それから大佐用にバーボンをダブルで注いだ。二十ドル札を受けとって、レジスターに八十五セントと打ちこみ、お釣りとして五ドル札一枚、一ドル札四枚、十セント貨一枚、五セント貨一枚の計十九ドル十五セントをとりだした。

このあとターミナルガレージの駐車料金一ドル二十五セントを支払うとしても、まだ十七ドル九十セントが手もとに残る、とクロードは計算した。もう少し使っても気にならない。夜中に街に出たにしては安いほうだろう。

札は財布に仕舞い、硬貨はポケットに入れた。二杯目のコークのグラスと二セント貨を持ち、またジュークボックスへ向かった。このたびはクラシックな選曲にしようと考えた。オペラ『トリスタンとイゾルデ』のなかの「愛の死《リーベストート》」はニーナとカーロッタがともに好みとする曲だが、このジュークボックスには入っていない。リーベストートという発音はクロードにいつもベシー・リー・タットを連想させる。故郷カーガー郡出身のその名前の少女は十三歳のときすでに成人の女性のように体格がよくて奔放で、十七歳のときモー・ターニプシードという男とトラブルを起こしたせいで死んだ。治療できる医者はいなかった。

ベシー・リー・タットが好きだった「恋人よ帰れ！」はクラシックな選曲と言えるだろう。長い髪を両肩に垂らした姿の彼女が、パーソン・マクウェイの墓の前で唄っていたのを思いだす。

イーヴンステラー大佐が奥の電話ボックスから出てきて、バーカウンターの席についたクロードのそばに戻ってきた。

「お宅の奥さんは、わが家には来ていないそうです」大佐は落胆もあらわにそう知らせた。「ヒリーが外から見たかぎりでは、お宅は真っ暗なようです。奥さんは家じゅうの明かりを消して寝室に入ったのかもしれません。寝室のドアを閉めてしまえば明かりも洩れないし、とヒリーは言っていました。これからちょっとお宅に近寄って覗いてみるそうなので、なにかわかったらここに電話するはずです。あるいはもし奥さんが寝室から出てきたなら、ご本人から直接ここに電話してくれるようヒリーが頼むと思います」

「それはありがたい」とクロード。「おかしなことになっていないといいんですが。たぶん大丈夫でしょうがね。でもつい心配になってしまいます、初めて骨にありついた仔犬みたいに」

「それは当然というものですぞ、スロークさん！」小柄な大佐は熱心に言った。「奥さんは値段のつけられない宝物《たからもの》ですからな。でも心配には及ばないでしょう。そういうときのためにわたしたち隣人がいるんですから」

「そう言っていただけると心強い」とクロードは返した。「大佐ご夫妻は望めるかぎりの最良の隣人だと思っています。そこにあるグラスは大佐の分ですので、どうぞ。代金はもう払ってあります」

「これはご親切に、スロークさん！」と小柄な大佐は言って、グラスをとりあげた。「一杯よりたくさん飲むのは稀なんですがね。といっても飲めないわけじゃありません。それどころか、何杯飲んでも飲んだと感じないほどでね。水みたいにガブ飲みです。でも道徳的には、ここでやめられるってところを見せませんと。つぎはお返しにわたしが奢《おご》りましょう」と言ってから、最後につけ加えた。「おたがいに今のを飲み終えてからね」

「お返しをいただくほどのことじゃありません」とクロード。「コーク二杯がぼくの限度です。大佐の奥さまにご面倒をおかけするので、そのお礼の意味というだけですから。そうだ、いいことがあります。家内が間引きした房咲《ふさざ》き白水仙の球根がいくつかあるんです。球根は多すぎてもいけませんからね、間引きしないと。つぎの年巧く咲かせるには。明日にでも大佐の奥さまのところに少しお持ちしますよ」

「それはまた、嬉しいことですな」言いながらイーヴンステラーは二杯目の酒を半分ほど呷った。

「ヒリーは花が大好きですから」

「ニーナもです」とクロード。「明日、白薔薇の花束を買ってやろうと思ってます」

「ほう、なにかの記念日で?」

「いいえ、とくに記念というわけじゃありませんが。先週の水曜に家内が買った赤い薔薇が花屋から届きましてね、居間のグランドピアノの上に飾ってあるんですが、そろそろ萎《しお》れてくるころですので。六ドルかかりましたが、じつは花屋がまちがえたんです。家内が注文したのは花の小さい白薔薇だったので。花の大きな赤いのはあまり好きじゃないそうで。それで代わりを買ってやろうと思ったわけです」

「そういう細かい心配りが、ご婦人方には嬉しいものですからな」とイーヴンステラー。「わたしもヒリーの誕生日には、いつもキャンディーのアソートボックスを買ってやるのを忘れないようにと努めています。それと、結婚記念日には緑のカーネーションをね。ちょうど聖パトリックの祝日〔アイルランドのカトリックの祭日。三月十七日〕ですし」

「もちろん憶えていますよ。大佐ご夫妻のお車に同乗させてもらったときですね。ひと月半前になります。光陰矢のごとしですね！」

電話ボックスの電話がうるさく鳴りだした。

「きっとヒリーです」とイーヴンステラー。「奥さんが眠っているとわかった、といった知らせじゃありませんかな。スロークさん、電話に出られますか？　それともわたしが？」

「ぼくが出ましょう」とクロードは答えた。

止まり木椅子からおりようとして、ふと動きを止め、コークがわずかでも残っていたら飲み干してからにしようかと考えた。電話は鳴りつづけている。公衆電話が鳴るときはとくにうるさく感じる。グラスを置き、ようやくそちらへ向かっていった。

「落ちつけ、莫迦野郎！」小声で自分に毒づく。

電話ボックスに入り、ドアを閉める手間も省いて受話器を手にとった。

「スロークです。今、バー〈ミラー〉にいるわけですが」と言って、言いわけがましい笑いを洩らした。「ニーナは元気でいるでしょうか、イーヴンステラーさん？　ご面倒をかけてしまってすみません。でもつい心配になったものですから。初めて骨にありついた仔犬みたいに」

「ああ、スロークさん！」と大佐夫人の声。

「どうかしましたか、イーヴンステラーさん？」また気まずい笑いが洩れた。「仔犬がいちどにたくさん生まれたみたいな声を出されましたが」

「ああ、スロークさん！　わたし、お宅に近づいてみたんですけれど、まだどこも真っ暗なんですのよ！　しかも玄関で呼び鈴を三回鳴らしたのに、いっこうに返事がないんです！　そこで、植木箱から鍵をとって玄関ドアを開けて、それから、それから――」
「それから？」クロードは促しながらまた笑いを洩らした。「廊下の明かりを点けて居間に行かれましたか？　それから寝室にも？　そしたらニーナは寝室で寝ていたんじゃありませんか？　きっとまた睡眠薬を服《の》んでから寝たんでしょう。そのせいでぼくが電話したとき出なかったんじゃないかと」

イーヴンステラー夫人は死にそうな喘《あえ》ぎを洩らした。

ああ、いったいなんていうやりとりをしているんだ！――とクロードは思った――まるで地獄の釜の蓋が開いたみたいじゃないか！

「こう言ってる男の声が聞こえたんですの――『彼女が死んでるぞ、マイク！』」イーヴンステラー夫人は恐怖の滲《にじ》むかすれ声で喘いだ。「それから別の声がこう言うんです――『みんな逃げたほうがいい！　このままだと人殺しになるぞ、ビフ！』――とにかくそんなふうなことを言ったんです！　わたしは驚いて玄関を閉め、外へ走りだしましたわ！　そして警備室に電話したんです。そしたら主任警備員さんが、今はまだ行けないと言うんですのよ。もう一人の警備員が警邏している最中だからと。おそらく三十分ほどしたらドッグウッド通りに行くはずなので、立ち寄るよう連絡しましょうと。でもそんなに長く待っていられませんわ！　郡警察に知らせたほうがよろしいかしら？　そのほうが早く来てくれるんじゃないかと」

クロードは目眩《めまい》がするほどの当惑に襲われていた。

「いや、今はまだそうしないほうがいいと思います、イーヴンステラーさん」叶うかぎりの力を振り絞って、声に落ちつきと穏やかさをこめようと努めた。「きっと大丈夫だと思いますから。心配しすぎる必要があるようなことはそうないはずだと。ぼくはニーナにいつもそう言ってるんです。今夜は彼女の前の夫たちが訪ねてきて、そのなかにマイクと、それからクリフと呼ばれる人がいます。さっきビフとおっしゃったのは、たぶんクリフの聞きまちがいじゃないかと思います。人殺しなんて言ってるのが聞こえたそうですが、たぶんふざけてそんなことを言いあっているだけじゃないでしょうか。ですので、もし彼女が前の夫たちとまだ一緒にいるとしたら、警察に立ち入られるのはちょっと好ましくありませんね。全部ああいう場でのお遊びで言ってることだと思いますので、そこは冷静に捉えるほうがいいでしょう。奥さまもできたらラム酒でもグイとお飲みになって、どうか落ちついてください。ぼくもすぐ帰りますので。ほんとにお世話をおかけしました」

イーヴンステラー大佐も電話ボックスのそばまでやってきて、開けられたままのドアの前に立ち、ガラスに手をあてて体を揺らしながら心配そうに見ている。クロードは受話器をフックに戻した。

「お宅でなにかありましたか、スロークさん？」大佐がいくぶん蒼白な顔で訊く。

「とくになにかあったというわけじゃなさそうです」クロードは落ちつきを装って答え、ゆったりした歩調で店の出入口へと向かっていく。「でも一応家に帰ってみます。その前にまずターミナルガレージから車を出さないと――」

イーヴンステラー大佐はグラスをカウンターに置き、後ろからついていく。

「わたしの車がすぐ外に駐めてありますから」大佐はクロードにつづいて店から出しなに言った。「すぐそこです。お宅まで送りましょう。十分は時間の節約になります」

クロードはすでに栗色とクリーム色のツートンカラーの五五年式マーキュリーのドアを開け、運転席に乗りこんでいた。

「ぼくが運転します」と短く言った。「大佐は少し興奮しすぎているようですので」

「自分では万全のつもりですがね」と大佐は言い、車のキーをとりだそうとポケットをまさぐる。

「でも運転してくださるなら、それもけっこう。操作法はおわかりかな?」

「大丈夫、わかります」

「今キーを出しますから――」

だがクロードはすでにエンジンをかけていた。車は今にも動きだそうとしている。イーヴンステラーはいささかの驚きをあらわにした。ほどなく二人は十七番街からコネティカット通りに入り、赤信号が点滅しているさなかを突っ切っていく。ひょっとして車のキーをイグニッションに挿しこんだままだったろうか、とイーヴンステラーは考えた。いやそんなことはない、依然として自分のポケットのなかにある。どうなっているんだ? 頭が混乱してきた。

おお、なんということだ! 人に見つからないうちに逃げなければと焦るあまり、しくじってしまった!

彼女はまだ生きている! 玄関まで這っていって、ドアにチェーンをかけたのだ、〈彼〉がまたやってこないようにと! ラジオまで自力で点けたらしい。おそらく暗がりのなかで明かりのスイッチかあるいは電話を探そうとして、誤ってラジオのスイッチを入れたのではないか。

幸い電話には行きあたらなかったようだ。もし彼女が自力で警察に通報していたなら、イーヴンステラー夫人がスローク邸のようすを見ようと近寄ったときには、警官が群れていたりパトカーがヘッドライトを照らしたりしていたはずだ。そして逃走した〈彼〉を追うべく手配していたことだろう。

この事態は〈彼〉の計画の重要な細部を狂わせた。〈彼〉が二十マイル離れたバー〈ミラー〉にまだいるあいだに、イーヴンステラー夫人が邸のようすを見に行って、彼女の死体を発見するという予想だった。そのためにわざわざ『愉しき春』を観に行ったのだから。〈彼〉に犯行は不可能だというアリバイを作るために。なのに細部の不完全さを見逃してしまった。映画を観たりバーに行ったりしているあいだに彼女が何者かに襲われたことにするはずだったのに。

〈彼〉の車はタイヤを軋《きし》らせ、マサチューセッツ通りから川沿いの幹線道路へと入った。今夜十時十分にコパブランカ劇場をこっそり抜けだしたあとよりも速度をあげている。彼女の元夫たちが二時間ほど前にすでに去ったあとであることは、映画館のなかの公衆電話で彼女に連絡したとき確認済みだ。彼女には間もなく帰ると告げた。愛とキスも電話口から送った。それでも彼女がなぜか怯えているらしいのが感じられた。

コパブランカ劇場に戻ったあと、なにくわぬ顔でロビーから外へ出たときは大勢の群衆と一緒だったから、〈彼〉がだれであるかなどにいちいち注意している者がいるはずもない。チケットのもぎり係はすでにいなくなっていた。映画館に入るとき〈彼〉の顔を憶えたかもしれないチケットの売り子も、同様にもういなかった。

そして映画館から人けのない広い歩道に出ると、葉を茂らせた春の木立の陰をこっそりと速足で歩き、国務・陸軍・海軍ビルのわきに駐められていたイーヴンステラー大佐の車までやってきた。計画決行の夜に備え、あの日昼食どきに乗せてもらったとき大佐が抜き忘れた車のキーで複製を作っておいた。駐車スペースの地面から機械油の沁《し》みで汚れた土を少し掻きとり、青と白の配色のメリーランド州のナンバープレートに塗りたくってナンバーを読みづらくした。

それから大佐の車を高速で走らせ、午後十一時二十分前にゲートを抜けてポトマック・ヴィスタ・ガーデンズの敷地内に入った。頭の鈍い警備員のことだから、六、七台ある栗色とクリーム色のツートンカラーのマーキュリーのどれか一台だ、という程度の認識しかしていなかったにちがいない。それからヘッドライトを消し、自宅の車寄せに車を駐めた。あらかじめゆるく閉じるだけにしておいたガレージの奥のドアから、地下の遊戯室に入った。遊戯室は勤め先から帰る夫のためにいつも明かりを点けておいてくれるので、そこを悠々と通って地上階への階段へと向かった。

あのときの彼女の恐怖に怯えた目！　襲うのはむずかしくはなかった。意外なほどたやすく仕留められたと思ったほどだった。

にもかかわらず緊張のせいで焦ってしまったようだ。とにかくゲートを抜けて入ってから十分後には敷地外に出なければならなかったから。焦りほど禁物なものはない。バターを作るときすばやく攪拌《かくはん》しすぎると出来そこないになってしまうのと同様だ。彼女が生きているとすれば、こんどこそ確実にとどめを刺さねばならない。神でさえ生き返らせられないほどに。

ここまでこうしてふたたびやってくるのは、まったく冷や汗ものだった。本来なら必要ないことをしなければならないというのは。イーヴンステラー大佐は隣の助手席で鼾《いびき》をかいているから、近隣の住民が聞きつけて目覚めないともかぎらない。いっそ右側のドアをそっと開けておいて助手席へ手をのばし、老いぼれ大佐を頭から車外へ落としてしまおうかと二、三度考えたりもした。

だが最悪なのは老いぼれの鼾ではなかった。彼女が今ごろ電話にたどりついているかもしれないと考えるのはもっと恐ろしかった。そもそも彼女がまだ生きているというのが恐ろしい。一撃だけでは死にきらなかった兎か鶏がよたよたと進んでいくようなものだ。とどめを刺されないうちに少しでも遠くへ逃げようとして。

彼女が暗闇のなかで目に涙を滲ませて横たわっていると想像するのも、なんともつらいものだ。泣くときはいつも穏やかな優しい泣き方をするから。気になって仕方がなくて、苛立たしくさえある。

だれにとっても死は一度だけで充分だと、〈彼〉は今日の午後彼女に言った。一枚一枚が死を意味するというスペードのエースを彼女が二度当てたときに。〈彼〉は迷信のたぐいは信じない。幽霊を怖がったこともない。いつも笑い飛ばすだけだ。だがじつを言えば、彼女がカードを二度当てたことには運があったとだけは認めざるをえない——運など信じていないふりをしてはいても。そう思うようになったきっかけは、あの有色人種の女占い師マダム・ド・スフィンクスだ。五十セント払って運勢を占ってもらったが、〈ボントン・カフェテリア〉でニーナと初めて出会ったのはちょうどその翌日だった。

有色人種といっても黒人ではない。黒人とはテーブルを挟んで向かいあう気になれない。皺が寄って黒ずんだ顔はカーガー郡に昔いたモー・ターニプシードにどこか似ていた。だが女占い師はエジプト人で、古代の王プトレマイオス〔紀元前四世紀—紀元前一世紀のエジプトのプトレマイオス朝の歴代王〕の子孫だと言っていた。代々受け継ぐという月と星の模様のある大きなターバンを頭に巻き、〈彼〉には理解できないエジプト語で話した。カード占いでは、先ず〈彼〉を意味するというハートのキングを出し、それからブロンドの美女を意味するというダイヤのクイーンを出し、それから結婚を意味するクラブの二を出し、それから死を意味するスペードのエースを出し、それから最後に残りのダイヤのカード全部を出した――最後のそれは巨万の富の到来を意味するという。

その翌日、彼女と相席になった。彼女が身につけていたイヤリングやたくさんの指輪を見て、この出会いが前日の占いの運勢なのだと悟った。

またもタイヤを激しく軋らせ、ガーデンズに通じる短い直線道路に入った。

ゲートは開いている。小柄なバイケンダーファー主任警備員がそのわきに立ち、手を振って入るよう促している。おそらくイーヴンステラー夫人が事前に警備室に電話し、これから自分たちの家の車が戻る旨を伝えておいたのだろう。

「もう着きましたか」イーヴンステラー大佐がそう言ったのは、マグノリア通りからドッグウッド通りへと入るあたりでようやく目覚めたときのことだった。「まっすぐお宅へ向かってください。万が一奥さんになにかあったのだとしたらたいへんですから！ 侵入者がいたんじゃないかとヒリーは考えているようですし。それが危険な曲者だとしたら、襲おうとしている女性がどういう人物かなど知りもしないでしょうし――」

「大佐、わが家に着いたら玄関へ向かってもらえませんか」〈彼〉は手短に言った。「曲者が逃げだせないようにしてほしいんです。ぼくはガレージへまわって、そっちから入りますから」

ドッグウッド通りの入口で赤い点滅灯をまたたかせる車を目にすると、〈彼〉は恐怖に慄然とした。但しパトカーではなく、大型の白い救急車だ。大きな白い投光器がついており、その光で邸のわきの側溝を照らしている。

右側の登り勾配の上に立つ邸自体は依然として真っ暗だ。なんのために救急車がここに来たかはわからないが、少なくともニーナに直接かかわることではなさそうだ。車体には〈地域篤志救助隊〉という文字が金色で記されている。ニーナが寄付している団体にちがいない。金使いには躊躇しない性格だから。

投光器からの白い光のなかで、医師らしい白衣の男が一人側溝におりていく。マーキュリーと救急車のあいだまで来た〈彼〉からよく見える位置だ。カーキ色の制服を着た救助隊員二人が担架を持ち、やはり側溝の底へ滑りおりていく。そのようすを道路から鋭い目で見ているのは、頬に銃創を持つこわもての新人警備員デニス・コーワンだ。

「スロークさんですね？」コーワン警備員が〈彼〉に声をかけた。「側溝のなかに人が倒れているんです。心臓発作かなにかで、この道から落下したんじゃないでしょうか。死後二時間から五時間のあいだだろうと医師は言っています。どうやらスロークさんのお宅から出てきたあとのようです。奥さんに事情を訊こうと思ったんですが、すでに寝《やす》んでいらっしゃるようですね。呼び鈴を鳴らしても反応がありませんので。死んでいる男に見憶えはありますか？」

〈彼〉ことクロード・スロークはロープづたいに側溝のなかへすばやくくだり、底を見おろした。そこに倒れているのはひどく痩せ細った男で、箒《ほうき》で作った案山子《かかし》が風で飛んできたかのように見えなくもない。灰色のヘリンボーン柄のジャケットを着て、下は灰色のスラックスで、よく磨かれた靴を履いている。顔は紫がかった黒ずみ方をして、見開いたままの虚ろな目で宙を見あげている。トビー・バリーだった。

クロードが十一時二十分前にガーデンズに秘かに戻って来たときには、バリーはまだ生きていたのだ。そしてクロードが自宅に入ってすぐ出てくるのを目撃した。自分がなにをしでかしたかをよくわかっている男の、焦りに濁った目をしていたにちがいない。だが目撃者はこのバリーだけのはずで、しかも今はこうして死んでいる。

死ぬ間ぎわにおもしろいものを見られてよかっただろう。もしバリーの死体発見騒動がなければ、イーヴンステラー大佐夫人から呼ばれたコーワン警備員は今ごろスローク邸の周囲をまわってようすを見たり、邸内に入ろうと試みたりしていただろう。大佐夫人はといえば、今は斜面の下にある自邸の玄関口の明かりのなかで隣家を見あげている。

「この男は、ぼくの妻の元夫の一人です」クロードは言った。「名前はバリー。午後六時ごろ、ほかの元夫たち二人と一緒に訪ねてきました。そしてその二人がバリーを殴ったか刺したかしたのかもしれません。三人とも妻に会いにきたんです。仕方がないから、ぼくは映画を観に出かけました」

「この男がガーデンズに入った記録がないんですよ」コーワンが言った。

コーワンはロープづたいにすばやく道路にあがってきた。ガーデンズの警備システムがいい加減だということをこの新人に教えてやるには及ぶまい。仮にまだ知らないとしても。いい加減なほうが都合がいい。完璧な脚本が書けるというものだ。

クロードは大股にわずか十歩で自宅の車寄せを通り抜け、開けられたままのガレージの扉の下からくぐり入った。邸内へのドアを開け、地下の遊戯室に入る。カーロッタと一緒に邸を出たとき、ドアはわざと閉めずにおいたのだ。音もなく速やかに邸内に戻れるように。ことを終えたあと十時から十一時のあいだに邸内から逃走したときも、そのおかげで都合がよかった。

だがことは完全には終わっていなかった……

あらゆる手立てを前以て熟考したつもりだった。ガレージから遊戯室に入る経路は、賊が侵入する道筋として最適だ。三人の元夫たちが一緒に邸から去る可能性は低いので、それぞれが自分のアリバイを作ろうとしたと見なされるはずだ。二週間ほど前にクロードがフェンスの下にこっそり掘っておいた例の溝も、警察にそう思わせるための細工だった。そして昨夜になって、あのクリフ・ウェイドがワシントンDCにやってきたことを知り、トビー・バリーとマイク・ヴァリオグリも来るにちがいないと予想した。そしてすべての台詞と場面が完璧につなぎあわされ、神の顕現のごとき脚本が完成した。

匿名で新聞社に電話し、ニーナ・ワンドレイが生存している事実と彼女の住所を知らせた。イーヴンステラー大佐が言うようにもしニーナが本当に有名な映画女優だとしたら、元夫たちはもちろんのこと彼女の過去を知る人々は必ずあの新聞を読むはずであり、ひと目でも顔を見ようとここにやってくるだろう。そしてイーヴンステラー夫人によって彼女の死体が発見されるなら、そうやって訪れた者たちの全員が容疑者になりうる。一方クロードはといえば、犯行時間と想定されるであろう時間帯にはバー〈ミラー〉にいたので、アリバイを持っていることになる。

『イヴニング・サン』紙にタレコミをしたのは、ニーナに睡眠薬を服ませたあと居間の電話を使ってのことだった。電話番号は電話帳で探した。『ブレード』紙にも内報するつもりだったが、カーロッタが自分の寝室でうるさくしていたり、コーワン警備員が邸の外を通るのを見かけたりしたので諦めた。ともあれ新聞はひとつで充分だ。

ニーナに服ませた睡眠薬が効いてくるまで時間を長くかけてはいられなかった。そのせいでクロードが新聞社に電話をかけたとき彼女はまだ熟睡しておらず、電話する声をかすかに聞きつけたかもしれない——もちろんできるかぎりの小声で話してはいたのだが。ボルナックで客死したと信じられていた映画女優がまだ生きているとタレコミする声を。

　薬で意識が朦朧としていたとはいえ、その話はニーナを大いに不安にさせただろう。仮にイーヴンステラー夫妻のどちらかの声だと聞きまちがえたとしても。だがそのあとついには熟睡してしまい、夜明けどきにクロードが彼女を逃げられないようにするため膝を叩いて怪我させたときも、まったく意識をとり戻さなかった。およそ八時間後、彼女はようやく目覚めて膝の痣に気づき、いったいどうしてこんなことになったのかと、まるで法廷弁護士が尋問するときみたいに不審さをあらわにした。それでクロードは不安がつのり、その勢いのまま、ついにことを決行するときを迎えた――彼女の首がもげかねないほど激しく頭を殴りつける犯行のときを。

　完璧な脚本だ。すべてが美しいほど巧く運んだが――唯一、肝心な細部をしくじった。完全に絶命させてはいなかったことだ。犯行があまりにもたやすかったため、これでもう大丈夫だと思ってしまった。凶器は彼女の化粧台に置かれた金色の柄《え》付きの重い手鏡だ。一撃でも充分だと思えたところを三回殴った。だが彼女には予想以上の耐久力があったようだ。

　犯行のあと、ガレージから邸内に入るドアを完全には閉めきらないでおいた。外部からの侵入者の仕業と見せかけるために。まさか彼女がまだ生きているとは思わなかったから。それからわざと呻《うめ》き声をあげながら体をあちこちにぶつけてまわったり、例の大きな金の燭台で自分の頭を殴ったりした。そうやって賊がこの経路から侵入し、その道中で自分と出くわして激しい格闘になったかのように見せかけようとした。

　ニーナは今ごろは死んでいるはずだったのになぜか生きのび、虫が這うようにして玄関まで行ってドアにチェーンをかけ、それから二階のどこかまで這いあがったのにちがいない。声も出せないほど衰弱していても意識はわずかにあり、目には忍びやかに涙を滲ませていただろう。

どこもかしこもが地獄の底のような暗闇だが、唯一この地下の遊戯室の明かりだけが点いたままになっているのは、クロードが勤め先から帰宅するときのためにニーナがそうしておいてくれたことだ。だが今彼はその明かりを消した。電気を無駄に使うことはない。

「彼女は死んでいるんですか、医師《ドクター》？」と囁く声が聞こえる。

「死んでいます。残念ながらね、刑事さん……」

よりによってこんなときこんな台詞を聞かされるとは、冗談にもならない！ カーロッタの部屋からだ。忌々しいあのメイドはまたラジオを消し忘れているのだ、いつもあれほど言っているのに。決行のため十一時少し前に邸内に入ってすぐまた出たときには気づかなかった。あまりに急いでいたからだ。頭のなかはついにやってやったという思いと、アリバイのためにしなければならないことでいっぱいだった。脳の奥で「愛の死《リーベストート》」の物悲しい旋律が聴こえていたような気がする。あのベシー・リー・タットの歌声で。昔クロードがあの少女をモー・ターニプシードのところに送り届けようとしたとき、少女は激しく泣きわめいて、モーを老いぼれた黒い人殺しと罵《ののし》り、行きたくないと言って抵抗した。ベシー・リーはカーロッタにとてもよく似ている。

黒い瞳を湛えた大きな目とふくよかな体つきをした女は、そのころからクロードの好みだった。人形みたいなブロンドの髪と青い瞳もいい。〈ボントン・カフェテリア〉で見かけた、コーワン警備員の交際相手らしいあの小柄な看護師がそうだ。ニーナも同じだが、ああいう女たちはどこか人間離れしている。それがいつもクロードを苛立たせる。

このたびは電気の無駄使いをしなければならない。ニーナもラジオを点けっ放しにしており、カーロッタの部屋から聴こえていたのと同じらしい深夜のミステリードラマの音声が流れている。エンディングへと向かうところだ。虫のように二階へ這いあがって点けたのにちがいない。イーヴンステラー夫人が玄関ドアを開けようとしたとき耳にしたのもこれだ。

ガレージの戸口から入った遊戯室の奥の明かりのない暗がりのなかで、クロードは煉瓦壁をすばやくまさぐった。給湯器の裏側のあたりを。消火器と火災対処用の手斧《ておの》の向こう側にあるヒューズボックスをさぐりあてた。ボックスのなかの主電源のスイッチをパチリとさげる。

カーロッタの部屋からの囁き声がやんだ。闇のなかであらゆる些少な音声がやんだ。遊戯室のバーカウンターにある冷蔵庫の唸りも。同じく時計が穏やかに時を刻む音も。蟻の肢音《あしおと》すら響かない静寂。それは墓のなかの静けさより深い。

肉球に肢裏《あしうら》を守られた猫のようにそっと進む。あるいは山猫か、豹か、それとも大型の虎か。闇のなかをまさぐりながらバーカウンターの前を速やかにすぎ、冬になるとしばしばおりてきて球をつつきまわすビリヤード台をまわりこむ。クロードがビリヤードをしているとき、ニーナはたいがい二階でテレビを視ている。するとカーロッタがビリヤードの音を聞きつけたように台所から遊戯室におりてくるので、クロードは「きみもやってみないか?」と誘う。カーロッタは膝を曲げ、さも可愛らしげに片手を顎にあててこう言う。「教えていただかないとできませんわ」

そういうことを言いあっていられるうちはおもしろくもある。だがクロードはあの抜け目ないメイドと本気でこれ以上親しくなるつもりはない。所詮使用人にすぎない。だがああいう白人女はどこに行けば自分の居場所があるか知らない。それでいて医者にすら行きたがらない、クロードが勧める医者などには。

抜け目のないメイドだ。カーロッタは従姉宛てに手紙を書き送り、いざというときそれを警察に見せられるように保管させているのではないか。仮に一見事故であるかのような出来事に巻きこまれた場合であっても。そんな手紙など書いていなければそれでいいが、仮に書いていたとしてもまだ自分で持っていたなら、今夜クロードがジャガーに彼女を乗せたまま、大型の石油輸送トラックを時速九十マイルで追い越そうとしてその車体のわきに衝突させればよかったかもしれない。あるいは大型のバスでもいいが。もちろんジャガーは大破するが、その代わりあの女の体も真っぷたつにしてやれるというものだ。

抜け目ないメイドめ。クロードがそんなことを思っていてもやりはしないと承知のうえで、ニタつきながら彼のほうを横目で見るような女だ。

油断がならないという点ではニーナも同じだ。ここひと月ほどクロードとカーロッタの仲を怪しんでいた。彼が台所に行ったりすると——たとえ水を一杯飲みに行っただけでも——すぐようすを見に庭園からおりてきたりする。

クロードが言うことするすべてについて疑いを持つのだ。たとえば今日は天気がいいという程度のことを彼が口にしただけでも、ニーナの頭のなかではさまざまなことが渦巻いて例の発作を起こしてしまったりする。彼がなぜそう言ったのか、なにをしようとしているのか、そんなことを延々と悩んでしまうからだ。彼の考えになど追いつけるはずがないのに。彼のような自然な演技がニーナにはできないのだ。

そうしたさまざまな記憶がクロードの脳裏をすばやくよぎった。闇のなかで破裂する爆弾のごとき急激さで。階段をさぐりあてた。山猫のように、あるいは豹のように、あるいは虎のように忍びやかに駆けあがりながら、呼びかけた。

「ニーナ！　どこにいるんだ、ニーナ？」

ボン、ボン、チン、チン、ボン！　玄関の呼び鈴が廊下に鳴り響くのを聞きながら、地上階にたどりついた。玄関にいるのはイーヴンステラー大佐だ。おそらく拳銃を手にしたコーワン警備員も一緒に。

ボン、ボン、チン、チン、ボン！　早くニーナを見つけなければ。そして暖炉の火掻き棒でとどめを刺す。もし彼女がまだ死んでいないとすれば。そしてクロード自身悲鳴をあげながらあちらこちらに体をぶつけ、自分の頭すら殴りつけねばならない。しかもそれらすべてをわずか三十秒ほどのあいだに。外にいるやつらが窓をぶち破って侵入してくるまでせいぜい五分程度だろう。あるいはパン配達員が出ていったあとわざと鍵をかけずにおいた台所の裏口からまわりこんでくるにせよ。

「ニーナ、そこにいるのか？」

優しげな声で呼ぶが、その訛《なま》りは若かったころの彼女が聞いたことのあるものだ。彼女を怯えさせたことのある声だ。

「ニーナ、そこにいるのか？」


キング・グローアは夜の通りを歩いている。路面に目をやることもないまま。どこを歩いているのかもわからないまま。

淡い青色の目をして甘ったるい声を出すあの愚かな男クロード・スロークは、グローアに『止まった時計』を思いださせた。そして当然避けがたくニーナをも。

あらゆることが彼女を思いださせる。思いはつねに彼女へと返っていく。

ニーナは今どこにいるのか？　少なくともここアメリカのどこかに無事でいるはずだ。グローアにわかることはそれだけだ。それ以上はもう知らないほうがいいかもしれない。ほかのどんな男たちと彼女が付きあってきたかなど。美男子、富豪、冷血漢、勇者、そのほかどんな者たちであれ。彼らと同じだけの高さの焔と雪が、遠い昔グローアと彼女のあいだにもあった。

記憶はニーナと初めて出会ったときへと遡っていく。来たる六月であれからちょうど二十年になる。両親の事故死から二十年になるというピンク色の顔をしたバーテンダーの話からそうと思いだした。またその話はグローア自身の父母の死をも思い起こさせた。あのとき彼はハリウッドの自宅からノースカロライナ州に飛行機ですばやく駆けつけ、帰りは車を駆った。

もし両親の死という悲劇に見舞われなければ、帰りの道中でのあのときあの場所で偶然ニーナ・ワンドレイという存在を知ることなどないまますごしていたはずだ。そしてあの美貌の映画スターが生まれることもなかった。その後のトビー・バリーとの大恋愛もなく、クリフォード・ウェイド三世夫人となることもなく、ヴァリオグリ公爵夫人となることもなく、ボルナック藩王妃となることもなかった。当然そのあとのなりゆきもない。そしてグローアの胸に苦悩が残りつづけることもなく済んだはずだ。

そしてデビーも存在しなかった。

なんというわずかな運による巡り合わせか！　一人の男と一人の女が出会う唯一にして永遠の機会というのは。そのわずかな運がグローアの人生を記しつづけている。

賢人にして強壮だった医師キング・L・ジャクソンと、ブロンドの髪をした十七歳かと見紛うほどの若々しく美しい妻とが、あの悲劇によって身罷《みまか》ったがゆえにそれは起こった。父は母よりは年上だったが、今のグローア自身よりは若かった。六月のある薔薇色の黄昏《たそがれ》どき、父と母はまだ恋人同士であるかのように散策を楽しんでいた。家まで近道をしようと、鉄道線路の上を歩いていた。近くのカーヴの向こう側から北行きフロリダ急行列車の汽笛が聞こえてきた。時速八十マイルとしてもあと三十分は近くまで来ないはずだと二人は考えた。

　ガタガタと揺れる列車が車輪を軋ませてすぐ間近に来ているとわかったとき、二人は驚きながらもまだ笑っていた。手をとりあってすばやく線路から離れようとした。そのとき母の片足が二本の枕木のあいだに挟まってしまった。父は急いで母の足をはずしてやろうとしたが、その瞬間、カーヴの陰から吠える怪物のごとき列車が二人に襲いかかった。敏捷で力の強い父は独りならたやすく跳んで逃げられただろう。だが二人一緒に逃げるために母を両腕に抱いていた。

　二百フィートほどの距離にわたって散らばった二人の体は、充分なだけの量を見つけることが叶わなかった。どちらの破片かを見分ける葬儀屋の技術を以《もっ》てしても。二人は神の前でまさに一体になったかのごとくに身罷った。大地とさえひとつになったかのごとくに。父が生前あらかじめ注文しておいた大理石の墓碑には、〈医師キング・ラマール・ジャクソン、一八八七年八月十七日生——一九三七年六月七日歿、その妻デボラ・グローア・ジャクソン、一八九五年三月十日生——一九三七年六月七日歿〉と刻まれた。父は自分が注文したその墓碑を生前には見ることなく終わった。死によってさえ分かちがたかった母とともにあった父が、故郷に帰ることはついになかったから。

　父のキャデラックを駆って故郷へ向かうときのグローアの胸中は、ただならない動揺に陥っていた。父母の独り息子だった彼キング・グローア・ジャクソンは当時二十五歳で、つねに金銭に不自由せず、つねに甘やかされ、つねにやりたいことをやっては輝かしく成功し、閃光のごとき大学時代をすごしていた。短距離走とアメリカンフットボールに打ちこみ、学生雑誌を編集し、学生劇の脚本を書き、卒業後はハリウッドのスタジオと大きな契約をして映画界に進出し、たちまち若い才能として名を知られ、つねに且つ永遠に神に愛されるかのごとく成功を収めていった。ところがそこで突然父母の死に見舞われて独りきりになり、衝撃に打ちのめされて……

テネシー州の道路は陽射しに輝き、世界は花盛りだった。だが彼にとっての世界だけは蜘蛛の巣に覆われたように曇りきっていた……

メンフィスから東へ五、六十マイルほど行ったあたりの鄙《ひな》びた交差路のガソリンスタンドで、グローアはキャデラックにガソリンを入れようと停まった。給油機の反対側に一台の目立つ黄色いコンバーチブル車がルーフを開けて停まっていた。日に焼けた角張った顔をした一人しかいない店員がガソリンを給油しているところだった。コンバーチブルも車種はグローアのと同様にキャデラックだったが、地味な医師が乗っていたセダンとはちがう華やかさに溢れていた。

だが黄色いキャデラック・コンバーチブルに乗っていた三人は、いささか華やかさとは趣《おもむき》がちがっていた。運転席にいるのは楕円形の顔をした三十五歳ぐらいの男で、黒い髪を青みがかったグリースで固め、髭のない丸い顎とちっぽけな茶色い目を持ち、絹のシャツに仕立物のピンストライプのスーツを着て、長いシガレットホルダーに紙巻き煙草を挿して口に咥《くわ》え、ハンドルに添えた手には大きな金の結婚指輪を嵌めていた。隣の助手席にいるのは貧相な中年男で、長い白髪の上にひしゃげた黒いソフト帽をかぶり、皺の目立つ汚れた顔は髭も剃らず、淡い青色の目はぼんやりしていて、だらしない口から黄色い歯を覗かせてニタつき、ツナギ服の下には汚い下着がかいま見えた。

後部座席にいるのはブロンドの髪をした少女で、派手な花模様ながら色の褪せた部屋着を着ているが、ホームメイドらしくあまり合ってはいない。膝の上に小さな安物の紙袋をかかえ、背筋をのばして固まったように坐っている。

助手席の男と後部座席の少女はヒッチハイカーではないかとグローアは思った。無精髭を生やした貧相な中年男は若い美しい少女の父親か祖父といったところか、到底ふさわしくはないが。どんな泥地でも綺麗な花が咲くことはあるものだ。

給油機と給油機の狭間から少女が自分を覗き見ていることにグローアは気づいた。距離にして五フィートとは離れていない。大きく魅惑的な目はほとんど悲劇的なまでに無垢だ。瞳は深い海のような青色で、周縁部は黒菫《くろすみれ》を思わせる濃さを呈している。顔の骨格の完璧さといい、どんな照明の下でも、どんな角度からのカメラでも美しく撮れるだろう。

その女性美はラファエル前派〔中世ルネサンスを範とする十九世紀英国の芸術運動〕か、あるいは古代ギリシャ美術か。歴史の彼方の霧に紛れた、永遠の世界の美だ。アフロディーテか、アスタロトか、あるいはイシスか。如何なる名前であれ。

年齢的にはまだ子供と呼んでもおかしくないはずだが、すでに永遠の美女として成立している。そのとき少女は微笑みかけていた。物欲しそうな、魅するような表情で。グローアは全身の骨が溶けだすような思いに駆られた。心臓が喉からせりあがりそうだった。

「どこを見てやがるんだ、この野郎！」髭のない楕円形の顔をした運転席の男がいきなりグローアに怒鳴りかかった。「この娘は見世物じゃねえぞ！　どてっ腹に風穴を空けられたくなかったら——」

そこまで言うと黄色いコンバーチブルを発進させて、たちまちガソリンスタンドから出ていき、脅しの残りの文句を風に消え入らせつつ、黄昏の長い影が尾を引くメンフィスへの路上を遠ざかっていった。

「どれだけ入れときますか、旦那？」

グローアはようやくわれに返った。

「満タンで頼む」興奮を抑えた声で、赤茶けた顔の店員に告げた。「今のがだれか、知ってるかい？」

「そりゃ知ってますともさ！　ジョー・ダラさんですよ、旦那。禁酒法〔一九二〇―一九三三、アメリカで酒類の製造・販売を禁じた制度〕のころにゃ、このあたりでいちばん大物の密造酒業者《ブートレガー》だったご仁でさ。今じゃ運送トラックを山ほど持ってたり、ホテルを経営したり、ほかにも賭博場はもちろんのこと、メンフィスでいちばんの売春宿もやってますぜ。そういうご仁に睨まれちまったのは、ちょっとまずかったですね、旦那」

「おれが訊いてるのは、助手席と後ろに乗せてた二人のほうだ」グローアは相変わらず気持ちを抑えた声で言った。「もちろん、きみは知らないんだろうがな」

「そう、知りませんねえ。隣に乗せてたのはたぶん、ダラさんが気紛れで拾ったヒッチハイカーじゃねえですかね。ここに来たときにゃもう乗ってましたから。この辺じゃ見ねえ顔ですし」

「あの小娘は？」いちだんと抑えた声で訊いた。「売春宿の新入りってところか？」

赤茶けた顔の店員は給油ホースのノズルをキャデラックのガソリンタンクに突っこんだ。黙ったまま計器を見ている。

「そうじゃないのか？」グローアはさも何気なさそうに念を押した。

「いえね、おれが知るかぎりじゃ、あの小娘はダラさんがメンフィスまで乗せてってやるんだと思いますよ。メンフィスに行きたがってましたから。バスを待ってたけど、苺摘《いちごつ》みで手に入れた六十セントしか持ってねえってんでね。苺農園をやってるエデルマン婆さんはろくなカネをくれてなかったんでしょうな。そこへたまたまダラさんがやってきて、どこに行きたがってるかを知り、親切に乗せてやったというわけでさ。メンフィスでなにをさせるつもりかは、おれの知ったこっちゃありませんがね。ガソリンさえ入れさせてもらえれば御の字なんで」

たしかにおれの知ったことでもないな――とグローアは自分に言い聞かせた。ハリウッドにはあらゆることをするあらゆる種類の美女がいる。ただ、あれほどの美人が安く買われていくとしたら少し惜しいというだけのことだ。

「あの子がだれかは知ってるんだろ？」と重ねて問うた。

「知ってますとも。言いませんでしたっけ？　教会の助祭をやってるエデルマンさんの夫婦が、交差路から五マイルほど行った先にある苺農園で、ここ四年ほど雇ってる娘でさ。四年前のある夜、アラバマやジョージア方面へくだる道で見つけたんだそうです。息子一家を訪ねた帰りの道中でね。あの子の話はエデルマン婆さんからよく聞かされましたよ。婆さんは信心深い人だからね、よく働く子だと褒めてました。なんでも家族をみんな亡くしたそうで、どこへ行けばいいかもわからず、ただメンフィスという響きがいいから行きたかっただけだとか。遠い昔住んでたことがあるような気がするとも言ってたそうです。そのころはイリスとかなんとかいう名前で呼ばれてたらしく。あまり頭の巡りがいい子じゃないようで。まったくの莫迦ってわけじゃないにしてもね。農園や家まわりの手伝いぐらいならできるだろうと、エデルマン婆さんは思ったそうで。それで夫婦はあの子を車に乗せてやって、自分たちの家までつれて帰ったんです。以来ずっと住み込みで雇ってるというわけでして。ずいぶん働き者だとわかったけど、そのうちにエデルマン婆さんは、この子にこんなことをさせておくのはもったいねえと思いはじめたんですな。こんなに綺麗な子だともっと早く気づいていればよかった、ってね。急に花が咲くみたいに綺麗になったらしくて。近くの若い連中がこぞって車で乗りつけて眺めるほどだったそうで。おつむが多少弱いとわかっていてもね。それでエデルマン助祭は仕方なく、農場に立入禁止の立札を立てたり、でかいマスチフ犬を番犬にしたり、ショットガンをちらつかせたりするようになったほどでね。ところがそのうちに、助祭自身があの子に浮気心を持ちはじめちまったんでさ。ああいう年寄りにも困ったもんです。昨夜とうとうあの子の部屋に押し入ろうとしたそうでね。それでエデルマン婆さんは今朝になって、荷物をまとめて出ていけとあの子に言いわたしたんですよ。それでさっき言ったように、あの子はここでバスを待ちはじめ、そこへダラさんがガソリンを入れに立ち寄ったってわけです。ダラさんについていっても大丈夫だろうかと、あの子はおれに訊きましたよ。おれとしちゃなんとも答えられませんでしたがね」

「イシスじゃないか？」グローアはさりげなく訊いた。

「え？　とおっしゃいますと？」

「昔メンフィスにいたときイシスという名前で呼ばれていた気がすると、あの子がエデルマン婆さんに言ったんじゃなかったかい？」

「そうそう、イシスでした、イリスじゃなくて。でも今は、自分の名前はニーナだと言ってますよ。

ニーナ・ワンドレイだと」

やはりイシスか！――とグローアは思った――エジプトのメンフィスには、ナイル川のほとりに女神イシスの巨大な神殿があったはずだ。なにかにそう書いてあるのを、彼女は読んで知っていたのにちがいない。

だがなおもグローアの知ったことではない。

「齢《とし》は？」とさりげなく訊いた。

「エデルマンさん夫婦に拾われたときは十六歳だと言ってたそうです。そうだとすると今は二十歳ぐらいになってるはずですね。けど当時から見た目は十二、三歳より上には見えなかったそうでね。旦那もご覧になったとおり、今だってせいぜい十五歳ぐらいにしか見えねえでしょう。これからもずっと若いままじゃねえですかね」

なおも知ったことではない。

「女が綺麗すぎるのは悲劇という場合もあるからね」グローアはさも尤《もっと》もらしく言った。「男たちに狙われる原因になる。よほどよく護られていないと、つねに襲われかねない。悪意と暴力によってね」

「そりゃもう旦那のおっしゃるとおりですよ。ところでガソリン代ですが、三ドル五十セントになります。なんならボンネットの下も点検しましょうか？」

グローアは五ドル札をわたした。「ボンネットの下はいずれ自分で見るよ。オイルも水も今は要らない」

お釣りを受けとると、車を発進させた。アクセルをいっぱいに踏みこんだ。ジョー・ダラのコンバーチブルは五分前に発ったが、グローアのセダンはそのあいだの八マイルをたちまちのうちに詰めていった。

コンバーチブルは運転手が代わっていた。無精髭の貧相な中年男がハンドルを握り、ジョー・ダラは後部座席で少女と一緒にいる。貧相な男は時速四十五マイルにさだめて走らせながらニヤニヤ笑い、そのあいだダラは少女をクッションの上に組み伏せてもつれあっていた。片膝で少女の体を固定し、両手首を押さえつけている。グローアはクラクションを鳴らしてわきを追い越していきながら、少女の大きな目がものも言えぬ絶望感のなかで悲劇的に光るのを認めた。

まだ知ったことではない。それでもクラッチから足を離しながら急ブレーキをかけ、左右から側溝に挟まれた二車線道路で車体を斜めにしてセダンを急停止させた。ニヤつく中年男もあわてて黄色いコンバーチブルのブレーキを踏みこみ、間一髪でセダンの横合いに激突させずに済んだ。

グローアはセダンからおり、コンバーチブルへと向かっていく。ダラは少女を組み伏せたまま顔を向け、なにかわめいている。グローアがあと六フィートほどまで迫ったとき、ダラは少女を放し、不意に左腋《わき》の下のあたりへ手をのばした。目がぎらつく。グローアは後部座席のなかへ跳びこみ、ダラの襟首を摑んできつく引き絞りながら、顔に強く平手打ちを喰らわせた。そのあとすかさずリアウインドーを開け、ダラを車外へ叩きだした。運転席の貧相な男はまだ笑っている。

グローアは両膝でダラを路面に組み敷き、相手の左肩のホルスターから三八口径警察仕様拳銃を抜きとると、萩《はぎ》の茂るテネシーの原野へハンマー投げよろしく投げ捨てた。

「立て！」と怒鳴りつけた。

だがダラは立とうとしない。路面に膝をついたまま、叩かれて腫れた青白い顔の前に片肘をかざしている。

淡い青色の目をした無精髭の貧相な男が笑いながら運転席からおりてきた。膝を両手で叩きながら、可笑しくて仕方ないように上半身を前のめりにさせたりする。と思うとツナギ服の胸部の内側へ不意に手を突っこみ、銃身の長い四五口径拳銃を抜いた。胡桃《くるみ》材製の銃把と、鑢《やすり》がけされた照準が具わる。それを両手で持ち、氷のような冷たく淡い青色の目で狙いをつけた。ガラガラ蛇か山猫並みのすばやさだ。

グローアが身を屈めた瞬間、頭の上を銃弾が掠《かす》めた。ダラに膝を摑まれたが、そうされながらも貧相な男へ両手をのばし、再度発砲される前に拳銃を摑んだ。片手で拳銃を押さえ、片手で貧相な男の喉首を絞めあげた。淡い青色の目がたちまち赤く充血していく。その隙に拳銃を手からもぎとり、ダラの頭を銃把で殴りつけた。グローアの膝に頭突きしたり咬みついたりしていたダラだったが、ついにへたりこんだ。グローアは目の充血した貧相な男の左右の腋の下に手を突っこむと、コンバーチブルの黄色い車体の側面に頭を叩きつけた。

ダラも貧相な男も路面にのび、微動もしない。ダラは頭蓋骨が砕けたか、貧相な男は首が折れたか、知ったことではない。グローアは大型の四五口径を拾いあげ、銃把に刻み目が列をなして付けられているのをちらと見たあと、油に濡れた大きな弾倉《カートリッジ》を抜きだした。ダラの拳銃を投げたほうとは反対側のさらに遠くへ弾倉を投げ捨てた。小柳《こやなぎ》の若木が茂るあたりの、泥水が溜まって亀虫《かめむし》がはびこるちっぽけな溝のなかに落ちた。銃弾はテネシーじゅうの紫爪草《むらさきつめくさ》の肥やしになるだろう。

「おれの車に乗れ！」少女に呼びかけた。

こうやって、わけも聞かず力ずくで少女をつれ去っていった……

ジョー・ダラがどうなったかについては、その後グローアの耳に入ってくることはなかった。おそらく致命傷にまではなっていなかっただろう。もしそうなら不幸中の幸いと言える。正当防衛とはいえ、平和なときに人を殺してしまったら厄介なことになるから。仮に戦時に単身で敵国に侵入しているような場合ならば、敵兵の殺害死体を置き去りにしてくるのは当然だが。

無精髭の貧相な男のほうも、絶命まではしていなかった可能性が高い。というのはあれから三日後にハリウッドに戻っているとき、酒類密造売買で裁判中の男が法廷の役人を殺害して逃亡したという小さな新聞記事を目にした。その男が捕まったのは、メンフィス近くの道路上で朦朧とした状態でふらつき歩いているときのことだったという。男はモーダーとかなんとかいう名前の、南部の山間地帯に住む無法者一族の一員で、似たような悪党集団マクウェイ一族と長年敵対関係にあることで知られていたという。それから五年後、第二次大戦の殺伐とした戦時ニュースが新聞紙面を埋め尽くしているころ——アジアでのボルナック藩王国陥落の報があった一日か二日後に——あのときと同じモーダー悪党一族の名前を紙上に見かけた。マクウェイ一族との激しい抗争のすえに、十一歳の少女にいたるまで敵を一人残らず殺戮したという。その凄惨さは新聞記者ですら詳述を控えるほどだったらしい。

モーダー一族。Mordre《モーダー》はMurder《マーダー》の古式英語だ。そんな一族が今もその名を持ちつづけているかどうかは、考えておいてもいいことだ。

メンフィスの街を通り抜けてミシシッピ川を越えアーカンソー州に入っていくあいだ、少女は助手席の端に沈みこんで寝入っていた。約八百マイルを走った十四時間後の午前九時ごろ、オクラホマ州およびオクラホマ・パンハンドル〔オクラホマ州北西部の東西に細長い地域〕を抜けてニューメキシコ州のとある小さな町に入り、ベランダがふたつあるだけの赤煉瓦造りの小さなホテルの前で車を駐めた。

「おりろ」長い夜間走行で疲れたうえに、髭も剃らずやつれた顔のグローアは二人分の荷物を担ぎだしながら、そう少女に促した。「おれはこれから寝なきゃならないんだ。朝食の前に少しは身だしなみを整えておけよ。そんな恰好をしたままでいいなら別だが」

「おじさん、なんていう人なの？」少女はか細い怯え声で言った。

「なにを怖がってる！　おれがそんなに悪いやつに見えるか？　どうだ、ハリウッドに行きたいとは思わないか？　映画に出るんだ。おれはキング・グローアという」

「そう、グローアさんね」

「〈さん〉は要らない。まだ少し怖がってるようだな。今からはキングかグローアか、どちらでも呼び捨てでいいぞ」

グローアは少女をホテルのなかに入れさせ、受付の宿帳に黒インクで勝手に名前を殴り書きした。

「キング・G・ジャクソンとその妻。ノースカロライナ州シーヘイヴンより」

白エプロンをした背の低いメイドが階段の上へと案内した。新婚旅行者向けの大きめのスイートルームで、窓の鎧戸が閉めきられて涼しく、農家ふうの家具が並ぶ部屋だ。鎧戸が開けられると、窓の外では朝日のなかで、雪を戴《いただ》く高い山並が遠方に青々とつらなる景色が望めた。

「風呂はそこにあるぞ」と少女に告げた。「ゆっくりと湯に浸《つ》かってこい。今着てるものは全部脱いでメイドにくれてしまえ。新しい服を買ってやるから。きみ、名前はなんていうんだ？」と茶褐色の肌をしたメイドに尋ねた。「マリアか？　この子をよろしく頼むよ、マリア。おれはちょっと出かけてくるから」

　不安そうな目をしたメイドに少女を預けると、グローアは街へ出かけていった。

　彼女こそ本物だ――歩きながらそう考えた――まだ子供と言ってもいいほど若いが、美しく、なにか大きな魅力を持っている。しかもあのブロンドはおれにとって母を思いださせる。そしてなにより、すでに一人の〈女〉だ。永久に唯一無二の女だ。

　通りを一ブロックほど歩いて、女性用の服飾店を見つけた。こんな小さな町にしては驚くほど品揃えがいいうえに、流行にも沿っている。ニューヨークの五番街やハリウッドを思わせるものがあるかと思えば、旅行者向けの地元ふうの服も多い。

「ひと揃えそっくりくれ」黒いドレス姿の太った女店主にそう告げた。「女一人が頭のてっぺんから爪先まで着飾れるものをな。新婚で若くて、いずれは母親になる、しかも世界一の美人だ。靴、スカート、ブラウス、ストッキング、コート、そのほかなんでもだ。ルーヴル美術館の彫刻台の上からおりたばかりか、あるいは絵のなかから抜けだしたばかりのヴィーナスだからな。あるいは太陽の下の海のなかから裸で生まれたばかりだ」

「サイズは如何《いか》ほどでしょう？」女店主は物慣れたフィラデルフィア訛《なま》りの高い声で尋ね返した。

　想像力の働かない無知な相手だと困るところだが、この女店主はよく心得ているらしいし、グローア自身少女の体格についてては手にとるようによく把握していた。

「バスト三十六インチ、ウエスト二十四インチ、ヒップ三十六インチだ。身長は五フィート四インチ八分の一。体重は百十六ポンド。ストッキングのサイズは九。靴は五・五B。ガードルは要らない。ほかにはなにがあるかな？　そうだ、どういう女かを説明しておくとすれば、とにかく世界一の美女だ。全部まとめて、フエゴ・ネヴァド・ホテルの新婚スイートルームに届けておいてくれ。もし合いそうなものがふたつあって迷ったら、両方届けてくれればいい。十あって迷ったら十を全部だ。遅くても三十分以内にな。頼めるかい？」

「お髪《ぐし》はどんなお色でしょう？」女店主が思慮深げに訊いた。

この女は莫迦じゃないな、見ればわかる。

「ブロンドだ」とグローアは答えた。

「わたくしが伺って着替えをお手伝いしてもよろしゅうございますわよ」と女店主は言いだした。

「黒レースのネグリジェなど如何でしょう？」

グローアは札びらを何枚か抜きだしてカウンターに置くと、背を向けて店を出た。

角のドラッグストアに立ち寄り、化粧用具類をすばやく注文した。櫛、ブラシ、鏡、入浴剤、香水、などなどをまとめてすぐフエゴ・ネヴァド・ホテルに届けるよう言いわたした。それから花屋で香りのいい花全部を注文した。

床屋に入り、自分の髪と髭の手入れを頼んだ。

床屋を出ると、フエゴ・ネヴァド・ホテルの向かい側に建つ古い煉瓦造りの裁判所へと向かった。埃っぽい木造階段を昇り、婚姻認可事務所に入った。ニューメキシコ州の役所は待たせることがなく、余計な問答を強いることもなかった。事務所の係員はシャツの袖に青い袖口留めを付けた亀に似た顔の老齢の男で、カウンターの内側で古い蛇腹巻揚式机《ロールトップ》を前にして席に座し、両足を机のスライド式書台の上にあげていた。机の上の壁には治安判事からの職務委任状が額に入れて飾ってある。

グローアは五十ドル札一枚をカウンターに置いた。

「おれの名前はジャクソン。ノースカロライナ州シーヘイヴンから来たキング・G・ジャクソンだ。当年二十五歳で、これまで結婚したことはなく、このたび以後ふたたびするつもりもない。神の前でも人の前でも。両親は先週死んだ。おれにとってはたいへんな出来事だった。彼女について言えば、名前はニーナ・ワンドレイ。東のほうのテネシー州メンフィスから来た。家族のいない孤児だ。四年ほどのあいだ片田舎の農園で賃金ももらえず奴隷のようにこき使われ、実質的には監禁されていたも同然だった。農園の親父は彼女の部屋に押し入って襲おうとした。彼女の齢《とし》は、本人が言うには十八歳。法的に結婚できる年齢だし、その年齢を疑う特別な理由もない。おれと同様にこれまで結婚したことはなく、このたび以後ふたたびすることはあるまいと思えるところもおれと同じだ。神の前でも、おそらくは人の前でもな。彼女と出会ったのは今から十六時間ほど前で、八百三十マイルほど離れたあたりの路上だった。州をいくつも越えてきて、そのあいだに彼女のために男二人をもう少しで殺すところだった。一人は彼女をメンフィスの売春宿に入れようとしてたやつだ。おれと彼女は今、通りの向かいのフエゴ・ネヴァド・ホテルに夫婦として部屋をとってる。悪いが、おれと一緒にホテルまで来てもらえないか？　彼女にサインさせるための書類を持ってな。そして結婚することを法的に認めてほしいんだ」

亀のような顔をした老齢の係員は机の書台から両足をおろした。立ちあがると、灰色のアルパカ毛織のジャケットを着こみ、〈昼食のため外出中〉という表示板を立てた。

「裁判での弁護人としてなら、お若いのに力強く雄弁ですな」とグローアを評した。「被告人は無罪放免となるでしょう。あなたが神に対して責任を負い、わたしは人に対して責任を持ちましょうか。婚姻認可証の発行には二ドルかかり、婚姻自体にはもう二ドル加算されます。五十ドルからいただくとすれば、お釣りをどこかで工面しなければなりませんな。金融不安で現金が不足しているのをご存じありませんかな？」

「おれのまわりには不安なんてないね」とグローアは言い返した。「悲劇と幸福が立てつづけに起こっているだけだ。悲劇は先週父キング・ジャクソンとその妻が抱擁しながら死んだこと、幸福はたった今新たなキング・ジャクソン夫人ができることだ。だからその幸福をあんたにも分けてやろう。お釣りはとっときな。奥さんに赤い薔薇の花束でも山ほど買ってやったらいい。いや、だめだ、赤い薔薇は街に一本も残ってないな。おれが全部買っちまったから」

「家内にはローストビーフと洗濯石鹸でも買ってやりましょう」亀のような顔をした老齢の係員は言った。「あなたとちがって、結婚してからもう長年になりますんでね。あなた方もわたしたち夫婦に負けず、長く慈しみあわれることでしょう。わたしたちは八月で結婚五十周年になります」

「それじゃもう五十ドル払おう。あんたたちの五十周年を祝ってな」とグローアは言った。「そして乾杯だ、あんたたちとおれたちのために」

二人は一緒に通りを横切ってホテルに入り、新婚夫婦用スイートルームへの階段をあがっていった。グローアはノックもせず部屋に入った。

薔薇の花はすべて届けられていた。ドラッグストアで注文した手鏡や櫛や香水も。服飾店の女店主がニーナの片側にひざまずき、茶褐色の肌をしたアメリカ先住民出身のメイドのマリアが反対側にひざまずいて、ニーナに着せたツーピースドレスのスカートの縁を二人がかりで計る作業にいそしんでいるところだ。ニーナは風呂に入ったあとと見えて肌が薔薇色に染まり、清潔感に溢れている。

（グローアがあとでニーナ本人から聞いたところでは、浴槽で湯に浸かったのは人生で初めてだったらしい。但し台所の床に置かれたトタン製の洗濯桶《おけ》を浴槽代わりにされたことはあるという）

「それはわたしにとっても幸福なことですな、ジャクソンさん」亀のような顔をした老齢の係員は言った。「嬉しく思います」

そしてアルパカ毛織のジャケットの左袖をめくりあげ、青い袖口留めをはずした。

「古くてくたびれていて青いものはどうもいけません。新しくて若々しくて清潔なものを前にしてはね。あなたのお名前はニーナ・ワンドレイさんで、十八歳だそうですな、お嬢さん？　ここにサインをお願いします。年齢もね。ジャクソンさん、花嫁の手をとってください。ここにおられるご婦人お二人に証人になっていただきます。ジャクソンさん、指輪はお忘れのようですな。殿方はみなそういうものです。でも差し障《さわ》りはありません。では、ニューメキシコの州法に基づき、資格を持つわたしの権限により、お二人の婚姻を認可します」

ほかにもいくつか文言《もんごん》があったかもしれないが、グローアはもう注意を払っていなかった。そのとき言われた最後のひと言がすべてだった。

グローアとニーナはその日一日と一夜をその小さな町ですごした。雪が覆う山頂で焔が燃え、幾千もの星が空に輝き、このうえなく晴朗な夜だった。翌日の払暁《ふつぎょう》には、二人はカリフォルニアをめざして早々に出立していた……

その夜から五年後、二人の五度目の結婚記念日に、ニーナはボルナック奥地の熱帯雨林のただなかの、髑髏が山と積まれ恐ろしい彩色を顔に描いた信徒たちがつどう神殿にいることになる。十年後にはソ連秘密警察幹部ソウソウが中庭の泥地で拷問用鞭をわきに置いて血に汚れた手を丹念に洗っているさまを眺めることになる。だがいずれのときもニーナの時計は止まっていて、それらの場所に彼女はいなかった。おそらくフエゴ・ネヴァド・ホテルのあの部屋に還《かえ》っていたはずだ。星々が煌めく空と、雪と焔を戴く山脈を彼方に望むあの部屋に。

かつては偉大なる監督キング・グローアだった。あのころの成功の大きさからして、結婚を公表すれば世間に広く知られたにちがいなく、それが却《かえ》って先行きの足枷《あしかせ》になりそうな気がした。無名の市民の結婚とはちがうのだから。

ニーナにとっても、ただちにキング・グローア夫人として人に知られるのは彼女の利益になると思えなかった。彼女自身の名前はまだまるで知られていなかったのだから。グローアは彼女を映画に出演させたいともくろんでいたし、彼女自身あの年齢の世間の少女たちの例に洩れず、映画に出たいと望んでいた。しかもその気持ちはグローアがそれ以前に知るかぎりのどの少女よりも強かった。それは彼女が自分の美貌を認識していたからでもある——つまりそれを認識できないほど愚かな娘ではなかった。

カリフォルニアにたどりつく前の車中で、グローアは現在の自分たちの状況を手短に説明してやった。あるいはフエゴ・ネヴァド・ホテルを発って間もない早朝のうちだったかもしれない。ニーナが今はグローアのものになっていること。つまり彼女自身承知しているとおり、グローアの帰属物となっていること。そしてこれからハリウッドに乗りこみ、彼女がそう望むとおり映画界に紹介してやること。それは単に男女のつながりがある者同士という感情的な面によるだけではなくて、映画のプロとして客観的に一人の女優を育てるためであること。

ニーナはひと言も発しないままグローアの説明を受け容《い》れた。沈黙のうちに大きな目で彼を見すえつつ。説明されるまでもなく予期できていたことだったからかもしれない。とはいえ彼の催眠術にかかったような状態になっていたのもたしかだ。蠱惑的な微笑を浮かべながらも、その下には依然彼への怯えを隠しているようだった。それがときおり彼を不安にさせもした。

じつはまだ十八歳になっていないことをニーナは認めた。それどころかあと二ヶ月経たなければ十七歳にもならないことすら。彼女の心のなかにはいまだに鍵をかけたままの秘密の部屋があるようだった。深い恐れと悲しみとがひそんでいたのだ。それには古い感情もあり新たな心理もあるにちがいなかったが、決して打ち明けようとはしなかった。だが時が経てばいずれは秘密の部屋の鍵も開けるだろうとグローアは考えた。

ハリウッドではニーナのために小さな家を一軒借りてやった。近隣の住民から覗き見られにくいところを選び、修練の行き届いた思慮深いメイドをつけてやった。グローア自身は以前どおりの偶発的で非規則的な映画界の仕事を公的に再開した。映画スタジオのひとつマグニフィセント社にニーナをつれていき、特別扱いはせずにスクリーンテストを受けさせるように計らった。といってもスタジオと契約するための慣習とでもいうべきテストで、まったく形式的なものにすぎない。スタジオに要求されるままにサインして手続きを済ませ、最初は週に二百ドル程度の報酬からスタートし、出演した映画がどれだけ稼げるかによって昇給していく。ニーナの場合最初の作品『姫と獣』が一年で六百万ドルの興収をあげたおかげで、彼女の一作あたりの収入は一気に十五万ドルにまで吊りあがると予測された。

もちろん予測のとおりになった。公開が終わらないうちに興収はさらに十万ドルから十五万ドルほどものびた。どんな天才でもふたたびくりかえせるとは思えないたぐいの大ヒットとなった。『姫と獣』は早くも大傑作と呼ばれた。グラマラスな新進女優ニーナ・ワンドレイは一夜にして有名になり、ハリウッドきっての美女にして大スターとなった。世界にもその名をとどろかせた。

もしこれほどまでに成功しなかったなら、当然ながら無数にある映画のひとつと見なされるにすぎず、ニーナも少額収入を得られるだけの新人の一人にとどまっただろう。どれだけの美貌であろうとも。むしろそのほうがよかったかもしれないとグローアはしばしば思った。撮影のための予算はきわめてかぎられ、期間は六ヶ月と指定されたが、グローアは三ヶ月で撮り終えた。非常な緊張感のなかで可能なかぎりの創造性を発揮し、しかも〈獣〉役の俳優としてカメラの前に立ち、監督として以上に奮闘した。ニーナに対して怒鳴ったりわめいたりして、彼女が如何にも〈姫〉らしい弱々しく優しい女役としての演技をするのを助けた。尤も、彼女が表現した恐怖感は演技する必要のない本心からのものだったかもしれない。

というのは、ニーナは自分がグローアの子供を妊娠していることをかなり早い段階から気づいていたからだ。つまり彼女が表現したグローアに対する恐怖は現実のものであり、それだけに切実だったのだ。

女は美しければ美しいほど、且つまた自身がそれを強く認識していればいるほど、美貌が減ずることへの恐れもまた強くなる。しかもそれは自分の完璧な肉体が一時的に美を失うという恐れというより、自分が子供の母親になるという激しい危機感への恐れのほうが強い。それはどんな女にとっても終生付きあわねばならなくなる可能性のある恐れであるにせよ。

とはいえ、当時のニーナはたしかにとても若かったが、決して若すぎたとまでは言えまい。グローアの母親も彼を出産したときまだ十八歳になっていなかった。彼自身そう知らされていたのは嬉しいことであり、自信にもつながった。だからニーナにしても、仮に実際より一歳年長だったとしても、いや五歳年上だったとしてさえ、事情は同じになったはずだと考えるべきなのだ。

ブロンドの髪をした母はもちろんいつも保護され安全に暮らしていた。チャールストンのジャクソン家の一員になることはそれだけで安定した生活を意味した。地元では社会的に高い地位にある家系で、大きな柱と白い壁の具わる邸に住み、庭園には栢植の古木が茂り、昔から仕える忠実な使用人たちをかかえていた。母と結婚したときの父は若く有望な医師で、気質が穏やかなうえに人間性もしっかりしており、つねに優しく紳士的で、幼いころから知っていた母がずっと尊敬してきた人物だった。高い丘の上の教会で盛大な結婚式が催され、母の実家の家族や友人たちが揃って証人となり、そのようすは地元の新聞にまで載った。ノースカロライナ州のリゾート地パインハーストでハネムーンをすごしたあと、父はジャクソン家の祖霊が住む領域に母を迎え入れた。

ではニーナの場合はどうかといえば、映画を撮ることに関しては自分にも他人にも完璧を求める監督であるグローアの妻になったという条件はたしかにある。決して下手《へた》なことはせず、創造性のあるアイデアを生むためには自分の精神的苦悩や心理的悲哀をも利用する男なのだから。そんな男と路上で偶然出会って力ずくでつれ去られ、夜明けどきの車中で三、四時間も怯えと沈黙のうちにまんじりともせず、あげくの果てに見知らぬ土地の見知らぬ部屋で、まわりに家族も友人もいないまま、しかも正式な求婚の言葉もないまま結婚させられたという条件はたしかにあるが、しかしそれだけが彼女の恐怖の原因ではないはずだ。

自分が護られていないと感じるニーナの気質は、持って生まれたものなのだ。それは彼女が金銭についてつねに用心深くなるところにも表われている。彼女にとっては金銭が自分を護ってくれるものであることを意味するからだが、そのわけはグローアにもある程度理解できる。彼女が当初持っていた現金は夏の苺摘みで得たわずか六十セントだけで、メンフィスまでのバス代にもならず、それで仕方なくジョー・ダラとニヤつく貧相な中年男の車に乗せてもらったというのは無理もないことだ。それで二度とあんな苦境には陥りたくないと思っているのだ。

グローアはニーナのためそして二人のあいだに産まれる子供のために使うべき金銭をたっぷり持っている。仕事で必要とあれば五万ドルや十万ドルといった金額さえいつでも動かせる男なのだから。一方ニーナの収入は『姫と獣』が完成に近づいたころでさえ週に二百ドルだったのが四百ドルにあがっただけだったとはいえ、彼女にとっては決して少ない額ではなくむしろ大金と映ったはずだ。

それでもなお、自分が護られていないと感じるニーナの恐怖は大きかった。子供の母親になるという恐怖だ。自分の悲しい子供時代を思いだし、その記憶の部屋に閉じこもって鍵をかけてしまうのだ。母親はろくな医療も受けられないまま死んだのではないか。

『姫と獣』を撮り終えたとき、グローアは結婚を発表すべきかどうかを考えた。いったん公《おおやけ》にしてしまえば、先行き自分たちの生活状態を秘密にしておく必要がなくなるではないかとも思った。産まれてくる子供についても公表できるし、と。

だがそうすることの不利益もすぐ思い浮かんだ。『姫と獣』のストーリーが純然たる想像の産物ではなくて、自分たちの生活のドキュメンタリー的なフィクションと受けとられるのではないかと予想された。とくにニーナがこれから数々の映画に出演するであろう若い新進女優としてより、子供の母親であるところに焦点があてられるだろうと。しかもその子が『姫と獣』に出演した〈獣〉自身の子供とあっては。世間は分娩の場を覗き見たいとすら望み、産褥を囲んであれやこれや言うといった状況にまでなるかもしれない。かつてフランスの王家では王妃の出産が公開されていたというが、そんな事態になってしまう。とすれば、やはり秘密にしておくべきだと思われた。

ニーナを出演させるつぎの映画について、グローアは『姫と獣』の撮影中から考えていた。当然出産が済んだあとになるが、タイトルは『無垢の瞳』とすでに決めていた。そしてあのときガソリンスタンドで派手な黄色い車に乗るニーナと出会ったことなど忘れたかのように、路上で彼女を攫《さら》った過去などなかったかのように、彼女にストーリーを語って聞かせた。つまり自作の映画のなかでの彼女はメンフィスにいて、若く美しい娼婦となり、酷薄にほくそ笑む男たちに買われたり貸しだされたりする役どころだと告げた。

もちろん公衆を喜ばせるためのストーリーであり、ロマンチックな要素も織りこむつもりだと。相手役の男たちはセント・フードラムやゴドフリー・デ・パンクといった名前のギャングの大物たちで、現実のニーナの不幸な生い立ちに触発されて考えだしたキャラクターだ。若くみずみずしい柘榴《ざくろ》の実のような無垢の少女イヴを、蛇のような悪漢の餌食となる寸前に救出するのが、後者のギャングの役どころだ。ハッピーエンドにはなるが、映画自体は実際に起こったことを基《もと》にした過酷な現実に焦点をあてるものになり、その意図は多くのシーンのなかに読みとれなければならない。

イヴを助けるゴドフリー・デ・パンクの役にはトビー・バリーを充《あ》てるとすでに決めていた。あらゆる男優のなかで最適の人材だと考えてのことだ。トビーの起用は〈お涙頂戴もの〉とするための決め手であり、ブリキ製の正義の騎士人形として理想的な配役だった。泥地に咲く繊細無垢な白い花のような役柄を演じるニーナにとって最高の相手役だと見なしてのことだ。だがそんな彼女が産まれたばかりの子供の母親だとわかったらどうなるだろうか？

結婚の公表を少し延期すれば、出産について知られるのも『無垢の瞳』のあとということになる。そうするのがニーナの女優キャリアにとって大きな利益になるはずで、子供も被害を受けずに済む。撮影前の半年ほどのあいだニーナをどこか静かな土地に移し、最良の産科医院で第一級の産科医に診せるのがいい。その土地でグローア自身は脚本を書き、産後のニーナが落ちつくまでに仕上げればいい。

そうと決めるとすぐ行動に移した。ある夜晩くスタジオを出ると、ニーナを住まわせている小さな家を訪れた。『姫と獣』の公開初日から一週間後のことで、ニーナが早くも絶賛され新進スターに祭りあげられていたころだ。グローアはすぐニューメキシコ州へ向かうから荷物をまとめるよう告げるつもりだったが、家にはニーナもメイドもおらず、長旅にでも出かけたかのように家の戸口がすべて閉めきられ、窓は鎧戸でふさがれていた。書き置きひとつ残されていなかった。

翌朝の新聞に、グローアをひどく嫌っている両刀使いの評論家がこんなゴシップコラムを書いていた。


出現したばかりでわたしたちを驚かせた美貌の若いスター女優が、突然ハリウッドを離れて療養生活に入った模様。神経性の疲労を癒すための一時的な静養のようだが、その原因はどうやら、女優を見いだした某映画監督兼脚本家兼製作者の完璧を要求するきびしい指導にあるらしい。某監督は得意とする皮肉と侮蔑の鞭を女優の弱く白い肩に対して揮い、その哀訴するような魅惑的な瞳に

向かって、自分に従えば将来が約束されると示唆していたと思われる。

だれにでも敵はいるもので、グローアにとっての敵はＭ・Ｍのイニシャルで呼ばれる男でもあり女でもある評論家メイラー・ミッチェルであり、絶えず陰険に攻撃してくる敵だった。

メイラー・ミッチェルに情報を提供したのはたぶんニーナのメイドだ。あのメイドもグローアのことを嫌っていたから。そうすることでニーナを護ったつもりだったのだろう。もしメイラー・ミッチェルが〈姫〉と〈獣〉の結婚と、さらには出産の予定まで知っているとしたら、将来子供が悪影響を受けて犯罪者にまでなってしまわないともかぎらない。だからもしそこまで報道するようなら、グローア自身の手でメイラー・ミッチェルを殺してやりたいとまで考えた。

そのあとは十月末から翌年の一月末にかけて、三ヶ月にも及んでニーナを見つけだすために苦闘の日々をすごした。

すぐにやったのは、五つ六つの調査事務所に依頼して探させることだった。探偵たちは懸命に奔走してくれたので、そのあいだにグローア自身は『無垢の瞳』の脚本を完成させることに集中した。探偵たちは一マイルごとに五十セント調査料のかかる自動車を駆ったり飛行機をチャーターしたりして、ニューメキシコからメンフィスあるいはシカゴやニューヨークにいたるまで探しまわり、そのあいだ青天井の経費によって最高級のホテルで寝泊まりしたり食事したり最上級のもてなしを受けたりしながら、継続的に興味深い報告を送ってよこしはしたが、ニーナの足跡を発見できそうな成果はいっこうに得られなかった。

ついにはグローア自身が追跡に乗りださざるをえなくなった。そうした情報収集の務めを自分でやるのは初めての経験で、しかも想像力を働かせて情報の意味するところを示唆するところを分析しなければならない。それが日常生活では探偵稼業と言われ戦争の渦中では諜報活動と言われるものだろうが、そうした務めが技術あるいは芸術とさえ呼びうるとわかったことは驚きをもたらした。そして三年後、その技術のおかげでようやく成果が得られた。

　ニーナのメイドをさせていたギルダ・ヘルヴァーソンはノースダコタ州の小さな町プレーリードッグの出身の女性で、使用人雇用所で知って雇ったのだった。その点だけは探偵に調べさせるまでもなくわかっていたので、グローア自ら飛行機でプレーリードッグに飛んで、精励刻苦する誇り高い農夫であるギルダの両親を訪ね、娘は家を出てから十年のあいだにジンジャー・ロジャーズやベティ・デイヴィス〔ともに二十世紀前半活躍した大スター〕やそのほかいくつかの名前を持つ映画女優になっていると聞かされ――しかも名前が変わるたびに顔まで変わるほどの名優だと自慢された。そんなギルダが一週間前に両親に手紙を書き送り、いつものように一、二ヶ月の稼ぎから二十ドルを郵便為替にして同封していたことがわかった。老いた両親は目に涙を浮かべながらその手紙の封筒をグローアに見せた。消印は「ワシントン州ローマ」となっていたが、聞いたことのない地名だった。

　そこでその日のうちに飛行機でワシントン州まで飛んだ。オリンピアの町から二十マイルほど奥地に入った青い湖水の畔《ほとり》に、ローマという小さな村があった。ニーナとギルダがどうしてそんなところに行ったのかはわからない。カナダへ行くつもりか、とにかくアメリカの外へ出るためにそんな辺地を選んだのかもしれない。ニーナは映画の世界から、そしてグローアのそばから離れたかったのか。彼と一緒にいては自分の望まない異様で怖い体験をさせられ、心が混乱するばかりだとでも思ってのことか。

ところが逃げているうちに心身ともに疲れ、どれだけ逃げようと努めてもグローアの世界からは逃げきれないと気づいて、それでこの辺境で足を止めたのかもしれない。考えてみればローマという地名はヴィーナスの神殿の地にふさわしい。しかもギリシャ神話ではアフロディーテと呼ばれるとすれば、オリンピアすなわちオリュンポス山が近いのもまたふさわしい。

村の小さな郵便局を訪ねてニーナの居場所をつきとめるのはさほどの雑作もなかった。キング・G・ジャクソン夫人とその姉ミス・ヘルヴァーソンとして住んでいたところは、老いたベインブリッジ未亡人が営む下宿屋だった。グローアはただちにそこに踏みこみ、すんでのところで間に合った。

ニーナはグローアの名を呼びながらまさに出産しようとしているところだった。つまりデビーは予定日より二ヶ月早く産まれた。問題はそばについているのがプレーリードッグ出身のハリウッド有名女優を自称するメイドだけだったことで、産婆役を務めなければならないはずがただ狂乱して叫んだり両手を振りまわしたりして、実家の農場で仔牛《こうし》の出産に立ちあったときのことなど全部忘れてしまったとわめくばかりだった。下宿屋を営む老ベインブリッジ未亡人には子供がなく、出産についてなにか知っているとすれば、自分が産まれたのが約一世紀前だったということぐらいしかない。出産の苦痛はほかのどんな痛みにも勝《まさ》ると噂に聞くのみで、それに比べれば自分が長らく待ちかねている老衰による静かな死などどれだけ楽か知れないとベインブリッジ未亡人は言うのだった。しかもそんな穏やかな死ではなく、激しい苦痛を伴う誕生が自分の家で起ころうとしているのだ。孫のような若い女性が予定日より前に陣痛に見舞われているのだから。おお、なんと可哀想に！　これが女だけの苦しみというものか！

「お願いだからあの苦しそうな泣き声を止めてあげてちょうだい！」と老未亡人はわめいた。「後生だから！」

ヒステリーという言葉は古代ギリシャで子宮を意味したヒステラという語に由来する。子宮の痛み、すなわち陣痛はヒステリーと同種の病気と考えられていたのだ。

出産の準備はなにひとつなされていなかった。グローアは五分とはかけずに必要な医師と看護師を呼ばねばならなかった。もっと時間があれば救急車も呼びたかった。それが無理なら、せめて酸素テントと保育器を下宿屋に用意したかった。おれの父は医師だというのに！――とグローアは思った――しかもこの女はおれの妻だ！　産まれてくるのはおれたちの子供なのだ！


なんと完璧な美しい嬰児だったことか！　医師も看護師もみな同じ意味のことを言った。これほど完璧で美しい赤ちゃんはこれまで見たことがないと口々に言った。これこそが真の嬰児ならば、これまで見てきた子供たちは別のものだと思えるほどだと。本当に可愛い赤ん坊を初めて知ったと。

女の子だった。子供ができるなら男の子だろうとグローアはずっと思っていたのだが。想像力を働かせることを生業《なりわい》としているにもかかわらず、これほどに繊細で愛らしい女の赤ん坊というものを自分が創りだせるとは想像もしたことがなかった。

ニーナに彼女自身の娘を見せてやるときが来た。〈姫〉の娘、ヴィーナスの娘を。それは悪戯《いたずら》好きな愛の神キューピッドが戦いの神マルスを美の女神ヴィーナスに娶《めあ》わせて孕《はら》ませた嬰児ではなく、偉大な才能であるグローアとのあいだの子供だからこそ美しいのだとニーナに知らしめたかった。

これほどに完璧で美しい子供なら男の子である必要はなく、いつかニーナと同じほどの美貌を持つだろう女の子であることこそが重要だった。この子の存在によってニーナとグローアの先行きの人生の幸福が、いや二人の子々孫々の繁栄までが永遠に約束されたと思えた。

ニーナは横たわっていたが、目覚めていた。唐草模様の飾り彫りがほどこされた胡桃材造りの古式のベッドの上で、枕に載せた頭を覆うブロンドの髪を後ろにまとめあげていた。窓には白レースのカーテンがかかり、床には大きな薔薇模様入りの擦り切れた絨毯が敷かれている。ニーナの目は昏くつらそうだった。

「こちらがお嬢さまですよ、奥さま」若い女性看護師がそう声をかけながら、腕に抱いた小さな赤ん坊を枕もとへとおろしてやっている。「今ご覧いただけるのはほんのいっときですけれど。すぐ育児室にお戻ししないといけませんので。びっくりするほどお可愛らしいでしょう?」

だがニーナは目をきつく閉じるだけだった。そしてそのまま顔を壁のほうへ背け、小さなわが子をひと目も見ようとしない。見ること自体が苦痛のようだ。

「ああ、いやよ!」とニーナは叫んだ。「どうしてこんなにたくさんの赤ん坊が世の中に産まれてくるの? なんのために? わたしにはとても可愛がれないわ! 赤ん坊なんてみんなちっちゃなデイヴィー・クロケットよ! わたしはまだ二十四歳にもなっていないというのに! 赤ん坊なんてみんないなくなればいいの! あっちへ持っていって! わたしに見せないでちょうだい! お願いだから!」

手のつけられないヒステリーだ。

自分が産んだ可愛らしい女の赤ちゃんの名前をどうするかさえ相談できない。とはいえ、デボラという名前をグローアは早くから自分で選んではいた。ブロンドの髪をした彼自身の母が野薔薇の香る黄昏どき、父の腕に抱かれながら列車の激突によってともに死んでから七ヶ月と三週間経ったときに。

保育器に容《い》れられた嬰児は十マイル離れた病院へ運ばれた。五日後グローアがまだその病院にとどまっているあいだに、ニーナとメイドのギルダは下宿屋を離れた。そのときニーナはグローア宛ての封書をベインブリッジ老未亡人に託していた。ハリウッドに戻るつもりだという言づてだった。赤ん坊を見たくないし、赤ん坊にかかわるすべてから遠ざかりたいという思いが読みとれた。子供ができたのを世間に知らせないというグローアの理性を信頼していることも見てとれた。

ニーナの心のなかには彼に対してさえ決して鍵を開けることのない秘密の部屋があるのが感じられた。幼いころの貧困と不安定さ。そして母親の理不尽な死。そういったものが造る秘密の部屋だ。ほかのことをすべて忘れさせるほどのひどい病気かあるいは事故かなにかだったのかもしれない。グローアには推測するしかないことだ。

ニーナはまだ十七歳と半年にすぎず、あまりに若かった。『無垢の瞳』を撮り終えたら親子三人で一緒に暮らそうとグローアは考えた。育児部屋、書斎、プール、バーベキューパーティーのできる庭、などなどが具わる、ハリウッドの普通の家庭が持つ住まいで暮らそうと。

グローアはオリンピア近郊に十日ほどとどまっているあいだに、デビーことデボラのため電話や電報を使って当面の育児手段を手配した。デビーは自分の子供であり、あの星空と雪山を望んだ夜に恵まれた大切な命なのだから、つねに自分のそばに置いて愛情と関心をじかに注ぎながら育てねばならない。自分の手から離して病院に任せきりになどせず。

マグニフィセント社から時間をかけずに車で行き来できる近郊の穏やかなところに、バンガローを一軒借りた。そこで私的に女性看護師を二人雇い入れ、救急看護が必要になった場合はデビーに付き添ってすぐ南の病院に赴くよう指示した。一時的な家政婦としては、ニューメキシコ州の小さな町フエゴ・ネヴァド出身の落ちつき払った顔をした年齢不詳の先住民出自の女性マリアほどふさわしい人材はいないと判断した。ニーナとグローアの結婚式にも立ち会ったし、そのあと花嫁のメイドも務めたのだから。新婚の夜に真っ白なシーツをベッドに敷き、ニーナのローブとパジャマを用意したのもマリアだ。それを毎日やっていることのように冷静沈着にこなした。世界一美しい少女を一人の女に変えるために――永遠にグローアのものである女に――いっときだけではない本物の永遠の女に変えるために。

そのあとマリアは十九年にもわたってデビーのそばにいてくれた。一時的な雇いのつもりがそれほどの長きに及んだ。小さなバンガローにはじまり、ニューヨークを経て――ハドソン川を望むリヴァーデイルの小ぢんまりとした家だった――そのあとグローアのために戦時中もメイドを務めてくれた。そして今はジョージタウンの家に住み込みで働いている。マリアのほうがグローア自身よりもデビーと親しいほどだ。彼が長く家を離れすぎていたせいでもある。一般に父親と娘は鍵をかけた扉で隔てられているものだ。

だがニーナとグローアのあいだには、そんな扉はなかったはずだ――少なくとも『姫と獣』をともに創っていたあいだは。ニーナはどこにいるときであろうと、神と人の法の前において今もグローアの妻なのだから。

にもかかわらずニーナが目を閉じて壁のほうへ顔を背けたあのときだけは、グローアをよからぬショックが襲った。ヒステリックに泣きわめき、自分が彼のために産んだ可愛らしい赤ん坊を見ようともしなかったのだから。とはいえそんなショックも一時的なもので、修復できないわけではないはずだと思われた。

本当に決定的でどうしようもないショックはその三ヶ月後、『無垢の瞳』がはじまってから起こった。

おかげで撮影を三日間休止せざるをえなくなり、そのあいだにナルキッサとレース・アリステアとゴドフリー・デ・パンク——トビー・バリーが演じた役どころだ——のシーンを書き変えねばならないはめになった。机に向かう長い一日が終わるとグローアは疲れ果て、その夜小さな家に住まわせていたニーナに会いに出かけていった。彼女が歓迎するとは思えなかったが、依然としてグローアが監督でありプロデューサーなのはまちがいないのだから、シーンを変更することは伝えておかねばならなかった。デビーを話題にすることだけはまだ避けねばならないとしても。

家は暗くなっていた。グローアはそのときまだ持っていた合鍵を使ってなかに入った。デビーとマリアを住まわせている家の鍵を付けたリングに一緒に付けておいた鍵で、グローア自身が仮寓するホテルの部屋の鍵も一緒だった——どの鍵を使ってもニーナの心の扉だけは開けられなかったにちがいないにせよ。

「ニーナ！」暗い階段の上へ呼びかけた。「ニーナ！」

隣家を訪ねていたギルダはすでに家に戻っていた。ハリウッド女優気どりの気位の高いメイドだが、唯一例外だったのはデビーが産まれたときで、あのときのギルダはいつもまとめている髪を長く垂らした姿で、彼女自身産まれたての仔牛かと思えるほど情けなく泣きわめくばかりだったものだが。

「ワンドレイさんならバリーさんと一緒にヨットに乗って週末をすごしてくるとおっしゃって、お出かけになりましたけれど。お聞きになっていらっしゃいませんでしたの、グローアさん？」

ギルダはグローアが傷つけばいいと思っていたのだ。あの小生意気なメイドは彼を嫌っていたから。

まあいいだろう。だれでもヨットぐらい乗るものだ。楽しんでくれればいい。グローアは明かりを点け、疲れた体を椅子に沈めた。ギルダは部屋の戸口に立ったまま、いらつくように片足で軽く床を踏み鳴らしながら、公爵夫人ででもあるかのような尊大な視線でグローアを睨んでいたが、ほどなく夕食をとるために優雅な足どりでダイニングルームへと向かっていった。

家の賃借料を払っているのはグローアなのに。ギルダ自身グローアから賃金をもらっている身だというのに。あのメイドが今舌鼓を打っているはずの仔羊肉にしろ牛ヒレ肉にしろ、肉屋に代金を払っているのはグローアなのだ。ともあれ、あの音はなんだ？　ギルダが操るナイフとフォークの音か？　それとも歯並びのよすぎる歯の噛み合わせの音か？　疲れている上に腹を空《す》かしたグローアのところまでいい匂いが漂ってくる。この家はグローアの所有ではなくニーナの名義になっているが、二人は夫婦なのだ。椅子に坐る権利ぐらいはあるだろう、たとえギルダがそうは思っていないとしても。ラジオを点ける権利もだ。事実そのときラジオを点けた。

「たった今サンタモニカからたいへんな速報が入ってきました！」メイラー・ミッチェルの興奮して引きつった声が、すばしこく逃げていく野兎を全力で追いかける猟犬並みの勢いで響いてきた。

「われらの美しくグラマラスなニーナ・ワンドレイが、六ヶ月前に『姫と獣』の〈姫〉として映画史に名を刻んだニーナ・ワンドレイが、現在新作『無垢の瞳』のためにカメラの前に立っているニーナ・ワンドレイが、なんと今日の午後サンタモニカまでのヨットクルージングのさなかに、ほかでもないその新作映画で共演中の心ときめかせる美男俳優トビー・バリーと結婚式を挙げたとのことです！　わたしどもの勤勉な特派員もこの朗報を喜ぶあまり、今もなお祝福に余念なしとのことで――」

でたらめだ！　なんというくだらない誤報だ！

グローアは痺《しび》れる手でほかの局へチューニングをまわした。ところがいくらも経たないうちに、同じニュースをほかの言葉で聞かされるはめになった。どうやって必死に立ちあがって電話まで手をのばしたか憶えていなかった。頭をしたたかにぶん殴られたような気分だった。虫みたいに這って電話まで行ったのかもしれない。とにかくサンタモニカの新聞社のひとつに電話をかけた。

「ニーナ・ワンドレイの出演映画を監督しているキング・グローアだ。ワンドレイとトビー・バリーのニュースは本当なのか？」

「これはグローア監督、ほんとですよ、それこそ急報でした。もう大あわてで電波に乗せた次第でして。お二人は式を挙げたあとまたヨットに乗ってどこかへ行かれたそうで――」

グローアは受話器のコードを思いきり引っ張って電話機から抜きとり、暖炉の上の鏡めがけて受話器を投げつけた。鏡が割れ、ガラスが飛び散った。拳と足であらゆるものを殴りつけあるいは蹴りつけて壊した。ギルダが脱色し光沢《つや》を出した髪をいただく頭を戸口の端から突きだして覗き見たと思うと、キャッと声をあげた。そのあと逃げだし、裏口のドアをバタンと響かせて外へ飛びだしていった。まさか警察に駆けこむような莫迦なまねはしないだろう。だがもし戻ったらグローアに殺されるとは思ったかもしれない。人を呼んだりしたらその人も危ないと。たしかにグローアはそのとき危険なほど狂騒的になっていた。

あらゆるものを壊しあるいは砕きあるいは破り捨てた。一階から二階にいたるまで。ニーナのすべてのクローゼットのなかまで。寝室の抽斗のなかのものも全部。ニーナの黒レースのネグリジェも、香水も。ニューメキシコのあの小さな町のドラッグストアで買ってやった香水も含め。ニーナの愛らしい所有物すべてを。そうしながらグローアは声をあげて泣いていた。これまで泣いたことなど一度もないのに。これ以後も二度とは泣かないだろう。

何時間も暴れまわった。どのぐらいつづけたか自分でもわからないほど。汗まみれになって疲れ果て、足がよろけた。あちこち傷つき、拳から流血していた。鏡を徹底的に叩き壊したときの傷だ。だが傷つくことには奇妙な安堵が伴う。人が嘆きの壁〔古代エルサレム神殿のなごりの壁〕に頭をぶつけて安堵を得ようとするのと似ているかもしれない。あるいは自分の喉を掻き切る衝動も同じか。

自分の死よりもよからぬ事態だと思えた。あらゆる悲歌の歌詞が頭のなかを駆け巡る。

おお、金の盃《さかずき》は毀《こわ》れた！　酒精《さけ》は永久《とわ》に流れ去った！　鐘よ鳴れ！　聖《きよ》き魂よ、黄泉《よみ》の川に浮け！〔エドガー・アラン・ポーの詩「レノア」の一節〕

居間の大椅子に倒れるように沈みこみ、戸口のほうへ両脚を投げだした。体は痺れ、血は流れ、心は完全に死んだ。

彼女の髪にはまだ光があるが、彼女の眼にはすでにない！　金の髪は光るのに、眼には死あるのみ！〔「レノア」の一節を変えた詩句と思われる〕

しばらくしてようやく立ちあがるとダイニングルームに行き、食器棚のいちばん下の棚から酒のボトルをいくつか見つけだした。ワシントン州のローマ村に赴く前に自分で置いたものだ。古いウィズダム・バーボンもある。まだ一度も手をつけたことのないやつだ。それを居間に持ってきて、二十時間ほども飲みつづけた。

家の前で車の止まる音が聞こえた。それから呼び鈴の音と、玄関を鍵で開ける音。いつの間にか翌日の午後の晩い時間になっていることに、グローアは二日酔いの頭でようやく気づいた。昨夜と今日の日中のほとんどが無駄にすぎてしまった。

「トビー、車のなかで待ってて！　必要なものをギルダに用意してもらうだけだから。ほんの五分ほどで済むわ。ギルダ、聞こえてる？」

ニーナは居間に入ろうとしたが、部屋の戸口で立ち止まるのを余儀なくされた。なにもかも乱雑に散らかっているさまが目を射た。そして目が赤く充血したグローアが椅子にぐったり沈みこんでいるさまも。

「いったいなんなのこれは《イン・ザ・ネーム・オブ・ヘブン》、キング？」

「天国《ヘブン》か」とグローアは返した。「愛の歌を唄うところ、わが家こそ天国だ」

「わたしの言ったこと聞いてる？」とニーナ。

「おまえは今や大スターだ。世界じゅうに知られてる。愛らしく麗しい美貌の〈姫〉としてな。無垢の瞳の持ち主。だがこれからはおれがひとつでもなにか言ったりやったりすれば――おまえの名声は地に墜《お》ちる」

「それはどういう意味？」ニーナは憤慨に興奮して訊き返した。居間に入ってくると、グローアに面と向かう位置でソファに腰をおろし、両手を膝の上できつく組みあわせた。「すべてあなたのせいなのよ！　わたしを力ずくで攫って騙《だま》し、私生児を産ませたのよ。そしてわたしをあなたの人生の裏道に置き去りにして、ただ利用してあとは軽蔑するだけ。自分が偉大な万能の映画監督キング・グローアだからという理由でね！」

「私生児だと？　そんなことを言うやつはこの手で殺したいよ。おれのこの両手でな！　おれたちは結婚してるんだぞ！　おまえは忘れてるかもしれないが！」

「結婚してるですって？」ニーナは黒い瞳を光らせて笑った。「田舎者の莫迦な小娘にすぎないと思ってるわたしを、本気で花嫁にしたの？　あの年寄りの偽裁判官の前で、わけのわからないふしだらなインディアン女のメイドと、洋服屋の女主人に立ちあわせただけの結婚式よね。あの女たちに五ドルずつわたして立会人のサインをさせたんでしょう。そしてあの洋服屋は黒レースのネグリジェとかみだらな衣装をわたしに押しつけたのよ。おまけに、あんなに金持ちで気前のいい人を花婿に持つなんて幸運な人かしら、なんてことまで言ったのよ！　そしてあなたはわたしが世の中のことをなにも知らない小娘だと思ってるくせに、なんの経験もない田舎者だと思ってるくせに、本気で花嫁にするつもりだったというの？」

グローアは疲労に濁った心で思った――ニーナの純粋無垢さは認識していた以上に大きいもののようだ、と。無垢ゆえの無知、その知性は際限なく広大なのだ！

「いいか、よく聞け」できるだけ冷静に言うべく努めた。「荒々しくて手加減を知らない一人の男が、おまえを救いだした――おまえを手なずけようとしていたさる田舎紳士の手からな。それでおまえは一時的に感謝の念を覚えた。だがその男は、銃を抜いて歯向かおうとする田舎紳士の首の骨を折るほど危険なやつだとわかった。男は車に乗れとおまえに命じ、自分は映画監督だと言った。素朴な田舎娘たちに声をかけてはハリウッドで仕事をさせてやると誘う、黒くてでかい車に乗ったよくいる男たちと同じようなやつだと思えた。もちろんおまえはそんなことを言うやつを信じたりはしない程度には利口だった。

男はそんなおまえを納得させるために、仮にでもいいから結婚式を挙げようと考え、車の運転に疲れて、最初に目に入ったホテルに立ち寄った。おまえはそんなことには気づかなかっただろうが、そこはたまたまニューメキシコだった。ホテルから街に出かけて、目についた適当な男にカネを摑ませて仮の裁判官に仕立て、洋服屋の女主人とわけのわからないメイドを仮の証人に仕立てて、ジャクソンという名前で仮の結婚式を挙げた。そしてハリウッドで仕事するためには結婚していないことにするほうがいいと男は説明し、おまえはそれに納得して同意するふりをした。本当は全部出まかせに決まってると予想していたにもかかわらず。

ところが奇妙なことには、男は本当に映画監督で、おまえを本当に映画に出演させた。さんざん怒鳴りつけたりしごいたりはしたが、四ヶ月後には本当におまえを映画スターに仕立てあげていた。だが結婚は依然として仮のままだった。本当の結婚じゃないとわかる程度にはおまえも利口だった。ジョージアもアラバマも南北のカロライナもテネシーもそのほかのどの州も、結婚許可証が出るまでには少なくとも数日待たねばならないはずだとおまえは知っていた。あるいは血液検査が必要なこともあるし、それでも待たねばならないこともあるとも知っていた。とにかくなにかしらそういうちゃんとした準備ができていなければ結婚はできないんだと。

おまえはまったく利口だ！　そうだとは想像もしていなかったよ。完全に騙しおおせたと思ってた。昨日おまえは知ったはずだが、カリフォルニアでは血液検査さえすればいいらしいな。だからすばやく結婚できるわけだ。とくにおまえとバリーみたいに急いでいる場合には都合がよくて――」

「急いでいたわけじゃないわ」ニーナがさえぎった。すでに泣きはじめている。「ほんとよ。あなたはいつもそういうずるい言い方をするわね、キング。まるでわたしにも悪いところがあるみたいに。まるでわたしは完全にあなたのものだというみたいに。それはわたしがいつも怯えていて、いつも孤独で、だれにも訴えることができなくて、結婚もなにもかもすべて嘘だとは言いだせない女だと思ってるからよ。そのことについてトビーとずっと話したわ。彼はとても優しくてよく考えてくれるの。女はだれかに護られていなきゃだめだと言ってくれたわ。ほんとの結婚が必要なんだと。わたしの母でさえ本物の結婚をしてたのよ、ほかになにもなかったとしても。父でさえ結婚だけはしてあげたの」

「たしかに結婚許可証は確保すべきだったな、フィラデルフィア訛りの洋服屋の女主人のところに行く前に」グローアは注意深く先をつづけた。「そしてあの女主人の顔の前でひらつかせてやればよかった。フィラデルフィア生まれの年増女は男の罪についてよく知っているらしいからな。あの女の頭のなかではどれだけ色気づいた妄想が渦巻いているかを認識しておくべきだったよ。若い女性が〈奥さま〉と呼ばれるようになるための服を買うとき、あの女がわけ知り顔で居丈高な物言いをするのを聞いていたんだからな。教えてやったおまえの体のサイズをあの女がメモするときもそうだった。おれがそんなことまで知っているのは、おそらく大学の医学部で二年、教養学部で二年付きあって、それからハリウッドに来て三年ほどになるからだろうと、あの女は予想していたはずだ。あの老いぼれた結婚許可証係をつれていったとき――裁判官の資格も持ってる男だ――あの女はおまえに着付けをしてやっていたが、そのとき自分の予想がちがっていたと気づいたはずだ。それでも売春宿の腹黒い女主人みたいな目でおまえを見ていた。腹黒い女は無垢な女を陰険な目で見るものだからな。おまえがあれほど無垢じゃなければ、もう少し世間慣れした女と見られていたなら、誤解されることもなかっただろう。あの女の濁った目でも、おまえをもっと正しく見ていたはずだ。世界の賢人が言うところの正しいという言葉の意味においてな。今おれたちの大切な子供を世話しているメイドのマリアにしてもそうだ。なのにあの子の母親であるおまえは、忌々しいバリーと不貞の罪を犯し、二重結婚の罪まで犯した。まさにバリーが演じるゴドフリー・デ・パンクにふさわしい罪だ。

おれたちが結婚式を挙げたのはニューメキシコであって、ジョージアでもなくアラバマでもなくテネシーでもない。アーカンソーでもなくオクラホマとその回廊地帯《パンハンドル》でもない。それらの州は夜通し高速運転してすべて通過した。おれの子供の母親になるはずの、ブロンドの髪をした愛らしい女が助手席で眠っているあいだにな。それらの州のどこでも止まることなく、三十分の休憩さえとらずに走りつづけた。手をとりあって将来を誓える場所に一刻も早くたどりつきたかったからだ。法的に正当な結婚をするのはそれほど大事なことだった。それがおまえのためであり、おまえを護るためであればこそだ。神の前でそう誓うのがおれにとってのすべてだった。おまえにも同じように誓ってもらうことが。賢く正しい女はみなそうするものだから。結婚許可証をとるよりも、血液検査をするよりも、ほかのなによりもそれこそが肝心なのだ。おまえの祖母もそのまた祖母もみんなそうやってきたはずだ。そして夫婦は終生をともに生き、同じ墓のなかに並んで眠るものなのだ。

こんな大それたことをしているあいだ、おれについていったいどう考えていたんだ? おそらく頭の切れるギルダがいつもおまえのそばにいて、プレーリードッグとハリウッドで養った知恵を教えてやっていたんだろう。おまえが生来身に付けている砂山の村の知恵だけじゃ足りないと思ってな。エデルマン助祭の農園で付けた知恵が加わってるとしてもだ。たしかにおれたちの結婚は仮のものとならざるをえず、子供も法的にはまだ存在を認められていなくて、おまえは屈辱のなかで生きねばならないと思っているかもしれない。だがたとえそうだとしても、ここまでやる必要があるか? フエゴ・ネヴァド・ホテルの窓から雪と焔を戴く白い山々を眺めたのを憶えていないのか? 星々が夜空一面に輝いていたのを忘れたのか? おまえにとってはそれらがどんな意味も持たなかったというのか?」

「ああ、キング!」ニーナが深くうなだれて泣きながら言った。「もしわたしが誤解していたのならごめんなさい。わたしなんてあなたにとってなんの価値もない女だと思ってたの。ただの莫迦な田舎娘を自分のものにしたという程度のことなんだと。だからずっと悲しかったのよ、たとえギルダがそばにいてくれても。あなたはわたしに対していつもつらくあたるんだもの。今だってそうよ」

グローアは酒のボトルを摑みあげ、最後の一滴まで飲み干した。心も死ぬほどに。魂も死ぬほどに。椅子に沈みこんだまま二十時間もそうしていた。一晩じゅう。日中もほとんど。そして家の外ではトビー・バリーがニーナを待っているのだ。

「おまえは今もなお法のもとでおれと結婚しているんだ」考えながら慎重に言った。「のみならず、神の前でも依然夫婦だ。おれの心のなかでは、これからもずっと。だがおまえの名前は今や世界じゅうに知られすぎた。昨日おまえがバリーと一緒にやったとんでもないことは、世の中のあらゆる新聞に載ってしまい、もうどうにもならない。カリフォルニアだろうとノースカロライナだろうとほかのどこの州だろうと、おれがおまえに対して離婚訴訟を起こすためには、重婚した罪深い女だと世間に向かって非難することが必然的な事態になる。メキシコかあるいはトンブクトゥ〔現在のマリ共和国の都市。本作の当時はフランス領西アフリカの一部〕あたりでなら、世間に知られず法的に離婚訴訟を出せるかもしれないがな。だが仮におれと正式に離婚できたら、おまえとバリーはこんどこそ正式に結婚するまでだろう。それがまたおまえに悪評を残すことになる。

好きな男と結婚するのはいいものだろうさ。バリーはとてもいい男だしな。穏やかで優しいと、おまえはいつも言ってたな。なにより見た目がよくて、おまけに話し方も品があって、詩的だとさえ言える。バリーは旧約聖書の『伝道の書』を知っているかな？　そのなかの一節がひと晩じゅうおれの頭で渦巻いていたんだ。『銀の絆《きずな》はゆるみ、金の鉢は割れ、泉の壺は砕け、魂は創り主たる神のもとに還《かえ》りしとや？』ニーナ、おまえはそのまま進んでいけ。バリーのあとにもほかの男たちが現われるだろう。どれだけの数かもわからないほどな！　そしてそのなかのだれかがいつかおまえを殺すだろう。蠅を殺すほどにも雑作なく。おまえがどれほど美しいかも理解しないまま。世界のどこでそれが起こるか、どこからその男が現われるのか、それはまだだれにもわからない。だがその男こそおまえが求めている男だ。なぜならその男の無関心さがおまえを苛立たせ、却っておまえを惹きつけるがゆえに。だからおまえはその鈍感な男に知らしめねばならない、自分が如何に美しいかを。だがなんということか、おれもまたおまえを愛しつづけねばならない。なぜならおまえこそがおれにとってただ一人の女だからだ。この世の女のすべてがおまえだからだ。それでおまえを愛しつづけるのだ、死んでいようと生きていようと。

さて、そろそろ行くか」グローアは揺らめくように立ちあがった。「おれたちの結婚の解消については、とにかくメキシコに行ってなんとかしてみよう。騒ぎ立てずおごそかにできるかどうかな。大丈夫だ、おまえが心配することはない」

ニーナはソファに俯《うつぶ》せに横たわって泣きつづけていた。グローアは近寄ったり手を触れたりはしなかった。もうそんなことをする気にはなれない。自分の人生に耐えられない気分だった――たとえ耐えつづけねばならないとしても。

『無垢の瞳』の撮影が予定されていた水曜日の朝、豈図《あにはか》らんや、ニーナとトビー・バリーは現場に姿を現わした。バリーがニーナを救いだす英雄的なシーンをグローアは撮影した。バリーは詰め物を入れた太い二の腕でニーナをかかえ、これまた詰め物で分厚くした胸板に押しつけた。悪党どもはすでに全員やっつけ、死よりもおぞましい恐怖からニーナを救ったのだ。歓喜のすべてをわがものとするために。いいシーンだ、バリーがニーナの倍も年長であることを考慮しても。

残りの共演シーンをすべて撮影した、ラストの抱擁にいたるまで。『白い蝶』もニーナとバリーの共演で撮り、二人にオスカーをもたらしたばかりか、グローア自身も監督賞と脚本賞をダブル受賞した。あのとき彼が手にした金メッキの騎士像を今でもどこかのだれかが持っているかもしれない。

『囲われの蘭』と『魔法の月光』と『闇の涙』もニーナとバリーの共演で撮った。その三作では世界で五千万人の男性観客が固唾を呑んで見守った――ニーナだけでなくバリーをも。そのあとグローアは初めてインディペンデント映画を撮るために二人と契約した。『止まった時計』がそれであり、やはり二人が共演した。バリーはニーナの最初の男を演じ、雪山と星空のごとき高みの演技を見せた。実生活でのバリーはニーナの二番目の男になるわけだが、映画のなかでのその役どころはシュモルツという名前の若手俳優で、作中でその後つぎつぎ登場するニーナの相手を演じる俳優たちの一人となった。

ニーナは『止まった時計』でのギャランティとして二十万ドルを要求した。ひどく実際的な口調でグローアにその額を求め、仮に自分が金銭のために女優をやっているわけではないと言ったとしても、監督であるグローアはほかのことに大金をつぎこむはずだと主張した。しかもその大金が無駄になるのがつねだと。もちろん彼女の言うとおりだ。

ひょっとするとグローア自身心のどこかで、『止まった時計』は失敗するだろうと予想していたのかもしれない。ある種の死への願望か。死は愛の優しい兄弟であるがゆえに。エロスとタナトス。日本人はそれを切腹で表現する。罪を悔い、ハリウッドでの偽りの人生から自らを解放するため、腹を掻《か》っ捌《さば》いて内臓をあらわにする。

だがそれでもニーナの映画女優としてのキャリアを終わらせるつもりではなかった。ただ単に終わるのを避けえなかっただけで。どんな映画であれ、ニーナの最後の出演作になるものの脚本を自ら書き監督するなど、耐えられることではない。それほど彼女はあまりに美しすぎるから。グラマラスで魅惑的な美貌のニーナ・ワンドレイは、しかし演技ができなかった。これまでに彼女がやってきた演技のすべては、グローアが無理やり叩きこんだればこそのものだった。女優としての生命と焔は彼が呼吸のごとく吹きこんでやったものだ。つまり彼女は人工の女人ガラテイア〔ギリシャ神話でキプロス王ピグマリオンがアフロディーテに似せて作った彫像。人間の女に変わりピグマリオンと結ばれた」であり……

だがグローアはメキシコに行っても、なんとかすると言ったニーナとの結婚解消を果たせなかった。初めはメキシコでならいつでもどこででもたやすくやれると考えていたし、それに充分小さくて辺鄙な町なら、ニーナを傷つけるほど話が広まることもないと思っていたからだった。ところが婚姻記録を法的に遡って解消することは、メキシコだろうとほかのどこかだろうと不可能なのだった。しかもそれは同時に、ニーナとバリーの婚姻が初めから無効だったことをも意味していた。つまりニーナは結局だれとも結婚していないことになってしまう。

それは彼女にとってまったく好ましくない。ひと月ののち、グローアは彼女に過去にも未来にも経験のないただ一度だけの嘘を告げた——自分たちの結婚は無事解消できたと。すべて巧く行ったと。それは彼女を護るためのせめてものささやかな務めだった。

もしニーナとバリーとのあいだに子供ができていたなら、あるいはその後のほかの男たちとのあいだでも同様だが、もちろん事態は完全に変わってくる。だがその可能性はグローアにとって考慮しなくてもいいことだった。デビーを産んだあとのニーナには、専門の手術を伴わないかぎり出産はむずかしいだろうと医師に告げられていたから。

結局のところグローアにとってニーナとの離婚はしようがしまいがあまり変わりがないことでもあった。将来再婚をするつもりがまったくなかったから。あのときニューメキシコのフエゴ・ネヴァド・ホテルの一室で、焔と雪を戴く山々と輝く星空に見守られてニーナと結婚したのがすべてだった。人の心のなんたるやを知る神の前で二人は結婚したのだ。そんな結婚を人の法などで解消できるはずがない。

一方ニーナはその後も愛を求めて前へ進みつづけた。自らの保護を求めて。だが美しすぎる女が護られることはない。どんな大都市の賑わう通りだろうと、平和と安寧と法が支配するところにおいてさえ、狭い裏路地の陰に危険な虎がひそむ。あるいは人けのない公園や夜の通りを急ぎ足で家路についているとき、虎は襲いかかるだろう。そこは戦場であり、ニーナは凶悪で強力な獣の獲物となるのだ。偉大で愚かな藩王ジョージ・ヴァナーズもその惧《おそ》れをつねに感じていただろう。

アジア奥地の熱帯雨林でニーナがどんな暮らしをしていたか、グローアには知る由もない。知りたくもないし、考えたくもない。石器時代同然の生活をする先住民たちが、血まみれの戦利品を集めた髑髏の神殿にニーナをつれていっただろうか。それは彼女には恐ろしすぎるところで、死んだほうがいいとまで思ったかもしれない。死など考えられないほどの美貌の持ち主であろうとも。人知れず丸木舟に乗りこみ、悪魔の仮面をかぶった神官たちから逃げだしたかもしれない。黒い川をすばやく漕ぎ進み、もっと恐ろしいどこかとも知れぬところへと向かって。

その途中でニーナを捜索する葉加鷲大将配下の警邏兵に見つかったかもしれない。奥地から海へと向かう広くてゆっくり流れる川の、泥の溜まる岸辺で。ニーナの丸木舟はその泥地に乗りあげてしまい、頭上の木の枝からは大蛇がぶらさがり、茂みには忍び足のすばやい豹がひそみ、樹上では猿たちがかん高く叫びながら跳びまわり、泥地では恐ろしげな形の流木の群れに囲まれて、ニーナは丸木舟の底で気を失っただろう。

だがまだ死にはしない。座礁したとはいえ、黒い急流からさほど遠く離れたわけではない。いまだ心臓はかすかに動き、海のように青い瞳を隠す黒い睫毛は仄かに蠢く。

敵兵らは逃げた藩王夫人を見つけたと察知する。大いなる戦利品だ。捕まえたニーナを誇らしく且つ注意深く葉加鷲大将のもとへ運ぶ。

眼鏡をかけ小柄で痩せた葉加鷲は藩王宮殿の磨き抜かれた大机を前にして、かつて藩王が座した革張りの大椅子に身を沈め、鞘に収めた日本刀を目の前の机上に置く。かつてヴァナーズ藩王がユニオンジャックで覆ったクッションで昼寝《シエスタ》を貪った革張り椅子の背凭れには旭日旗がかけられ、かつてヴァナーズが喫ったスマトラ産紙巻き煙草は依然手の届くところにある。

葉加鷲は立ちあがると、ニーナへ深甚に頭をさげる。

「これは藩王妃陛下！　拝謁でき光栄に存じあげます。どうぞ椅子におかけを」

ふたたび腰をおろした葉加鷲は、胸ポケットから薄紙の束をとりだし、そのなかの一枚を抜きとると、人差し指と中指で丸く窪ませたのち、煙草容れから刻み煙草をひと摘みとって巻きこみ、薄紙の縁を舐めて丁寧に貼りつけ、一方の端を捻じる。

「まことに申しわけなく思っています、王妃陛下。これも戦争の運というものです」火を点けて咥えると、笑った歯のあいだで煙草が揺れる。「吾《やつがれ》のことは枢機《すうき》とお呼びください。お悲しみはお察し申します。藩王陛下のご遺骸はご覧になられましたかな？　陛下はたいへんな紳士であらせられました。本当の侍《さむらい》です。王妃陛下に害が及ぶことはございません。ご安心ください」

葉加鷲にとってニーナは勝利の象徴であり、力を誇示できる戦利品だ。その意味では、座している椅子や目の前の机と同じだ。あるいは敵の首級とさえ。ユニオンジャックの代わりに旭日旗をかけたクッションも。だがこの藩王妃という戦利品だけは格別な美貌を具え、恐ろしいまでに魅惑的な瞳を持つ。葉加鷲は歯の隙間で揺れる煙草をいっとき吸いこんだあと、指を打ち鳴らして部下の者たちを退出させ……

それからの十日あまり、翌年にまで及んで、葉加鶩は囚われのニーナに近づこうと努める。秘かに水田を進み、あるいは木立の下の沼地を進み、血に飢えた蛭《ひる》や蚊に囲まれ、ときとして顔を食われながらも。

だが結局なにもできず、ニーナに思いを伝えることさえ叶わず、仕方なく娼婦のもとへ行くのがせめてもの救いとなる。そして以前と同様に、藩王妃は死亡したと日本軍司令部に報告するのが最善と考えるしかなくなる。

葉加鶩は部隊をボルナックから退《ひ》きあげるとき、ニーナを伴っていった。

サイゴン、シンガポール、ラングーン、ハノイ。あたかもボルナック藩王妃をわがものとしたかのごとく。その顔を見たことがなく噂に聞くのみの人々は、黄金の鼻輪をした現地人の女人だろうと想像するのみ。だが一度でも顔を見たことのある者は、ブロンドの髪を持つ悲劇の美女とだけは知っている。そのあまりの美しさゆえに、ロシア人の血を引くのではないかと想像する。売られていった帝政ロシア時代の軍人や貴族の子女の一人ではないかと。グラマラスなハリウッド女優ニーナ・ワンドレイだとはだれも知りえない。仮に擦り切れたフィルムで彼女の映画を観たことがあったとしても。だからもし自分が死んだとのみ思われていることを知っていたなら、その当時の彼女はむしろ安逸な気持ちでいたかもしれない。

日本が敗戦したため、ニーナは爆撃で廃墟と化した東京までつれていかれることなく済んだが、その代わり葉加鶩とともに朝鮮半島へ行かねばならなかった。

ボルナックで藩王避暑用宮殿を焼き討ちした歓喜に酔い痴れた日から三年三ヶ月と十八日後の八

月某日、アメリカ大統領によって朝鮮半島に引かれた南北分割線からわずかに北方へ行った平壌《ピョンヤン》の宮殿で、葉加鷲枢機大将は入浴と神への懺悔を済ませたのち、神聖な日本刀と鏡と櫛を前にしてひざまずき、日本兵がつねに敗北忌避の手段とする切腹を遂げた。

だがニーナは忌避できなかった。ソウソウ率いるＮＫＶＤ《エヌカーヴェーデー》〔内務人民委員部。第二次大戦終戦直後までソ連に存在した秘密警察〕のロシア人とモンゴル人からなる部隊が平壌の宮殿のあらゆる扉口から侵入した。ＮＫＶＤ兵らはニーナを捕らえ、彼女の隣に倒れている瀕死の葉加鷲の顔を蹴りつけた。

血に飢えた残虐で狡猾なタタール人〔ここではモンゴル人の異称〕の豚！　同志《コムレード》ソウソウは朝鮮や満州やブルガリアでトビッシュやワデニーやワシロヴィなどの名で知られた。前線に立つ将官であり、単なる兵士とは異なる。謂わば憲兵隊長であり、逃亡する非武装の敵にとって独りで対峙するには恐ろしすぎる相手だ。ソウソウは自身の母親をも殺害しており、また捕らえた一万人のポーランド兵を森に掘った穴へと一人ずつ歩かせて拳銃で後頭部を撃つ大規模処刑を指揮した。処刑される捕囚が穴の縁に立ち、穴の底に山と積まれた死骸が月光に照らしだされたときには、悲鳴をあげられないように捕囚の口に鋸屑《おがくず》を詰めたという。

まさに死骸の山々！　アッティラよりもティムールよりも残酷であり、チンギス汗以上の恐怖支配によって数千万人を服従させた。巨大な強制収容所を建設し、凶暴な番犬と機関銃兵を配し電気柵で囲った。そんな男であるにもかかわらず、酒に酔うと陽気に浮かれ騒ぐ気質だった。短足と月のような丸い顔と小さくて丸い目を持つソウソウはニーナを指さし、欲張りで愚かな十歳の子供のような声で「おれのものだ！」と叫んだ。戦いの勝利によるものであるにせよ、南北分割線のおかげであるにせよ、囚われにした美女はつねに戦利品であり、虎や豚の餌食となる。

だがソウソウの脳とも言えない小さな脳にも、この世のものとは思えないほどの美を認識できるだけの脳細胞はあった。汚濁から生まれたがごとき血に飢えたタタール人も、クニドスのヴィーナス像〔古代ギリシャの彫刻家プラクシテレス作〕の写真なりとも目にした経験があった。木片と藁を泥で塗り固めただけのタタール人の神像などもはや見る気も起こらなくなった。強制収容所に囲っている飢えて鞭打たれるばかりのみじめな女たちなどなおさらに。胸と尻が大きいだけの女拷問人や女処刑人などなおさらに。

ニーナは十一年以上もこのソウソウのもとですごした！　トビー・バリー、クリフ・ウェイド、マイク・ヴァリオグリ、ジョージ・ヴァナーズ、そして葉加鷲大将、この五人とともにすごした時期を足した歳月よりも遥かに長く。グローアはメンフィスへ向かう途中のジョー・ダラの手からニーナを救いだしたのに、そのあげくの果てがこのタタール人の豚の手に落ちることだったとは。まさに手の届かないところまで落ちたのだ。

ソウソウは世界じゅうのどこへ行くときもニーナをつれていった。そのころの彼女は自分が何者かを知る人々の目に触れる機会がまったくなかった。彼女が囲われていたソウソウの邸宅はヤルタにあって、その町は黒海という名前とはまるでちがう青い湖水に臨んでいた。黒海に入る水はギリシャに端を発し、見目よい神殿や柱廊の廃墟のあわいを流れてくるがゆえに青く美しい。おそらくソウソウはそんな美しい景色こそ彼女にふさわしいと考えてそこに住まわせた。

一度だけ――おそらく本当にただ一度だけ――ソウソウはニーナを邸宅の外に出してやったことがあった。武装した配下の者たちが見張る敷地の外へ、大理石像のごとき完璧な美女をつれだした。

今から十年前、ソウソウが瀕死の葉加鷲の顔を蹴りつけてニーナを攫った翌年の十一月の北京で、穏やかな顔をした茶色いスーツ姿のライプツィヒ出身のセールスマンかと思わせる格好をしたソウソウは歯痛がひどくて、商用のため趙《チョウ》博士と一緒に乗る車から突然跳びおり、娼館街の歯科医に駆けこんだ。そしてその日ニーナは夢遊病者のようなあるいは廃墟に埋まる彫像のような大きな目を瞠り……

ともあれ十年前のその日、ソウソウは自分の身に起こることを予期できていなかった。ニーナをつれてソ連占領下のハンガリーの首都ブダペストを訪れ、秘密警察の武装警邏がよく行き届いていることに安心して街路を進んでいったが、そこに突然現われたのは、抑圧され憎悪に燃え立つ市民の大集団だった。非武装の大群衆は素肌をさらした胸板を警邏兵の銃口に敢えて向けて突き進んだ。驚き怯えた兵らは八つ裂きにされまいと逃げまどうが、制服を摑まれ破かれるのは避けられなかった。街路に立つ像がつぎつぎに倒され、街じゅうが自然発生的な暴動で騒乱状態となった。

だが歴史上では、古代ローマの剣闘士と奴隷がスパルタクス〔共和制ローマ時代の反乱指導者〕の指揮のもとに蜂起したときと同様に悲劇的な脚注程度の記録とならざるをえず、しかもその脚注すらいまだ書かれてはいない。

ソウソウは徴発して定宿としていたカール・マルクス・ホテル——かつてはフニャディ・ヤノーシュ〔十五世紀ハンガリーの貴族〕・ホテルと呼ばれていた——の最上部三階を引き払い、数ブロック離れているだけのソ連大使館に避難すべく徒歩で向かった。信頼できる配下数人のみを従え、十月後半の晴れた空の下を。

すばやく危機を察知する野獣のように鋭いソウソウの五感を以《もっ》てしても、咆哮とともに暴徒の集団が前後の小路から突如出現するとは予知できなかった。憤激する集団のなかの一人が、不意に危機感に駆られて逃げようとする茶色いスーツの妙に穏やかな顔をした男がだれであるかを認めた。あいつを捕まえろという怒号が群衆の千もの口から一斉に吐かれた。その男の指揮によって多くの仲間が収容所で拷問され死んでいったことをだれもが忘れるはずもない。

暴徒の大波を前にしては、わずか数人の配下はなすすべもない。秘密警察幹部はたちまち捕まった。歯医者のドリルにすら耐えられないほどだれよりも苦痛嫌いのソウソウはひざまずいて命乞いするが叶わず、泣きわめきながら近くの街灯の柱に逆さ吊りにされた。

地獄へと真っ逆さまに叩き落とされる瞬間、脳とも言えないほどちっぽけな脳に最後に閃いたのは、おそらくニーナの顔だっただろう。ソウソウにとってニーナこそ理想の美女だったがゆえに、奇妙にも畏《おそ》れるほどの優しさを以て彼女に接していたがゆえに、血にまみれた手を彼女のためにのみ丹念に洗っていたがゆえに、一度見ただけでも決して記憶を消せない夢のごとき美であるがゆえに、戦利品としてきた幾百万もの髑髏の重みに圧《お》される地獄においてさえも、万年に一度だけしたたる清澄な美の盃を傾けることができたかもしれない。

だが死にゆく者の脳裏になにが宿るかなど、所詮神のみぞ知るだ。

秘密警察の兵らはすでに全員がカール・マルクス・ホテルから逃げだしていた。

ニーナのみ護衛もないままに独り残された。ボルナックでスラバヤからの救出用機がついに来ることがなかったあの日から数えて十四年以上もの歳月のなかで、唯一の自由への脱出の機会がそのとき訪れていた。その日の夜彼女は国境を越えてオーストリアへと逃げた——持ち物を身に帯びて。

世界じゅうを旅しながらもニーナがつねに持ち物を身に帯びていたと想像するのは、グローアにとってむずかしいことではない。

　但し生地だった砂山の村から初めて旅に出たときには、おそらくなにも身に帯びてはいなかっただろう。持ち物どころか、一セントの現金《かね》すら持っていなかっただろう。エデルマン助祭夫婦に路上で拾われたときには、イシスという名前で呼ばれていた十二、三歳のころで、メンフィスに行きたがっていた。あまり利発ではなさそうだったが、食器洗いやベッドメークや鶏の羽根毟《むし》りや牛の乳搾《ちちしぼ》りや床掃除や窓拭きや洗濯ぐらいは下働きの黒人娘並みにできたので、賃金も払わずに住み込みで農園で働かされた。

　だがボルナックの避暑用宮殿での剣と焔と血の夜に脱出したときのニーナは、当然持ち物を身に帯びていたはずだ。自分の美貌がまだ価値を持っていなかった十二歳のころ以降、それは初めてのことだった。丸木舟で逃げたせいで擦り切れ汚れた衣服のまますごした山奥の神殿での隠棲のころも持ち物は身に帯びていたはずで、亡き夫ヴァナーズの形見もそこに加わっていたかもしれない。鰐と深い海が待つ黒い川を必死に逃げていくあいだも。

　持ち物にはアメリカで手に入れた宝石類も含まれていただろう。それは持ち物のなかでも最も高価なもので、葉加鷲とともにいたときも決して手放さなかった。ソウソウとともにいた耐えがたい日々でさえ。

　ヴィーナスは決して持ち物を失うことはなかった。海から生まれたばかりのときから桃色の巨大な真珠を水掻きのある手で摑んでいた。それによって自らの神殿を飾り、人々は彼女の足もとに高価な供物《くもつ》を捧げた。彼女は黄金のヴィーナスであり女神であり、自らの美貌を知っていたがゆえに。

決して競りにかけられる裸の奴隷娘などではなく……そうしたヴィーナス伝説を、ニーナはエデルマン夫妻の農園にいるころになにかの本で読んだかもしれない。助祭なのだから宗教関係の歴史書や百科事典ぐらいは所持していただろうから。

だから長らく待ちかねたブダペストからの脱出のときも、彼女はきっと持ち物を身に帯びていたにちがいない。そのなかにはソウソウが汚い手をよく洗ったうえで彼女に捧げたロシア帝国の特別な宝物もあっただろう。あるいはまた葉加鷲大将も計り知れないほど古く且つ高価な中国の巻物を両手で恭《うやうや》しく持って、腰まで深くお辞儀しながら彼女に捧げたかもしれない。あるいはまたボルナック奥地の神殿から彼女自身が持ってきた石か翡翠製の奇妙な魔神人形もあったかもしれない。それは二万年以上も前の石器時代を思わせるもので、イシスもアスタロトもアフロディーテもそのほかの如何なる美の女神もまだ誕生していない、あるいは男女の愛の意識さえまだなかった、そんな遙か昔からその地にはすでに人々が住んでいたことを思わせるだろう。

そしてもちろん、ニーナが身に帯びている持ち物のなかにはアメリカ合衆国のパスポートもつねに含まれていたはずだ。それは生まれ故郷であるその国にいつの日かきっと帰れるという希望を約束するものであり、もしその希望がなければ、キャトル・ドローヴァーズ・ブロードウェイ信託銀行のスイス派遣員を通じて信託基金係ティリングハーストに内密に連絡をとったりはしなかっただろう。

オーストリアのアメリカ領事館の過労に疲れ気味の査証係にとっては、一九四一年発行のパスポートに記された一九二〇年六月三十日テネシー州メンフィス生まれのニーナ・ワンドレイという名前はなんの意味も持たなかっただろうが、しかしその名前のそばに貼られた黄ばんだ顔写真の魅惑的な美貌をひと目見ては、ただちにビザを発行せずにはいられず、それどころか帰国したらすぐ国務省に行ってパスポートを更新するようにと助言したうえで、飛行機に乗れるよう手配までしてやったにちがいない。

グローアが想像するに、オーストリア領事館の若い査証係の声は、ニーナが十五年前に飛行艇のパイロットと乗務員に別れを告げて香港におり立って以降初めて聞いたアメリカ人の声だっただろう。アメリカ人の顔を見たのも久しぶりだったはずだ――もちろん彼女自身の顔は別にして――十年前に北京の雑踏のなかで薬局の戸口にグローアの顔を見たような気がして以降のはずだから。

査証係が柔和な優しい笑顔だったことを願うばかりだ。顔に面皰《にきび》があって団子鼻で、派手な格子柄のボウタイをしていればもっといい。願わくはアイビーリーグふうのあまりに正確すぎる発音の英語で話しかけたのではなくてほしい。たとえば南部ふうの温かく気安い話し方なら、ニーナにとって馴染み深くて心が和《なご》んだにちがいない。長年母国を離れていた身には、それだけで故郷に帰った気分にすらなれたかもしれない。

娼館街でのグローアはひと言も発しなかった。機嫌のいいときでさえ鷹のようにいかつい顔をしていると人に言われるのだから、さぞ暗鬱なようすとニーナには見えたことだろう――もし彼女が本当に見ていたとすれば。その前の三日間ろくに寝ていなかったせいもある。トビッシュあるいはワデニーと呼ばれるNKVDの幹部を探しまわっていたときだったから。その幹部ソウソウは趙博士とともに北京に赴いている折で、マダム・ラニとかレイニー夫人とかいった名前で呼ばれる白ロシア人かフランス人かイギリス人かあるいは北欧人らしいブロンドの美人を伴っていると予想された――そう考えるだけでグローアにとってはつらいことだったが。その日の朝はひとときも休まずだれとも会わず、ただカメラを持って観光旅行者のように北京の街をひたすら歩きまわっていた。そのときふと通りの向かい側で、妙に穏やかな顔をしたモスクワ製の茶色いスーツの男が車から跳びおりるようにして出てきたのが目に入った。男は大急ぎで歯科医院の看板の付いた建物に駆けこんでいった。そのとき男と一緒にいたのが、神さえ二度とは創れまいと思えるほどの美しい顔を持つ女だった。

ニーナはボルナックの避暑用宮殿で死んだわけではないともしすでに知っていたとしても、あまりの驚きに声も出せないことに変わりはなかっただろう。グローアは驚愕に駆られるあまり、男が乗っていた車の前後に停まった二台の車からそれぞれ一人ずつ配下の兵がおりてくるのに気づくのが一瞬遅れた。息を呑むだけで喉のあたりを絞めつけられて痺れるような感覚に襲われながら、あわてて後ろへさがって薬局の暗い店先に身をひそめた。

あの二人の兵はただ者ではないと感じた。それはまちがいない。どんな危険なことをするときでも決してひるまない男たちだ。どんな謀略でもどんな虐殺でもどんな暗殺でも迷わず決行する。彼らは六十七ある柔道の心得は知っていても、六十八番目のなんたるやを知らない。彼らは父親が医師であるはずもなく、人体のなんたるやも知らない。薬局のなかでは漢方薬の原料瓶が落ちて割れ、甲虫の死骸や犀《さい》の角や朝鮮人参や恐竜の骨や乾燥させた牛の陰茎の粉末などが飛び散るただなかで、彼らはグローアと死闘を繰り広げた。

自分の店のために必死になった薬局店主がグローアに加勢し、勘定台の下から手斧をとりだして見境なく振りまわしたが、混乱のなかで乾燥させた鮫の卵にまみれて死んだ。グローアは店の隅に倒れた薬品棚の下敷きになって一、二時間ほど失神していたが、やがて中国警察の警官たちが駆けつけた。

秘密警察の二人の兵はグローアをも仕留めたと思いこんだか、車で逃走したあとだった。モスクワ製茶色スーツの男もニーナとともに向かい側の歯科医院からすでに去っていた。

茶色スーツの男すなわちソウソウもニーナも、北京から影も形も失せた。ソウソウの野獣的な鋭い本能がすばやい逃走に役立ったのだろう——但し最期のときだけはその本能にも裏切られるが。

ニーナはまたも自由への脱出の機会を逸し、その後さらに十年も囚われつづけることになる。そのときの彼女自身はそこまで長引くとは思いもしなかっただろうが。歯科医院の待合室で読んでいた雑誌を投げだして立ちあがりかけはしたが、結局ソウソウの手のうちから逃げるまでにはいたらなかった。

グローアはあのとき以降一度もニーナを見かけていない。この先ももう会うことはないかもしれない。

彼女について自分ほど多くを知る者はいないにもかかわらず。ほかのだれにとっても知る必要のないことまで知っているのだから。


まるで『止まった時計』だ。淡い青色の目をしたあの男は、コパブランカ劇場の上映室の外のロビーでグローアに声をかけてきた。『止まった時計』がつぎの日からリバイバル上映されるという告知を目にして足を止めたときだった。それから劇場の外の通りの角のバー〈ミラー〉でもあの男と出会って、そこでもまた『止まった時計』を思いださせられた。あまりにもはっきりと。それに伴ってニーナのことまで。

あの映画は複雑すぎる筋立てや現実と重なるような話にはしていないつもりだ。凝りすぎたプロットが必ずしもいい映画になるとはかぎらないから。あの作品はまずキャラクター作りからはじめた。ニーナの役柄は、初めて出会ったときの彼女自身と同じような、若く美しいがきわめて貧しい娘にした。序盤のシークエンスから彼女は豊かな人間像を描きだしてくれた。そしてトビー・バリーが演じる若くハンサムで感情の起伏の激しい相手役との短いシーンが序盤から挟まれる。そのあとつぎつぎとほかの男たちと出会う。ハンサムだったり富裕だったり貴族だったり尊大だったり王侯だったりと、それぞれに個性が強く、みなニーナに憧憬を懐《いだ》いている。つぎのシークエンスはアクションが多くなる。ニーナは高名で富裕な最新の夫とともに世界を旅するが、そのさなかに中東の砂漠で凶悪な盗賊に襲われ、夫は必死に闘うが、ニーナは攫われてしまう。そして盗賊の首領《シーク》たちのあいだで転々と売り買いされ、ある首領のダウ船〔アラブ世界の帆船〕に乗せられ、厚布にくるまれ縛られて陸揚げされたところは、休戦オマーン〔現在のアラブ首長国連邦。本作の当時はイギリス保護領〕の猛暑の海岸だ。その地で新たな主人となった駱駝の臭いを放つ野蛮な首領のハーレムに幽閉される。そのシークエンスの最後のシーンでは、アメリカ海軍の旗を靡《なび》かせた駆逐艦から水兵の一団が上陸して首領を撃ち殺し、ニーナを救出して母国につれ帰る。

もちろんフィクションだからこそ成り立つ話だ。燻製にした豚尻肉に丁子《ちょうじ》〔香辛料〕をつけて焼き、パイナップルと赤砂糖を添えて出せば美味《うま》いに決まっている、そういうたぐいの話だ。現実ならそんなところに攫われた女は、行方不明のまま名もない奴隷のままでいつづけるだろう。太陽が燃え尽きて休戦オマーンの海岸が氷に覆われる五十億年後の未来まで。そもそもアメリカ海軍の水兵が自国民を救いだすために世界のどこかへ派遣されることはありえない。かつてアメリカ大統領セオドア・ルーズベルトが言った「パーディカリスは生きているか、ライスリは死んだか？」〔一九〇四年ギリシャ系アメリカ人パーディカリスがモロッコ部族組織の首領ライスリに誘拐された際、米軍が武力で救出した事件に関わる〕という言葉は、バッファロー・ビル〔アメリカ西部開拓時代のガンマン〕並みにすでに伝説化しているのみだ。それでも映画や舞台劇では今も心温まらせる場面になる。それでグローアも『止まった時計』では客の心情に訴えるためにそういう展開にこだわったというわけだった。

最後のシークエンスでは無事帰国してからのヒロインのようすが描かれる。過酷な体験で不安定になった精神状態を癒すためにもと、帰国して初めて出会った男と結婚する。自分が経巡ってきた国外の世界に別れを告げるため、血塗られた盗賊の首領とはまったく異なる如何にも陽気なアメリカ人の男を選ぶ。

かつてと同様にヒロインはその美貌で人々の心を捉える。ところが偶然出会った夫になるその男は、じつは世界を巡っているとき一度出会ったことのある男だった。そしてその男は彼女の美貌に惹かれたのではなく、彼女の財産に惹かれたのだった。

『止まった時計』でのその男はひどくハンサムで魅力的に設定されている。悪役にはよくあるキャラクターで、人あたりがよく知的で教養もあり、女ならだれもが惹かれずにはおらず、しかも自分でそれをよく承知している。男には隠れた愛人がいて、その女は妊娠までしていることを楯に、言うことを聞かなければ自分との関係を表に出すと脅す。愛人の存在を妻に知られては困るので、いずれは財産をわがものとするため果たすはずだった妻の殺害を早めることにする。

妻が殺されたときつねに容疑者になるのは夫だ。とくに妻の死によって夫が利益を得る場合は。そこで夫は妻の以前の男たちを巻きこむべく計画する。彼らが自宅に集まってくるように仕組み、その当日妻が驚きながらも彼らを迎え入れると、夫はそれを言いわけにして自宅を出る。映画館に入ると、前に観たことのある映画が上映されているが、アリバイのためなのでかまうことはない。妻に電話をかけ、前の男たちがすでに帰ったことをたしかめると、秘かに自宅に戻って妻を殺し、すぐに映画館のロビーに引き返して、上映が終わったあとの観客の群れになにくわぬ顔で紛れこむ。

ラストシーンの直前、夫はさらなるアリバイ作りのため、知人と偶然を装って会い、その知人の見ている前で自宅に電話をかける。妻が電話に出ないとわかると、だれかに自宅を見に行くように仕向け、妻の死体を発見させる。夫が自宅を離れているあいだの殺害と見なされ、容疑は訪ねてきた男たちのなかで最後に帰った者にかかることになる。

そしてラストシーン、妻はまだ死にきっていなかったとわかる。家のなかで瀕死の状態で倒れている妻の姿が映される。暖炉の上の時計が映画全篇を通じてときおり映しだされ、妻の生活の昼と夜を暗示しながら、針の進みが徐々に遅くなって、ついには止まり……

じつに恐ろしい映画だ。第二シークエンスの最後のあまりに常套的な展開だけではとてもこうは行かない。ヒロインの美貌と魅惑だけでもとてもこうは行かない。最後に時計が止まることがなにを象徴しているかを、ニーナ・ワンドレイのファンの大半は理解できないにちがいないとグローアは考える。なにやら芸術的ではあるが、多義的で不確定にすぎるエンディングだと見なすだろうと。

だれにでも理解できることといえば、ヒロインを襲ったのが夫であることだけだ。事実、覆面試写会《スニークプレビュー》〔映画の一切を伏せて観客の反応を見るため行なう試写会〕ではエンディングの直後観客は沈黙して席に坐ったままだったが、間もなく足を踏み鳴らしたり野次を飛ばしたり、あげくにはスクリーンにものを投げつけたりしはじめた。ニーナが死んでいく結末を見るのが耐えられなかったらしい。それはグローア自身同じなのだが。

それに、犯人のアリバイ工作があまり賢明とは言いがたい。それどころかこのうえないほど下手《へた》なやり方にさえ見える。

コパブランカ劇場で観客が上映室から群れをなして出てくるとき、グローアに声をかけてきたおかしな男がいた。そのあとバーでもそいつと出会った。まるで彼の行く先々についてくる知り合いでもあるかのように！

そいつは映画館でまず時間を尋ねてきた。時計ならいたるところにあるというのに。おそらくグローアを都合のよさそうな手合いと見なしたのだろう。それから上映された映画がどんな話だったかを喋りはじめた。三時間客席に坐ってたしかに観ていたとも言った。ひょっとすると『止まった時計』がテレビ放映されたのを視《み》て、アリバイ作りの真似ごとに借用したのかもしれない。莫迦げた洒落のつもりで。

グローアはいい加減うんざりしたが、どうにか愛想よく受け答えし、どこのどういう席に坐っていたとかなんとか言って、アリバイ作りに協力してやった。

だがあの男がさらに喋りつづけ、妻を前の亭主たちと一緒に家に残してきたことなど、どうでもよさそうな話を延々とするので、こいつは本気でアリバイをでっちあげようとしているらしいと思えてきた。ひどく低レベルの手管《てくだ》ながら。

なんて莫迦げたことだとグローアは思った。『止まった時計』がこんなことでゾンビみたいに蘇るとは。

それ以上はとても聞いていられず、すぐさまその場を離れていった。どこかで強い酒でも一杯ひっかけて、厭な味の残る喉を洗い清めたかった。

だが忌々しいことに、あの男はバー〈ミラー〉でもゾンビみたいに蘇ってきた。グローアがマッチの塔を積みあげながら、両親の死について、デビーについて、ニーナの無事な帰国について、そして『止まった時計』について考えているあいだ、あの男は地獄から蘇りでもしたかのように、自分の行動を逐一喋りつづけた。

考えるだに恐ろしい話だ。お粗末なアリバイ作りであるがゆえに却って恐ろしい。鳥肌が立つほど。

やがてイーヴンステラーがバーにやってくると、あの男は自分の妻に連絡をとると言いだした。そして店内の電話ボックスに入り、自宅に電話をかけるというゾッとするシーンを演じはじめた。そのつぎはイーヴンステラーを促して夫人に電話させ、妻の死体を発見させようとした。

グローアはもう耐えられない気分だった。あの男は十セント貨を二枚バーカウンターに置き、一枚でコークを一杯注文し、残りの一枚を五セント貨二枚に両替して、ジュークボックスでうるさいカントリー音楽を二曲かけたが、その前に十セント貨二枚を置いたとき、残りの持ち金は二十ドル札一枚だけだと言っていた。それなのに電話ボックスに入った。つまり電話をかけるふりをしただけなのだ。

電話に必要な十セント貨を持っていなかったのだから。

そのあいだもグローアはマッチを積みつづけていた。

彼にとってはまだかかわりのないことだった。ただ妙に穏やかな声をしたあの悪魔のような男の妻が恐ろしいまでに可哀想だというだけで——妻がどんな女性であるにせよ。妻はこういう事態になるのを無意識裡に予感していたかもしれない。妻という立場の女にはそんなときがあるものなのかも。たとえ『止まった時計』を観たことなどなくても、妻は夫のそんな手管を心のどこかで想像するのではないか。

だが仮に本当にそんな状況に陥ったと勘づいたとしても、妻は自分の正気を疑うだけだ。麻痺した兎にもひとしく、ただじっと待つしかない。そして夫は脚本に基づいて淡々と決行する。

もし自分が二十歳若いときだったら——いや、十歳でも若かったら、とグローアは思う——あの男に摑みかかって壁に叩きつけ、倒れたら頭に尻を載せて、警察が来るまでそうやって捕らえているだろう。あるいは少なくとも警察に電話し、妻を殺した男がいると通報ぐらいはするだろう。その男は今バー〈ミラー〉にいて、コークを飲みながらアリバイ作りをやっているところだと。若いころのグローアはいささか衝動的だったから。だがそんな時代はとうの昔にすぎた。

あの男の妻は死んだ。偉大な映画監督キング・グローアのすべての騎士とすべての歩兵を以てしても、死んだ妻を蘇らせることはできない。アメリカ海軍の駆逐艦から旗を靡かせた水兵たちが上陸してくることもなく、機甲部隊も海兵隊も来はしない。フィクションを創る神のごとき映画監督なら脚本を好きに変えもするだろうが、現実世界では人間は神になれず、結末を変えることは叶わない。

明日の新聞には——いや、すでに遅すぎるから、月曜日の新聞には、奥の紙面にわずか数行の記事が載るだろう。かかわっている人々が重要人物でないかぎり——もちろん人の命はだれでもそれぞれに重要であるとはいえ、富豪だったり有名人だったりとにかくなんらかの目立つ人々でないかぎり――夫が映画を観に出かけているあいだに妻が訪問者なり侵入者なりに殺されて死体が見つかったとしても、トップ記事になることはないだろう。夫は警察にバー〈ミラー〉から妻に電話をした話を告げ、それを憶えていたバーテンダーのフレッド・ジャクソンが証人となる。ジャクソンという姓を持つ者はみな記憶力がよくて、たぶん一族をなしているのだ。フレッドの伯母メアリも海戦で死んだ息子たちのことを今もすべてよく憶えているだろう。

あの男の死んだ妻はじつに可哀想だ。死んだからというだけではない、あんな男と虚しい結婚生活をしていたと思うと哀れになるのだ。この世に生まれたものはいずれすべて死ぬとはいえ。黄金のごとき美貌のニーナ・ワンドレイでさえ――但し彼女の場合を想像するのはグローアには耐えがたいが。とにかくあの男の妻の場合は、生前の生活がどんなだったかをなんとなく想像できるがゆえに哀れになる。おそらくあまり魅力的ではなくて、しかもあまり賢い女でもあるまい。あんな男と結婚したことからして。だがたとえそうでも、耐えねばならなかった恐怖とつらさを思うと気の毒になる。

映画監督としてのグローアがいつも思うのは、夫が妻を殺す殺人にはとくに残酷な面があって、吸血鬼やゾンビなど空想の怪物を含め、通り魔や殺人鬼などあらゆる凶暴な存在による恐怖以上に恐ろしいなにかがある。それは女性が本来安全に保護されているべき家庭で起こる犯罪だからで、親しみやすい家具や愛らしい小物などに囲まれた場所で死に襲われるというのがいちだんと凶々《まがまが》しい。犯人は神の前で妻を護ると誓い、つねに寄り添う伴侶の顔をして偽りの愛を囁き、ささやかで大切な日常生活をともに生きるふりをしているが、ある日突然殺人鬼に変貌し、妻がようやくそれに気づいたときにはすでに遅く、忌まわしい最期の瞬間が訪れずにはいない。そのときの夫の顔は虎よりも恐ろしいにちがいない。

仮に妻がたまたま死にきっていなかったとしたら、いずれ夫がとどめを刺しにくると予想するだろう。倒れて動けないまま、そのときを待つしかなくなる。吸血鬼は血を吸ったあと飛び去っていくし、強姦魔や殺人鬼など生身の人間の怪物も襲ったあとは暗い路地へ逃げ失せる。ガラガラ蛇ですら犠牲者を斃《たお》したあとはその場を離れてそれきりだ。だが妻を殺した夫だけは、いったん逃げたあと必ず家に戻ってくるのだ。

夕方五時十五分ごろ、家に帰れば妻の死体を見つけることになると承知しながら、いつものように酒場で新聞を読んだりブリッジに興じたりする。あるいはいつもどおり帰宅のバスをおりたあと、家までの道のりを歩いていき、隣家の犬を撫でてやったり、近所の人に挨拶の声をかけたりしながら、家のなかでは妻が死んでいることを承知している。あるいは車をガレージに駐めたあと、「今帰ったぞ！」と陽気に妻へ呼びかけるが、妻はすでに死んでいると承知している。あるいは夜晩くポーカーや映画から帰ってきたときも同じだ。

とにかくどこにいようと、夫はつねに家に帰ってくる。だからもし妻が死にきっていなくて、倒れたまま依然としてかすかな命の火花を煌めかせて昼夜をすごしているとしたら、夫はもう家に帰ってくるころだろう。それが今かもしれない……

そうとも、淡い青色の目をして妙に穏やかな声でニタつくあの男は、墓から蘇ったゾンビよりもひどい悪事を働いた。だがあの男がこのまま逃げきることはない。十セント貨を持たないのに妻に電話をかけるという失態を犯した。ほかにもいろいろとしくじっているだろう。あの手の輩《やから》はだいたいそういうものだ。映画の脚本とは、とくに殺人を扱った映画の脚本は、素人が一朝一夕で書けるものではない。天賦の才がなければだめだ。しかもたとえ才能があったとしても、汗と涙の努力が伴わなければ完璧なものはできない。

あの男が積みそこねたマッチ棒は一本だけではない。それどころか彼の計画はガラクタの寄せ集めにすぎず、自らの愚かさを明かしてしまっている。

青い目をしたニタつくあの男は名前をなんといったか？　スロークだ。クロード・M・スローク。Mとはなんというミドルネームの略か？　メリーメン〔中世英国の伝説の英雄ロビン・フッドの配下の者たち〕とかであってほしくはないものだ。そんなユーモアのセンスだけは勘弁してほしい……

そこまで考えたとき、淡い青色の目をした無精髭の中年男の顔が不意にグローアの脳裏に思い浮かんだ。ジョー・ダラと一緒にガソリンスタンドで黄色い車に乗っていた男で、たしかモーダーという一族の一人だった。あとであの男が車を運転しているとき、ジョー・ダラは後部座席でニーナにのしかかっていた。あの男は自分の膝を叩きながら笑っていたが、不意にガラガラ蛇並みのすばやさでツナギ服の胸部の内側へ手を突っこんだと思うと、胡桃《くるみ》材製の銃把と鑢《やすり》がけされた照準が具わる拳銃を抜き、グローアの頭を吹っ飛ばそうとした。

南部の山間に住む悪名高い無法者集団モーダー一族の一員だ――モーダーはマーダーの古式英語がもとになっているという。冷酷な人殺し一家で、おそらくはボルナックの藩王避暑用宮殿が日本軍に襲撃された夜と同じ日、同類の悪党集団マクウェイ一族を全面攻撃し、最後の一人にいたるまで殺戮した。マクウェイ一家の小屋に火を放ち、逃げだしてくるところを焔の明かりのなかで銃撃して、抵抗しようとした十一歳の少女まで残らず殺害したと新聞は報じていた。

バー〈ミラー〉にいたあの男は髭を綺麗に剃っていたし、値のよさそうな服装をしていたし――

質のいい絹地のジャケットを着て、スラックスと靴も品がよかった――話し方も教育が高そうだった。だがあの妙に穏やかな目と、甘たるい声と、田舎者ふうの泥くさいユーモアは、メンフィスへの道中で出会った、ガラガラ蛇じみた貧相な中年男によく似ている。

スロークというのは通称モーダー一族の名字《ファミリーネーム》だったはずだと、グローアは今ようやく思いだした。つまりクロード・M・スロークとはクロード・モーダー・スローク――というよりクロード・マーダー・スロークの略だ。

そこまでわかればもう充分だ。疲れ果てていた。おまけに空腹だ。午前一時をすぎているのだから無理もない。デビーは病院からとうに帰宅し、父の帰りを待っているだろう。

グローアの二度にわたる電話が奏功し、紫と白の配色のタクシーが通りをやってきて、家の外の路側に停まった。ドヴォルザークの交響曲「新世界」がカーラジオから流れている。

「キング通り十九番地へ頼む」とグローアは告げた。「ジョージタウン〔ワシントンDC北西部〕にある小さい通りだ。ダンバートン・オークス〔ハーバード大学付属の学術施設〕に近い」

タクシー運転手は車のドアハンドルに手をかけ、ドアを押し開けた。

「了解です」と愛想いい調子で応える。「そこならよく知ってますよ。この町で長いことタクシーをやってますんでね。家内と一緒に移ってきたのが一九二二年です。キング通りはわが家までの道中ですよ」

グローアが助手席に乗りこむと、運転手は無線マイクロフォンを手にとった。

「こちら三八三号車、マックだ。ウィスコンシンとマサチューセッツをまわってきた。これからキング通り十九番地まで一人届ける」

　マイクロフォンをフックに戻した。

「お客さんを一人拾うごとに、どこへ向かうかを届けないといけないんですよ」車が走りだすと、運転手は長い顎を震わせて声を張りあげた。「旦那に呼び止められたとき、どこまで行った帰りだったと思います？」

「さあ、想像もつかないな」とグローア。

「とにかく、どこか言ってみてくださいよ」

「それじゃ、セント・エリザベス病院〔ワシントンDC南東部にある精神病院〕か？」グローアは適当に言った。「それとも刑務所か？」

「当たり！　刑務所のほうですよ、旦那。どうしてわかりました？　メリーランド州の刑務所です。メリーランド州にポトマック・ヴィスタ・ガーデンズという新興住宅地があるのを聞いたことありませんかね？　フェンスに囲まれたり警備員がいたりして、大金持ちや有名人や下院議員なんかが住んでるところです」

　世の中は偶然の連鎖だ。

「聞いたことはあるね」グローアはさも退屈そうに言った。「友だちが住んでるところだ。先月夕食に誘われたよ。グレートフォールズ〔ワシントンDC近郊の町。ヴァージニア州に属する〕のほうへ向かう道中らしいね。でもよくわからなくて行けなかった」

「そうですか。わたしの同僚にマイク・グローリーってのがいましてね。そいつが今日の午後ある客を乗せたんですが」タクシー運転手はラジオから流れる音楽に負けまいと声を張りあげる。「その客ってのが海兵隊の将校でして、ブレナム・パーク・ホテルの前で乗せたんですな。その客はある女性に再会しに行きたいので、その女性の家までやってくれと頼んだわけです。ところがなんとマイク自身が以前かかわりを持ったことのある女性だったので、客と一緒にその人の家を訪ねることになったんです。マイクというのは一見したところ一生女性とかかわりを持ちそうにないと思える男なんですな。女の話なんてしたこともないくらいで。とにかく彼も一緒にその女性の家でもてなしを受けましたが、もちろん主導権は客のほうにあったでしょう。で、二時間ほど再会を楽しんだあと、二人とも女性の家を出て、外に駐めておいたタクシーに乗りこみました。するとそのとき、客の将校が棍棒をとりだしたんだそうです。殴られると思ったマイクはとっさにナイフを抜いて、将校の顔を切りつけてかなりの傷を負わせました。でも将校も殴り返してきたので、マイクは気絶してしまいました。しばらくしてマイクが意識をとり戻してみると、なんと将校はタクシーを奪って逃げたあとでした。旦那、どう思います、この話？」

「なかなか荒っぽい出来事だね」とグローアは評した。「きみの同僚はタクシーをとり返せたのか？」

「それがまだなんです。今のところ警察が預かっていまして。どういうことかというと、その将校はタクシーで自ら警察に乗りつけて、マイク・グローリーという男はイタリア人で、脱走した第二次大戦の戦争犯罪者だと知らせたんです。だからアメリカに来ているのは不法入国にちがいないし、名前も偽名だというんですな。イタリアでは指名手配されていて、窃盗や着服の余罪もあると。でもわたしたち同僚からすると、マイクがイタリア人だなんて、ポカホンタス〔十七世紀のアメリカ先住民の女性。イギリス人ジョン・スミスを救い伝説化した〕がイタリア人だというのよりも信じがたい話ですよ。なにしろ野球についてひどく詳しいですし、そもそもアメリカ人じゃない外国人をひどく嫌ってますし。そのマイクがわたしに電話してきて、警察に捕まったから助けてほしいというんです。わたしなら弁護士資格を持っているから、彼にとって有利な証言ができるはずだ、とね。たしかに彼についてなら最高裁判事以上に正しい判断ができる自信はありました。ところがわたしがメリーランド州警察に行って彼のために訴えようとすると、警察はもう彼についての情報をすべて摑んでいたんです。あのときのメリーランド州警察の警官たちほど阿漕《あこぎ》な顔をした人間は見たことがありませんよ。わたしは身柄保護令状を提出して、合衆国憲法修正第五条〔大陪審による起訴がなければ罪人にはできないとする条項〕に訴えようとしましたが、連中はすでにマイクの指紋を採ってＦＢＩにわたしていたので、彼が拘束されているのはＦＢＩからの指示だったんです。そうなってはわたしにもどうにもできませんでした。

　それで、これはまずいことになってしまったと思いましたよ。マイク自身がやったこと以上にまずいなとね。マイクはあの将校も自分と一緒に収監されるべきだと言ってましたが」

「その将校というのも逮捕されたのかい？」グローアは大して関心もなさそうに訊いた。

「そりゃそうです。暴行と車の窃盗でね。おまけに警察の正面に車をぶつけていますしね、通報しに乗りつけたとき勢い余って。だから現行犯逮捕です。保釈金の二千五百ドルを工面するためにあちこち電話をかけまくったそうなんですな。でも結局諦めたんですが、そのときなにやら、イギリスの騎馬砲兵隊が戦略を砲撃したためにワーテルローの戦いで敗《ま》けてしまったとかいった独り言をつぶやいていたそうです。自分がナポレオンだと思いこんでるみたいで。頭がどうかしてるんでしょうな。世の中にはそういう手合いがいるものですから。将校は棍棒をとりあげられマイクはナイフを押収されたので、二人がそれ以上争うことはできなくなりましたが、収監は別々の場所にされました。咬みつきあったりもできないようにね。タクシー稼業はどこでどんな客を乗せなきゃならなくなるかわかりませんから、まったく危なっかしい仕事ですよ。ところで旦那、行き先はキング通り十九番地でよかったですかね？」

不意にラジオの音楽がやんだ。

「ここでニュース速報をお伝えします――」

ちょうどそのときだった。ジョージタウンに入って街灯に照らされた静かな夜の通りで、〈フレンドシップ・ハイツ〔ワシントンDC近郊の町。メリーランド州に属する〕〉と車体に記された車がわきを走りすぎていくあいだ、けわしい顔をした運転手マックはいっときタクシーを停止させて待ったのち、グローアの指示に従って左折し、コロニアル様式の洒落た家々が並ぶキング通りに入ると、その奥の煉瓦造りの連棟家屋の一棟へと近づいていった。緑に塗られた壁は周縁部が白く、窓に黒い鎧戸のおりた二寝室造りの小さな家だ。父の帰りを待つデビーがビーフサンドイッチと飲み物を用意してくれているはずなので、彼女と少し話したあとそれにありつき、あとは疲れた体をぐっすり寝《やす》ませればいい。

「――三〇年代に一世を風靡した美貌のスター女優ニーナ・ワンドレイは」とラジオのニュース速報がつづけた。「十五年前の今日、日本軍の襲撃により死亡したと信じられていましたが、今朝の『ブレード』および今夕の『イヴニング・サン』の両紙によれば、メリーランド州ポトマック・ヴィスタ・ガーデンズのドッグウッド通りで生存し、現在の夫クロード・M・スローク氏とともに暮らしているとわかったとのことです。つぎのニュースは、イスラエル軍がまたも戦闘を準備しているとの情報につき――」

「Uターンしてくれ！」グローアが怒鳴った。「メリーランド州まで引き返すんだ！」

公衆電話を探している時間はない。淡い青色の目をした悪漢は今すぐにでも自宅に戻って、置き去りにしてきたニーナにとどめを刺すだろう。あるいはもうやり遂げているかもしれない。

「ポトマック・ヴィスタ・ガーデンズにやってくれ。クラクションを鳴らしっ放しにして、アクセルを踏みっ放しにして！　途中でパトカーも呼ぼう。おれの妻がやつに狙われてるんだ！　やつはてっきり殺したものと思って——」

グローアはそこまで言うと、いきなりタクシーのマイクロフォンを摑んだ。

「こちら三八三号車、マックの乗客だ！　名前はK・G・ジャクソン。今から言うことをすぐやってほしい。ワシントンDC警察に電話して、パトカー全部にこう告げるようにと——殺人未遂犯クロード・M・スロークがワシントンDC北西部の十三番街にあるバー〈ミラー〉に一時間弱前までいたと！　そいつはとどめを刺しに行くはずだと——おれの妻に！　今やっと気づいたんだ！　頼むからすべての警官に——」

落ちつけ！

「狙われてるのはわたしの妻だ」声を落ちつけて先をつづけた。「メリーランド州ポトマック・ヴィスタ・ガーデンズのドッグウッド通り四番地に住む、クロード・M・スローク夫人として知られている女性だ。スロークというのがその男で、彼女の今の夫ということになってる。ついさっきラジオのニュースでそう言ってた。彼女がかつての映画女優ニーナ・ワンドレイだってことは、新聞に出ているそうだ。その彼女が自分の夫に狙われているが——本当の夫はわたしだ。二十年と六週間前、つまり一九三七年六月十二日に、ニューメキシコ州フエゴ・ネヴァドのホテルで結婚した。

神並びに人の前で。その記録は決して消せない」

こんなこと他人にはどうでもいいんじゃないか？　いや、おれには重要なことだ！

「すぐ警察に通報を頼む」と慎重に言葉を選んだ。「犯人の名前はクロード・M・スローク。今夜殺人未遂を犯し、だれにも知られていないと思ってるはずだ。今から一時間弱前に十三番街のバー〈ミラー〉にいて、犯行をやり遂げた祝いをやってた。でも被害者にまだ息があるかたしかめずにはいられず、とどめを刺しに行くにちがいないから、それは必ず止めなければならない。もしまだバーにいるなら、そこに行けば捕まえられる可能性もある。だがすでに家に戻る道中にいる可能性のほうが高く、あるいはもう着いてるかもしれない。そして殺しおおせていなかったと知れば、こんどこそ仕留めるはずだ。もう一分一秒の猶予もない。やつが彼女を置き去りにしてきた家の住所は、メリーランド州ポトマック・ヴィスタ・ガーデンズのドッグウッド通り四番地だ。すぐ警察に電話してほしい。ワシントンDCとメリーランド州のパトカーを総動員してくれるようにと！　以上、聞き届けてもらえただろうか？」


ワシントンDC市内を出たあたりで、タクシー運転手マックはクラクションを止めた。ラジオからまたもかん高い音楽が流れはじめた。ショパンの「ポロネーズ」、ベートーヴェンの「第九交響曲」、ワーグナーの『神々の黄昏』から「ジークフリートの葬送行進曲」。グローアはニーナにワーグナーを教えたことがあるのを思いだした。のみならずあらゆる音楽を教えた。砂漠と海の上に煌めく白い星。人の愛。母の心。それらを教えてニーナを一人の女性に育てあげ、この娘は永遠に自分のものだと確信した。

なのにいったいどういうことだ？——とグローアは訝《いぶか》る——どうしてあんな気味の悪い男を夫にしている？　あいつはまるでゾンビだ。知的で魅力的な普通のアメリカ人の女なら軽蔑するタイプの男だ。カフェテリアで働いているような平均的な陽気な若い娘なら。普通の快活なメイドでも同じだ——貧乏で卑屈に仕えている娘なら別だが。映画館のチケット売りにしても。おれ自身が映画の仕事のために雇う若い女たちにしても同じだ——さほどの知性を求める仕事ではないにせよ。

とにかくあいつは頭のおかしいやつの一歩手前だ。奇妙なニタつきを浮かべて田舎くさいユーモアを言うあたりからして気味が悪い。人畜無害と見せかけた妙に穏やかな表情の裏側に、危険な人殺しの素顔を隠している。

どうしてだ、ニーナ？　あいつ以前の彼女の夫たちは、いずれもなんらかの意味で人並み以上の水準にある者たちだった。美男子のトビー・バリー、富裕なクリフ・ウェイド、高貴な血筋のマイク・ヴァリオグリ、彼女の父親に近いほど年長だが大きな権力に恵まれたジョージ・ヴァナーズ。将軍葉加鷲でさえ——彼女に選択の余地がなかったとはいえ——畳《たたみ》にひざまずいて己《おの》が祖先に詫び、のみならず彼女にも詫びるほど高潔な男だった。狡猾で野蛮で凶暴なタタール人ソウソウにしても、彼女のことを夢想のごとき美の化身として崇め、彼女に似せて作らせた泥と藁の偶像もすべて気に入らず廃棄した。なのにあの気味悪い男クロードだけはそうした如何なる高邁な意志も持たず、ひたすら下賤な強欲と殺意があるのみだ。

しかもあの男はすべての筋書きを書く脚本家を気どり、自分こそすべての上に鎮座する神だと考えている。ニーナまでがあの男には粗削りながら秘められた才能があると見なしているようだ。あいつに従っていればいずれ映画界に復帰できるにちがいないから、それであいつの力になってやらなければと思っているんじゃないか？　そしてあいつは次世代の若きキング・グローアになろうともくろんでいるのだ。そうなれる可能性などどこにもありはしないのに！

新たな才能をはぐくむ役目を担いたいという欲求がニーナにはあるのだ。その才能を導き、ときには批評し、叱責し、触発を与えたいという願望が。才能の護国卿か、あるいは慈善の女神か、そういう立場を欲する気持ちはわからないでもない。映画スタジオの経営者や彼らに投資する銀行家も、その立場に立ちたい者たちだ。脚本修正者など映画業界人はもちろんのこと、映画俳優たちでさえ例外ではない。彼らは配役の台詞と感情を演技で表現するのが仕事だが、それは創造の代用行為だ。言ってみれば沼にひそむ蛭《ひる》、壁に巣くう白蟻だ。他者の才能の養分を吸いとって自らをはぐくむ。そうしたい欲求がニーナにもあるということだ。クロード・スロークに才能を見いだしたと思いこんだがゆえに！

あるいはひょっとすると、淡い青色の目をしたあの男が生まれついての貧乏性であることを見てとったからか？　コークを一杯飲むのにも、ジュークボックスで一曲かけるのにも、コインをいちいち細かく勘定せずにはいられないような救いがたい貧乏性だ。だから、この男と一緒なら自分が築いた蓄財を浪費されることもないと、ニーナは考えたのではないか？　つまり以前に一緒だった男たちは浪費家ばかりだったということだ。グローア自身、財貨《かね》を稼いでもそれを大事に蓄えようなどとは思わなかった。トビー・バリーは見た目をよくするためにカネを費やして、映画プロデューサーや雑誌コラムニストの目を欺き、ついでに自分自身をも欺く。クリフ・ウェイドはギャンブル投資に法外なカネをつぎこむ。マイク・ヴァリオグリの如何にも貴族的な浪費癖は金細工師からの略奪によって富を築いた祖先からの家伝だ。ジョージ・ヴァナーズにいたっては自分の王国を一夜の戦火によって蕩尽した。葉加鷲は世界の半分を敗戦で失ったし、ソ連秘密警察のソウソウは地下室や縦穴や納屋などに隠し持っていた戦利品を惨死で無駄にした。金銭に関して慎重で用心深いのはクロード・スロークだけだ。おそらく毎晩家じゅうをまわって不要な照明を消さずにはいられない性格だろう。

それとも、あの男の妙にのらくらとした喋り方や古くさい言葉遣いや文法のいい加減さが、ニーナにとってのいちばん古い記憶である父親の話し方を思いださせたからか？　子供のころ聞いていた父親の声をあの男のなかに聞きとったのだろうか？

だがそれらの理由のどれかひとつだけというわけではないのかもしれない。すべての理由が無意識裡にそれぞれの役割を果たしたのだろう。人間の動機とはすべて複合的なものだから。それに人間は男でも女でも、自分自身の心理や欲求についてはその表層を認識できているにすぎない。かつて映画監督だったおれがそう考えるのだからまちがいない。天上の神のごとく自在に人を操ってきた者以上に人の心理を知る者がいるか？

いちばんありえるのは、あいつが一見ごく普通のアメリカ人未婚男性としてニーナの前に初めて姿を現わした、という場合だ。そのせいで、長く母国を離れていた彼女の目にはとても好ましく映った。但しそれ以前に出会ったオーストリアの領事館の査証係もアメリカ人ではあるが、既婚者だったかもしれないし、ヨーロッパ気風に染まりすぎていたり、おまけに太り気味の初老男だったりしたら話にならなかっただろう。如何に十五年ぶりに口を利いた最初のアメリカ人だったとしても。

平均的なアメリカ人で、且つ自分を愛し誠実な伴侶になりうる男、そういう相手と結婚したかったのだ。そして平均的なアメリカのコミュニティで平均的な家庭を持ち、平均的な主婦になりたかった。格別な名声や美貌によって世間の目を惹きつけるだけの女ではなくて。そして自由な自分自身をとり戻し、普通の主婦として買い物をしたり庭造りをしたりラジオやテレビや裁縫を楽しんだりしたかった。素敵な家具や小物に囲まれ、多少の主婦友だちと付きあう、そういうごくありふれたアメリカ人女性になるという夢を叶えたかった。それが彼女にとっての究極の夢であり、最も満足して演じられる最良の配役だったのだ。おそらく本心でずっと前からつねに求めていたものはそれだった。メンフィスへの途上で拾われたときからずっと。いやそれ以前の、エデルマン夫妻の農園で奴隷のようにこき使われていたころからずっと。あるいはさらに前の、あらゆるものが欠落し貧しすぎた少女時代から。それらすべての時期を通じて本当に求めてきたものはそれだったのだ。

そうしたささやかでごく普通の家庭生活への憧れと探求の旅の果てに出会ったのがクロード・スロークだったが、しかしあろうことか、そのスロークこそ完全な悪党だった。そんな男と暮らすうちに――必死に記憶を抑えこんでいたとしても――『止まった時計』の最後のシークエンスを思いださざるをえなくなっていった。

おそらくそういうことだ――ああ、願わくはそうでなくてほしいとどれほど思うことか！　だがあの不気味なゾンビ男は無知で無能な愚昧の徒だ。すばやく犯行をやり遂げて、それから映画が終わる前にコパブランカ劇場でアリバイを作り、完璧な防御を果たして逃げおおせようとした。だがそのあとで、ひょっとすると完全に殺しきっていなかったかもしれないと気づいた――如何に低い可能性であれ、完璧を期さねばならない以上は自宅に引き返すしかない。ニーナにとどめを刺すために。

グローアは泣きはしなかった。最後に泣いたのは、ニーナに会いにあの小さな家に行ったら彼女がいなくて、トビー・バリーと駆け落ちしたあとだと知ったときであり、あれ以後は一度も涙を流したことがない。あのときばかりはラジオが驚きのニュースを報じるのを聞いて、呆然と椅子にへたりこむしかなかった。

そして考えうるかぎりのあらゆる苦悶にさいなまれた。おかげで涙も全部涸《か》れ果ててしまった。今はどんな悲しむべき場面を目にしようと、もう泣けはしない。

だが人は齢《とし》を重ねて、戦争を目撃したり、ジャングルを切り抜けたり、あらゆるところで人の死を見たりするうちに、自分が神に愛されているわけではないのだと悟るようになるものだ。むしろ悲哀と苦痛のみを得るために生まれてきたのだと。敗北と惨事に襲われつづけ、そのすべてに耐えるしかないのだと。そして若いころと同じ恢復力もすでになく、永遠《とわ》の眠りが近づいていると悟ると、禱《いの》りの仕方が少しはわかってくる。だからグローアは今こそ禱った。

タクシー運転手マックが路傍の矢印標識に従い、ハンドルを切って脇道に入ると、前方に迫るポトマック・ヴィスタ・ガーデンズと記されたアーチの下のゲートが開いた。警察官の人形みたいに見える青い制服姿の小柄な人影がゲートのそばに立っている。

「スロークの家はどこだ?」腕を振ってタクシーを入構させようとする小柄な人影に向かい、グローアはそう叫んだ。

「右手のドッグウッド通りへ折れてください!」人影が叫び返した。「二番目の家で、坂の上になります。手前の家はイーヴン――」

その声は早くも後方へと消え入った。タクシーはすでに右の通りへ折れ、たちまち坂をあがって目的地に着いた。

坂の上に建つスローク邸の正面の路上では、大型の白い救急車が一台、ヘッドライトを路面へ向けて点灯したままで駐まっていた。ルーフと車体の左右では数個の赤い点滅灯もまたたいている。サーチライトが側溝のなかを照らしている。救急車と並んでいるのは栗色とクリーム色の配色の車で、そちらのヘッドライトは邸の車寄せおよびガレージのほうへ向けられている。

白い大型救急車のわきにはカーキ色の制服を着た作業員らしき二人と、医務員とおぼしい白衣の二人がいる。作業員たちはサーチライトを動かし、邸の玄関を照らしだした。その光のなかでタクシーからおりたグローアは、玄関前にイーヴンステラー大佐がいるのを認めた。青い制服姿の細身の人影がひとつ、小柄な大佐のそばへ駆け足で近づいていく。

「玄関ベルが鳴らんのだよ！」大佐が青制服の人影に向かって怒鳴る。「邸内《なか》で人が倒れたような音がしたんだ！　話し声がやんだあとだった！」

サーチライトがまぶしく照らすなか、青制服の人影は玄関前の小径《こみち》を半ばまで進んだところで、グローアのほうへ顔を向けた。細面《ほそおもて》の浅黒い顔に白い傷痕《きずあと》が走る。若手の警備員デニス・コーワンだ。

「デニス、おれだ、キング・ジャクソンだ！」グローアは大声で呼んだ。「この邸にいるのはデビーの母親だ！　スロークは戻ってきたのか？」

「知っていますよ、ジャクソンさん！」デニスが応えた。「イーヴンステラー夫人が邸内に入ろうとしたらチェーンがかかっていて、人の話し声が聞こえたそうです。夫人からそう聞かされたスロークさんは、不安をあらわにしてこの場を離れ、ガレージへまわってそちらから入っていきました。ほんの一分ほど前のことです」

「スロークは彼女を殺そうとしているんだ！」グローアが怒鳴る。「窓を破って入るしかない！彼女を助けなければ！」

そしてガレージへと駆けていった。ガレージの扉は開いたままだったので、足を止めることなく駆け入り、わきに造りつけられたトタン板製のドアの前で止まった。邸の地下室に通じる戸口にちがいない。身を低めて肩でドアを押し、くぐり抜けた。地下室への短い階段がある。

地下へおりるとどこも暗闇だ。頭上のどこかからなにかを叩き壊すような音が響いた。邸内へあがるほうの階段の上で、ドアが手斧かなにかで激しく叩き割られている音とおぼしい。グローアはそちらへ向かって走りだし、大きく頑丈なテーブルにしたたかに体をぶつけてしまった。

「スローク！」そう呼ぶグローアの声が深海で鳴る鐘のごとく殷々《いんいん》と響いた。

ドアを割る音がやみ、静寂に変わった。

「スローク、そこにいるんだろう！」とさらに呼ぶ。「匂うぞ！」

目の前のテーブルを手でまさぐった。表面に貼られた布に触れ、テーブルではなくビリヤード台だとわかった。壁ぎわへ手をのばし、ビリヤード用のキューを立てておくラックに触れた。キューの一本を手にとった。

「ボドキンズさん！」上方のどこかから、忌々しく不気味なゾンビのものらしい妙に甘たるい声が返った。「そうなんだね？　いったいどうしてわが家に？」

声はさほどの高みからではなく、思ったより近い。

「脚本家の卵にしては能なしすぎたな！」グローアは鐘のような声をとどろかせた。「イーヴンステラーと話すシーンでおまえはニーナに電話をかけたが、あのとき十セント硬貨を持っていなかったはずだ！　なのに電話するふりを巧く演じ遂げたと思いこんだ。もちろん電話などしていなかったのにだ、そうだろう？　ニーナはおまえを二階の部屋に入れないようにするために、必死に戸口まで這っていき、どうにかドアの留め金をかけた。そうと知ったおまえは斧を持ちだしたが、ドアを叩き割って部屋に入り、彼女にとどめを刺すだけの時間はなかったようだな。これでついに一巻の終わりだ、ゾンビめ！　五分もしないうちに世界じゅうのパトカーが駆けつけて、この邸をとり囲むだろう。聞こえてるか？　ゾンビは地獄へ帰れ！」

「聞こえてるよ、ボドキンズさん！」

暗闇のなかで響く声が柔和になっている。たどたどしく申しわけなさそうな調子で、相手を宥《なだ》めすかそうとする声だ。

グローアにはなにも見えない。闇のなかに微小な埃が漂うのが見えるような気がするが、それとて自分の眼のなかの血管を泳ぐ血球にすぎない。だが心の目にはメンフィスへの途上で出会ったあの中年男モーダーの姿が見えている。前のめりになって膝を叩きながら厭らしく笑い、と思うとガラガラ蛇並みのすばやさで拳銃を抜き放ったあのときの姿が。氷のように冷たい双眸まで。グローアは手にしたキューを強く握りなおした。

「聞いてくれ、ボドキンズさん」妙に柔和で甘たるい、ほとんど卑屈な声がまた言う。「ぼくたちは釣りあわなかった。それはあんたにだってきっとわかることだ。ニーナはとにかく大金持ちだ。ざっと二十万ドルはまちがいなく持ってる。そんな大金を彼女がなんに使うというんだ？　彼女自身が前になにか言ってたかもしれないが、すぎたことを今さらどうこう言ってもはじまらない。あんたがなにか知ってるんだったら、教えてくれれば嬉しいくらいだけどね」

この男は思ったより若い。視力もいいだろう。グローアの姿がうっすら見えているのかもしれない。彼のほうからは目の前に漂う微小な埃しか見えないが。十年前、北京の娼館街の薬局に入ったときの彼は、まだ肉体がいちばん壮健な時期だった。彼と闘ったソウソウ配下のあの二人の兵も肉体だけは強壮だった。そして今目の前にいるはずのこの男もまた、アメリカの山間にひそむ一族にふさわしく屈強な肉体の持ち主で、しかもガラガラ蛇と山猫と豹を合わせたほどの敏捷さを具えている。

あのときは中国人の薬局主人が大声でわめきながら手斧を振りまわしてグローアに加勢してくれたが、残念ながらこのたびは手斧が敵側にまわっている。

グローアは左手でわきの壁をそっとまさぐった。壁の一画に切れ目があり、短い廊下への出口になっているらしいことがわかった。おそらくメイドの部屋にでも通じているのだろう。

「冷静に考えてくれ、ボドキンズさん」妙に柔和な声がすぐそばから語りかける。「ぼくたちは巧く行きそうになかった。ニーナほど年上の女をどうしろというんだ！　彼女はもうじき三十七歳になる。まだ二十九歳のぼくには、まるで祖母も同然なほどだ！　漂白したみたいなブロンドの髪をしてるというだけの女と暮らさなきゃならなかったこの月日は、ずっと耐えがたかったんだ。カーロッタは子供を産むと言ってるし、老いぼれのモー・ターニプシードは遥か遠くにいる。まあ、カーロッタはどこかへ行きはしないだろうがね。とにかく、ぼくはどうすればいいというんだ？　あの哀れな年上女房をいっそ殺してしまうしか――」

「ニーナが美しい女だってことは、石器時代の首狩り族だって理解できるはずだぞ！」グローアがさえぎった。「それもわかってないきさまのようなやつは、首狩り族より深い地獄に堕ちるしかない！」

「なんだって？　どこまで人を莫迦にする気だ！」柔和な声がわめく。

手斧の刃《やいば》が切りつけてきたのを感じ、グローアはキューをやみくもに振りまわしながら壁の切れ目に逃げこんだ。

彼が立つ壁の切れ目の角に刃が食いこんだ。鈍い音とともに壁の木片が飛び散る。グローアはジャケットの左前腕の袖が切り裂かれるのを感じた。またもキューを激しく振りまわし、ゾンビがギャッと悲鳴をあげるのを聞いた。

ガレージの戸口からまばゆい光が射しこんだ。手斧を振りかぶるクロード・スロークが照らしだされた。

「撃つな！」グローアが叫んだ。

バンッ！　銃声が鳴り響いた。

光のなかでクロードの体が半ば旋回した。右肩を押さえながら前のめりになる。手斧がタイル張りの床に落ちて音を立てた。顔のわきの懐中電灯に照らされつつ、水平にかまえた拳銃の照準で狙いをつけているのは、制帽の鍔の下で煌めくデニス・コーワンのふたつの目だった。

「くそっ、まだやられはしないぞ！」クロード・スロークが泣き声でわめく。

「やめろ、デニス！」グローアがまた叫ぶ。「もう撃つな！　勝負はついてる！」

だがそれを聞き届けるにはデニスは二十年若すぎた。しかも血にまみれた八年の従軍経験がそこに加わる。神に禱らずにいられないほど命への畏《おそ》れを覚えるだけの老成には到底達していない。水平にしっかりとかまえられた拳銃から連続して発砲音が響いた——バン！　バン！　バン！　バン！　微動もしない手に握られた拳銃の照準を見すえる目が揺らぐことはなく、顔に走る傷痕はますます白い。

　二発目の銃声はクロードにはもう聞こえていなかった。だがデニスの細められた目を初めて見たときから、恐怖はすでに骨にまで感じていた。戦場での銃創を帯びた顔と、すばやく踏みだされた両脚のかまえを目にしたときから。今から半年ほど前の十一月のあの夜、〈ボントン・カフェテリア〉のテーブル席で女占い師マダム・ド・スフィンクスと相対し、クロード自身を意味するハートのキングと、ブロンド美女を意味するダイヤのクイーンを出され、富める妻《めと》を娶れると予言されたが、そのあと出たスペードのエースがだれの死を意味するかを、あのマダムはおそらく読み誤ったのだ。占い師にはままあることながら。

　死のカードは都合五回出された。いくらカーガー郡出身の田舎者でも、それだけ強く予言されたら信じざるをえないだろう。

　銃声がなおも木魂《こだま》している。デニス・コーワンは銃口を上向きにして、硝煙をフッと吹き飛ばした。

「ミグ・アレーに戻れた！」デニスが言った。「大天使ガブリエルに感謝すべし！　スロークは邸の電源を落としていたんです、ジャクソンさん。ぼくにはすぐわかりました。これを見てくださ い！」

　デニスは懐中電灯で地下室の電灯のスイッチを照らしだし、それを押した。だが電灯は点かない。

「電源を落としたのはニーナを殺したあとだ」グローアが虚《うつ》ろな声で言った。「暗闇のなかで死んでいくように仕向けたんだ。電気を節約するためにな」

「スローク夫人は死んではいません」懐中電灯を向けて近づいてくるデニスのそう言う声が、グローアにはひどく遠くからのように聞こえた。「ひどい怪我を負って意識を失っていますが、命は保っていました。救急隊員たちが裏口から入って手当てしています」

そう言っているのはもはやデニス・コーワンではない。大天使ガブリエルだ。天使の翼の羽擦《はず》れまでグローアには聞こえるようだった。

「なんてことだ！　ジャクソンさんこそひどい怪我をしてるじゃありませんか！」デニスが声をあげた。「左腕が血まみれになって、手首にまで流れていますよ！　袖口をめくりあげて、傷口をきつく押さえてください！」

「大したことはない」自分のそう言う声がグローアの耳にぼんやり響く。「むしろいい気分だ。唄いだしたいほどに。『諸君愉快に楽しもう《ガウデアムス・イギトゥル》』〔ヨーロッパの学生歌〕は学生時代によく唄ったものだ。『われらが神は堅き砦《とりで》』〔バッハのカンタータ。原曲はマルティン・ルター作〕もよく唄った。合唱団に入ってたからな。学生新聞の編集長もやってた。なんでも屋だった。学生演劇の脚本も全部書いた。まさに神に選ばれし者だ。但し神は唯一神。そのおかげで映画監督になれた。大天使ガブリエルに感謝すべし！　べつに酔っ払ってるわけじゃないぞ。酒の力など要らん」

グローアは地上階への階段をあがっていき、手斧に割られたドアを押し開けた。

「もしここに来るのがもう少しでも遅れていたら、どうなっていたか」と独りつぶやく。「大天使に感謝、神に感謝だ」

上階には照明が溢れていた。救急隊員たちは担架を持ちこんで絨毯敷きの床に置き、その上にニーナを仰向けにして注意深く横たえた。グローアはそのそばへよろめいていき、ニーナのわきに倒れこんだ。顔が彼女の顔に迫る。ああ、二度と泣かないという自分への誓いも気にすることはない！　神への誓いでない以上は。

「ニーナ！」と呼びかけた。「おれだ、キングだ！『止まった時計』のエンディングを変えたぞ。時計の振り子が止まってしまうのは、やはりおれにも耐えがたい！」

まわりでは白色やカーキ色や青色の衣裳を着た天使たちが動きまわっている。

「ビル・スパロウ医師はいるか！」グローアは叫んだ。「この怪我人はキング・ジャクソンの妻だとスパロウ医師に知らせてくれ！　彼は世界一の整形外科医だ。〈スパロウの手は神の手〉とだれもが言ったものだ。今でも同じはずだ。そうとわかる。

おれの上着なんか脱がさなくていい！　血なんか止めなくていい。ニーナの血におれの血が混じるままにしておいてくれ。そのほうがいいんだ。ニーナにとっても。だれか指に血をつけて、床に書いてくれないか。〈ニーナとキングのために〉と。今の彼女ならきっとそう書きたいと思うはずだ。

おお、わが美しき〈姫〉よ！　夜空には白き星々が満ち、雪山の頂《いただき》には焰が燃えている！　だから、目覚めろ、ニーナ！『止まった時計』の忌まわしい悪夢のときはついに終わったのだ！」

ニーナの長い睫毛がまたたいた。神にもまたとは創りえない顔のなかで、大きく魅惑的な目がグローアに向かって開けられた。スパロウ医師ならそんな顔の傷さえもとどおりに治してくれるだろう。神の助けを借りて。

グローアにとっての永遠の美を。

まわりには天使たちがさらに増えてきた。一人の天使は拳銃のホルスターめいた工具袋を腰にさげ、なかにプライヤーやクリッパーを入れている。どこか遠くからのような声でその天使が言う。

「電気系統が故障したと電話連絡があったので来ました」ほかにスパロウ医師に似た天使もいる。

　救急隊員たちはグローアをニーナから引き離しにかかった。

「ジャクソンさん、今はおとなしくしてください！　どうか冷静に！　あなたも手当てしないといけませんから！」

　だが十九年ものあいだ冷静でいつづけているのだ。冷静すぎるほどに。だれもおれからニーナを引き離せはしない——注射針が腕に刺される瞬間にグローアはそう思った……

「今の正確な時間は？」天使の一人がいちばん遠い星よりも遠い声で言う。「暖炉の上の時計は遅れているようだ」

「電源が落ちていた十分ほどのあいだ、あの時計も止まっていたんだ」神に仕える天使たちの別の一人が言った。「だがあの種の時計は電気さえ通じれば自動的にまた動きだす。もちろん、正しい時刻に合わせてやらなくちゃならないが。同じような時計をうちの女房も持ってるよ。気をつけて使えば五十年は保《も》つしろものだ……」

　天使たちの声が消え入っていく。グローアはニーナとともにふたたびフエゴ・ネヴァド・ホテルに戻っていた。焔の燃える雪山に見おろされつつ、神と人の前に。

J・T・ロジャーズの止まらない時計——訳者あとがき

●《ジョエル・タウンズリー・ロジャーズ・コレクション》について

今般、本書『止まった時計』を第一回配本として、《ジョエル・タウンズリー・ロジャーズ・コレクション》が刊行開始される運びとなった。概要としては、本作を含むロジャーズの未訳長編小説三作を軸として全三巻とし、最終巻に若干の短編を加える予定。可能なかぎりにおいておよそ一年に一巻ごとを目途とし、第二回配本『赤い月の夜に』、第三回配本『骰《さい》を振る女神』を順次刊行していく方針。

本企画実現の契機は、一九九七年に刊行された初の邦訳長編『赤い右手』（《世界探偵小説全集》第二十四巻）と、並びに二〇二三年の『恐ろしく奇妙な夜——ロジャーズ中短編傑作集』（《奇想天外の本棚》）が、ともに好評を以《もっ》て読者に迎えられたこと、また同時に、双方の版元である国書刊行会がロジャーズの作品世界に強く関心を寄せ、継続的訳出紹介を提案してくれたことに起因する。したがってこのコレクションは訳者夏来よりむしろ同社の主導のもとに進行するものである。

●作者ジョエル・タウンズリー・ロジャーズについて

本書の著者ジョエル・タウンズリー・ロジャーズ＝Joel Towmsley Rogersは二十世紀のほぼ全期を通じて活躍したアメリカの大衆小説家で、一八九六年にミズーリ州で生まれ、一九八四年に八十七歳で歿した。ハーヴァード大学に学んだ秀才として知られ、大学卒業後海軍航空隊に入隊し、除隊後パルプ雑誌を中心に数多くの作品を発表、晩年まで作家活動をつづけた。作品分野はミステリ、サスペンス、ホラー、ＳＦなど多岐にわたり、軍でのパイロット経験を活かして航空冒険小説も手がけた。最も有名な小説は一九四五年初刊の長編ミステリ『赤い右手』＝*The Red Right Hand*で、英語圏でこんにちまで版を重ねると同時に、日本を含む諸外国で翻訳され、一九五一年にはフランス推理小説大賞を受賞した。

本作『止まった時計』＝*The Stopped Clock*（一九五八）は、実質上四作あるロジャーズの長編小説のうち四作目、つまり長編では最後の作品にあたる。ほかの長編には*Once in a Red Moon*（一九二三）と*Lady with the Dice*（一九四六）があり、前述のとおりそれぞれ当コレクションで紹介予定の『赤い月の夜に』と『骰を振る女神』に相当する。

●本書『止まった時計』について

○作品の成り立ち

『止まった時計』の原著は当初ロジャーズが雑誌*New Detective Magazine*の一九五一年六月号に発表し

た中編 The Return of the Murderer がもとになっており、のちに大幅に加筆して長編化するとともに、タイトルを *The Stopped Clock* と変え、一九五八年に Simon & Schuster 社から刊行された。またその五年後の一九六三年には、縮約したうえでふたたび改題し、*Never Leave My Bed* として Beacon 社から再刊された。さらに作者歿後の比較的近年に、それらの両版が Ramble House 社から復刊されている（ともに二〇〇四年）。

今般刊行成った本書『止まった時計』は、縮約版ではなく全幅版すなわち *The Stopped Clock* を全訳したものである。ちなみにアメリカの作家／批評家アントニー・バウチャーは往年の原著初刊時の新聞書評において、「並みのサスペンス小説の五倍は巧緻で、且つ十倍は興奮させる」と絶讃している。

○作品の内容

本作はいわゆる本格ミステリ（謎のある事件と探偵による推理とを主眼とする小説）というよりも、大枠としてはサスペンス・ミステリと呼ぶほうがよい趣《おもむき》の小説であり、そうした雰囲気は『赤い右手』よりも濃いと言えるだろう。がその一方で、『赤い右手』がある種の密室殺人物に類する謎解き小説の側面を持っていたことに類似するかのように、この『止まった時計』にも別の趣向での謎解きの興味が盛りこまれている。

プロットの一部をごく大まかに紹介すれば、美貌の元映画女優ニーナ・ワンドレイが自宅で何者かに襲われて瀕死の重傷を負い、犯人による再襲撃の恐怖に怯えつつ、自らの波乱の人生を回想し、さらには彼女にかかわった人々――おもに彼女の元夫たち――の視点による述懐が複層的に加わっていくうちに、彼女を襲った犯人は何者かという一点に読者の興味が引き絞られていく、ということになろう。

しかしながら、『赤い右手』と同様に本作も最初から最後まで章立てがなく、しかも時間軸上の過去

／現在の記述が著しく前後し錯綜しているため、ストーリーの正確な把握に些《いささ》かの難渋が伴う可能性がある。ゆえに結末まで読み終えて事件の真相を知るにいたったとしても、なぜそうなのかという理解においていまひとつ釈然としない憾《うら》みが残りかねない。そこで本稿では、『赤い右手』での小林晋氏の巻末解説に倣い、時間軸に沿った粗筋の再構成を試みたいと思う。

（＊以下、本稿文末にいたるまで、結末／真相／真犯人／トリック等に深く言及していますので、本編読後にお読みくださるようお願いします）

南部の田舎町の貧しい家に生まれた少女ルビー・ベイツは、十三歳のとき両親を火災で同時に失ったのち、故郷を出て放浪中にエデルマン夫妻に拾われ、農園の下働きとして使役された。ところが少女の美貌が原因で主人エデルマンに寝込みを襲われかけたため、怒ったエデルマン夫人によって放逐された。仕方なく単身メンフィスへ向かう途上で、売春宿経営者ジョー・ダラの一味に攫《さら》われそうになった。それをたまたま見かけた映画監督キング・グローアがダラ一味を撃退し、少女を救出した。

グローアは少女の美貌にひと目惚れすると同時に、女優に育てることを決意し、道中で結婚式を挙げたうえでハリウッドにつれていき、新人女優ニーナ・ワンドレイとして、自らが製作監督する映画のヒロインに抜擢した。映画は見事大成功してニーナは一躍人気女優となり、その後もグローアの監督作に出演するが、彼の強引な手法（人気維持のため結婚を公表しないことなど）に対する不満からか、一度出奔を試みた。グローアは捜索してなんとか捕まえたが、その折にニーナはグローアを父とする娘デビーを出産した。

グローアは子供の存在を隠したうえでニーナをさらに映画に出演させたが、彼女は共演した美男俳優トビー・バリーと駆け落ち同然に結婚してしまった。グローアは激怒したが、今さら重婚を公《おおやけ》にもできず、やむなくトビーとの関係を認めた。

ところがグローアの野心作『止まった時計』が興行的に失敗すると、新たな夫婦生活にも飽いたニーナはトビーと別れ、同時にハリウッドとグローアの庇護からも離れて、ニューヨークの富豪実業家クリフォード（クリフ）・ウェイド三世と再婚した。

しばらく贅沢な暮らしをつづけたが、やがてそれにも倦《う》んでクリフと離別し、ヨーロッパにわたってイタリアの貴族マイク・ヴァリオグリ公爵に嫁いだ。ひととき華やかな社交生活を送ったあとマイクのもとを去り、つぎはアジアの小国ボルナックの白人藩王ジョージ・ヴァナーズ卿の妃《きさき》となった。

しかしボルナックが日本軍の侵略によって陥落するとともに、ジョージは戦死し妻ニーナも運命をともにした——と報じられたが、実際は彼女だけ秘かに生きのびていた。間もなく日本軍の葉加鷲《はかわし》大将に捕まってその保護下に置かれたが、終戦後朝鮮へ移った葉加鷲が切腹して果てると、こんどはソ連秘密警察の高官ソウソウに身柄を囲われ、十年以上も世界各地をつれまわされたのち、ソウソウの死によってようやく自由の身となり、アメリカに帰還した。

母国で出会った公務員の男クロード・スローク（奇《く》しくもかつて彼女を攫おうとしたジョー・ダラの手下の男と同じ一族の出身だったが、おたがいにそのことは知らずにいる）と再婚したニーナは、ワシントンＤＣにほど近い新興住宅地ポトマック・ヴィスタ・ガーデンズに夫婦で居をかまえ、かつてスター女優だったことを隠して、平凡な主婦としての生活をはじめた。しかし家庭内で優位に立ち且つ心理的に不安定な妻ニーナを、クロードは内心嫌悪するようになり、ついには殺意が生じた。そこでまずニーナが元女優だと新聞に匿名で密告し、元夫たちが自宅に訪ねてくるように図った。元人気女優生存という記事を見た三人の元夫たち（トビーとクリフとマイク）は、それぞれの未練や無心などの思惑《おもわく》から、偶然にも同時に彼女を訪問する事態となった。

現在の夫クロードはまんまとくろみどおりになった機を利用して、自らのアリバイを作ったうえで(あわよくば元夫たちのだれかの犯行と思わせようとした)、妻の殺害を決行した――つもりだったが、じつはまだ生きのびていたことがわかり、やむなくとどめを刺しに自宅に引き返した。ところが犯行の過程でアリバイ作りに利用した第三者が偶然にもニーナの最初の夫グローアだったのが災いした。グローアはクロードの行動が自分の映画『止まった時計』での妻殺し犯のアリバイ工作にそっくりだと感じとり(類似は偶然の産物だったが)、しかもラジオのニュースからクロードの妻がニーナだと知るに及んで、彼女の危機を察知し、スローク邸へと急行した。

そのころクロードはニーナにとどめを刺すために自宅に着いていた。そこへ間一髪で踏みこんだグローアと格闘になったところに、駆けつけた警備員デニス・コーワン(偶然にもグローアとニーナの娘デビーの恋人だった)が銃撃し、クロードは落命した。グローアは自らも負傷しながらも、重傷を生きのびた元妻ニーナとようやく安堵の再会を果たした。

○読解のポイント

以上の粗筋に基づいて、本作のストーリーを理解するうえでのポイントとなる諸点を、作者が構想/執筆の上で多分に意識したと思われる先行作『赤い右手』との比較(共通点/相違点)を主な拠《よ》りどころとして挙げてみたい。

まず『赤い右手』との共通点で最大のものは、過去/現在の記述が激しく前後してわかりにくくなっていることであり、また章立てを行なっていないためにそのわかりにくさが助長されているところも似ている。ただ『赤い右手』の場合は作中で起こる出来事のみの過去/現在の混淆が主だったのに対し、本作ではメインの事件とほとんど関係のなさそうな遠く且つ多様な過去にまで及んでおり、しかもそれに伴って、空間的な面も『赤い右手』ではコネティカット州の片田舎のとある一帯に舞台がほぼ限られていたのに対し、本作では現在時制の主舞台であるワシントンDC近郊の新興住宅街のみならず、アジアやヨーロッパやアメリカ各地など非常に国際的な広がりを帯びており、その意味で時間／空間の両面でより大きなスケール感が生みだされている。

『赤い右手』との共通点でつぎに目につくものは、同書解説で小林晋氏が強調している〈偶然の多用〉だ。ただこの点でも、『赤い右手』では偶然の要素の多くがいわゆるミスディレクション（読者誤導）として作用していたのに対し、本作ではその趣旨は若干希薄なように思われる。三人の元夫が偶然同時にニーナを訪問したこと（これはじつはそうなるよう犯人によって仕向けられたわけだが）、現在の夫クロードが偶然にもかつてニーナを攫おうとした一味の一人と同じ血筋だったこと、そのクロードが描いた犯行計画が偶然にもかつてのニーナの出演映画『止まった時計』のプロットとよく似ていること（クロードはその映画を観ていない）、クロードがアリバイ作りに利用しようとした人物が偶然にもニーナの最初の夫グローアだったこと、終盤活躍する警備員デニスが偶然にもニーナとグローアの娘デビーの恋人だったこと、クリフの私有帆船ゴールデン・レディ号がのちに軍用船USSスナッパー号となり偶然にもボルナック沖で撃沈されたこと、等々が挙げられ、またこれはごく些細な味付け程度ながら、中盤でグローアが訪れるバー〈ミラー〉のバーテンダーの名前が偶然にもグローアのラストネーム（序盤では伏せられている）であるジャクソンと同じだったことも加えられよう。それらの趣を考えると、本作では偶然の多用はミステリとしての手法というより、純粋に物語が孕む特色の一端としての様相を呈し、それがひいては小説の膨らみを生む一助となっているように思われる。

一方、『赤い右手』との相違点で最大のものは、叙述面での人称のちがいである。『赤い右手』が終始語り手による一人称一視点での記述だったのに対し、本作には人的な語り手は存在せず、場面上のそのつどの登場人物たちの視点、つまりいわゆる神の視点――もしくは三人称多視点――の手法が採られている。この両者の効果のちがいには大きいものがある（どちらが是か非かではなく単純に〈ちがい〉としてだが）。つまり『赤い右手』では主要登場人物の一人（主人公）が語り手となり、その語り口があまりに独特だったために、いわゆる〈信頼できない語り手〉化して、読者をミステリ的に眩惑させ混乱させる効果が大きかったが、本作はそれと異なり、神の視点を採ることによって多様な人物たちの時間と空間を重層的に並列させ、『赤い右手』とは別な次元での眩惑と混乱を生んでいる。

その効果が集約的に表われるのが、中盤の後半に（p.318 から p.323 にかけて）初めて出現する〈三人称犯人視点〉だ。ここでは〈彼〉という呼称によって（原文は he で、訳では敢えて〈 〉を付した）、その前段階の文脈との連関からこの人物がクロードであることが示唆され（p.323 にいたって歴然と明示される）、クロード視点の記述がいわば〈信頼できない神の視点〉だったことがあらわになるとともに、それまでに縷々《るる》語られてきたニーナと元夫たちとの多彩な過去とは関係のない原因で事件が起こっていたことが露呈する。しかしミステリ的にはいわば〈無駄〉であったことがわかったそれらの多彩な過去を巡る記述は、だからこそ却《かえ》ってニーナというキャラクターの特異な魅力の増強に寄与し、それによってこの小説そのものが孕むミステリとしてのみにはとどまらない深甚さを引きだしている。

ほかにも『赤い右手』と本作との相違点は多い。前者では連続殺人事件が扱われているのに対し、後者では唯一の被害者と思われたニーナが結局生き永らえ、その一方で元夫の一人トビーが死体で見つかるが、そちらは付随的な出来事でもあるかのようにぞんざいに扱われるのみで原因すら特定されず、ある意味では被害者ゼロのミステリとなっていると見られなくもない。とはいえ本作ではメインの事件以外での〈人死に〉が異様に多いような印象がある。これは第二次世界大戦期の回想が多いためだが、ほかに（作者の趣味ゆえか？）登場人物の両親が同時に死亡している例が目につく。ニーナとグローアのそれぞれの父母が火災と列車事故で惨死しているうえに、バーテンダー＝ジャクソンの両親までが同様の目に遭《あ》ったとされている（ちなみに『赤い右手』でもヒロイン＝エリナ・ダリーの両親が同時に事故死した設定になっていた）。

また『赤い右手』ではある種の密室殺人の解明がミステリ面での主たる趣向だったのに対し、本作ではアリバイ・トリックがそれにとって代わっている。

そのトリックの伏線としては、まずp.84でイーヴンステラー大佐の車が夜晩く犯行に使える状態であること、またp.88でその車のキーの複製を作る機会がクロードにあったことが仄めかされ、さらにアリバイ工作の実際と犯行の詳細については、p.318からp.323にかけての犯人＝〈彼〉の視点による記述と、p.387の「まるで『止まった時計』だ」からp.397の「そこまでわかればもう充分だ」にかけてグローアが映画『止まった時計』の筋書きをもとに推理している部分とで説明されているが、そのなかのp.392でグローアが疑問視しているコインと公衆電話の問題が本文だけでは少しわかりにくくなっているので、ここで補足しておく。すなわち「十セント貨二枚を置いたとき、残りの持ち金は二十ドル札一枚だけだと言っていた。それなのに電話ボックスに入った。つまり電話をかけるふりをしただけなのだ」というグローアの推測が正しいとすれば、それより前に犯人クロードがp.251で「ほかに十セント貨が三枚ポケットにあるし」と言っていることと矛盾する――つまり三枚あったはずの十セント貨がいつの間にか二枚になっている――かのように見えるが、その答えはp.390でグローアが述べている映画『止まった時計』の劇中での犯人の行動＝「妻に電話をかけ、前の男たちがすでに帰ったことをたしかめると」の部分に示されている。つまり劇中の犯人は、映画館の上映室から暗闇に乗じてこっそり抜けだし、すでに係員のいないロビーの公衆電話で十セント貨一枚を使って自宅に電話をかけ、そのうえで犯行に及んだのであり、現実世界の犯人クロードも偶然それと同じ行動をとったことが示唆されているのだ。

このように、映画およびその脚本のなかの出来事と、その外側の小説中の出来事とがリンクしている点が——と同時に、犯人が脚本家志望者で被害者が女優で探偵役が映画監督であったりすることも——本作の大きな特徴であり、そうした趣向は既紹介の短編「殺しの時間」や「わたしはふたつの死に憑かれ」（ともに『恐ろしく奇妙な夜』所収）にも通じることから、『恐ろしく奇妙な夜』の「炉辺談話」での山口雅也氏による「《虚構と現実のあわいに君臨する》技法」という評言は本作にもあてはまるように思われる。

○登場人物について

本作には読者が気になりそうな登場人物が多いので、主要な何人かについて考察してみたい。

まずいちばん引っかかりそうなのが、美しい妻ニーナを殺そうとした真犯人クロード・スロークだ。彼の犯行動機については、遺憾ながら訳者自身納得しきれていない嫌いがある。立派な家に住み、公務員という安定した職も持ちながら、健気《けなげ》に家庭をささえてくれる（おまけに資産も持っている）このうえなく魅力的な妻を、なぜあそこまでして殺そうとしなければならなかったのか？　彼自身は「ぼくたちは釣りあわなかった」（p.411）、「ニーナほど年上の女」と「暮らさなきゃならなかったこの月日は、ずっと耐えがたかったんだ」（p.412）などと告白しているが、果たしてそれを真の動機として得心できるだろうか？　「ニーナが美しい女だってことは、石器時代の首狩り族だって理解できるはずだぞ！」

（p.412）と終局でグローアに罵倒され、それは序盤のp.59「しかしクロードはその点を単純に意識していなかった」という記述にも通じているが、そうした妻の美貌への意識の欠如が殺意まで昂じさせたということか？……というふうに考えてくると、それらの原因以上に、かつて犯罪者一家の一員だったという（人間関係は特定されていないが、同じ「淡い青色の瞳」を持っていることからして、かつてニーナを攫おうとした一味の男の息子か、少なくとも同じ血族であることが示唆されている）、持って生まれた血脈的凶暴性の表われこそが、殺意の最大の要因だったのかもしれない……が、そのあたりは読者諸賢それぞれの解釈と感想に委ねるのがよいだろう。

また、女優としてのニーナの育ての親である映画監督キング・グローアにも謎がある。『止まった時計』を最後に映画界から離れたグローアだが、明らかにされてはいないその後の彼の人生において、作中ではニーナの前にしばしば姿をかいま見せていたらしい記述が何度も差し挟まれる。いったい彼はなにをしてすごしていたのか？　その点がまったく曖昧模糊にされてはいるものの、推測のヒントとなる記述がないでもない。それはたとえば、p.239の「ボルナックに来たあの工作員がもし本当に〈彼〉だったとしたら！」というニーナの台詞や、p.307のグローア視点の記述「イーヴンステラーだ――（中略）国務・陸軍・海軍ビルで彼自身のいる階のちょうど下の階で勤務している男で」などがそれだ。前者の〈彼〉とはグローアのことであるし、後者の「彼自身のいる階」はグローアの勤務場所を意味しているようにしか読めない。おまけにp.385では「トビッシュあるいはワデニーと呼ばれるNKVDの幹部を探しまわっていた」とあり、この「幹部」とはソ連秘密警察の高官ソウソウのことにほかならず、グローアがそんな人物を秘かに追いかけていたとすれば（しかもソウソウの部下と格闘までしている！）……ひょっとすると、グローアの隠された顔はじつはアメリカ合衆国の軍部あるいは国務省の工作員もしくは諜報員といったたぐいかもしれず、それゆえに世界各地を秘密裏に転々としながら、その任務に乗じて愛しいニーナの動向をも秘かにさぐりつづけていたのではないか、と想像できるようにも思えるのだが……依然曖昧と言わざるをえず、結局はこれまた読者の推理にお任せしなければならない。

つぎはやはりヒロインであるニーナ・ワンドレイその人に触れずには済ませられない。作者ロジャーズが魅惑的な女性という存在にこだわってここまで執拗に人物造形した例は、ほかのミステリあるいはサスペンスの長短編には見られない（初長編 *Once in a Red Moon* のヒロインも美貌の女優だが、本作でのニーナに対する思い入れほどにはいたらない）。モデルがいるか否か気になるところだが、これは憶測にとどまるとはいえ、どうしてもかのマリリン・モンローを想像したくなる。『止まった時計』のもとになった中編 The Return of the Murderer が発表された一九五一年に先立つ四〇年代終盤から活躍しはじめて一世を風靡した超人気女優であること、若年時から苦難と波乱を経験していること、ニーナと同じ金髪であること（但しモンローのほうは地毛の色ではないそうだが）、結婚離婚をくりかえしたこと（ニーナが都合六回結婚しているのに対しモンローは三回だが、ほかに多くの有名男性と浮名を流した）、精神面が不安定だったこと（モンローの場合は薬物依存と宿病の影響が大きい）、等々共通点は多いが、モンローは本作が世に出た四年後の一九六二年に謎めいた死を遂げたため、最終的にはニーナをうわまわる劇的な人生となったことを否めない。

ほかにもう一人、ポトマック・ヴィスタ・ガーデンズの新人警備員デニス・コーワンも採りあげておきたい。アメリカ空軍の士官あがりで、朝鮮戦争に従軍し銃の腕前も一流の、鋭利な殺気を漂わせる魅力的な若者とされているが、パイロット出身というところからして、作者自身がモデルかと思えるのがニヤリとさせる——但しロジャーズは海軍所属で、第一次世界大戦での実戦参加を願望していたがそれは叶わず、最後は飛行訓練士として軍務を終えた模様。その経験から飛行士の活躍する冒険小説（短編）をも多く書いているが、本作のデニスはミステリあるいはサスペンスの分野でこの種の人物にスポットライトをあてた例として貴重。

◯その他

ニーナの元夫たちのなかで唯一故人となっているジョージ・ヴァナーズ卿が統治していたボルナック藩王国について、ここで付言しておく。作中で注記したように、藩王国とは史実上でかつてイギリスがアジアでの間接支配のために半ば自治独立を許容していた小国群の概括的な呼称で、地域としては現在のインドが多く、またその近隣のバングラデシュやミャンマー（旧ビルマ）などの一部、さらには現在のインドネシアあたりにもわずかにあった模様。但し本作に出てくるボルナックは架空の国とおぼしく、世界地図上のどの位置だったのかは不明。インド東部のナガ族との交流があったという記述を見るとその付近かとも思えるが、しかし一方で、ヴァナーズ卿が現地人の王ではなくイギリス本国人でありながらその任に就いた珍しい〈白人藩王〉という設定になっていることからすると、ボルネオ島北部（現在のインドネシアおよびマレーシア領）を一世紀近く支配して、英国人ブルック一族が歴代藩王を務めたサラワク王国がモデルかとも考えうるので、同地域も所在地の候補になる——が、むろん作者自身場所を明確に想定していたわけではなかった可能性も高い。

また地名といえば、本作の主舞台であるポトマック・ヴィスタ・ガーデンズなる住宅地も架空の土地に相違ない。メリーランド州に属しながらワシントンDCの近郊とされ（ニーナの夫クロードも隣人イーヴンステラー大佐も同DCに通勤している）、日本発祥の桜並木で有名なポトマック川の名が冠されていることからすると、首都北部の河畔に近いあたりが想像される。『赤い右手』が人家の少ない辺鄙な土地で起こる事件を描いて特殊な効果をあげていたのに比し、こちらはアメリカあるいは世界の中心の一角とすら目される大都市とその周辺であり、そこにも作者のなんらかの意図がありそうだ——より広く活気ある舞台空間への展望か、あるいはより洗練された小説構築への渇望か。

最後に余談めく話題を。

不肖訳者の個人的なことながら、二〇二一年にたまたま欠かさず視聴し愛好した傑作連続テレビドラマ『大豆田とわ子と三人の元夫』(関西テレビ放送制作、フジテレビ系列で放映)は本作を連想させずにはいなかった。元妻と縒《よ》りを戻そうと三人の元夫たちが鎬《しのぎ》を削るさまを描いたラブコメディで、主演松たか子の魅力も相俟《あいま》って非常におもしろく、名脚本家坂元裕二はロジャーズのこの『止まった時計』を知っていたのではないか——などとつい妄想したくなったものだった(必ずしも我田引水ではなく)。

またアカデミー賞監督クリストファー・ノーランの名作SF映画『インセプション』(二〇一〇年公開)に独楽《こま》の回転が止まるかまわりつづけるかで現実か夢かを見分ける有名なシーンがあるが、それもまた、止まりそうな時計が現実と虚構/現在と過去の入り乱れる物語のアイコンとなっている本作をそこはかとなく思いださせた。果たして最後に時計は止まったのか否か?——少なくともJ・T・ロジャーズの時計は止まることなく、今もこうして針がまわりつづけている。

●謝辞

末筆になりますが、当コレクション実現へのきっかけとなった叢書《奇想天外の本棚》の製作総指揮者として『恐ろしく奇妙な夜』の訳者に夏来をご指名くださった山口雅也さん、本書に光栄な讃辞をお寄せくださった法月綸太郎さん、かつて《世界探偵小説全集》を企画し『赤い右手』の訳者に夏来を起用してくださった藤原義也（藤原編集室）さん、本書をはじめとする当コレクション訳出の機会を与えてくださった国書刊行会編集局長の清水範之さん、各位への謝意をこの場にて申しあげます。

二〇二四年七月吉日、夏来健次

夏来健次（なつき けんじ）
英米小説翻訳者。訳書にジョエル・タウンズリー・ロジャーズ『赤い右手』『恐ろしく奇妙な夜――ロジャーズ中短編傑作集』、ジョージ・W・M・レノルズ『人狼ヴァグナー』（以上国書刊行会）、R・L・スティーヴンスン『ジキル博士とハイド氏』、W・コリンズ他『ロンドン幽霊譚傑作集』（以上創元推理文庫）、G・G・バイロン他『吸血鬼ラスヴァン』（東京創元社、共編訳）他多数。

ジョエル・タウンズリー・ロジャーズ・コレクション
第一回配本

止《と》まった時《と》計《けい》

二〇二四年八月二十日初版第一刷印刷
二〇二四年九月一日初版第一刷発行

著者　ジョエル・タウンズリー・ロジャーズ
訳者　夏来健次
発行者　佐藤今朝夫
発行所　株式会社国書刊行会
東京都板橋区志村一―十三―十五　〒一七四―〇〇五六
電話〇三―五九七〇―七四二一
ファクシミリ〇三―五九七〇―七四二七
URL：https://www.kokusho.co.jp
E-mail：info@kokusho.co.jp
装訂者　大倉真一郎
印刷所　創栄図書印刷株式会社
製本所　株式会社ブックアート
ISBN978-4-336-07671-7 C0397